以文为图

中国古典文学中的文图对话

王韶华 著

中国文史出版社

图书在版编目（CIP）数据

以文为图·中国古典文学中的文图对话／王韶华著.
—北京：中国文史出版社，2019.12
ISBN 978-7-5205-1689-1

Ⅰ.①以… Ⅱ.①王… Ⅲ.①古典诗歌–诗歌研究–
中国②古典散文–古典文学研究–中国 Ⅳ.①I207

中国版本图书馆 CIP 数据核字（2019）第 268282 号

责任编辑：方云虎
封面设计：张　军

出版发行：中国文史出版社
社　　　址：北京市海淀区西八里庄路 69 号　　邮编：100412
电　　　话：010-81136630
传　　　真：010-81136666
印　　　装：廊坊市海涛印刷有限公司
经　　　销：全国新华书店
开　　　本：710 毫米×1000 毫米　　1/16
印　　　张：17.75
字　　　数：236 千字
版　　　次：2019 年 12 月北京第 1 版
印　　　次：2019 年 12 月第 1 次印刷
定　　　价：68.00 元

东晋顾恺之《洛神赋图》局部（宋摹本）

五代董源《潇湘图》局部

五代巨然《山居图》

北宋郭熙《早春图》

北宋文同《墨竹图》

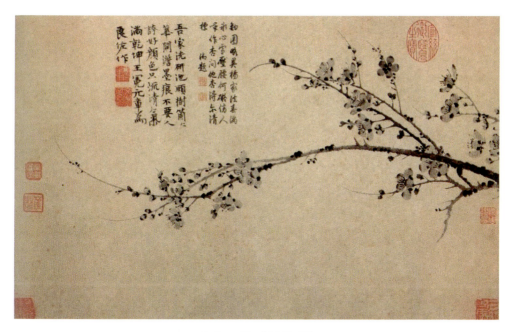

元代王冕《墨梅图》

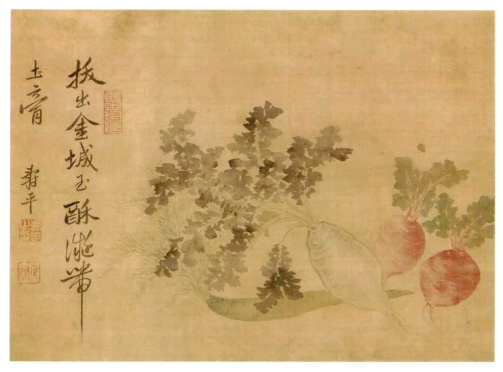

清代恽寿平《蔬果册页·萝卜》

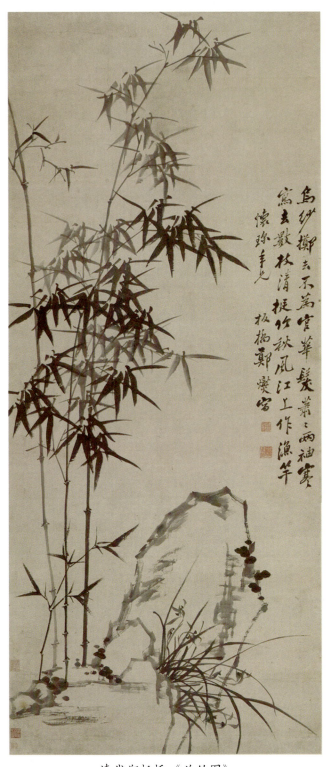

清代郑板桥《兰竹图》

小 序

　　春花秋月，夏雨冬雪，大自然循着自己的节奏，日夜兼程。作为自然中的生命存在，人也必然伴着大自然的节奏，在诗在画在歌在舞，生命的力量得以完满地释放。这是中国古人对于自然与自我的发现、创造，也是古人与自然最美好最和睦的相处。

　　于是，"气之动物，物之感人，故摇荡性情，行诸舞咏。"在宇宙气息的流淌中，自然物象潜入人的世界，以其雄浑博大的气势，激活了人的生命体验。山水清音、林泉秀色、月影光澜，无不具有了动人心弦的美妙，甚至是静寂无声、古木荒寒、萧条淡泊，也充溢着荡气回肠的音响。

　　在物的环绕中，在与物的触碰中，人也无时不以生命情感的热情激荡回应着自然的这一馈赠。人对于自然的回应总是以最完美的状态呈现出来。收视反听，耽思傍讯，精骛八极，心游万仞。人与物携手于方寸之中，共同打造着这完美："情瞳昽而弥鲜，物昭晰而互进。"

　　天地有大美而不言。身为"五行之秀，天地之心"的人，天然地肩负着职责：代天地而言。"心生而言立，言立而文明"。于是中国文学在人与自然的美丽邂逅中，营造着情景妙合的佳境。而大美不言的自然将自己的五彩斑斓和生机勃勃赋予了文学，一代又一代，绵延不断。

　　以文学呈现万类图景的美丽，是人心之言，亦是天地之言。

目　　录

上编　中国古典文学中的图像

下编　以文为图的美学基础

上编 中国古典文学中的图像

　　中国文学自产生之初，就显现出了鲜明的视觉化倾向。《诗经》中的比兴传统、《楚辞》中的咏物风尚，开启并奠定了中国文学对于视觉之像长盛不衰的描写历程。在以后两千多年的历史发展中，视觉之像以各种形式进入文学世界。自然之像、想象之像、图画之像、书法之像、音乐之像，等等，视觉之像不仅仅存在于以抒情言志为主题的文学作品中，还渗透于中国艺术的各个门类，并普遍地以文学的形式表达出来，如画论、书论等，形成了中国文学的独特魅力。因视觉之像形态多样，本书以"图"总称，即将中国文学的视觉化描写统称为以文为图。

第一章　中国文学中山水审美的觉醒

　　山水自然是中国文学艺术重要的观照对象。对于自然山水的观照，形成中国的山水田园诗、中国的山水画，形成中国古典美学独特的情景交融下的意境之美。而这些深具特色的文学艺术的生成直接来源于中国人对于自然美的发现，来源于自然审美的独立。在古代，它经历了一个艰难而又漫长的孕育过程。

第一节　从敬畏山水到以山水比德

　　远古时代，初民们面对晒裂的大地、晒焦的禾稼，面对汹涌而来的滚滚洪涛和日月交替、四季轮换，他们不得不拿起粗劣的武器与之抗争，不得不仰首问天"为什么"。那个时候的天地自然是一个不可知的、有着巨大魔力的敌人，破坏着人类惨淡的生活。初民们渴望认识自然，更渴望征服自然，于是将这种强烈的愿望倾注于一个个勤劳、智慧、勇敢的超人。洪水滔天的现实和初民顽强的精神孕育了鲧禹治水的神话传说；后羿射日的故事寄托着抵抗干旱的勇气和希望。猛兽食人、炎火不灭的生活困境引出了女娲补天的动人传说。初民们一方面创造了女娲、大禹、精卫、后羿，展示征服自然的信心和理想；另一方面又创造了与其相抗争的自然之神，赋予其浩大的神力和人的性格。于是产生了洪水恶神相柳、漳河水神计蒙、旱神女魃、瘟神西王母等丑化的怪神，也创造了社神、农神、稷神作为崇拜的对象。原始初民这种恨自然又畏自然的心理，表现于行为实践即是宗教式的自然崇拜。"望秩于山川""山川之望""望祭"（《尚书·尧典》），"怀柔百神，及河乔岳"（《诗·颂·时迈》），先民们以神化的眼光看待山川大地。或为敌，或为尊，或侵害人类的狂风暴雨，或造福人类的和风细雨都有着人所具有的灵性，有着神魔之力。正如泰勒《原始文化》中所说："他们能够感觉到在受饥饿折磨时咬他们的那个腹中的生物。他们听到了作为回声回答他们的山中矮人的声音，和天神在苍天隆隆轰响的车声。"① 这种神化自然万物的心理使原始诗歌的比兴手法得以形成，并在诗歌发展中占据一席之地。《诗经》中"关关雎鸠，在河之洲"（《关雎》）、"崧高维岳，骏极于天"（《崧高》）、"河水洋洋，北流活活"（《硕人》）、"瞻彼淇奥，绿竹猗猗""瞻彼淇奥，绿竹青青"（《淇奥》）等大量的自然景观正是比兴手法的运用。在自然神灵观念的作用下，它们和不相关的事、情、物在本质上趋于一致。春秋战国时期，自然从高高在上的祭坛走向了人间，与人为友。中国古代的自然观开始走上天人和谐的发展道路。"人法地，地法天，天法道，道法自然"（《老子》），老子把宇宙万物的自在性"道"作为人生的终极价值，认为实现价值的行为途径是清静无为，彻底否定了崇拜自然、万物有灵的自然观。委顺自然成为人世法则，由此构建了以自然的精神为核心的价值体系。儒家士人的人格理想是大德之人。"反身而诚，乐莫大焉"（《孟子》），"故至诚无息，不息则久，久则徵（一说为'征'），徵则悠远，悠远则博厚，博厚则高明……博厚配地，高明配天，悠久无疆"（《中庸》）。至诚是天地固有的特性，是自然万物得以生成、衍化的根源，同时又是儒家人格修养的最高境界。与道家自然无为不同的是，它是以积极进取的个体精神融汇于宇宙生命的洪流中，成就配天的大德。因此，以物比德，赋予自然以人伦道德品质的山水比德说在儒家的价值体系中产生了，与自然在精神价值层面达到了和谐共处。管仲认为禾"可比于君子之德"（《管子》）；孔子则将比德之物扩大到山水花草，例如，"岁寒，然后知松柏之后凋也"（《论语·子罕》），"逝者如斯夫，不舍昼夜"（《论语·子罕》），以及"知者乐水，仁者乐山"（《论语·雍也》）的著名审美趣味论断，等等。对此，《荀子·宥坐篇》解释之：

"夫水，遍与诸生而无为也，似德。其流也埤下，裾拘必循其理，似

① ［英］泰勒《原始文化》，蔡江浓译，浙江人民出版社，1988年，第298页。

义。其洸洸乎不淈尽，似道。若有决行之，其应佚若声响，其赴百仞之谷不惧，似勇。主量必平，似法。盈不求概，似正。淖约微达，似察。以出以入，以就鲜洁，似善化。其万折也必东，似志。是故君子见大水必观焉。"

《韩诗外传》进一步解释："夫山……育群物而不倦，有似夫仁人志士，是仁者之所以乐山也。"① 人类第一次发现了自然与人之间内在的同构关系，这种主体思想和自然精神的契合在屈原的创作中得到充分实践。以《离骚》为例：

"冀枝叶之峻茂兮，愿俟时乎吾将刈。虽萎绝其亦何伤兮，哀众芳之芜秽"，"芳与泽其杂糅兮，唯昭质其犹未亏"，"兰芷变而不芳兮，荃蕙化而为茅。何昔日之芳草兮，今直为此萧艾"，"凤凰翼其承旂兮，高翱翔之翼翼"。

《离骚》中充满了香草、萧艾、芳、茅的描写，实则是君子、小人、贞洁、丑恶、君王、臣子的比拟。屈原笔下香草、萧艾的共现将人与自然精神的交流在自然之美契合人品之美的范围中融入了自然之丑与人品之恶的契合，美的人与物和丑的人与物相互映照、相互彰显，使先儒比德之说的内涵得以扩展。

尽管美人香草的传统旨在赋予自然景物以社会意义，但主体对自然景物与人品质之间同构关系的认识无不包含着对山川草木的审美把握。春秋战国时审美意识的觉醒已是事实。《庄子·秋水》借自然悟道，"百川灌河，泾流之大，两涘渚崖之间，不辩牛马"，宏阔浩渺的秋水使"河伯欣然自喜，以天下之美为尽在己"，美感的获得在河海景观的描述中清晰可见。壕梁观鱼时，鱼儿的从容出游使庄子物我两忘，不辨鱼乐和庄乐。庄子之理在观鱼忘象的审美活动中得以完成。"山林与！皋壤与！使我欣欣然而乐与！乐未毕也，哀又继之"（《知北游》），庄子之游也是审美活动与哲理思考的统一。孔子言"知者乐水，仁者乐山"（《论语·雍也》），尽管有知、仁之异，山水之别，但乐山乐水首先是一种审美态度。春日"浴乎沂，风乎舞雩，咏而归"（《论语·先进》）的人生理想境界即是山林之美与大德之心相合而生的结果。因此，在先秦诸子眼中，自然既以其精神本然标示着人的价值归属，又以其山水之形寄托着人的审美态势。自然审美观处于觉醒尚未

① 许维遹《韩诗外传集释·卷三》，中华书局，1980年，第111页。

独立的发展阶段，自然景物在文人的笔下也多是情感抒写的陪衬。屈原《九歌》"秋兰兮青青，绿叶兮紫茎"（《少司命》），"袅袅兮秋风，洞庭波兮木叶下"（《湘夫人》），"石濑兮浅浅，飞龙兮翩翩"（《湘君》），"滔滔孟夏兮，草木莽莽"（《九章·怀沙》）等自然美的描写烙印着诗人的审美意识。不同于比兴手法中对自然景物选择的随意性，这些景物之态与主体之情的连接是自然的，在诗人的审美观照下而不是神灵观念的左右中，风土草木的审美特征契合了诗人的情感。但由于这一阶段的审美意识尚未完全独立，文艺作品的旨归终究是在人之情而不在物之美，换言之，自然之美只是一种装饰和陪衬。

第二节　从天人比附到感物有方

两汉以降，初生的审美意识被占据统治地位的天人互感信仰所淹没，自然精神的价值理想进入存而不显的阶段。"天人感应"早在《尚书·尧典》中就有记载，至汉朝建立，随着社会的稳定，这一观念态度愈发凸显，具有广泛的民众基础。《史记》中多记载汉人对天人感应的迷信，项羽战败自刎于乌江时言"天亡我，非用兵之罪也"；刘邦病重时认为"命乃在天，虽扁鹊何益"，拒医而死。董仲舒则在其著述中围绕"天人感应"观念建立起一套完整的思想理论体系。在他看来，天和人具有相似的形体与意识，推而广之，乃至有相似的道德伦理。"春，爱志也；夏，乐志也；秋，严志也；冬，哀志也。故爱而有严，乐而有哀，四时之则也"（《春秋繁露·天辨在人》）。因此天人相符而感应，天人相类而合一，"春，喜气也，故生；秋，怒气也，故杀；夏，乐气也，故养；冬，哀气也，故藏。四者天人同有之"（《春秋繁露·阴阳义》），将人的情感赋予天，认为有意志的天引起了人性情的变化，也支配着宇宙万物的纷纭变化。这种解释以哲学思维的官方形态深深地渗入到汉代士人对山水自然的审美观照中，他们以各种天象附会人世的变化，对自然景物的客观观照失去其存在的空间。自然在文学中再度被神化，出现大量以祭祀为目的的天体颂歌以及以天象比附人世的作品。同时，董仲舒赋予天以各种封建专制统治所需要的伦理道德属性，用王道贯通天、地、人，使天人感应成为汉代统治者维护其统治地位的理论武器。由此，以自然比附王朝基业成为有汉一代文学创作的基调。"赋体物而浏亮","铺采摛文,体物写志"①,汉赋繁富用笔,精心刻画,自然景物获得了足够的夸饰空间。司马相如《子虚赋》《上林赋》详尽描述了天子和诸侯游猎场地的自然景象。鱼龙珠玉,水鸟翔禽,林木蕙草,物物联缀。值得注意的是,辞赋家对田猎规模和园囿大小的描写旨归并不是赞誉真正的自然之美,而是"明君臣之义,正诸侯之礼"(《上林赋》),亦如班固在《两都赋·序》中所说:"或以抒下情而通讽谕,或以宣上德而尽忠孝。"自然尽管被一个个美丽的辞藻装饰,"宛如摄影式的客观,没有深度,没有打动人的东西"②,宣德尽孝,抒情通谏才是描写自然的真正意图。然而,自然与下情、上德之间并无形态的相似,更无情态的相近,这注定了汉赋中的自然远没有《楚辞》中陪衬抒情的自然令人共情和感动。不同于体物大赋的汉代感物小赋,却在对具体物象的精心刻画中,渗透了作者对生活的理解和情感。只是自然景物大量走进文人笔下主要体现在汉大赋中。"恭行天罚,应天顺人"(班固《两都赋》),汉文学主流所彰显出的这种夸饰的自然观在当时天人感应的思想渗透下承担着它昭示王道的职责,却将它本然的自然审美和主体感受埋葬于理性的道德思维中了。

以上描述的这种情况毕竟不能成就一代文学的伟大。尽管处于官方的保护地位,天人感应终究因其非科学的神学色彩,依然遭到严重的否定和批判。东汉前期,王充以天自然无为为依据,对天人感应、灾异祥瑞等荒谬学说进行抨击。认为"天道当然,人事不能却也"(《论衡·变虚》),形成具有典型唯物色彩的自然观。汉末魏晋初,士子文人开始从人与自然神秘化的比附关系中走出,天人感应的意识逐渐淡薄,山水的审美意识则逐渐增强,山水的感性体验日益丰富。曹魏文人的优越地位,正始文人的个性追求使得他们或聚会西园抒写功业之思,或走向山林寻找生命保障。林圃之色、山林之象、泉水之音开始较为普遍地进入文学殿堂。邺下文人畅怀放志,笔下则多是嘉木修条、华星丹霞、清泉流波、芙蓉散华,自然景物之美使其公宴诗充满了遨游的快意、放志的振奋。

---

① 周振甫《文心雕龙今译》,中华书局,2013年,第52页。

② [日]小尾郊一《中国文学中所表现的自然与自然观》,上海古籍出版社,1989年,第113页。

　　另外，汉末魏晋时期的政治纷争和频繁的战事促使人们开始对生命本身进行前所未有的思考，感叹年华流逝、功业难成的忧生之叹成为文学的主调。主体生命流逝的主题以其时间的流动感与天人感应体系中四季更替、天道运行的季节推移感和自然生命的枯荣盛衰感不谋而合，由此构成这一时期文学作品中自然描写的一大特点。人与自然由衰微的现象层面引起的悲凉共感深深地积淀于中国文学中，成为情景相合文苑中的一道风景。《古诗十九首》描述大量秋冬之间清冷肃杀的自然氛围，寄寓诗人们功业不就、青春即去、生命流逝的苦闷。陈琳《游览》借绿叶凋落、红叶纤谢的秋景感伤生命衰老、建功不得；魏文帝曹丕《燕歌行》和《杂诗》则借群燕南归、孤雁独翔的秋景解释思念亲人、思念故乡的心情；曹植《离友诗》借"凉风肃兮白露滋，木感气兮条叶辞"的秋景抒写"伊郁悒兮情不怡"；魏明帝《步出夏门行》直叹"悲彼秋蝉"；刘桢《赠五官中郎将》直抒"秋日多悲怀"；阮瑀《杂诗》也发出"秋日苦清凉"的感叹。秋天季节的转换和人类生命的短暂，秋天草木的变化和生命的衰微，秋天动物的情态和生命的孤单契合，人与自然的共感在"秋"的描写发展、成熟、普及中得以和谐、内化。

　　对人事、人情的抒写不仅仅借秋景而兴起。以自然之变呼应主体之情成为这一时期诗作广泛采用的模式。作为正始玄学的代表，阮籍必然地将天地自然、宇宙人生的思考注入诗中，充满了理性精神，表现了天人之应与玄理的融合。"天地纲缊，元精代序。清阳曜灵，和风容与"；"寒风振山冈，玄云起重阴。鸣雁飞南征，鷖鸠发哀音"（《咏怀》）。阮籍的自然描写，有"世务何缤纷，人道苦不遑"的人道之叹，又有"人生若晨露，天道邈悠悠"的天道之叹（《咏怀》），他以玄学之思登临与人感应的山水，将人类的生命放置于宇宙的宏阔中，诗作充满了慷慨悲凉的色彩。

　　晋代魏以后，司马氏为巩固统治地位，禁锢玄学清谈，炫耀儒学门风，君权神授的天人感应学说得以复兴，并在文人中广泛传播。如陆机《文赋》所言：

　　"伫中区以玄览，颐情志于典坟。遵四时以叹逝，瞻万物而思纷，悲落叶于劲秋，喜柔条于芳春"。

　　可以看出，这一时期文学中的感物并不是随时随地的有感而发，而是受制于某种固有的物感模式，自然景物在创作之初就已经先在地带上了人所具有的情感。诗人感物的过程实际上是寻找与主体思想相对应的自然有情之物的过程，即人事思虑往往是由天道变化而引起。因此，天人互感的模式和盛衰之理、叹逝生命的主题使西晋文学中的自然描写被天道运作所垄断，山水的审美意识停滞不前。但大量游仙诗、招隐诗和行旅诗的涌现改变了这一状况。文人们对于神仙的企慕和隐士的招寻更多地表现在对神仙仙境的渴盼和对隐遁山林的向往上。因此，想象世界的灵圃和现实世界的泉石引起诗人们的关注。张协《游仙》"峥嵘玄圃深，嵯峨天岭峭。亭馆笼云构，修梁流三曜。"左思《招隐诗》"白雪停阴冈，丹葩曜阳林。石泉漱琼瑶，纤鳞或浮沉。非必丝与竹，山水有清音。"自然山水娱情乐性的审美价值越来越为文人们所认识。对景物的描写也从四季更替、阴阳变化的天象大景过渡到白雪丹葩、石泉纤鳞、山水秀木具体可观可感的自然小景。但表现高蹈气质、超然情怀的诗作主旨终究没能使自然本身成为独立的审美对象，却使其具有了诗人的精神气质，逐渐走出天人感应的氛围。

第三节　从山水"体道"到山水审美

东晋建立后，天人感应的余波终于被玄学体系中的自然观驱逐殆尽。玄学自然观认为天就是自然，是客观自然。"法自然者，在方而法方，在圆而法圆，于自然无所违也"①。对"道法自然"的这种新的解释使玄学之士们在方圆的具象中寻找无限的方圆之理。东晋玄学在西晋末郭象"块然而自生"② 观念的引导下，直承阮籍、嵇康的自然学玄学本质，发展成为体悟玄学、直觉性哲学，"我既不能生物，物亦不能生我，则我自然矣"③。尽管是自然派玄学的代表，阮籍笔下的自然依然没能跳出天人感应的窠臼，原因在于他虽然坚持天地万物自然为一体，但没有将自然现象视为求取自然本质的途径，无心留意山水之象，自然之美。"以为形之可见，非色之美"（《清思赋》）。因此，自然山水美的价值被天象变化引起的生命慨叹所代替。他以

① 边家珍点校《王弼道德经注》卷之二，凤凰出版社，2017 年，第 19 页。
② 曹楚基、黄兰发点校《南华真经注疏》内篇卷第一，中华书局，1998 年，第 23 页。
③ 曹楚基、黄兰发点校《南华真经注疏》内篇卷第一，中华书局，1998 年，第 23 页。

对宇宙、人生整体的把握创造了哲学的诗、诗的哲学，却没能因自然的直觉思维创作出优美可感的诗的自然和自然的诗。东晋则不同，一方面以直觉思维体悟玄学；另一方面又与佛学"色空"观合流，形成儒释道结合下的玄学体系。这个体系中，"色即为空，色复异空"既是现象的方圆，又是本质的方圆之理。最合理的得"道"办法是"即色游玄"①，一改阮籍"非色"的自然视角，着眼于现象的体悟观察和本质的探求。这为山水田园等自然审美意识的独立提供了契机。同时，久盛不衰的隐逸之风使士人们游于山水之中，与山水景物频繁接触，身之所居，目之所击都是山川田畴。在对山水田野自然本色的游历、取乐中，"体道"成为晋宋士人的自然观，也是中国早期山水艺术的精神，是中国自然诗美最后产生的直接原因。"体道"的玄学追求和山水形态美的感悟方式，使得东晋玄言诗人在创作"淡乎寡味"的玄言诗的时候，笔下也流淌着山林清泉的娱乐情调。玄言诗人的代表庾阐作《三月三日临曲水诗》《观石鼓诗》《登楚山诗》《三月三日诗》等描写山水景物。孙绰的《秋日》"疏林积凉风，虚岫结凝霄。湛露洒庭林，密叶辞荣条。抚菌悲先落，攀松羡后凋"，对秋景的描写中，传统的悲秋模式难寻丝痕。也是为"体道"，因"色即游玄"，晋宋诗的山水自然更多地与玄言相杂。《兰亭集》中的五言诗大多是"仰观宇宙""俯察品类"，熔自然、玄言于一炉的作品。这些诗中有大量的山水景物描写，洋溢着自然生命的盎然生机。同时，揭示宇宙中玄奥之理的创作旨归使诗作蕴含着强烈的时空意识、生命意识。玄理寓于自然，自然以表玄理，表达得高明便是理在自然中，未能尽理则是山水描写后拖着一条"玄言的尾巴"，陶谢二人正是代表。陶渊明的视线更多地投向田园而不是山林，寻找理趣而不是理论。化理为趣使他的自然写景之作消解了诗的哲学意图，却蕴含着生活的乐趣，化尽了理念的语言却表现着人生的真谛。如《饮酒》其五：

"结庐在人境，而无车马喧。问君何能尔，心远地自偏。采菊东篱下，悠然见南山。山气日夕佳，飞鸟相与还。此中有真意，欲辨已忘言。"

陶然自乐，正是无为之道，无意体道却道自显。这是陶氏的高明。相较之下的谢诗则多了几分刻意雕饰的痕迹。山水景物的描写中杂以玄理的议

---

① 杨勇校笺《世说新语校笺》引《支道林集·妙观章》，中华书局，2006年，第169页。

论。《登永嘉绿嶂山》主要是景物的展现及山水间诗人悠然情怀的展示，但"颐阿竟何端，寂寂寄抱一。恬如既已交，缮性自此出"的结语却阐发道理。其笔下的自然终不能无为而体道。但"白云抱幽石，绿筱媚清涟"（《过始宁墅》），"云日相辉映，空水共澄鲜"（《登江中孤屿》），"密林含余清，远峰隐半规"（《游南亭》），等等，山光水色的精妙再现证实着谢灵运对自然山水的审美态度——娱情乐性又体道明理。《登池上楼》《石壁精舍还湖中作》《岁暮》等少数诗作正实现了情理与景色的完美融合，达到娱乐与体道的双重目的，全方位地对自然山水的呈奉终于使谢灵运站在自然景物诗歌发展之初的重要关口。山水审美意识的普遍独立和南朝情感的解放使自然山水诗中关于玄理的探讨逐步退位。个性的张扬、性情的抒发越来越多地占据文学的主导地位。"登山则情满于山，观海则意溢于海"（刘勰《文心雕龙·神思》），"情往似赠，兴来如答"（刘勰《文心雕龙·物色》），情景相合取代理景相并已势不可当。南齐谢朓首先走出这一步，将自己的内心感受刻印于对自然景观的精心描写中，创造出一个又一个与情感相合的意象。如《离夜》：

"玉绳隐高树，斜汉耿层台。离堂华烛尽，别幌清琴哀。翻潮尚知恨，客思眇难裁。山川不可尽，况乃故人杯。"

离别之夜的心情借"高树""层台""华烛""清琴"等意象的组合自然流畅地表达了出来。《之宣城郡出新林浦向板桥》中，"天际识归舟，云中辨江树"的远眺之景和"旅思倦摇摇，孤游昔已屡"的游子恋乡之情融合在一起。王夫之评此诗："隐然一含情凝眺之人，呼之欲出。从此写景，乃为活景。"（《古诗评选》卷五）到梁代何逊、陈代阴铿，诗中自然风光、景象物态则在更广泛的生活层面上与各种情感相契合。离愁别绪、羁旅乡思、赠答怀人等更加频繁、更加完善地融入自然之中。如《慈姥矶》诗：

"暮烟起遥岸，斜日照安流。一同心赏夕，暂解去乡忧。野岸平沙合，连山远雾浮。客悲不自已，江上望归舟。"

思乡的主题在这首诗中是以景物描写表现出来的，暮烟浮游、野岸空寥、客子望归，物与人共同组成了苍凉、悲愁的意境美。至此，自然的审美价值和人的情感特性相契合而形成意境美开始成为文人自然景物诗作的自觉追求，自然和人开始走上真正意义上和谐共存的道路。这为唐代山水田园文学的兴盛繁荣铺平了道路。

结　语

　　山水审美意识的觉醒，意味着自然山川景物不再是人类命运的比附，不再是玄学之道的载体，而作为真正具有美感因素的事物进入人的视野。古人在用眼睛观察自然美的同时，也开始了对自然美的心灵感受，在自然美中寻找自我心灵的安顿之所。"诗言志""诗缘情"，诗歌承载着中国人的这一心路历程，在自然景物的视觉美感中寻求自己的生存与发展。诗歌创作中的视觉因素大大增加，中国古典诗歌由此走向了自由的视觉化历程，一方面，咏物类诗歌成为某种主流；另一方面，诗歌与视觉艺术联结，题画类诗歌出现，并逐步走向兴盛。

第二章 先秦咏物传统溯源

中华文明咏物的传统源远流长，根据现有文献，"咏物"一词最早可以追溯至春秋时期《国语·楚语上》申叔时论傅太子：

"教之春秋，而为之耸善而抑恶焉，以戒劝其心；教之世，而为之昭明德而废幽昏焉，以休惧其动；教之诗，而为之导广显德，以耀明其志；教之礼，使知上下之则；教之乐，以疏其秽而镇其浮；教之令，使访物官；教之语，使明其德，而知先王之务用明德于民也；教之故志，使知废兴者而戒惧焉；教之训典，使知族类，行比义焉。若是而不从，动而不悛，则文咏物以行之，求贤良以翼之。"①

在此，楚王向申叔时请教如何才能将太子培养成理想的君主。申叔时认为应教之以"春秋""世""诗""礼""乐""令""语""故志""训典"，培养他的德性，如果这样教导还不听从，举止失当而不改正，就用咏物的方式劝诫他，并寻找贤良之士辅佐他。显然，申叔时对咏物的理解与今人的咏物观念大为不同。清人俞琰云："诗感于物，而其体物者不可以不工，状物者不可以不切。于是有咏物一体，以穷物之情，尽物之态。"② 清人刘熙载认为："咏物，隐然只是咏怀，盖其中有我在也。"③ 但在申叔时看来，咏物的作用绝不仅限于"体物""状物""抒情咏怀"，申叔时强调，在诸先代典籍教育无效的情况下，咏物的劝诫方式可以对未来国君的培养起到一定的补

---

① （先秦）左丘明《国语·楚语上》，齐鲁书社，2005 年，第 259 页。
② （清）俞琰《咏物诗选·序》，成都古籍书店，1984 年，第 2 页。
③ 刘立人、陈文和点校《刘熙载集》，华东师范大学出版社，1993 年，第 142 页。

救作用，也就是说，"咏物"具有与经典典籍同等重要，甚至更为重要的政治、教化功能。申叔时对咏物文学的理解实则可以从中国早期咏物观念那里找到依据。

第一节　中国早期咏物观念的形成

物本是外在于人的客观存在，不具有什么观念意义与社会属性，但自中国文明的发端起，物就被赋予一定的观念内容，换言之，物不仅仅是现实、具体的自然存在，同时还是一种具有超现实的神秘力量的观念性存在。在上古时期，原始先民的生存条件极为恶劣，为了获取更有利的生存保障，原始先民把自然神化，赋予自然中的诸物以人的属性与超自然的神秘力量，然后采用巫术控制或献祭的方式与自然合作，以期获取更多的现实利益。如法国学者列维·布留尔所言：

"原始人也不像我们那样感知……在绝大多数场合下，原始人的知觉不但不抛弃那一切缩小它的客观性的东西，而且相反的，它还专注在存在物的神秘属性、神秘力量、隐蔽能力上面。"①

换句话说，当自然中的诸物出现在原始先民的视野中时，它们并不仅仅是纯然的自然面目，而是一种自然形式与神性内容的统一。

"殷人尊神，率民以事神，先鬼而后礼……周人尊礼尚施，事鬼敬神而远之，近人而忠焉。"② 西周时期，人的自我意识持续提升，周人在敬畏鬼神威慑力的同时对之采取敬而远之的态度，而以"礼乐相济"的方式约束个体的言行，维护国家政治的和谐稳定，社会意识形态逐步由鬼神崇拜向以德配天的观念转变。《尚书·康诰》云：

"惟乃丕显考文王，克明德慎罚，不敢侮鳏寡，庸庸，祗祗，威威，显民。用肇造我区夏，越我一二邦，以修我西土。惟时怙冒，闻于上帝，帝休，天乃大命文王。殪戎殷，诞受厥命越厥邦民。"

---

① 〔法〕列维·布留尔《原始思维》，商务印书馆，1985年，第37页。

② （汉）郑玄注，（唐）孔颖达疏《礼记正义》，北京大学出版社，1999年，第1485—1486页。

　　周人认为，上天因为文王的行为（德）将天命移易至周。显然，在这一阶段，天已经脱离其神秘幽暗的非确定性面目，而被假定为一种可以被人类社会道德同构的伦理性存在。因为德性内容的注入，混沌而神秘的宇宙万物逐渐清晰、有序起来，天、地、人、神皆被纳入一个崭新的宇宙系统里各安其位。与之相应，物的观念性内容也更加丰富，由神性光辉过渡为具有崇高意味的物的德性价值。周王朝"以德配天"的历史文化背景孕育出周人"以物比德"的思想观念与思维方式。《逸周书·酆保解》载文王治国理政时期的内政、外交之道，其"五落"云："一、示吾贞，以移其名；二、微降霜雪，以取松柏；三、信蟜萌，莫能安宅……"此处以历经霜雪的松柏与虫蚁物象设喻，分别指代刚正不屈的君子与奸邪的小人，"以物比德"的观念已初见端倪。"以物比德"观念的理论提升期是在春秋战国时期。《管子·水地篇》以玉比德，以玉的自然属性为基础归纳出玉的九种道德属性：

　　"夫玉之所贵者，九德出焉：夫玉温润以泽，仁也；邻以理者，知也；坚而不蹙，义也；廉而不刿，行也；鲜而不垢，洁也；折而不挠，勇也；瑕适皆见，精也；茂华光泽，并通而不相陵，容也；叩之，其音清搏彻远，纯而不杀，辞也。是以人主贵之，藏以为宝，剖以为符瑞，九德出焉。"

　　老子以水喻德，从水的性质、形态等方面出发比附伦理品格。《道德经》有言：

　　"上善若水"；"水善利万物而不争。处众人之所恶，故几于道"；"天下莫柔弱于水，而攻坚强者莫之能胜，以其无以易之。弱之胜强，柔之胜刚，天下莫不知，莫能行。"

　　老子认为，当政者治理国家，也应该像水一样，以柔弱、卑下的态度治理国家、统治民众，如此才能获得民众的拥戴，成为天下的君主，即"江海之所以能为百谷王者，以其善下之，故能为百谷王。"孔子则继承《逸周书·酆保解》以松柏"比德"的传统，《论语·子罕》有言："岁寒，然后知松柏之后凋也。"不惧霜寒的松柏，在此成为坚韧不拔的道德品格的象征。更重要的是，孔子首次将比德观念纳入审美活动，确立了文学艺术领域"以物比德"的审美传统。孔子云："知者乐水，仁者乐山。"朱熹将之解释为：

　　"乐，喜好也。知者达于事理而周流无滞，有似于水，故乐水；仁者安于义理而厚重不迁，有似于山，故乐山。"①

由于山、水的感性特征与仁人智者的德性品格有某种对应关系，人们在对山、水的欣赏过程中实际上实现的是对人格美、德性美的自我观照。

至此，我们返回《国语·楚语上》申叔时对楚王的回复，会发现，申叔时对咏物方式令今人难以理解的推崇态度有其文化上的合理来源。它产生于中华文明发端之际原始先民的万物有灵信仰以及在这一背景下所形成的功利化、实用化的物象态度，随着原始先民自身实践能力的提高，物的神性意义淡化，物的德性价值则日益凸显，在周文化"以德配天"的思维范式的制导下，人们看待物象时无不同时掺杂着他们的德性价值判断，如此赋予天地万物以人格化的道德品质。以此为背景，申叔时的咏物观念孕育出来。从申叔时的观点来看，在这一阶段，咏物方式的落实实际包括三个方面。其一，咏物方式具有现实功利目的。申叔时首先强调了咏物方式的教化功能。先秦时人认为，物象中蕴含着德性价值。进而言之，"咏物"就是"咏德性"。正是从这个角度出发，申叔时建议可以通过咏物的方式对太子进行潜移默化的熏陶，从而塑造理想的仁人君子品格，起到教化的作用与目的。更重要的是，申叔时首次将咏物与现实政治紧密联系起来，赋予咏物方式以鲜明的政治意义。在这则典故中，被教化的对象是具有特殊政治身份的太子，基于此，楚王与申叔时虽然是在讨论如何育人，其目的却是培养出合格的君主。咏物方式作为教化方式的一种，因此被赋予了鲜明的政治属性，对中国社会早期咏物传统的形成产生了深远影响。

其二，咏物方式以物为媒介，离不开对物的观照。《周易·系辞下》云："古者包牺氏之王天下也，仰则观象于天，俯则观法于地，观鸟兽之文与地之宜。近取诸身，远取诸物，于是始作八卦，以通神明之德，以类万物之情。"

虽然最初人们对物的吟咏是基于一种实用主义的精神，并非单纯地对物象的自然属性产生兴趣，物象的自然属性却构成了物象观念意义的基础。与"春秋""世""诗"等典籍的规训引导方式相比，咏物方式将道德伦理等价值观念寓于具体可感的物象形式之中，更容易唤起接受者的情感共鸣，从而更好地实现其教化与美刺的现实功用目的。事实上，也正是因为咏物方式

---

① （宋）朱熹《四书章句集注》，中华书局，1983年，第90页。

的这一独特之处，申叔时才会有"若是而不从，动而不悛"，则以咏物方式进行补救的观点。

其三，咏物方式的实现，离不开对优美言辞的使用。申叔时言"文咏物以行之"，其中的"文"指的是具有声音色彩的、被咏物者精心锤炼过的语言符号，显然比日常语言更具有文学性与音律美。"咏"则是指使用语言的行为。在此基础上，所谓"咏物"显然指的是一种行为活动，具体言之，是以某一物象为话题展开的有一定时间长度的言说活动。事实上，"用语言去说"对于咏物活动来说是极其重要的。就一次具体的咏物活动来说，只有进入言说环节，咏物活动才会真正发生。在言说开始之前，人们对物象的理解仅仅停留在体验感知层面，物象的神性意义与德性价值也是处于未彰显的状态。换句话说，"用语言去说"是咏物活动产生意义的关键一环。而"用优美的言辞去说"，则为咏物活动的文学化、审美化走向提供了发展契机。

第二节　先秦咏物文学的发展

如果说申叔时对楚王的回复是中国早期咏物意识在观念层面的总结与体现，先秦咏物文学则在实践层面对之加以落实。路成文总结：

"严格地讲，先秦时代通篇咏物的作品数量并不多，可以初步确认为咏物之作的主要有相传产生于周代的一些器物铭、先秦古歌及《诗经》《楚辞》中的少数篇章、荀子《赋篇》、相传为宋玉所作的《风赋》《笛赋》等。"①

器物铭的最初功用乃是自勉自诫。周代以前的器物铭多已不考，目前可知的几篇散见于后世的著述之中，历来颇多争议。其中，《礼记·大学》曰："苟日新，日日新，又日新"，传说为商汤所作的《盘铭》。商汤将它刻在日常生活用具之上，以期每日看到，时时自我提醒。与前代相比，周代的器物铭增加了对器物自身性质、功能的描写，铭文往往从所铭器物的特点出发，引申到人类社会中修身、处世、治国的生存法则，从而达到自勉自诫的

---

① 路成文《宋代咏物词史论》，商务印书馆，2005年，第12页。

效果。这些铭文的幅制短小，文辞警拔，内容部分往往体现出周文化语境中典型的忧患意识与敬德修身思想，为后世"寓理于物"类型的咏物文学作品提供了范例。

而在诸如《伊耆氏蜡辞》《南风歌》《卿云歌》这样的上古歌谣中，则记录了中国社会最早期的咏物活动。在这些歌谣中，可以看到，随着历史的发展，咏物活动中物象的意义由神性光辉向德性价值发生转移。《伊耆氏蜡辞》是上古时期一个叫伊耆氏的部落首领举行蜡祭时的祝辞。祝辞中依次出现土、水、昆虫、草木四类物象，伊耆氏试图通过巫术制约的方式对这些物象进行控制，实现"土返其宅，水归其壑，昆虫毋作，草木归其泽"① 的现实目的。可以看出，在这首祝辞中，原始先民对物的认识与理解并不完全客观，而是基于万物有灵的原始宗教信仰。在稍晚于《伊耆氏蜡辞》的《南风歌》中②，咏物行为显然具有典型的"娱神"色彩。"古代之巫，实以歌舞为职，以乐神人者也。"③ 咏物活动虽然依然隶属于当时的巫术活动，原始先民对物象的态度却已然发生改变："南风之薰兮，可以解吾民之愠兮；南风之时兮，可以阜吾民之财兮。"④ 与《伊耆氏蜡辞》中被压制的土、水、昆虫、草木形象不同，在这首歌谣中，自然物象与人之间不再是对立关系，而是合作关系。原始先民赋予南风自然属性之外的道德属性，原始先民试图通过颂美南风德性的方式对南风进行真诚的取悦，以期获得南风的回馈。显然，在先秦古歌中，咏物活动的表现对象——物并不是以单纯的自体形象出现，而是被赋予了高度的神性力量与德性价值。

《诗经》的采集与编纂源自周王朝的采诗、献诗制度，《国语·周语上》云：

---

① 姜亮夫、赵逵夫等《先秦诗鉴赏辞典》，上海辞书出版社，2002 年，第 918 页。

② 《南风歌》相传为舜帝所作。逯钦立《先秦汉魏晋南北朝诗·南风歌》解题云："家语曰：'昔者舜谈五弦之琴，造南风之诗。'……《史记·乐书》曰'舜弹五弦之琴，歌南风之诗，而天下治。南风之诗者，生长之音也。舜乐好之，乐与天地同意，得万国之欢心，故天下治。'"这样的解释在今天看来确实有附会托古之嫌。不过，《南风歌》的头两句在战国时期尸佼的《尸子·绰子篇》中被提到过，说明《南风歌》应是战国以前的作品无疑，根据其内容判断的话，应创作于西周至战国之间。

③ 王国维《王国维文学论著三种·宋元戏曲考》，商务印书馆，2010 年，第 47 页。

④ 姜亮夫、赵逵夫等《先秦诗鉴赏辞典》，上海辞书出版社，2002 年，第 921 页。

"防民之口，甚于防川……是故为川者，决之使导；为民者，宣之使言。故天子听政，使公卿至于列士献诗……而后王斟酌焉。"①

周王朝重视民意，采诗、献诗制度的设立就是周天子听政纳谏的诸方式中的一种。由于行人采诗、公卿列士献诗的目的是令天子观民风、察民意，以达到刺政的功能，因此，《诗经》中出现大量虽以物象为题，实则反映日常民生、美刺现实政治的诗歌作品。如：

"泛彼柏舟，亦泛其流。耿耿不寐，如有隐忧。微我无酒，以敖以游。"（《邶风·柏舟》）

"硕鼠硕鼠，无食我黍！三岁贯女，莫我肯顾。逝将去女，适彼乐土。"（《魏风·硕鼠》）

"鼓钟将将，淮水汤汤。忧心且伤，淑人君子，怀允不忘。"（《小雅·鼓钟》）

这些作品并不以对自然物象的摹写为主，而是托物起兴，托事于物，抒发作者自身的情思与见解。而就《楚辞》而言，楚国虽然地处偏僻，却隶属于周王朝的德性政治共同体，对作为主流文化的北方文化有高度的价值认同，以《楚辞》为代表的南方文学显然也受到《诗经》的深刻影响。《史记》论《楚辞》曰："《国风》好色而不淫，《小雅》怨诽而不乱，若《离骚》者，可谓兼之矣。"②刘勰在《文心雕龙·辨骚》中亦有言："每一顾而掩涕，叹君门之九重，忠怨之辞也：观兹四事，同于《风》《雅》者也。"③《楚辞》中虽然出现大量自然、人工物象，但由于《楚辞》与《诗经》"文以刺政"的文学精神一脉相承，屈原、宋玉在选择、使用这些物象时往往会对它们作善与恶的价值区分，为之蒙上浓厚的政治、伦理色彩。屈原以"善鸟香草"自喻，以"恶禽臭物"喻趋炎附势的无耻奸佞之徒，表达自己在政治上的失意之情。宋玉《风赋》则把风分为"君子之风"与"小人之风"，等等，《楚辞》文学中的这种"咏物"的态度显然是德性文明作用下的产物。

值得注意的是，在先秦时期，一方面，咏物活动的目的并不仅限于对某物做出一个事实性判断，通过对上述文学资料的整理可以看出，由物象触发

---

① （先秦）左丘明《国语》，上海古籍出版社，2007年，第5页。
② （汉）司马迁《史记》，中华书局，1959年，第2482页。
③ 杨明照校注《增订文心雕龙校注》，中华书局，2012年，第51页。

的价值关联比对物象本身的描述更为重要；另一方面，咏物行为的出现却是建立在"观物""感物"的基础之上。这也就意味着，虽然物象在早期咏物文学中扮演的只是一个媒介的角色，对物的观察与理解却构成了咏物文学萌发的基底，也正是在此基础上，中国古人养成了咏物的文化传统。中国古人对物象外在感性情态的感知与把握散见于以《诗经》《楚辞》为代表的先秦诗歌作品之中。清代学者俞琰曾在《咏物诗选》中化用刘勰的观点，提出：

> "古之咏物，其见于经，则灼灼写桃华之鲜，依依极杨柳之貌，杲杲为出日之容，凄凄拟雨雪之状，此咏物之祖也，而其体犹未全。"①

俞琰认为虽然《诗经》对自然物象的描写都是碎片化的，尚没有出现完整意义的咏物诗歌，但诸如"桃之夭夭，灼灼其华""隰有苌楚，猗傩其枝""駉駉牡马，在坰之野。薄言駉者，有骐有皇；有骊有黄，以车彭彭"等对物象的活泼生动的感性描写却唤起人们对自然物象自身形色情态的审美注意，因此可以视为咏物文学之宗。这一看法得到学界的普遍认同。而在《楚辞》中，诸如"佩缤纷其繁饰兮，芳菲菲其弥章""袅袅兮秋风，洞庭波兮木叶下"等对物象感性情态的描写比比皆是，与《诗经》文学一并，在先秦咏物传统的政治、伦理维度之外孕育出它的审美维度。

在先秦诸多诗歌作品中，屈原的《橘颂》又具有特殊意义。《橘颂》的节奏整饬，辞采绚烂，被视为"先秦咏物文学之祖"。与其他先秦《楚辞》作品不同的是，《橘颂》虽句句不离作者的情志，同时又句句不离橘树，对橘树进行了完整的审美观照。诗歌先描述了橘树的生存条件，又详细刻画橘树的枝、叶、果实与整体形貌：橘树生于南国，"绿叶素荣，纷其可喜兮。曾枝剡棘，圆果抟兮。青黄杂糅，文章烂兮。精色内白，类任道兮。纷缊宜修，姱而不丑兮"。橘树美好的风神与诗人的高洁品格与忠于楚国、至死不渝的政治情怀融为一体，互为映照，相辅相成。即刘勰《文心雕龙》所言："三闾橘颂，情采芬芳，比类寓意，乃覃及细物矣。"② 正是从这个角度出发，《橘颂》才被视为是中国文学史上第一首具有完整意义的咏物诗歌。

荀子《赋篇》中的《云》《蚕》《箴（针）》三篇小赋是现存最早以赋名篇的咏物作品。在此，仅以《云》为例：

① （清）俞琰《咏物诗选·序》，成都古籍书店，1984年，第2页。
② 杨明照校注《增订文心雕龙校注》，中华书局，2012年，第111页。

"有物于此，居则周静致下，动则慕高以钜。圆者中规，方者中矩。大参天地，德厚尧、禹。精微乎毫毛，而充盈乎大宇。忽兮其极之远也，攭兮其相逐而反也，卬卬兮天下之咸蹇也。德厚而不捐，五采备而成文。往来惛惫，通于大神，出入甚极，莫知其门。天下失之则灭，得之则存。弟子不敏，此之愿陈。君子设辞，请测意之。曰：此夫大而不塞者与？充盈大宇而不窕、入隙穴而不逼者与？行远疾速而不可托讯者与？往来惛惫而不可为固塞者与？暴至杀伤而不亿忌者与？功被天下而不私置者与？托地而游宇，友风而子雨。冬日作寒，夏日作暑。广大精神，请归之云"。

赋作详细描述了云动静皆宜、忽近忽远、可圆可方、大来小往等变化莫测的状态，并将云的自然属性与儒家德性价值完美融合在一起，"德厚而不捐，五采备而成文"，云的自然属性成为其高尚的德性力量的感性显现。基于此，当代学者毕庶春在其著作《荀况赋篇刍论》中指出，《云》《蚕》《箴（针）》所赋，其实就是"圣""贤""士"。

通过上文的整理可以发现，在中国文明发展早期，咏物观念的形成与咏物文学的发展之间具有高度的一致性。在咏物文学发展的最初阶段，咏物意识与咏物活动的发生并非起源于单纯的艺术审美的需要，而是基于一种实用主义的精神，是原始先民为了实现一定的现实功利目的所萌发与采取的一种巫术思维与行为方式。商、周时期，咏物传统逐渐与宗法制度、政治生活结合起来，咏物主题朝政治、伦理内容聚集。与此同时，作为咏物意识与咏物活动产生的基底，具体可感的自然、人工物象自身也在先秦咏物文学中得到一定程度的表现。在这一过程中，以政治、伦理功用为主，以物象自身的审美价值为辅的先秦咏物传统逐渐确立起来，对下一阶段咏物文学的发展发挥潜在影响。

第三节　中国文学的写实传统

近现代以来，随着中西方经济、文化交流的加强，中国学者开始在中西比较的视野下重新理解中国传统文学，在研究中整体呈现出的是不断将自我进行"他者化"的理论形态。1971 年，旅美华裔学者陈世骧在美国亚洲研究学会年会上发表《中国的抒情传统》一文，在与西方文学的叙事传统进行比较的基础上，用西方抒情诗为模型建构中国传统文学精神，他认为：

"中国文学的荣耀并不在史诗；它的光荣在别处，在抒情的传统里。……整体而言，中国文学传统就是一个抒情传统。"①

我国台湾汉学家高友工延续了陈世骧的"抒情传统论"，并借用西方现代文学批评方法，完成对这一学说系统的理论提升与体系建构。在他的理论体系中，抒情命题不仅用来定义中国传统文学，同时也构成中国各个时期的理想文化精神。陈世骧、高友工的"抒情传统论"在学界产生热烈反响，孙康宜、林顺夫、蔡英俊、萧驰、王德威以及国内的诸多学者都受到它的影响，形成中国文学抒情传统研究的热潮。中国文学的抒情传统俨然成为一种共识。"抒情传统论"以西方文论思想为参照系，为中国传统文学确立了一个能与西方叙事传统旗鼓相当的抒情主题，进而说明中国传统文学在世界文学中的独特性，并彰显出它的现代意义。值得注意的是，"抒情传统论"在推动中国诗学研究取得巨大成就的同时，也不可避免会对其本相造成一定程度的遮蔽。中国文学具有抒情传统，这是毋庸置疑的。但如果将中国传统文学精神全部概括于抒情，这种做法则有失偏颇。事实上，在漫长的发展过程中，中国传统文学精神既体现出抒情的向度，又具有写实的一面。

《周礼·春官》云："大师……教六诗：曰风，曰赋，曰比，曰兴，曰雅，曰颂。"其中，赋、比、兴被视为《诗经》的三种主要表现手段：赋有铺陈情理事物之义，比有以物类比之义，兴有借物感发之义，三者均涉及对物的观照。《楚辞》文学继承了《诗经》的比兴传统，物的品类更为丰富，纷繁的物象世界与主体激荡缠绵的情感世界相互交织，交相辉映，极具感染力量。《礼记·乐记》亦将物视为创作主体抒情言志的根基，有言：

"凡音之起，由人心生也。人心之动，物使之然也。感于物而动，故形于声。声相应，故生变，变成方，谓之音。比音而乐之，及干戚羽旄，谓之乐。"

《礼记·乐记》将艺术的源起追溯至创作主体与对象化世界的心、物关系，指出创作主体内心的波动由外物触发，将之付诸艺术手段，于是产生诗、乐、舞等文学艺术形式。

如果说《周礼·春官》《礼记·乐记》主要强调的是物在创作活动中的

---

① 陈世骧《陈世骧文存》，辽宁教育出版社，1998年，第3页。

触媒作用，随着审美自觉意识的形成，魏晋诸人在继承前人"感物"观念的同时，将物自身的感性情态也纳入文学艺术的理论评价体系中来。陆机《文赋》云：

"伫中区以玄览，颐情志于典坟。遵四时以叹逝，瞻万物而思纷。悲落叶于劲秋，喜柔条于芳春。心懔懔以怀霜，志眇眇而临云。"①

在此，陆机充分注意到自然物的时间性，指出创作主体因自然物在光阴流逝中的生死枯荣而形成生命同构，产生创作冲动。"其致也，情曈昽而弥鲜，物昭晰而互进。"② 物是人之外的存在物，经由耳目感知成为物象。创作主体的文思形成以后，情感主题逐渐确定，物的形象也更加鲜明生动。显然，在《文赋》中，陆机不只强调了文学艺术的抒情性，同时也强调了文学作品的写实精神。

刘勰则提出"物色"这一范畴，进一步确定物自身的独立审美价值。《文心雕龙·物色》篇有言："山沓水匝，树杂云合。目既往还，心亦吐纳。春日迟迟，秋风飒飒。情往似赠，兴来如答。"③ 李善注《文选》"物色赋"云："四时所观之物色而为之赋。又云：有物有文曰色。"④ 指出"物色"范畴更为凸显的是物自身的感性外观之美。在此，物的地位获得提升，由情志抒发的媒介物成为审美活动的主要审美对象，中国传统文学的写实精神也因此得以凸显。

从晚唐开始，中国传统文学精神发生深刻变化，"情"与"物"各自独立，相互分离。一方面，文学作品抒情的方式改变：

"自晚唐李商隐等人起，感物抒情已从外界触发转入内心体悟，'走入更为细腻的官能感受和情感彩色的捕捉之中'，'心灵的安适享受占据首位，……人的心情意绪成了艺术和美学的主题。'"⑤

另一方面，文学的写实精神也得到强化，不过与两汉魏晋时期相比，文

---

① 金涛声点校《陆机集》，中华书局，1982 年，第 1 页。

② 金涛声点校《陆机集》，中华书局，1982 年，第 1—2 页。

③ 杨明照校注《增订文心雕龙校注》，中华书局，2012 年，第 574 页。

④ （南朝梁）萧统编，（唐）李善注《文选》，上海书籍出版社，1986 年，第 581 页。

⑤ 梅新林《中国古典咏物诗歌的美学性格》，《浙江师范大学学报（社会科学版）》1986 年第 2 期。

论家更为强调的是物象自身意义的包蕴性。

"司空图极力推崇'不着一字尽得风流'的含蓄之美，严沧浪更是强调'不涉理路，不落言筌'的客观呈露，……反对'以文字为诗，以议论为诗，以才学为诗'。"①

抒情精神与写实精神作为中国传统文学精神中的二元性存在，贯穿了中国文学发展的始终。

而从哲学的角度来看，心物关系问题也始终是中国哲学、美学关注的核心命题。在中国哲学、美学史上，心物的地位呈现出历史阶段性差异。中国哲学是从"观物取象"开始的，即《周易·系辞下》所云：

"古者包牺氏之王天下也，仰则观象于天，俯则观法于地，观鸟兽之文与地之宜。近取诸身，远取诸物，于是始作八卦，以通神明之德，以类万物之情。"

在中国文明发展前期，物的主导地位极为明显，尤其是先秦两汉时期，中国哲学和美学思考的重心是物，而不是心。魏晋之后，倡情之风顿起，心的地位得到一定程度提升，心与物的关系趋于平衡。直至宋明理学，特别是陆王心学之后，心性的价值得到提升，在心物关系中的主导地位才开始彰显。现当代以来，西方美学逐渐突破主体论的桎梏，开始其器具转向。西方后现代美学理论重心朝物自身的聚集为中国古代文学的研究工作提供了新的理论启迪。与西方相比，中国咏物文学出现很早，发展很兴盛，是中国传统文学精神、美学思想的重要体现。基于此，追溯中国咏物传统的早期确立，考察中国传统咏物文学的历史演进，进而反观中国传统文学、美学精神，不失为一条独特路径。

---

① 梅新林《中国古典咏物诗歌的美学性格》，《浙江师范大学学报（社会科学版）》1986 年第 2 期。

第三章　古代咏物赋的物象解放之旅

咏物赋是咏物文学的一种，顾名思义，它指的是以某一自然或人工物象为表现对象的赋体文学作品。在中国咏物文学的诸多类别里，咏物赋最早发展成熟，是中国咏物文学的发端与基础。基于此，我们要想从整体上把握中国的"咏物"精神，第一步当从对古代咏物赋的解读开始。在这之中，汉代又是咏物赋发展的最为关键时期。邹巅在《咏物流变文化论》中指出：

"咏物体裁的历史推衍成就了'一代有一代之咏物'。汉代之咏物赋、唐代之咏物诗、宋代之咏物词、元代之咏物曲。"①

咏物赋体发端于先秦而蔚然兴盛于两汉，一方面，汉代咏物赋完美继承先秦时期的"咏物"传统，是中国早期"咏物"精神的最为重要的文本显现；另一方面，它又受到汉代政治、思想背景的浸染，在自身的发展过程中形成了独特的文体特点，对后世咏物文学产生重要影响。故而，以汉代为断代切入咏物赋的研究，考察中国早期"咏物"精神，把握中国传统咏物文学的历史演进，不失为一条独特路径。

在汉代的不同历史时段，物在赋作中的地位陆续发生变更。下面尝试论之：

第一节　物象作为政治媒介

在第二章的典故中，申叔时首次将"咏物"与现实政治紧密联系起来，

---

① 邹巅《咏物流变文化论》，湖南人民出版社，2009年，第38页。

赋予"咏物"行为以鲜明的政治意义。典故中被教化的对象是具有特殊政治身份的太子，基于此，楚王与申叔时虽然是在讨论如何育人，其目的却是培养出合格的君主。"咏物"行为作为教化方式的一种，因此被赋予了鲜明的政治属性。如果说申叔时对楚王的回复是中国早期"咏物"传统在观念层面的总结与体现，汉代咏物赋则在实践层面对之加以落实。西汉前期，国家初定，统治者吸取秦朝速亡的教训，一方面于法制与赋税方面采取一系列较为宽松的政策，另一方面"定制度，兴礼乐"（《汉书·礼乐志》）①。在此，礼乐被视为建构良性政体必不可少的构成环节之一，参与到当时的政治活动中。咏物赋作为礼制艺术的一种，与政治的关系尤其密切。咏物赋多为臣子应诏或献纳之作，往往出现在祭祀、外交、宫廷宴饮等场合。因此，于表面看，咏物赋家与接受者之间构成审美关系，实质上，两者之间是一种稳定的政治关系。这就意味着，在这一阶段，无论咏物赋的政治含义是否明确，咏物赋家与接受者的政治身份以及咏物赋的创作背景都决定了咏物赋所选择的表现对象必然是符合一定政治理想的物，具有或显或隐的政治诉求。

首先，咏物赋家通过物表达自己的政治诉求。在《鵩鸟赋》中，贾谊首先自陈身份，说明这是长沙王傅的仕途失意之作，也就是说，在这首赋作中，贾谊的自我定位首先是政治家。贾谊创作《鵩鸟赋》的目的并不仅仅是为了自怡，而是上以讽谏君主，下以慰藉自我心灵。事实上，贾谊以"鵩鸟"为媒介向世人阐明心迹，展示"自己的才智深美"②，这一举动的确引起了文帝的重新关注。而在《旱云赋》中，贾谊的政治诉求更为明确，他直接将灾异与政治联系在一起，指出"何操行之不得兮，政治失中而违节"③、"白云何怨，奈何人兮"④。总而言之：

"'博文纪异'咏物传统所体现的主要是人类对于宇宙万物之本然的好奇心，其宗旨在将'物'描述和表现出来……中国古人对于'物'的关注

① 班固撰，颜师古注《汉书》卷22《礼乐志》，中华书局，2005年，第883页。
② 徐复观《中国文学精神》，上海书店出版社，2004年，第364页。
③ 费振刚、仇仲谦、刘南平校注《全汉赋校注》上《旱云赋》，广东教育出版社，2005年，第17页。
④ 费振刚、仇仲谦、刘南平校注《全汉赋校注》上《旱云赋》，广东教育出版社，2005年，第18页。

并没有止于这一层次，而是主要以'物'为参照，通过观察和体认自然万物来反观人类自身的活动。"①

贾谊以"旱云"为媒介讽谏君主、改良政治的诉求无疑正是"托物起兴"这一"咏物"传统的鲜明体现。

更重要的是，咏物赋通过物满足接受者的政治诉求。西汉前期，文景二帝对辞赋没有兴趣，赋家主要聚集在吴王刘濞、梁王刘武、淮南王刘安这些地方诸侯王的宫廷里。地方诸侯王既是辞赋活动的发起者，同时也是赋家的赞助者，因此，他们的审美趣味、政治诉求必然会对这一时段咏物赋表现对象的选择产生影响。以"忘忧馆群赋"中的表现对象"柳""鹤""鹿"这三种物为例：柳是美与善的象征。两汉时期，折柳送别与寒食插柳的习俗成形，柳树不仅能在现实生活中保护人们的园圃，还能在精神层面保护人们的心灵不受外邪侵害。而《诗经·小雅·采薇》中"昔我往矣，杨柳依依；今我来思，雨雪霏霏"②的诗句，则为柳树的意象化、风雅化提供了文学上的源头；鹤是长寿、吉祥的象征，在中国传统文化中又被称为"仙鹤"。《周易·中孚》认为鹤的情操高洁，喜欢在背阴的地方鸣叫，因此，高雅的君子、高士又被称为"鹤鸣之士"；《夏小正》认为鹿在孕妊生养之时会离群，但鹿群善于养待离群的母鹿，见美食即相呼，因此，鹿也被视为君子。而在我国中原地区出土的一些汉代画像石中，鹿被画成仙人飞升、灵魂接引时的坐骑，具有长寿、祥瑞的含义。可以看出，"忘忧馆群赋"中的物往往经过作者的精心挑选，兼具有浓厚的文化意味与强烈的指称意味。需要指出的是，这些既美且善之物生养于君主的宫苑，与自然界里的同类相区别。也就是说，咏物赋家之所以选择这些物入赋，不仅仅只是发现其自然属性与文化意味，还因为它们同时具有政治属性——即使在现实生活中，它们也是已经被政治化的物象。事实上，忘忧馆群赋的主人梁孝王不时出现在赋作中，或者端坐在柳荫之下，或者凭几而坐，风姿极其美好。君主在赋作中的出现解释了咏物赋家的创作目的：他们表面上是在吟咏物，实质上是在满足君主的自我想象。正是出于这个原因，我们才会在"忘忧馆群赋"中看到一个"颂德"的尾巴，诸如"赖吾王之广爱，虽禽鸟

---

① 路成文《中国古代咏物传统的早期确立》，《中国社会科学》2013年第10期。
② 王秀梅译注《诗经》，中华书局，2015年，第251页。

兮报恩"①、"叹丘山之比岁，逢梁王于一时"②，等等，强调物的美丽是来自君主的风雅形象与高尚品格的映照。咏物赋家用政治化的既美且善之物指称君主，进而反证出君主的既美且善，满足了君主，也就是咏物赋接受者的政治诉求。

文景时期，吟诗作赋只是赋家才能的一部分，他们更为准确的身份是为君主提供政治见解的谋士。因此在这一阶段，即使是在"忘忧馆群赋"这样具有典型颂德特征的咏物赋作品中，我们仍能感受到属于作者自己的那份从容闲适。至武帝时期，随着大一统局面的形成，赋家失去了君臣互择的自由，由运筹帷幄的谋士沦为"上有所感，辄令赋之"（《汉书·贾邹枚路传》）③的文学侍从。赋家政治地位的下降也影响到这一时段咏物赋的文本构成：首先，咏物赋的颂德性内容由结尾提升至开头，并成为文本主体；其次，诸如上林苑这样的宏大物象成为咏物赋的主要表现对象。在《上林赋》中，司马相如极尽华丽之辞与夸饰之言，通过赞美宫苑的方式赞美宫苑的拥有者，进而暗示武帝统治国家的无上权力。但是，与文景时期相比，赋家政治地位已然下降，基于美刺的文学传统，司马相如又在赋作的结尾以天子自悟的方式进行委婉讽谏，如此形成汉大赋"劝百讽一"的特殊结构形式：

"于是酒中乐酣，天子芒然而思，似若有亡，曰：'嗟乎，此大奢侈！朕以览听余闲，无事弃日，顺天道以杀伐，时休息于此，恐后世靡丽，遂往而不返，非所以为继嗣创业垂统也'。"（司马相如《上林赋》）④

无论这种曲终奏雅的做法能产生多少实际效果，司马相如试图借结尾之处的讽谏改变全文意旨的主观愿望实则是他个人政治诉求的表达。总体而言，《上林赋》既是颂德的，又是讽谏的，它综合了前期咏物赋的两种维度，既满足了接受者的政治诉求，又将咏物赋家自己的政治诉求杂糅在其

---

① 费振刚、仇仲谦、刘南平校注《全汉赋校注》上《鹤赋》，广东教育出版社，2005年，第60页。

② 费振刚、仇仲谦、刘南平校注《全汉赋校注》上《文鹿赋》，广东教育出版社，2005年，第62页。

③ 班固撰，颜师古注《汉书》卷51《贾邹枚路传第二十一》，中华书局，2005年，第1809页。

④ 费振刚、仇仲谦、刘南平校注《全汉赋校注》上《上林赋》，广东教育出版社，2005年，第91页。

中，由此形成了汉大赋别具一格的文体风格。

　　武帝之后至两汉交替时期，咏物赋的风格由汉初的多样统一走向固定，主要用于满足接受者的政治诉求。咏物赋的表现对象多体现出政治化的特点，或者以接受者的政治诉求为基础，其中杂糅咏物赋家自己的政治诉求，如扬雄的《长杨赋》，与司马相如的《上林赋》相比，这篇赋作具有更为明确的讽谏目的；或者完全满足接受者的政治诉求，如在班固的《两都赋》中，光武、明、章三朝取得的政治成绩与礼乐文化被极力歌颂，物体现出的是颂美的一面。总体而言，在整个西汉乃至东汉前期，咏物赋主要是应咏物赋家自己或者接受者的政治诉求而作，所咏之物主要起媒介作用。在这些咏物赋作中，物虽然是其吟咏对象，在赋中的地位却是不重要的，咏物赋家与接受者的政治诉求才是咏物赋文本的真正主题。

第二节　物象作为义理载体

　　先秦时人认为，物中蕴含着德性价值。进而言之，"咏物"就是"咏德性"。正是从这个角度出发，申叔时在谈及"咏物"时建议可以通过"咏物"的行为方式对太子进行潜移默化的熏陶，从而塑造理想的仁人君子品格，起到教化的作用与目的。显然，申叔时强调的是"咏物"行为的教化功能。而在汉代咏物赋中，对物的伦理教化价值的强调则发生在西汉后期。一方面，在这一阶段，由于整体政治环境的宽松，咏物赋的创作不再局限于宫廷献纳，由宫廷文学扩展到文人文学，咏物赋的政治色彩相对淡化；另一方面，随着儒家"官学"身份的确认，咏物赋的伦理教化色彩得到进一步加强。这在刘歆的《灯赋》，以及民间叙事作品《神乌赋》中可以找到相应解读。刘歆《灯赋》的表现对象指的是烛台与烛的一体，赋作先写烛台的外形优美，再写烛光的作用："明无不见，照察纤微。以夜继昼，烈者所依。"① 字里行间虽然仍有微言大义之感，但物与政治的关联已经相当淡薄。《神乌赋》的创作远离上层政治环境，无论是它的创作者还是受众群体，

① 费振刚、仇仲谦、刘南平校注《全汉赋校注》上《灯赋》，广东教育出版社，2005年，第329页。

都来自社会底层。赋作以雌雄二乌筑巢、雌乌护巢受伤、雌雄二乌生死诀别、雌乌亡而盗乌逸去这一系列的事件隐喻弱小者的悲惨命运，其中弥漫着作者强烈的个体情感，与以往传世的咏物赋形成鲜明区别。而在杜笃的《首阳山赋》中，首阳山的意义源自它自身所承载的抽象的德性含义：由于武王伐商之际孤竹君的两位公子伯夷与叔齐因不食周粟饿死在首阳山，首阳山就与伯夷、叔齐一并成为儒家仁义思想的共同体。在此，首阳山内在包蕴的德性含义，而非现实的政治环境，成为首阳山有资格入赋的根本原因。

至东汉中期，政治化物象在咏物赋中已经大幅度减少，咏物赋的文本主题呈现出向物自身回归的趋势。当物不再行使政治媒介的功能，物自身的独立价值就得到凸显。但随着政治维度被剥离，取而代之的是对物的伦理价值的重视与探索，给予物一种可靠的义理解释成为这一时段咏物赋创作的集体惯例。一方面，咏物赋家认为咏物赋的表现对象——物符合社会的伦理原则，其内部蕴含着善。以班昭的《针缕赋》为例：

"熔秋金之刚精，形微妙而直端。性通达而渐进，博庶物而一贯。惟针缕之列迹，信广博而无原。退逶迤以补过，似素丝之羔羊。何斗筲之足算，咸勒石而升堂。"①

在这首赋作中，针缕完全成为儒家美德的写照：针缕之所以美好，是因为它像正直的君子一样性体洁白，进退有度。在此，善对物的感性外观具有更为高超的统摄意义，针缕的外在形式成为其内在德性的感性显现。另一方面，咏物赋家把物象的独特魅力解释为物自身蕴藏的自然法则。以张衡的《髑髅赋》为例。张衡套用《庄子·至乐篇》的故事情节，借髑髅之口感触生死，认为人死之后能够合体自然，是一种更近道的境界，强调事物乃至人内在的道性，即"与阴阳同其流，与元气合其朴。以造化为父母，以天地为床褥。"② 强调事物乃至人内在的道性。王延寿的《王孙赋》则认为，猿猴的独特之处正是在于其是天地造化而生："原天地之造化，实神伟之屈

---

① 费振刚、仇仲谦、刘南平校注《全汉赋校注》上《针缕赋》，广东教育出版社，2005年，第557页。

② 费振刚、仇仲谦、刘南平校注《全汉赋校注》下《髑髅赋》，广东教育出版社，2005年，第752、753页。

奇。道玄微以密妙，信无物而弗为。"①

虽然至东汉后期，咏物赋中的物象主题又发生新的变化，这种义理化的物在咏物赋中却依然存在。以东汉末年王粲的《车渠碗赋》为例：车渠碗十分珍贵与美丽，咏物赋家想要为它的美丽寻找解释的依据，于是将它与天地自然、伦理道德联系起来。一方面王粲认为车渠碗"挺英才于山岳，含阴阳之淑真"，② 是天地孕育的精华，内蕴着宇宙的阴阳之气；另一方面他又指出车渠碗"杂玄黄以为质，似乾坤之未分。兼五德之上美，起众宝而绝伦"。③ 认为车渠碗的颜色质地像是乾坤的状态，其中内蕴着五德（仁、智、礼、义、信）之美。显然，咏物赋家对物的义理判断与汉代的思想背景有着密切关联。但是，与其说是咏物赋家用物为媒介来表达当时的哲学观念，毋宁说他们是在用当时的哲学观念解释物的独特性。事实上，无论咏物赋家的解释是否合理，他们乐于解释物，为物的独特魅力寻找依据，这一现象本身就非常有趣，可以视为是审美活动理论自觉的一个必经阶段，意味着独立的审美意识正在萌芽成形。

总体而言，在这一时段的咏物赋中，物与义理之间构成的是十分复杂的关系。一方面，咏物赋家对物的义理解释是由物触发的，解释是对物的回应，从而凸显物在咏物赋中的首要地位；另一方面，义理作为文本的构成部分又重新塑造了物并改变了人们对它的理解——咏物赋家对物的义理解释并不在作品之外发生，义理是作品的重要组成部分，直接参与咏物赋的文本构成。咏物赋朝物的回归激发了咏物赋家的创作热情，可以看到，东汉时期的咏物赋数量要远远大于西汉时期的咏物赋作。咏物赋家纷纷结合当时的义理观念解释物，这固然有益于咏物赋的发展，同时却也带来问题：义理是物之外的东西，由于咏物赋家对义理的过度追求，物自身的光辉却在这解释中暗淡了。边韶的《塞赋》就是其中的典型代表。在这之中，义理解释虽然是因为咏物赋家对物的关注而产生，却在一定程度上造成了文本对物自身的淹

　　① 费振刚、仇仲谦、刘南平校注《全汉赋校注》下《王孙赋》，广东教育出版社，2005 年，第 868 页。
　　② 费振刚、仇仲谦、刘南平校注《全汉赋校注》下《车渠碗赋》，广东教育出版社，2005 年，第 1057 页。
　　③ 费振刚、仇仲谦、刘南平校注《全汉赋校注》下《车渠碗赋》，广东教育出版社，2005 年，第 1057 页。

没。义理化的物不尽具有说服力，有些咏物赋家也感受到用义理解释物的牵强，于是，至东汉后期，以物自己的感性外观为写作重心的作品陆续出现，咏物赋家尝试放弃对物的义理解释，开始专注物本身。

第三节　物象作为独立审美具象

从上文可知，在中国咏物文学发展之初，人们对物的吟咏是基于实用主义精神，尤其强调"咏物"行为的政治、教化功能，但这并不意味着，政治、教化意义可以脱离物本身独立存在。申叔时认为，与"春秋""世""诗"等典籍的规训引导方式相比，"咏物"的行为方式将道德伦理等价值观念寓于具体可感的物象形式之中，更容易唤起接受者的情感共鸣，从而更好地实现其教化与美刺的现实功用目的。也正是因为"咏物"的这一独特之处，申叔时才会有"若是而不从，动而不悛"，则以"咏物"行为进行补救的观点。

申叔时的这一观点被汉人继承。司马相如言：

"合綦组以成文，列锦绣而为质，一经一纬，一宫一商，此赋之迹也。赋家之心，苞括宇宙，总览人物，斯乃得之于内，不可得而传。"[1]

司马相如强调赋体文学创作对优美文辞以及物象世界灿烂感性生成的要求与重视。扬雄亦强调："诗人之赋丽以则，辞人之赋丽以淫"[2]，"丽"一方面具体体现为华美的辞藻语言，另一方面则体现为赋作对事物外在感性形象的塑造描写。在此，"丽以则"与"丽以淫"成为界定赋作是否具有儒家诗学所要求的中和之美，是否具有政治、伦理价值的标准。但值得注意的是，无论是"丽以则"，还是"丽以淫"，扬雄都没有否认汉赋"丽"的文体特点，也就是汉赋的审美维度。

汉代咏物赋家对物自身审美维度的关注散见于汉代咏物赋对物象世界的铺排描述以及对事物具体感性情态的图像化描写中。摒除政治、教化功能的禁锢，物作为独立审美具象出现的咏物赋作却是大量创作于东汉后期。东汉

---

① （晋）葛洪《西京杂记》，中华书局，1985年，第12页。
② （汉）扬雄《法言·吾子篇》，中华书局，1985年，第5页。

后期，在咏物赋家努力构建物与义理一体关系的同时，也有人被物的感性外观所吸引。以朱穆的《郁金赋》为例：朱穆先讲郁金的生长环境，再写郁金像秋菊一样光彩熠熠，像春松一样挺拔茂盛，像罗星一样灵动美丽。再写折下郁金，佩戴在年轻女子的头发上。郁金的花期很长，很久才会凋零，在众花卉中"邈其无双"①。可以发现，不像之前的咏物赋文本，在这首赋作中，物与政治、哲学、伦理不再产生什么内在的关联，也不再承载什么重要的意义，只是呈现物自身的一种情趣生动的自然趣味。物以及物自身的感性特征成为作者与接受者最先也是最终的关心对象。我们在蔡邕的《汉津赋》中也可以清楚地看到这种创作观念上的重要变化。赋作先写汉江水流之长似乎与天相接，然后写汉水的源头，接着写汉水的流向（流经之地），再写汉水的物产，最后写汉水的壮观景色，全文气势宏大，一气呵成，没有颂德，没有义理，在热衷对物进行过度解释的创作环境里，可以视为一篇相当理智的咏物赋作品。

东汉后期的大量咏物赋表明，历经对物进行义理解释的中间环节，物自身的感性层面开始被真正凸显。事实上，咏物赋朝物自身感性外观的聚集并非偶然现象，汉代咏物赋的"状物"精神实则一直存在，体现在每一篇咏物赋文本中的"状物"部分。也就是说，无论咏物赋文本的政治隐喻与义理解释多么突出，也必然是建立在"状物"的基础之上，"状物"是"咏物"的基础。其实，早在西汉早期，孔臧就在其《杨柳赋》中提出"物有可贵，云何不铭"②的见解，认为物有自己的可贵之处，物的可贵之处不在政治隐喻，不在道德隐喻，而在物自身的内在自然属性，即"惟万物之自然，固神妙之不如"③。汉武帝的异母兄弟刘胜在其作品《文木赋》中也强调文木自身的审美属性："猗欤君子，其乐只且。"④ 文木的确很美，到底有

①　费振刚、仇仲谦、刘南平校注《全汉赋校注》下《郁金赋》，广东教育出版社，2005 年，第 839 页。

②　费振刚、仇仲谦、刘南平校注《全汉赋校注》上《杨柳赋》，广东教育出版社，2005 年，第 155 页。

③　费振刚、仇仲谦、刘南平校注《全汉赋校注》上《杨柳赋》，广东教育出版社，2005 年，第 155 页。

④　费振刚、仇仲谦、刘南平校注《全汉赋校注》上《文木赋》，广东教育出版社，2005 年，第 161 页。

多美，需要君子在赏玩中才能获得这种审美乐趣。但是，孔臧与刘胜的见解跟当时的主流创作观念不符，因此并没有得到重视，物自身在西汉咏物赋的整体发展过程中依旧保持存而不显的姿态。及至东汉后期，由于政局的动荡与经学控制力的弱化，附着在物之上的政治、伦理、哲学因素渐次让位给物的感性外观，诸如繁钦的《柳赋》、王粲的《鹦鹉赋》、应玚的《迷迭赋》这类对其表现对象感性外观进行纯粹观照的作品渐次出现，物才逐渐由政治、义理的象征转变成为单纯的视觉欣赏的、情趣生动的审美对象。至此，汉代咏物赋的表现对象——物完成了从政治媒介到独立审美具象的蜕变。

咏物赋中物朝自身的回归也解释了东汉后期赵壹的《穷鸟赋》、祢衡的《鹦鹉赋》这样一些"侈陈哀乐"的咏物作品的出现。刘师培在论及建安文学时曾说："建武以还，士民秉礼。迨至建安，渐尚通侻，侻则侈陈哀乐，通则渐藻玄思。"① 事实上，只有剥离那些文化因素的阻隔，人才能真正发现大自然自身的情趣所在。人与自然直接相对，与其真实地发生情感，这之间没有遮挡，物在咏物赋家的视野里顿时鲜活起来，咏物赋家也由一种公共性、外放式的情感抒发走向了自己的内心。我们需要对这一转变给予重视，因为它意味着，人们对咏物赋的审美期待已经发生了改变，与此同时，时人的物象观念也潜在地发生变化。

结　语

在传统形态的咏物文学研究中，人们一般认为，中国文学中的咏物作品可分为两类。一种是摛文博物，强调咏物文学博文纪异的创作传统，即：

"夫鸟兽草木，学诗者资其多识，孔门之训也。郭璞作《山海经赞》，戴凯之作《竹谱》，宋祁作《益部方物略记》，并以韵语叙物产，岂非以谐诸声律，易于记诵欤？学者坐讽一编，而周知万品，是以摛文而兼博物之功也。"②

---

① 刘师培《中国文学史讲义》，人民文学出版社，1957年，第8页。

② （清）永瑢等《四库全书总目》卷190《佩文斋咏物诗选提要》，中华书局，1965年，第1726页。

　　一种是托物起兴，强调咏物文学的人文教化意义，即：

　　"借题以托比，触目以起兴，美刺法戒，继轨风人，又不止《尔雅》之注虫鱼矣。"①

　　这就意味着，在第二类咏物作品中，自然或人工物象虽然是其表现对象，却并不是文本的真正主题。物象仅仅发挥媒介作用，彰显物象之外的文化含义。具体到汉代咏物赋而言，其中的物并不是单纯的自然界的摹本，而是建基于咏物赋家与接受者的政治诉求的基础之上，同时又包含了作者乃至那个时代对物的义理解释以及对物自身感性因素的聚焦。这种承载着政治、伦理、哲学含义以及本身自然属性的物在咏物赋作中被不断复制，逐渐形成一套稳定的文本构成系统。具体到不同时期、不同类型的咏物赋作品中，物的政治隐喻、物的义理解释、物自身的自然属性这三者之间的比例有所增减。

　　总体而言，汉代咏物赋并不是独立封闭、自给自足的符号组成体系，它既受当前时代政治环境的影响，同时也受当时主流意识形态的左右。汉朝建立之初，百废待兴，为了更好地恢复社会生产，稳定统治秩序，文帝、景帝、窦太后等更为推崇的是清静无为的黄老之学。而在这一阶段，咏物赋的表现对象虽然多为政治化的物，其文本内容却并不限于单一的物自身，同时还描绘这一物的周遭环境，以这一物为基础点进而构成一个完整的生命世界，与这一阶段的老庄自然观念产生呼应。至武帝时期，国家统一，国力强盛，基于统治的需要，更为积极有为的儒学被定为官学，五经成为国家选拔和考核官吏的经典准则。

　　"汉代经学家烦琐的释经方式则直接影响到汉代文体的风貌。汉儒释经往往'一经说至百万余言'，……经学的这种烦琐释经解读习尚殃及文学，导致文学创作的匠气越来越明显。如汉大赋对奢丽冗词的追求与今文经学的烦琐章句的泛滥之间就存在某种同构关系。"②

　　不过，大一统政治文化对文学的控制强力导致咏物赋中的物只能依附于

────────────────

①　（清）永瑢等《四库全书总目》卷190《佩文斋咏物诗选提要》，中华书局，1965年，第1726页。

②　吕逸新《经学与汉代文体的生成》，《山东理工大学学报（社会科学版）》2009年第4期。

政治，成为一种经想象夸饰后的理想性存在，物的义理层面并不被重视。东汉中后期，随着咏物赋中政治因素的减少，经学对咏物赋的建构意义就被凸显出来：

"此时的赋的创作都试图借重事实的说服力来增加作品本身的魅力，司马相如的政治浪漫和不加拘束的热情张扬的品格，已经被经术笼罩下的严谨学术态度所代替。"①

这既体现为咏物赋创作的整体小品化趋势，也体现为咏物赋文本中理性因素的增加，即对物的义理解释。物突破政治效用与对义理的承载回归自身是咏物文学发展的必然规律。东汉后期，随着儒学的进一步衰落与老、庄思想的抬头，咏物赋发现物自身的美，并在观念层面纳入这种美，这意味着咏物赋的发展正在进入一个全新的阶段，并为魏晋独立自然审美意识的发生埋下了伏笔。咏物赋是早期中国物象观念的文本呈现，研究古代咏物赋中物象观念的变更与发展，有助于考察中国早期"咏物"精神，把握中国传统咏物文学的历史演进，同时也是对古代审美风尚变化的透射。

---

① 王继训《从汉赋的历史层面看知识分子与皇朝政治》，《西南师范大学学报（人文社会科学版）》2002 年第 1 期。

第四章　汉代动物赋的悲感表达

汉代赋作，自刘歆在其《七略》中单列《诗赋略》始，已被作为独特的文学品类来看待。关于这种文学形式的历史源流及情感基调，刘歆在其《诗赋略》中讲：

"春秋之后，周道寖坏，聘问歌咏不行于列国，学诗之士逸在布衣，而贤人失志之赋作矣。大儒孙卿及楚臣屈原，离谗忧国，皆作赋以风，咸有恻隐古诗之义。"

这段话将赋的起源放在春秋礼崩乐坏的大背景下，认为它的兴起大抵离不开士人的"失志"和"忧国"问题。或者说，关于个人命运和家国之思的悲感表达是这一文学形式产生的根本动因。至有汉一代，赋作大兴，其情感主题亦趋于多元，但"悲美"仍然是汉赋的核心问题。比如，就汉代赋家对楚声或屈骚的综述看，他们理解的楚声几乎就是悲声的同义语，屈骚则几同于离愁和牢骚。如鲁迅所讲："《离骚》者，司马迁以为'离忧'，班固以为'遭忧'，王逸释以离别之愁思，扬雄则解为'牢骚'，故作《反离骚》，又作《畔牢愁》矣。"① 就此而言，对离怨悲愁的表达应算构成了汉赋的情感主调。

中国文学，自《尚书·舜典》拈出一句"诗言志"以来，情感和志意的抒发一直是它的主要功能，但需要注意的是，中国文学的情志表达，不是直抒胸臆，而是托物言志、托物言情，物的体验对于情志的表达具有奠基性。如刘勰《文心雕龙·诠赋》云："'赋'者，铺也，铺采摛文，体物写

---

① 鲁迅《鲁迅全集·十卷》，人民文学出版社，1973年，第541页。

志也。"就此来讲，说中国传统诗赋均是广义上的咏物诗或咏物赋并不过分，汉赋更是如此。但就今天的汉赋分类而言，咏物赋又是一个专指性概念，即主要指对植物、动物和人工器物的吟咏之作。在这类赋作中，植物赋多涉及观游，情绪以积极乐观为主调；器物赋多涉及德性，与士人的修身关系更密切。唯有动物赋则直接切入汉赋的悲美问题，成为汉代士人承继先秦"失志之赋"的直根系。在这种背景下，如果说中国传统赋作整体上是体物言志、托物言情的，那么汉代动物赋则言了这一时代赋作最具主导性的情，即悲情。认清这一问题，不仅有助于对中国赋文学的悲美传统获得新认识，同时也有助于对汉代动物赋的价值给予新定位。

第一节　汉代动物赋的悲美现象

王国维在《宋元戏曲考·序》中指出："凡一代有一代之文学：楚之骚、汉之赋、六代之骈语、唐之诗、宋之词、元之曲，皆所谓一代之文学，而后世莫能继焉者也。"① 作为汉代文学的代表性文体，汉赋真实地再现了大汉帝国的宏伟气势，传达了大汉帝国的精神面貌。但值得注意的是，汉赋在"润色鸿业"（班固《两都赋》）、"极丽靡之辞，闳侈巨衍"（班固《汉书》）的同时，亦不乏悲怨、悲愤之作，如贾谊作《吊屈原赋》追悼屈原，借此抒发自己遇谗遭贬、怀才不遇的怨愤之感。此后董仲舒的《士不遇赋》、司马迁的《悲士不遇赋》、应玚的《慜骥赋》等，更是成为汉代"士不遇"赋的经典之作。就汉赋之悲而言，枚乘《七发》谈及音乐活动所触发的"悲美"体验，开汉代音乐赋"以悲为美"之先河，此后在王褒《洞箫赋》、马融《长笛赋》、蔡邕《弹琴赋》等作品中，"悲音"开始作为一种独立的审美对象存在；司马相如《长门赋》浓墨重彩，描绘了佳人被冷落后的生活轨迹与哀伤感受，诸多或美好、或凄凉的景象与佳人的悲感情绪交相辉映，塑造出一个充斥着大量物象的、情感化的生命宇宙。同时，自司马相如的《长门赋》后，被冷落甚至被抛弃的佳人意象在班婕妤《自悼赋》、王粲《出妇赋》等作品中不断出现，成为汉代人物赋的创作主题之一。此外，汉代

---

① 王国维《王国维文学论著三种》，商务印书馆，2010 年，第 46 页。

亦不乏悼亡赋，刘彻《李夫人赋》就是其中最具代表性的一首，赋作通过对李夫人的幻想与追忆，表达汉武帝刘彻内心的悲痛以及对亡妃李夫人的无尽思念。赵壹《刺世疾邪赋》则聚焦社会中的黑暗、腐败现象，对东汉后期"邪夫显进，直士幽隐"的社会局面进行无情的揭露与抨击，等等。

　　在诸多悲感主题的汉赋作品中，汉代咏物赋的表达又有其独特之处。与其他赋体类别相比较，汉代咏物赋是以物象为媒介传递悲感情绪，在整体上呈现出情物一体、物我两契的审美特点。值得注意的是，在动物、植物、器物等诸多汉代咏物赋的表现题材中，赋作者更倾向于选择动物题材来承载他们的悲感情绪。具体言之，现存32篇汉代动物赋中①，贾谊《鵩鸟赋》、孔臧《鸮赋》《蓼虫赋》、无名氏《神乌赋》、张衡《鸿赋》、崔琦《白鹄赋》、王延寿《王孙赋》、赵壹《穷鸟赋》、蔡邕《蝉赋》、祢衡《鹦鹉赋》、陈琳《鹦鹉赋》《悼龟赋》、应玚《鹦鹉赋》《慜骥赋》、王粲《鹦鹉赋》《莺赋》、曹植《鹦鹉赋》《离缴雁赋》《神龟赋》、曹丕《莺赋》这20篇为悲感情绪指向的赋作；王粲的《白鹤赋》、徐干的《玄猿赋》因正文部分缺失严重，情绪指向无法判断；剩余10篇为积极情绪指向的赋作。反观植物、器物题材，现存27篇汉代植物赋中②，仅有蔡邕《伤故栗赋》、曹丕《柳

---

①　本书对考察对象的时间界定是从汉高祖元年（前206年）至献帝延康元年（220年）曹丕代汉。因为历史发展具有持续性，咏物赋史很难因为政权更迭而截然分别出哪一部分属于东汉末年的咏物赋，哪些属于魏晋的咏物赋。因此，关于东汉末年动物赋的整理与研究，会与三国初期的动物赋有部分重叠。对于曹丕、曹植等跨汉魏者的动物赋作品，创作于公元220年之前的皆属于本书的考察范围，凡此后的就不再考虑。其中，《西京杂记》所载的"忘忧馆群赋"经美国学者康达维教授等人考证系后人伪作，不纳入本书的考察范围。基于此，目前能够搜集到的汉代动物赋作共32篇，分别为：贾谊《鵩鸟赋》、孔臧《鸮赋》《蓼虫赋》、无名氏《神乌赋》、傅毅《神雀赋》、班昭《大雀赋》《蝉赋》、张衡《鸿赋》、崔琦《白鹄赋》、张升《白鸠赋》、王延寿《王孙赋》、赵壹《穷鸟赋》、刘琬《马赋》、蔡邕《蝉赋》、祢衡《鹦鹉赋》、阮瑀《鹦鹉赋》、陈琳《鹦鹉赋》《悼龟赋》、应玚《鹦鹉赋》《慜骥赋》、王粲《鹦鹉赋》《莺赋》《鸠赋》《白鹤赋》、杨修《孔雀赋》、徐干《玄猿赋》、曹操《鹖赋》、曹植《鹦鹉赋》《鹖赋》《离缴雁赋》《神龟赋》、曹丕《莺赋》。本书对汉代动物赋悲感情绪的考察，便是在这些具体文本的基础上展开的。

②　目前能够搜集到的汉代植物赋作共27篇，分别为：孔臧《杨柳赋》、司马相如《梨赋》、王充《果赋》、李尤《果赋》、王逸《荔枝赋》、朱穆《郁金赋》、张奂《芙蓉赋》、皇甫规《芙蓉赋》、蔡邕《伤故栗赋》、赵岐《蓝赋》、王粲《柳赋》《槐树赋》《迷迭赋》、徐干《橘赋》、繁钦《柳赋》《桑赋》、陈琳《柳赋》《迷迭赋》、应玚《杨柳赋》《迷迭赋》、刘桢《瓜赋》、曹丕《柳赋》《槐赋》《迷迭赋》、曹植《槐赋》《迷迭香赋》《橘赋》。

赋》、王粲《柳赋》、曹植《橘赋》这4篇为悲感情绪指向的作品；现存56篇汉代器物赋中①，仅有刘安《屏风赋》、王褒《洞箫赋》、马融《长笛赋》《琴赋》、侯瑾《筝赋》、蔡邕《弹琴赋》这6篇流露出一定程度的"悲美"情绪，其余植物、器物题材咏物赋作多指向积极的情感情绪。而从历时的维度来看，同为西汉前期的赋作，贾谊的《鹏鸟赋》、孔臧的《鸮赋》《蓼虫赋》具有强烈的忧患意识，贾谊的《簴赋》、孔臧的《杨柳赋》流露出的却是怡然自得的情感情绪；同为两汉交替时期的赋作，《神乌赋》的情绪指向的是悲愤哀苦，刘歆的《灯赋》却显得严肃、蕴藉、端庄自持；同为东汉中后期的赋作，赵壹的《穷鸟赋》、祢衡的《鹦鹉赋》等作品富含多样化的悲感内容，刘桢的《瓜赋》、王粲等人的《槐树赋》《迷迭赋》《弹棋赋》《车渠碗赋》《玛瑙勒赋》等植物、器物题材赋作流露出的却是对植物、器物的赞赏态度以及咏物赋作者对吟咏对象的愉悦的审美体验。即使是同一作者的咏物赋作，其悲感主题也主要集中于动物题材。以孔臧、王粲为例。孔臧面对动物题材时，触发的是对死亡问题的思考，面对植物题材时，唤起的却是由物象感性形式触发的愉悦体验；王粲面对动物题材时，表达的是对自由丧失的哀鸣，面对器物题材时，抒发的却是对这种贵族式的精致生活的舒适感受。目前可以搜集到的张衡、蔡邕、陈琳、曹植等一些高产的赋作者的咏物赋作品亦流露出这一特点。

通过以上几组数据的统计可以发现：汉代咏物赋的物象选择与赋作的情感表达之间存在一种稳定的对应关系。具体言之，汉代咏物赋的悲感情绪主要集中在动物题材，积极情绪主要集中在植物、器物题材；从另一个角度说，在汉代咏物赋中，动物题材赋作更倾向于悲感的情绪表达，植物、器物

---

① 目前能够搜集到的汉代器物赋作共56篇，分别为：贾谊《簴赋》、枚乘《笙赋》、刘安《屏风赋》《薰笼赋》、刘胜《文木赋》、东方朔《屏风赋》《殿上柏柱赋》、王褒《洞箫赋》、刘向《雅琴赋》《芳松枕赋》《麒麟角杖赋》《合赋》、冯商《灯赋》、刘歆《灯赋》、杜笃《书揣赋》、刘玄《簴赋》、傅毅《琴赋》《扇赋》、班固《竹扇赋》《白绮扇赋》、班昭《针缕赋》、张衡《扇赋》、王逸《机赋》、边韶《塞赋》、马融《长笛赋》《围棋赋》《樗蒲赋》《琴赋》、侯瑾《筝赋》、蔡邕《弹棋赋》《弹琴赋》《笔赋》《团扇赋》、张纮《瑰材枕赋》、阮瑀《筝赋》、王粲《弹棋赋》《车渠碗赋》《玛瑙勒赋》《投壶赋》《围棋赋》、徐干《车渠碗赋》《冠赋》《团扇赋》《漏卮赋》、丁廙《弹棋赋》、夏侯惇《弹棋赋》、陈琳《车渠碗赋》《玛瑙勒赋》、应玚《车渠碗赋》、曹丕《弹棋赋》《玉玦赋》《车渠碗赋》《玛瑙勒赋》、曹植《车渠碗赋》《宝刀赋》《九华扇赋》。

题材赋作更倾向于肯定性的情绪表达。以上几组数据均可以得出这一结果，这也就意味着，现存汉代动物赋在整体上所呈现出来的悲感基调并非只是历史发展过程中的随机现象，而是汉代动物赋创作的整体客观事实。汉代动物赋之所以倾向于悲感的情绪表达，其中既有外在的文化、社会因素的作用，也与动物题材自身的生命——情感属性有关。

第二节　以悲为美的文化传统

汉代动物赋的悲感基调可以追溯到中国社会早期"以悲为美"的文化传统。李泽厚在《美的历程》一书中将中国的传统文化分为北国文化与南国文化，他指出北中国的主流文化是"从孔子到荀子，从名家到法家，从铜器到建筑，从诗歌到散文，都逐渐摆脱巫术宗教的束缚"，[1] 以先秦诸子思想为代表的、闪耀着理性光辉的文化；南中国的主流文化则以楚文化为代表，"由于原始氏族社会结构有更多的保留和残存，便依旧强有力地保持和发展着绚烂鲜丽的审美传统"[2]。王国维、刘师培、任继愈等学者亦有类似看法。可以说，以儒家思想、《诗经》文学为代表的北方文化与以道家思想、《楚辞》文学为代表的南方文化构成了中国传统文化，尤其是先秦两汉文化的整体格局，这一观点已经成为学界共识。值得一提的是，无论是北方文化，还是南方文化，二者都表现出典型的"以悲为美"的文化特质。

牟宗三认为："中国哲学注重道德性是根源于忧患的意识。中国人的忧患意识特别强烈，有这种忧患意识便可以产生道德意识。"[3] 周克商后，面对商王朝的覆灭以及内忧外患的现实形势，周人产生强烈的担忧与不安，以此为背景，周人结束了夏、商时期政教一体的统治模式，开启了以血缘宗法与礼乐制度为基础的德治文明时代，即所谓"天命靡常""以德配天"的统治模式。位于帝国政治、文明中心区域的整个北方地区受德性文明的影响最为深厚，这导致北方文化在走向理性自觉的同时也体现出浓厚的忧患意识。

---

① 李泽厚《美的历程》，天津社会科学院出版社，2009 年，第 112 页。
② 李泽厚《美的历程》，天津社会科学院出版社，2009 年，第 112 页。
③ 牟宗三《中国哲学的特质》，上海古籍出版社，2007 年，第 11—12 页。

北方文化的这一特质存留在《逸周书》《国语》《周易》等一系列先秦典籍里，而在文学领域，则以《诗经》中大量指向不满、斥责、忧伤、警告等悲感情绪的诗歌作品为代表。《诗经》的采集与编纂源自周王朝的采诗、献诗制度，《国语·周语上》云：

> "防民之口，甚于防川……是故为川者，决之使导；为民者，宣之使言。故天子听政，使公卿至于列士献诗……而后王斟酌焉。"

周王朝重视民意，采诗、献诗制度的设立就是周天子听政纳谏的诸方式中的一种。由于行人采诗、公卿列士献诗的目的是令天子观民风、察民意，以达到刺政的功能，因此，《诗经》中不乏以悲怨、悲愤为主题的反映日常民生的作品。就此而言，《诗经》中的"怨愤"主题，正是周朝居安思危的忧患意识与相对宽容的文化环境的产物。诸如"燕燕于飞，颉之颃之。之子于归，远于将之。瞻望弗及，伫立以泣""硕鼠硕鼠，无食我黍。三岁贯女，莫我肯顾""昔我往矣，杨柳依依。今我来思，雨雪霏霏。行道迟迟，载渴载饥。我心伤悲，莫知我哀""天之降罔，维其优矣。人之云亡，心之忧矣"等悲愤、忧思情绪在《诗经》中不胜枚举，可谓中国古代诗歌"以悲为美"创作实践的滥觞。

楚地文化所代表的南方文化更是具有"以悲为美"的特点。《左传·昭公十二年》记楚灵王时右尹子革言："昔我先王熊绎，辟在荆山。筚路蓝缕，以处草莽。跋涉山林，以事天子。唯是桃弧、棘矢，以共御王事。"周成王分封给楚人先祖的是一处蛮荒之地，在艰苦的创业过程中，楚人逐渐养成爱国忠君、尚勇轻死的民族性格，赋予楚文化一种富于浪漫主义精神的悲美色彩。而在文学领域，楚国虽然地处偏僻，却隶属于周王朝的德性政治共同体，对作为主流文化的北方文化有高度的价值认同，以《楚辞》为代表的南方文学也受到《诗经》"怨刺"精神的深刻影响。司马迁《史记》云："屈平之作《离骚》，盖自怨生也。"需要强调的是，如果说《诗经》中的悲感基调主要来自诗歌对多样化的具体社会现象的描述，个人理想与现实的冲突则构成屈原《离骚》《九章》等作品中悲感情绪与悲感内容的主要来源。而在宋玉的作品中，悲感的表现空间进一步扩大，由个人的政治际遇拓展至因时序更替、岁月易逝所带来的生命哀感。以《九辩》为例：

> "惟其纷糅而将落兮，恨其失时而无当。揽骐辔而下节兮，聊逍遥以相佯。岁忽忽而遒尽兮，恐余寿之弗将。悼余生之不时兮，逢此世之俇攘。憺

容与而独倚兮，蟋蟀鸣此西堂。心怵惕而震荡兮，何所忧之多方。印明月而
太息兮，步列星而极明。"

寒秋时节，草木凋敝，白露成霜，诗人由萧瑟衰败的秋景联想到自身，激发起强烈的生命意识。诗人恐怕自己的寿命也如草木一般难以长久，在深夜久久徘徊直至天明。

先秦南、北两地"以悲为美"的文化传统被汉人继承。汉高祖慷慨伤怀而作《大风歌》，汉武帝乐极生哀而作《秋风辞》，司马迁"发愤著书"而作《史记》，冯衍仕途失意而作《显志赋》，赵壹愤世嫉俗而作《刺世疾邪赋》，蔡琰历经战乱流离之苦而作《悲愤诗》，而在现存的乐府歌辞中，也大多以咏叹悲苦不幸的生活为主。徐公持认为：

"汉代悲情文学，呈现出作者身份上从帝王到民众的'全民性'，时间覆盖上从西汉初到东汉末的'全时性'，而且在文体运用上也表现出包括诗歌、辞赋以及各体文章在内的'全体性'。以此三'全'为标志，汉代悲情文学在先秦文学基础上有了总体性的发展。它不仅仅是普通意义上的文学写作感情取向之一，而是成为弥漫整个汉代的文坛风气，成为四百年文学史的特征性存在。"①

也就是说，悲感内容与悲感情绪不只是汉代动物赋的创作主题，同时也是整个汉代文学的底色。反向言之，正是在汉代文坛这种"以悲为美"的整体氛围的带动之下，汉代才会出现如此之多具有悲感色彩的动物赋作品，显然，汉代动物赋的悲感主题正是对先秦两汉"悲美"风尚的呼应。

第三节　动物与人的情感同构

先秦两汉素有"以悲为美"的文化传统，以此为背景，汉赋文学流露出"以悲为美"的创作倾向，为汉代动物赋中悲感情绪的发生奠定了文化基础。但同处于"悲美"风尚之下，植物、器物题材赋作并没有流露出如此之多的悲感情绪。也就是说，当汉代赋作者经历人生的困惑与挫折，他们

---

① 徐公持《论汉代悲情文学的兴盛与悲美意识的觉醒》，《文艺研究》2015 年第 8
期。

更愿意选择动物，而非植物、器物题材，去表达他们内心强烈的情感情绪。这就意味着，与其他题材相比，动物题材一定具有某种特殊性，令它们成为可以承载咏物赋作者情感情绪的首要载体。

笔者认为，这一现象发生的根本原因在于生命形态的差异性。早在先秦两汉时期人们就已经发现动物的生命形态与人具有某种程度的一致性，都是有血肉的、动态的生命体。《论语·泰伯篇》载："曾子有疾，孟敬子问之。曾子言曰：'鸟之将死，其鸣也哀；人之将死，其言也善。'"在此，曾子将自己与将死之鸟类比，强化自己对于与孟敬子的这次谈话的重视与真诚。曾子认为将死之人与将死之鸟一样，面对死亡充满哀感，说出的每一句话都是发自肺腑，显然，这一看法是建立在鸟类的生命形态与人相似、能够产生情感体验的潜在观点之上。《淮南子·说山训》云："瓠巴鼓瑟，而浮鱼出听；伯牙鼓琴，驷马仰秣。"《淮南子》用浮水听乐的淫鱼、吐沫而乐的驷马夸饰瓠巴、伯牙卓越的音乐才能的同时，也肯定了人与动物之间具备情感互通的可能。具体言之，即以鱼、马为代表的动物群体能够在人类所演奏的、具有情感变化的音乐激发下产生相应的情绪上的变化。枚乘《七发》有言："使师堂操《畅》，伯子牙为之歌。……飞鸟闻之，翕翼而不能去；野兽闻之，垂耳而不能行；蚑蟜蝼蚁闻之，拄喙而不能前。"《七发》形容乐师所营造的悲凉动人的音乐氛围里，自然界中的鸟、兽、虫、蚁纷纷驻足不前。显然，在枚乘看来，蕴含着人类世界的情感内容的音乐不仅能够感染动物，还能作用于动物的行动。反观植物题材，在人的感知中主要呈现为静态、不具有情感功能的生命形态。王充在《论衡·道虚篇》中明确说明动物与植物的区别："鸟兽含情欲，有与人相类者矣……夫草木无欲，寿不逾岁；人多情欲，寿至于百。"动物和人一样，能够产生情感欲望，植物虽有生命，却不具有这一特点，更毋论本身就非生命体的人工制品。

由于植物、器物是静态的，并缺少情感属性，人们很难与之产生情感共鸣，反而更容易观照到物自身。因此，在植物、器物题材的汉代咏物赋中，赋作者对植物、器物的审美态度始终建立在实用理性的基础之上，赋作往往着眼于对表现对象物色美的描绘，强调物象的感性情态给人带来的愉悦感受与生命体验，在整体上呈现为积极的情绪指向。而就动物题材与汉代动物赋而言，"有血脉之类，无有不生，生无不死。以其生，故知其死也"（王充《论衡》）。显然和人一样拥有血肉、动态且能够产生情感认知的动物更容易与汉人的现实命运形成情感的同构。与植物赋、器物赋不同，汉代动物赋虽以动物为题，动物自身的感性外观在其中却不重要。现存汉代植物赋中，早在西汉前期孔臧的《杨柳赋》，赋作者就已经完成对植物物象的相对完整的审美观照；而在汉代动物赋领域，直至东汉后期王延寿的《王孙赋》中，对动物自身感性情态进行描摹的动物赋作才在历史上首次出现。事实上，汉代动物赋更为关注的是动物意象的价值生成与动物个体的悲惨经历，大量赋作通过对动物意象拟人化的叙事性描述意指赋作者自身的不幸遭遇，令汉代动物赋在整体上呈现出一种悲感的情绪指向。

以贾谊《鵩鸟赋》与孔臧《鸮赋》《蓼虫赋》为例。贾谊与孔臧是西汉初期的赋作者。西汉初期，汉朝的统治权力分散在皇帝、功臣集团与同姓诸侯王手中，三者鼎足而立，相互削弱与防范，因此，刘汉王朝的统治看似稳定，实则积蓄着巨大的破坏力量。贾谊的政治主张与文帝锐志改革的治国初衷相吻合，在当时几乎被文帝授予公卿之位。但是，文帝的提议遭到功臣集团的联合抵制，不久之后贾谊即被外放为长沙王太傅。表面上看，文帝是听信他人谗言，逐渐疏远贾谊，进而导致贾谊外放，事实上，贾谊的外放是文帝与功臣集团政治博弈落败的必然结果。《鵩鸟赋》正是创作于贾谊被外放长沙的这一阶段。《鵩鸟赋》因鸥鵩的恶谶色彩感怀作赋：

"谊为长沙王傅。三年，有鵩飞入谊舍，止于坐隅。鵩似鸮，不祥鸟也。谊即以谪居长沙，长沙卑湿，谊自伤悼，以为寿不得长，乃为赋以自广。"

赋中的悲感情绪显然正是贾谊政治理想破灭之后心情一贯低落消沉的流露。孔臧是功臣子弟，无论他是否愿意，已经不可避免地卷入皇权与功臣势力的政治博弈之中。后来的事实也确是如此。孔臧老年阶段，无论是他自请除国，还是被免职除国，都体现出武帝时期皇权高度集中、功臣势力急遽衰退的事实。孔臧感受到政治与社会关系中潜藏着的危险性因素，《鸮赋》《蓼虫赋》试图通过修德的方式改变个体死亡、家族灭亡的厄运，正是赋作者未雨绸缪的忧患心态的集中体现。

如果说《鵩鸟赋》《鸮赋》与《蓼虫赋》中的否定性情感来源于咏物赋作者对无常天命的揣度与思考，《神乌赋》中的悲感色彩则主要来源于人类社会中的现实苦难。《神乌赋》大约作于西汉后期，裘锡圭先生认为，此赋的语言相当通俗，其创作者应是西汉后期一名活动在社会基层的知识分子。西汉后期的政局混乱，皇帝昏庸，外戚篡权，官吏横征暴敛、贪污横行，商贾与权贵相互勾结，大量攫取社会财富，土地兼并的现象越发严重，又加上天灾连年不断，农民大量破产，变成奴婢、佃客和流民。西汉末年（8 年），外戚王莽代汉建新，托古改制，这一举动不仅没有缓和社会危机，反而激起更大的社会动荡，农民起义大规模爆发。新莽政权瓦解后（23 年），各路义军纷纷割据称雄，拥兵自重，彼此之间攻伐不断，给百姓带来极大的苦难。以此为背景，赋作者创作出《神乌赋》。在此赋中，雌、雄二乌以为官府能够给它们提供庇护，于是托身于官舍。雌、雄二乌筑巢时，盗乌前来行窃，雌乌发现后与之搏斗。"贼曹"却不分青红皂白，将受伤的雌乌拘捕，盗乌却全身而退。最后，雌乌无奈自尽而亡，雄乌投告无门哀鸣离去。可以看出，《神乌赋》所描绘的雌雄双乌生离死别、家破人亡的寓言故事与这一时期的社会现状一致，正是两汉交替之际稳定的社会秩序被打破之后，赋作者以及整个基层社会人如蝼蚁、命如草芥的现实处境的真实写照。而在张衡的《鸿赋》、王延寿的《王孙赋》、赵壹的《穷鸟赋》、祢衡的《鹦鹉赋》等作品中，咏物赋作者在为死亡的来临惶恐不安的同时，也在为个体人身自由的失去而沉痛哀叹。张衡的《鸿赋》中，本应高飞远举的鸿雁流落鸡群，形单影只，寄予赋作家仕途失意之感。王延寿的《王孙赋》中，猿猴因为一时欲望的贪婪落入猎人圈套而失去自由，人又何尝不是如此？赵壹则在《穷鸟赋》中以自身惨痛经历作喻，穷鸟无辜，却陷入天罗地网，面临死亡，反映出的是东汉后期吏治腐败、权贵横行、百姓民不聊生的社会现实。祢衡、曹植、王粲、陈琳等人的《鹦鹉赋》中，鹦鹉虽然美丽聪慧，却身陷囹圄，妻离子散，故土难归，生命完全掌握在别人手中。王粲、曹丕的《莺赋》中，莺鸟亦是物微命轻，被关在樊笼之中，自由丧失，悲哀无处诉说。曹植《离缴雁赋》的表现对象是一只中箭失群的伤雁。曹植《神龟赋》、陈琳《悼龟赋》的表现对象则是一只不幸被捕，猝然殒命的亡龟。应场《慜骥赋》的表现对象实为良马，却不遇伯乐，在仆夫的鞭打驱策之下蹉跎度日。等等，在这些赋作里，"人身自由的丧失"成为"死亡"问题之外动物赋悲感情绪的另一来源。

《鸿赋》《王孙赋》《穷鸟赋》《鹦鹉赋》等作品全部集中在东汉中后期。笔者认为，这一现象的出现与东汉中后期士子文人生存环境的日益恶化有很大关联。《后汉书·皇后纪》言：

"东京皇统屡绝，权归女主，外立者四帝，临朝者六后，莫不定策帷帟，委事父兄，贪孩童以久其政，抑明贤以专其威。"

东汉中后期，太后、外戚贪恋权位，往往选择扶持幼童登基。皇帝年长后，为了收回政治权力，只能暗中培植忠于自己的宦官力量发动宫闱政变。摆脱后宫与外戚权臣的控制后，为了巩固收回的权力，年轻的皇帝往往会大肆分封政变行动中护主有功的宦官，宦官势力大盛，自外戚手中收回的皇权又被宦官势力侵夺。东汉中后期的政治由此形成一个奇特的局面：以一次宫闱政变为分界，外戚与宦官交替掌权干政。外戚权臣与宦官势力争斗不休，士子文人夹在两股势力之间，处境实为艰难。桓帝延熹二年（159 年），桓帝依靠宦官力量诛除外戚梁冀一族及其党羽后，宦官势力迅速膨胀，在这之后，士子文人的艰难处境主要来自宦官势力的戕害。桓帝延熹九年（166年），宦官为了排除异己，以"结党"为由，大肆缉捕、拘禁士族官员与学人，史称"党锢之祸"。当权者的屠戮与人身禁锢给士子学人带来切肤之痛，个体的人身自由问题开始引起士子学人阶层的注意。后董卓入京倒行逆施被诛，曹操迎汉献帝挟天子以令诸侯，历史又进入群雄逐鹿的混战阶段。生逢乱世，士子文人对掌权者的压迫性力量始终怀有警惕与不安，掌权者滥用权力，视人命如草芥，生逢乱世，为了保全性命，士子文人阶层却不得不依附于他们。与之相应，诸如猿猴、鹦鹉、鸷鸟、乌龟等被禁锢而失去自由的动物物象在文学作品中开始大量出现，为东汉中后期的动物赋作奠定下悲的情感基调。

以祢衡及其作品《鹦鹉赋》为例。祢衡少年多才，但因狂傲无礼、出言不逊触怒曹操，被曹操押送给刘表，后又因轻慢刘表，被刘表转送给性情暴躁的黄祖，终被黄祖杀害。在如同工具一样被权贵阶层不断转送的过程中，祢衡失去的不只是对自己生命的控制权利，个体的人身自由也被权贵阶层剥夺。祢衡的这种长期的痛苦体验在其作品《鹦鹉赋》中得到保存。在此赋中，鹦鹉"飞不妄集，翔必择林"，是容言举止如同君子一般具有高洁品德的羽族灵鸟。但是，美好的外表与德行并没有让鹦鹉生活得更好，反而给它引来灾祸。最终，鹦鹉被猎人捕获剪去羽翅，成为笼中的玩物。鹦鹉背井离乡、别妻离子，为未来的命运感到惴惴不安，与此同时，也为失去自由、身不由己的境遇感到痛苦，它的容颜憔悴，哀鸣凄厉，令看到、听到的人也一次次为之叹息落泪。显然，东汉中后期动物赋中丧失自由的动物正是当时士子文人阶层动辄得咎、拘系监禁的生存处境的真实写照，东汉中后期动物赋中的悲感情绪也正是士子文人阶层在高压的政治背景下真实的情感表达。

综上所述，汉代动物赋的悲感情绪与动物题材自身的生命情感属性有关。赋作者从动物的死亡思及自身生命的短暂，从动物的悲惨境遇思及人类社会中的诸种不公，从动物的羁笼生活思及自身生存的不自由，这些被高度情感化的动物意象成为赋作者内心世界的图像化形式，令汉代动物赋呈现出与同一时期植物、器物题材赋作完全不同的悲感基调。

第四节　从动物赋看汉代自然美

在中国美学研究领域，关于中国社会早期审美意识的发生问题，古今学者从"美"字起源出发提出"羊大为美"说、"羊人为美"说、羽饰说等多种看法。其中，"羊大为美"说最早由东汉许慎《说文解字·卷四》提出："美，甘也。从羊，从大。羊在六畜，主给膳也。"南唐徐铉，清人王筠、段玉裁，现代学者朱光潜等人亦有此观点。日本学者笠原仲二也认为："中国人最原初的美意识，就起源于'肥羊肉的味甘'这种古代人们的味的感受性。"① 李泽厚、刘纲纪、萧兵等人持"羊人为美"的观点："美的原来含义是冠戴羊形或羊头装饰的大人……他执掌种种巫术仪式，把羊头或羊角戴在头上以显示其神秘和权威。"② 王献唐、康殷、刘国清等人则认为美起源于原始先民在祭祀、丰收、婚礼等活动中用羽毛装饰、美化自己的行为。

值得注意的是，无论对"美"字作何种理解，作为自然物之一的动物都在其中扮演重要角色。在"羊大为美"说中，动物（"羊"）是人形成"甘""大"等味觉、视觉印象所依托的不可或缺的对象载体；在"羊人为美"说与羽饰说中，无论羊角还是羽毛，它们都是取材自动物。具体言之，在巫文化的背景之下，动物不仅是现实、具体的自然存在，更被视为是具有超自然的神秘力量的观念性存在。原始先民佩戴羊角或羽毛是为了消弭人与

---

① ［日］笠原仲二《古代中国人的美意识》，北京大学出版社，1987年，第2页。
② 李泽厚、刘纲纪《中国美学史》，中国社会科学出版社，1984年，第80页。

动物之间的种属限定，以此超越日常现实，实现更高程度的精神自由。这就意味着，在中国社会早期，美的发生不只是属人的，而且是建立在人与自然（动物）发生关系的基础之上。基于此，从自然——尤其是动物的角度出发理解中国社会早期的审美发生问题不失为一条有效途径。

李泽厚指出："在美的本质的大前提下，作为审美对象（美学客体）的山水花鸟、自然景物却仍有其自身的不同变迁、发展的过程和历史。它具体反射在文化、艺术的领域中。"①

他将中国自然美的发展划分为四个阶段：神秘恐惧的神话阶段、人力加工或幻想加工过的自然阶段、本色的自然阶段与现代化的自然美阶段。在这一序列中汉代正处于人力加工或幻想加工过的自然阶段与本色的自然阶段之间的过渡期，与之相应，这一时期的自然美也呈现出多元发展的态势。一方面，在汉代，相对独立的自然审美意识日益发展起来。先秦时期的《诗经》文学与《楚辞》文学中虽然涉及大量的自然物象，但其对自然美的描写都是碎片化的，其中的咏物行为并不以对自然物象的摹写为主，而是托物起兴；至两汉阶段，自然物象自身的形色情态进一步唤起人们的审美注意，开始成为人们充分感知的对象。汉代自然美的这一趋势具体表现在以孔臧《杨柳赋》、王逸《荔枝赋》、朱穆《郁金赋》等对自然物象自身感性情态作相对独立审美观照的汉代植物赋作之中；另一方面，自然物象的伦常化、情感化特征进一步得到强化，自然物象因为情感渗透其中激发起人们的心理同构，进而形成审美体验。西周时期，社会意识形态逐步由"鬼神崇拜"向"以德配天"的观念转变，在这一背景下，"以物比德"的思维方式孕育出来，后来逐渐发展为儒家的"比德"观念。汉朝建立以后，诸子学说复苏。至武帝时期，儒学脱颖而出成为官学，"比德"传统也随之成为汉代自然美领域人们约定俗成的审美原则。就这一方面的自然审美观念来说，自然审美活动的目的并不在自然物象的"皮相"，自然物象内在的道德品格与情感属性才是自然美价值的根本来源。事实上，对动物作属人化描写的汉代动物赋彰显出的正是汉代自然美伦常化、情感化的审美维度。

汉代动物赋是在汉人文化心理、思维特征的基础上产生的，本身就蕴含着汉人对于整个宇宙自然的基本理解。实际上，汉代的宇宙生成论一直强调

---

① 李泽厚《华夏美学·美学四讲》，三联书店，2010年，第298页。

情感在其中的建构作用。比如，在汉儒董仲舒看来，人与自然界的一切物象构成的乃是一个秩序森然的一体化宇宙。在这之中，人类的喜怒哀乐的情感情绪变化与自然万象形形色色的情状情态变化一一对应，正是人与天地万物之间相互感应的途径或方式。

"人之为人本于天，天亦人之曾祖父也。此人之所以乃上类天也。人之形体，化天数而成；人之血气，化天志而仁；人之德行，化天理而义；人之好恶，化天之暖清；人之喜怒，化天之寒暑；人之受命，化天之四时。人生有喜怒哀乐之答，春秋冬夏之类也。喜，春之答也；怒，秋之答也；乐，夏之答也；哀，冬之答也。天之副在乎人，人之情性有由天者矣。"（董仲舒《春秋繁露·为人者天》）

"天乃有喜怒哀乐之行，人亦有春秋冬夏之气者，合类之谓也"。（董仲舒《春秋繁露·天辨在人》）

基于此，研究汉代动物赋的情、物关系，不仅有助于更好把握汉代"咏物"精神，也为理解汉代自然美问题提供独特视角。

第五章　古代书论中生命物象的发现
与书法审美的独立

汉字自创始至秦代小篆，虽然字形逐步简化，但始终在像物之形的轨道上演进着，对物象之形的描摹痕迹非常明确。隶书的创制，以横平竖直取代了篆书婉转委曲的写作风格的同时，也以抽象的字形取代了篆书的象形会意。书字以象形原则为创造基础，在对物象的提炼简化中，保留下物象原有的生命形态。至更为抽象的隶书出现，汉字的字形与其意指对象之间的相似性进一步削弱，于是物象之生命精神自然内化于抽象笔画的运行，成为内在之"势"。反向言之，书法求势，正是对内化于书字抽象线条之中的物象之生命精神的追慕。与中国传统文论、画论、乐论相比，中国传统书法理论对其表现对象内在生命精神的强调尤为突出。事实上，这一传统自书法理论产生之初就已见端倪，书法审美也正是伴随着历代书法家与书论家对于书字内在生命力量的充分认识确立的。需要强调的是，书法审美的确立与古人观照书字的两种方式息息相关，一为近察，一为远观。它们看似只是观书距离的不同，其中却关涉着书法艺术迥然不同的审美意趣。

第一节　迫而视之与书字的形式美

现存最早的书法理论可以追溯至东汉时期。事实上，汉代书论家已总结出"迫而视之""远而望之"①，如蔡邕谓："迫而视之，湍漈不可得见，指

---

① （汉）崔瑗《草书势》，王伯敏编《书学集成·汉—宋卷》，河北美术出版社，2002年，第2页。

攭不可胜原。研桑不能数其诘屈，离娄不能睹其隙间"（蔡邕《篆势》）。①
这两种书法观审方式中，他们显然更侧重于"远而望之"，②崔瑗谓："就而
察之，一画不可移。纤微要妙，临时从宜"（崔瑗《草书势》）③，并没有
将视线置于书字的笔画、形体，而是着重于远观书字浑然化一的整体气韵。
直至魏晋时期，书论家才开始真正重视起近距离的观看。晋书论家卫恒言：

　　"是故远而望之，若翔风厉水，清波漪涟，就而察之，有若自然"④。

　　"远而望之，若飞龙在天；近而察之，心乱目眩，奇姿谲诡，不可胜原"⑤。

　　在此，远观与近察的关系得到平衡。与自由无拘的远观的观照方式不
同，近察所得之象受到书字本身形式的极大规定。进而言之，正是因为这种
"迫而视之"的近察，书字自身的形式之美得到极大程度发现。卫恒观照古
文、篆、隶、草等四体书势，认为古文笔画"其曲如弓，其直如弦"，结构
"矫然特出"者"若龙腾于川"，"森尔下隤"者"若雨坠于天"⑥。隶书则
"纤波浓点，错落其间"⑦。

　　卫恒对不同书体笔画风格的判断显然是依托近察的审美观照方式才完成
的。近察之法被晋代成公绥使用，确立了隶书"工巧"的审美理想。成公绥
《隶书体》认为，隶书的形体结构既区别于篆书的单一，与汉人草藁书一笔一
画模仿前人的做作、呆板风格不同，而是充满丰富灵动的审美趣味。这种审
美趣味源于笔画形体共同组合而成的书字浑然一体之美。《隶书体》就是针对

---

① （汉）蔡邕《篆势》，王伯敏编《书学集成·汉—宋卷》，河北美术出版社，2002
年，第 7 页。

② （汉）蔡邕《篆势》，王伯敏编《书学集成·汉—宋卷》，河北美术出版社，2002
年，第 7 页。

③ （汉）崔瑗《草书势》，王伯敏编《书学集成·汉—宋卷》，河北美术出版社，2002
年，第 2 页。

④ （晋）卫恒《四体书传并书势·古文》，王伯敏编《书学集成·汉—宋卷》，河北
美术出版社，2002 年，第 17 页。

⑤ （晋）卫恒《四体书传并书势·古文》，王伯敏编《书学集成·汉—宋卷》，河北
美术出版社，2002 年，第 20 页。

⑥ （晋）卫恒《四体书传并书势·隶书》，王伯敏编《书学集成·汉—宋卷》，河北
美术出版社，2002 年，第 20 页。

⑦ （晋）卫恒《四体书传并书势·古文》，王伯敏编《书学集成·汉—宋卷》，河北
美术出版社，2002 年，第 17 页。

隶书的这一审美特征而发论的。《隶书体》形容隶书形体构造、运笔挥毫："烂若天文之布曜，蔚若锦绣之有章。"① 形容书字的黑白布局、篇章构造：

"或若虬龙盘游，蜿蜒轩翥，鸾凤翱翔，矫翼欲去；或若鸷鸟将击，并体抑怒，良马腾骧，奔放向路。仰而望之，郁若霄雾朝升，游烟连云；俯而察之，漂若清风厉水，漪澜成文。"②

显然，对书势，成公绥更多感受到的是隶书用笔布局等书写过程中生成的生命之势，强调的是主体创作过程强烈的生命动感。

一、近察书字的笔画与结构

近察的观照方式使书字的笔画、结构之美得以充分显现。这在卫恒之女——卫铄的书论中得到彰显。其《笔阵图》③ 所论以书法用笔为核心："夫三端之妙，莫先乎用笔；六艺之奥，莫若乎银钩"④。卫夫人将书字的笔画与结构作为主要的观照对象，观审笔画的生命与意趣，这是前人未曾发论之处，是《笔阵图》对于中国书法美学的贡献。

《笔阵图》发现各种笔画的审美特征和各种用笔的审美特征，书字字形、结体、笔画的美真正凸显了。

"'一'如千里阵云，隐隐然其实有形。'丶'如高峰坠石，磕磕然实如崩也。'丿'陆断犀象。'乁'百钧弩发。'丨'万岁枯藤。'乀'崩浪雷奔。'刁'劲弩筋节。"⑤

---

① （宋）陈思《书苑精华·隶书体》，卢辅圣编《中国书画全书》第三册，上海书画出版社，2009 年，第 20 页。

② （宋）陈思《书苑精华·隶书体》，卢辅圣编《中国书画全书》第三册，上海书画出版社，2009 年，第 20 页。

③ 《笔阵图》旧题为卫夫人撰，后众说纷纭，或疑为王羲之撰，或疑为南朝人伪托。因《晋书》未载，而未曾参战的卫夫人以作战体会言论书法似乎不大可能。但从《笔阵图》文字看，且据孙过庭《书谱》记载：《笔阵图》原附有图示，且有关于造纸、制笔、取研、制墨、执笔的文字，《笔阵图》属于授课讲义之类的文章，其中的文字很可能是卫夫人的弟子（王羲之曾师从卫夫人）根据听课记录编辑而成。其中所表述的书写要旨、书法理论是卫夫人的观点。

④ 卫夫人《笔阵图》，王伯敏编《书学集成·汉—宋卷》，河北美术出版社，2002 年，第 23 页。

⑤ 卫夫人《笔阵图》，王伯敏编《书学集成·汉—宋卷》，河北美术出版社，2002 年，第 24 页。

显然，卫夫人所言的笔画之美是专指魏晋流行的成熟的正书笔画。作为字形构成的基本单位，笔画本身并不独立，但在卫夫人的眼中却具有高度的审美价值，她用气势宏大、力量雄强的自然景观、战争景观为喻，提示了书字笔画所具有的这种审美元素。"千里阵云"，以辽阔的空间与变化莫测的阵云构筑无限的幻觉空间，具有高度的视觉延伸性；"高峰坠石"，山石的强大力量和高峰的不可名状构筑充满强烈动感的幻觉空间；"万岁枯藤"，以极限的时间与枯藤当下的感性情状构筑内蕴无限的生命空间；"崩浪雷奔"则以野蛮的力度和迅疾的速度共同构筑笔画的生命形象。而"百钧弩发""劲弩筋节"，则在无以差比的力量基础上，创造飞动的虚灵时间和突兀的虚灵空间，一笔一画之美呈现的是虚幻灵动的空间形象。在观照笔画的过程中，卫夫人所谓的"多力丰筋"，成为了该审美意蕴中最本质、最基础的特点。这诸多笔画在卫夫人眼中可以"一一从其消息而用之"，因人而异、因笔法而异，本身就充满了无数的变化之态。

在近察笔画之美的基础上，卫夫人对六种用笔方法（六种书体）进行总结：

"结构圆奋如篆法，飘风洒落如章草，凶险可畏如八分，窈窕出入如飞白，耿介特立如鹤头，郁拔纵横如古隶。"①

不同的用笔方式产生不同的字体，不同的字体有不同的构字结体的方式，由此生成的审美特征也各不相同。魏晋时期各种书体均已产生，各种书势类的论著日渐丰富，对各种书体的历史溯源、书体特点、用笔结构等进行总结，而书法创作实践和书法的传承学习更为这种总结带来了前所未有的推动力。《笔阵图》是书法授课讲义，更为关注创作的具体方式方法。从全文看，用笔方法本身并不是书法初学者的目的，品鉴书体之美才是卫夫人传授书法更上一路的要求。也就是说，如论笔法、笔画如何使用，须以各种不同书体的风格之美为更高的追求。

二、近察书字的笔力

近察之法还使得书法笔力得到关注。卫夫人《笔阵图》看到书法之美

---

① 卫夫人《笔阵图》，王伯敏编《书学集成·汉—宋卷》，河北美术出版社，2002年，第24页。

在于骨力,而骨力之有无在于创作时主体付诸笔画的精力、气力。李斯见到周穆王书,评价道:"七日兴叹,患其无骨。"① 蔡邕观鸿都观碣,有言:"十旬不返,嗟其出群。"② 二人所叹所嗟都是书字的笔画筋骨气力,提倡的是一种具有刚健之美的书字。

"善笔力者多骨,不善笔力者多肉。多骨微肉者谓之筋书,多肉微骨者谓之墨猪。多力丰筋者圣,无力无筋者病。"③

随着纸上作书经验的日渐丰富,魏晋书家将"多力丰筋"确立为书法创作的审美标准之一,并且将笔力的具体运用与"多力丰筋"的审美标准相结合对书法进行观审,使"用笔"成为书法创作之本。因此,善笔力也便是"多骨"的创作之本,由"多骨"生成的就是可谓之"圣"的"筋书",否则就是"墨猪"。

卫夫人这种由具体的创作用笔为始到生成审美效果为终的论述,确为前人未发之论。这一论说使书法艺术的审美真正落到书体构造的各个具体元素中,即"下笔点墨画芟波屈曲,皆须尽一身之力而送之。"④ 创作主体以全身之力传递于手腕,并进而传递于纸墨,书字自是以筋骨为胜。那么,卫夫人所强调的这种全力倾出的"一身之力"是如何形成的?《笔阵图》并未具体论说这一问题,但其言"若学书,先大书,不得从小","善鉴者不写,善写者不鉴",⑤ 实际上已经透露这一问题的答案——"一身之力"源于专一的精神。而专一的精神则需要主客的浑一,稍有分离就可能造成身体之力的分解。在《笔阵图》中,这种主客浑一的创作状态被演绎为具体可行的实践方式。事实上,其所列的七种执笔之法,都是将主体内心之意与执笔落墨的具体状

---

① (晋)卫夫人《笔阵图》,王伯敏编《书学集成·汉—宋卷》,河北美术出版社,2002年,第23页。

② (晋)卫夫人《笔阵图》,王伯敏编《书学集成·汉—宋卷》,河北美术出版社,2002年,第23页。

③ (晋)卫夫人《笔阵图》,王伯敏编《书学集成·汉—宋卷》,河北美术出版社,2002年,第23、24页。

④ (晋)卫夫人《笔阵图》,王伯敏编《书学集成·汉—宋卷》,河北美术出版社,2002年,第23页。

⑤ (晋)卫夫人《笔阵图》,王伯敏编《书学集成·汉—宋卷》,河北美术出版社,2002年,第23页。

态结合起来进行归纳总结的。卫夫人认为，真正精妙的书法作品是"执笔远而急""意前笔后"的作品，而失败的书法则"心手不齐"，或"心急而执笔缓"，或"心缓而执笔急"，或"执笔近而不能紧"，或"意后笔前"①。七种执笔状况传递的信息是：一、创作过程中主体要专一于书意，以意为书法创作的统帅。二、创作过程中纯熟的用笔技巧能使用笔与主体心意保持始终的一致。与汉代蔡邕笼统地强调"随意所适"② 相比较，卫夫人《笔阵图》更着意于强调笔如何适应意，且详尽地考察实践中心与手、意与笔之间的种种关系：由书字的审美趣味——筋骨，阐发书字创作中该审美趣味的生成，进而阐发执笔方法。卫夫人《笔阵图》关注的焦点着实在于其所谓书法之妙的"莫先乎用笔""莫若乎银钩"③。这些都得力于近察的观照方式。

三、近察书字审美的生成过程

沿着卫恒、卫夫人由近察而开辟的书法形式审美之路，王羲之继续探索书字笔画结构的审美特征，将注意力放在书字审美的生成过程中。《题卫夫人〈笔阵图〉后》提出："心意者，将军也；本领者，副将也；结构者，谋略也。"④ 王羲之强调，汉字的书写不是点画的组合，而是艺术的创造。如果书写笔画"平直相似，状如算子，上下方整，前后齐平，此不是书，但得其点画尔"⑤。显然王羲之将书定义为具有审美价值的艺术，而上下齐平、大小统一的书字在王羲之的草书创作论中是不符合美的规则的。他所追求的美的书字是"字体形势，状等龙蛇，相钩连不断，仍须棱侧起伏"⑥。就具

---

① （晋）卫夫人《笔阵图》，王伯敏编《书学集成·汉—宋卷》，河北美术出版社，2002年，第24页。

② （宋）陈思《书苑菁华·秦汉魏四朝用笔法》，叶朗编《中国历代美学文库·秦汉卷》，高等教育出版社，2003年，第532页。

③ （晋）卫夫人《笔阵图》，王伯敏编《书学集成·汉—宋卷》，河北美术出版社，2002年，第23页。

④ （晋）王羲之《题卫夫人〈笔阵图〉》，王伯敏编《书学集成·汉—宋卷》，河北美术出版社，2002年，第26页。

⑤ （晋）王羲之《题卫夫人〈笔阵图〉》，王伯敏编《书学集成·汉—宋卷》，河北美术出版社，2002年，第26页。

⑥ （晋）题王羲之《卫夫人〈笔阵图〉》，王伯敏编《书学集成·汉—宋卷》，河北美术出版社，2002年，第26页。

体的点画而言，则须从空中掷笔而作，其目的仍然是创造如卫夫人《笔阵图》所谓"高峰坠石"的审美效果，但显然，王羲之更注重的是这种审美效果的生成过程。若写正书（当时称正为隶），要"先引八分、章草入隶字中，发人意气。若直取俗字，则不能先发"①。若写草书，要须"篆势、八分、古隶相杂，亦不得急，令墨不入纸。若急作，意思浅薄而笔即直过"②。

王羲之《书论》（又名《笔阵图》）对书写过程进行了更为详尽的规定。《书论》言：

"凡作一字……先构筋力，然后装束……每作一点，必须悬手作之。或作一波，抑而后曳。每作一字，须用数种意……作一字，横竖相向；作一行，明媚相成……若作一纸之书，须字字意别，勿使相同"③。

从笔画到具体的结字，从行的布局到书字篇章的整体构造，王羲之层层观审，进行了细致的分辨。如果说卫夫人强调的是笔画的气势与力度，王羲之更重视笔画的形象本身。以作字而言，王羲之使用各种形象的比喻，将书字比拟为水中蝌蚪、佩剑壮士、纤丽妇人等，书字的笔画则或似八分、或如篆籀、或如乔木、或如钢钩、或如枯杆、或如针芒、或如飞鸟空坠、或如流水激来，共同组合成书字整体的美。显然，与卫夫人的书论相比较，王羲之描述得更为具体，更适用于具体的创作实践。

王羲之《笔势论》则重点关注书字的具体创作方法。《笔势论》共有十二章，分别论述创作的总体特点、创作过程中各种笔画的特点及使用方法、各种结体构字的特点与方法等，非常详细。而具体的点画结体，构成的是书法的书字形式。换言之，对点画结体的详尽关注，就是对书法形式美的集中观照。王羲之《用笔赋》对书字的形式审美特点作了集中概括，并赋予书字的形式笔画以内在的韵味："方圆穷金石之丽，纤粗尽凝脂之密。藏骨抱筋，含文包质。"④ 方圆纤粗的点画展现着金石一般的光彩、凝脂一般的细

---

① （晋）王羲之《题卫夫人〈笔阵图〉》，王伯敏编《书学集成·汉—宋卷》，河北美术出版社，2002年，第27页。

② （晋）王羲之《题卫夫人〈笔阵图〉》，王伯敏编《书学集成·汉—宋卷》，河北美术出版社，2002年，第27页。

③ （晋）王羲之《题卫夫人〈笔阵图〉》，王伯敏编《书学集成·汉—宋卷》，河北美术出版社，2002年，第28页。

④ （晋）王羲之《题卫夫人〈笔阵图〉》，王伯敏编《书学集成·汉—宋卷》，河北美术出版社，2002年，第36页。

密。书法之美恰是在点画形式中矗立着骨气筋力，在点画结构中体现着内在意蕴和外在形式的完美结合。至此，"文质彬彬"在文学艺术之后，又被引入书法领域，将书法的审美理想提升到一个新的高度，奠定了中国传统书法美学的思想基础。

第二节　远而望之与书字的生命美

汉代书法家、书论家重视远观的观照方式，远观所得在于书字的生命之势。魏晋继承汉代，并进一步发展，将汉代的远观宇宙生命发展为远观自然生命，将汉代的远观书字物象发展为远观书字的整体之境，并放眼于整个书法的发展历史上，远观书法书体的源流变迁。使书法的使命从哲学的承载演化为艺术美的传达，书法的审美由此独立。

一、远观书字的生命：从宇宙生命到自然生命

正如汉代蔡邕所言："夫书肇于自然，自然既立，阴阳生焉。阴阳既立，形势出矣。"① 中国古代书家秉承着先秦哲学思想，将书法看作是超越笔画形式的生命体，该生命承载着、体现着宇宙本体的道，承载着阴阳乾坤的根本，因此，由书字中流衍出的不是视觉意义上的书字，而是具有生命意义与生命活力的书字。书字在创作主体的默思静观、任情恣性中与宇宙本体的道相契合，进而具有了生命的气韵与生命的意义。这种书字内涵着的宇宙生命观在魏晋时期被继承下来，并进一步演化，逐渐呈现出由宇宙本体生命向活跃着的自然生命转化的趋向。

魏晋早期的书家钟繇所谓"用笔者天也，流美者地也"②，"笔迹者界也，流美者人也"③，即是对书法生命的哲学观照。按照前一种说法，用笔

---

① （汉）蔡邕《九势》，曹利华、乔何编《书法美学资料》，陕西人民出版社，2009年，第5页。

② （宋）陈思《书苑菁华·秦汉魏四朝用笔法》，叶朗编《中国历代美学文库·秦汉卷》，高等教育出版社，2003年，第532页。

③ （元）郑杓《衍极》，王伯敏编《书学集成·元明卷》，河北美术出版社，2002年，第104页。

之理归于天，由用笔创造出的书字之美则归于地。书字的美与自然界的万物之美一样，是宇宙自然本体的物化形式。该美的形式虽然属于个体形式，但内蕴着天道自然的本体。因此，所谓的"流美"既是主体创造成的个体美，更洋溢着宇宙本体的生命活力。后一种说法则突出了书法活动中主体的创造力。书法是由笔画线条勾画出的形式的总和，该形式因为由主体创造而具有了美感。换言之，书法因为人的参与而显现出美的特质。因此，书法自然能够呈现人的情感、学养和人的精神人格，书法的美感中渗透着主体生命的内在活力。而这种生命的活力外显为笔画所形成的形式中，该形式也是主体在对自然物象进行抽象而形成的形式，因此，这种形式既是主体生命的显现，也是宇宙万物生命的显现。无论何种说法，都可以看出钟繇书论对书字的生命，尤其是对其中内蕴的宇宙生命的关注。

卫夫人《笔阵图》则借鉴了汉书家蔡邕"为书之体，须入其形"[1] "纵横有可象者，方得谓之书矣"[2] 的思想，认为"书道"是"心存委曲，每为一字，各象其形，斯造妙矣"[3]。她视"各象其形"为书法之道，实际上将书法创作、书法欣赏从字形中解放出来而观其象，认为美感恰恰深藏于"象"的光辉中。所以，卫夫人又言："自非通灵感物，不可与谈斯道。"[4] 认为书法不是一种技艺，而是一种具有灵动之性又能传递灵动之性的个体生命，它既通于创作主体的生命，又通于现实客观世界的生命，承载的不仅仅是书家的情感，还有宇宙中的客观自然生命。书道正是以书家主体之生命的灵性感通宇宙自然生命之灵动，创作出"各象其形"的书字。显然卫夫人注意到这种书字的美感源于创作时对书字形象化的感发，由此创作的书字便具有了宇宙自然生命灵动、鲜活的气质。

这一种对生命的关注在魏晋书势类的著作中得到了进一步的张扬，书字

---

① （宋）陈思《书苑菁华·秦汉魏四朝用笔法》，叶朗编《中国历代美学文库·秦汉卷》，高等教育出版社，2003年，第532页。

② （宋）陈思《书苑菁华·秦汉魏四朝用笔法》，叶朗编《中国历代美学文库·秦汉卷》，高等教育出版社，2003年，第532页。

③ （晋）卫夫人《笔阵图》，王伯敏编《书学集成·汉—宋卷》，河北美术出版社，2002年，第24页。

④ （晋）卫夫人《笔阵图》，王伯敏编《书学集成·汉—宋卷》，河北美术出版社，2002年，第23页。

的生命之美逐渐走下了哲学的圣境，走进了自然社会形形色色的生命美境中。

二、远观书字的生命之境

晋代书家索靖《叙草书势》是专门论述草书体势的书学文章。他以自己的创作体会，描述草书之状"婉若银钩，漂若惊鸾""虫蛇虮蝼，或往或还"①，与汉代书家以及晋代成公绥的书势描述大体相似。但索靖对草书"举而察之"后的审美感受却发前人所未发。尽管书势之作早已有之，他们却都将书势描述为一个又一个独立的、零散的审美意象，并不在意于书势整体之境的勾画。索靖《叙草书势》不仅深切地感受到书字带来的生命形象的美感，更发现书字创造的境美。在对草书之状作简要的描述后，索靖描述了"举而察之"的感受：

"又似乎和风吹林，偃草扇树，枝条顺气，转相比附，窈娆廉苫，随体散布。纷扰扰以猗靡，中持疑而犹豫。玄螭狡兽嬉其间，腾猿飞鼬相奔趣。凌鱼奋尾，蛟龙反据，投空自窜，张设牙距。"②

对书势的感受与形容由孤立的象到整体的境的转换，不是简单的象的相加与组合，而是书字审美的一大进步。

索靖对于充满了众多生命体、众多审美意象的完整画面的描述源于他对书字之势的深切"感思"。中国汉字创始于对客观物象外形的摹写，汉字书写追求的是与自然物象相似，要得物象之真。这种摹写客观物象的做法在古代书家的心中留下了很深的烙印。当隶书取代篆书，汉字从具象的形式中解放出来，不再以摹写客观物象为目的，此时，书家心中以自然为依据的烙印并没有完全消去。所以汉代崔瑗言草书创作"观其法象，俯仰有仪"③，虽并非直言草书创作要摹写自然中具体特定的物象，但却是在对自然万物观察、体会、感悟的基础上创造出具有生动形象性的书字。蔡邕以"书肇于

---

① （晋）索靖《叙草书势》，王伯敏编《书学集成·汉—宋卷》，河北美术出版社，2002年，第13页。

② （晋）索靖《叙草书势》，王伯敏编《书学集成·汉—宋卷》，河北美术出版社，2002年，第13页。

③ （汉）崔瑗《草书势》，王伯敏编《书学集成·汉—宋卷》，河北美术出版社，2002年，第2页。

自然"① 的哲学高度阐释书道，使书写站在了体现自然之道的立场上，由此摆脱了具体客观的物象之形的约束，而要求由书法创造形象的生动之势，唯有此才可以称之为书："为书之体，须入其形，若坐若行，若飞若动，若往若来，若卧若起……纵横可有象者，方得谓之书。"②

蔡邕所谓的"其形""有象"并不是自然之象，而是一种由书写创造出的鲜活的生命感受。在这种生命感受中，书字生成了一个又一个不同的形象，美也正产生于这种形象在主体心理的生成过程中。谓之纵横有象，谓之入其体，实际上是主体进入审美状态的一种具象化解释，是主体心理创造的生命体，正如"大象无形"，该生命体体现着自然宇宙本体的律动，体现着自然宇宙的本体生命，它创造着宇宙万象，操纵着无限时空中的生命运动。只有在这个意义上，我们才能理解蔡邕何以能言"纵横"二字，何以能进入抽象线条组合成的书法之"形"中。因此，蔡邕的书道本身就是要创造宇宙生命。晋代索靖的书势之论延续了蔡邕的纵横有象论。他让书字审美时生成的各种意象和谐相处，将它们统一安排于"大象"之中，形成一幅交织着各种形象、活跃着各种生命的、充满着和谐美感的美丽图画。蔡邕对书道自然本体意识的强调，虽然建构了统一于宇宙生命的书法意象，但各种意象之间不是共时共存的，而是孤立的。索靖则描述了同一个时空中各种不同的审美意象。各种意象独立地展示着各自的生命色彩，相互之间又共同构筑着自然生命和谐并存的整体气象。由象至境的发展，既是索靖将无形的大象生命具象化、落实化的过程，将书法的哲学思考转化为审美感受的过程，也是将书字单字、片段的审美转化为书字篇章整体审美的过程。正如索靖在《叙草书势》所言："去繁存微，大象未乱，上理开元，下周谨案。"③ 当书法不再随时深切地履行自己肩负的体现宇宙自然的书道重任时，当书法欣赏摆脱了具体书字、片段特征的约束时，主体对于书法的欣赏由此进入了自由无累的精神境界，书法审美在这种对书境的创造中实现了其自身的价值，书

---

① （汉）蔡邕《九势》，曹丽华、何乔编《书法美学资料》，陕西人民出版社，2009年，第5页。

② （宋）陈思《书苑精华·秦汉魏四朝用笔法》，叶朗编《中国历代美学文库·宋辽金卷下》，高等教育出版社，2000年，第532页。

③ （晋）索靖《叙草书势》，王伯敏编《书学集成·汉—宋卷》，河北美术出版社，2002年，第13页。

法艺术由此进入新的阶段。

三、远观书字源流与书体形象生命的创造

对于魏晋书法家、书论家而言，远观的观照方式不仅观一幅书字作品本身，还可观整个书法艺术的历史源流，观书字形象生命的整体创造。

魏晋时期，书法四体已经确定，书写方式也已经稳定。随着创作黄金时期的到来，书法也开始进入理论的总结阶段。卫恒《四体书势并书传》作为这一时期重要的书法理论著作，首先开创了为书法溯源流的风气。尽管汉代许慎在《说文解字》序中就中国文字的起源进行过详细的阐述，但许慎的论述是仅对文字自身而言，并不涉论书法艺术中的书字。卫恒对四体源流的追溯，则超越文字的认知功能本身，注重对文字视觉形象演变的发掘。换言之，作为晋代著名的书法家，卫恒为四体书字立传的思想基础是美学而不是文字学。在"古文"篇，卫恒称自己为四体作传的目的是保存古人书字之象，这种"象"被称为"势"。显然，卫恒将抽象的书字视为可以感知的象。这种"象"又不是文字字形本身仿效自然事物而成的象形之象、客观之象，它是具有活力的生命体。以"势"称"象"的意义也正在于此。文中"因声会意，类物有方"① 的观念已不同于汉人所谓仓颉造字时的"依类象形"②，而是把握宇宙万物的运动规律与结构规则之后在心中生成的新的形象，并以此形象为基础进行文字的创造。如：

"日处君而盈其度，月执臣而亏其旁，云委蛇而上布，星离离以舒光，禾卉苯尊以垂颖，山岳嵯峨而连冈，虫跂跂其若动，鸟似飞而未扬。"③

卫恒更为关注的是创造事物生命活力的内在运动特性，如此造字显然超越了客观形象的局限而生成书字的生命活力。既如此，卫恒在对书字整体生命运动特性关注的同时，将视线放置于形象生命的创造中，创作的重心由书

---

① （晋）卫恒《四体书传并书势》，王伯敏编《书学集成·汉—宋卷》，河北美术出版社，2002年，第17页。

② （汉）许慎《说文解字·序》言："仓颉之初作书，盖依类象形，故谓之'文'。其后形声相益，即谓之'字'。"

③ （晋）卫恒《四体书传并书势》，王伯敏编《书学集成·汉—宋卷》，河北美术出版社，2002年，第17页

字形式的书写转化为形象生命的书写。以"如弓""如弦""龙腾于川""雨坠于天""鸿鹄高飞""流苏悬羽"比喻书字的生命形象，本来抽象的笔画与结构，在卫恒的眼中具有了生命的质感与力量。

书字的笔画形象与结构形象显然是欣赏主体在想象中自我创造的形象，这些形象生成于对书字美的体验中。如卫恒自己所言："睹物象以致思，非言辞之所宣。"[1] 无论书家的创作还是欣赏者的欣赏，最终都是在思致的引导下进行并完成的。思致在书法创作与欣赏中的存在为联想与想象插上了起飞的翅膀，书字的创作与欣赏由此进入了自由的空间，并依据每一个主体的不同而进入富有个性的创造空间。在这个空间里，书字潜在的艺术意味显现出来，书字的美学品格得以树立，书字作为美的艺术的自由创造性因此实现。

卫夫人《笔阵图》、王羲之《题卫夫人〈笔阵图〉后》《笔势论》《用笔赋》、王珉《行书状》、刘劭《飞白书势》、杨泉《草书赋》等都十分强调书字之势，都在形象生命的创造与展示中阐释书字作为艺术具有的美学品格。卫恒则对书法发展的这一特点做了归纳总结，其《四体书传并书势》有言："故竭余思以赞其美，愧不厕前贤之作，冀以存古人之象焉。古无别名，谓之字势云。"[2] 道出了书法之美与书法之势的关系。"势"接近于"气"，但与"气"不同的是，"气"是虚物，而"势"则是由实向虚或由虚向实的一种物的动态，不纯然属于内在的精神，也不纯然属于外在的物形。它包含着一个完整的物象，一个活跃着的富有生命力的物象。无疑"势"的品评为抽象的书法艺术复原了艺术的形象性。在形象的感受中领悟中国象形文字的本源，艺术的魅力也由此而生。

第三节　以象喻书——书法审美之确立

由近察的观照方式而得书字的笔画形式之生命美，由远观的观照方式而

---

[1] （宋）陈思《书苑精华·晋卫恒著四体书传并书势》，卢辅圣编《中国书画全传》，上海书画出版社，2009年，第16页。

[2] （晋）卫恒《四体书传并书势》，王伯敏编《书学集成·汉—宋卷》，河北美术出版社，2002年，第17页。

得书字的整体结字篇章之生命美。书法艺术的审美空间在魏晋南北朝得到向细节与向整体两重维度的双向拓展，在抽象线条与形象的自由想象中，书字的审美空间得到充分拓展，书法生命之美得以完整地呈现，从此，书法以鲜活的生命意象入驻艺术之林。也正因为此，书法接受领域形成一道独特风景：比喻式品评。梁代袁昂《古今书评》是这一方法的实践者。《古今书评》全篇品评 25 位书家，其中 21 位都用的是形象生动的比喻式言说。但与前代不同的是，袁昂更多的是用不同类型的人作喻体，如品羊欣的书法，"如大家婢为夫人，虽处其位，而举止羞涩，终不似真。"① 品阮研书法，"如贵胄失品次，丛悴不复排突英贤"②。品梁鹄书法，"如太祖忘寝，观之丧目"③。品袁崧书法，"如深山道士，见人便欲退缩"④。与前代的品评相比，《古今书评》对人物神态的格外关注，更加凸显出不同书家的独特精神气貌，使读者对书作的审美风格有一个整体的把握。《古今书评》虽然抓住了书家书体的最主要的风格特征，在书法风格的品评中具有重要的地位，但却丝毫不涉笔墨、结构等书法语言。而庾肩吾《书品》在品评张芝、钟繇、王羲之等书家时即采用折中方法，既有形象的感受，又将这种感受付诸具体的点画结构中，如：

"分行纸上，类出茧之蛾；结画篇中，似闻琴之鹤……抽丝散水，定于笔下；倚刀较尺，验于字中……若探妙测深，尽形得势。烟华落纸将动，风采带字欲飞。"⑤

这正是远观与近察相结合的体现。

---

① （南朝梁）袁昂《古今书评》，王伯敏编《书学集成·汉—宋卷》，河北美术出版社，2002 年，第 75 页。

② （南朝梁）袁昂《古今书评》，王伯敏编《书学集成·汉—宋卷》，河北美术出版社，2002 年，第 75 页。

③ （南朝梁）袁昂《古今书评》，王伯敏编《书学集成·汉—宋卷》，河北美术出版社，2002 年，第 76 页。

④ （南朝梁）袁昂《古今书评》，王伯敏编《书学集成·汉—宋卷》，河北美术出版社，2002 年，第 75 页。

⑤ （南朝梁）庾肩吾《书品》，王伯敏编《书学集成·汉—宋卷》，河北美术出版社，2002 年，第 87 页。

第六章　古代画论对山水样态的观照

山水是古代文学艺术书写的重要对象，尤其古人卧游山水，创造了大量的山水画，使其成为中国绘画的主角。因此，对山水的描写，普遍地存在于对绘画艺术进行描述和思考的各种形式的画论中。画论对山水的书写不只是描写山水的形貌色彩，更关注于山水的生命样态，为自然中的物象赋予人的形貌姿态，使其变成了活跃、生动的独立生命体，并参与人的审美活动。

第一节　古代山水"生命之态"的审美溯源

古人最初描述山水时，关注的是其外在形象与色彩，侧重直观的感受与渲染，如：

"今夫山，一卷石之多，及其广大，草木生之，禽兽居之，宝藏兴焉。今夫水，一勺之多，及其不测，鼋鼍、蛟龙、鱼鳖生焉，货财殖焉。"①

《中庸》对山水的描绘是建立在物象所显现出的生命的基础上，而《尔雅》对山水则进行了细致的区分，如："山脊，冈，未及上，翠微"，"河水清且澜漪，大波为澜，小波为沦，直波为径"②，对山水的样态进行了名词定义。这些定义使古人在进行山水艺术创作时可以更好地依据其具体的样态变化而为之赋予情感。楚辞中许多对山水神灵的描述就是很好的证明。如屈

---

① （宋）朱熹《四书章句集注》，浙江古籍出版社，2012年，第33页。
② 管锡华译注《尔雅》，中华书局，2014年，第451页。

原《九歌·河伯》："乘水车兮荷盖，驾两龙兮骖螭。"① 《九歌·山鬼》："既含睇兮又宜笑，子慕予兮善窈窕。"② 山水因拥有多重的样态，可幻化为神灵，故而有了衣饰、姿容，有了人的状貌。然而"先秦时有关山水的文学作品，多少会带有'比''兴'的意义"③，主要目的在于以此物"比"彼物。因此这一时期的山水样态尚未成为独立的审美对象。

至魏晋南北朝，山水逐渐被视为独立的审美对象，不再是伦理教化的工具与哲学思想的陪衬。其"生命之态"才逐渐得到关注，主体的审美体验也因之更进一层。以谢灵运的山水诗为例，这些作品虽侧重山水形色的描摹，但其诗句灵动且蕴有生气，隐隐传递着山水"生命之态"的诞生。如《登江中孤屿》："乱流趋正绝，孤屿媚中川"④，"趋""媚"皆有动态之感，似有人的意识；《过始宁墅》："白云抱幽石，绿筱媚清涟"⑤，用动词连结不同的景物，以凸显其动态感；《石壁精舍还湖中作》："林壑敛暝色，云霞收夕霏"⑥，以广袤山林为主体，"敛"暮色，"收"晚霞。这些诗句中的山水既可夺美人之姿，亦能驱使天地，蕴藏着山水生动的样态。这种对山水的描绘虽仍有魏晋时期清谈风气的影响，但玄言式的思考已逐渐淡化。"山水开始作为独立审美意象出现，古人由此将思想延伸出去，与自然山水，乃至宇宙生命进行了对话交流。"⑦ 山水多重样态的变幻使古人倾慕，成为文人们创作的灵感来源。如刘勰在《文心雕龙·物色》中所说："物色之动，心亦摇焉"⑧，他用"物色"概括了当时以谢灵运为代表的山水文学，这与晋宋之时"物色"一词的词义变迁密切相关——"'物色'并不是被动地等待认

---

① 李山译注《楚辞译注》，中华书局，2015 年，第 72 页。

② 李山译注《楚辞译注》，中华书局，2015 年，第 75 页。

③ 徐复观认为，魏晋以前通过文学所看到的人与自然的关系，是诗六义中"比"与"兴"的关系。"比"是以某一自然景物，有意地与自己的境遇，实际由境遇所引起的感情相比拟。"兴"是自己内蕴的感情，偶然与自然景物相触发。详见徐复观《中国艺术精神·石涛之一研究》，九州出版社，2014 年，第 218—219 页。

④ 王友怀、魏全瑞编《昭明文选注析》，三秦出版社，2000 年，第 306 页。

⑤ 王友怀、魏全瑞编《昭明文选注析》，三秦出版社，2000 年，第 300 页。

⑥ 王友怀、魏全瑞编《昭明文选注析》，三秦出版社，2000 年，第 235 页。

⑦ 徐瑞卿《魏晋山水画及画论的产生和意义》，《西昌自然科学报》2016 年第 2 期，第 82 页。

⑧ 杨明照校注《增订〈文心雕龙〉校注》，中华书局，2012 年，第 573 页。

知，而是会主动散发信号，召唤人心的关注和感应。"① "物色之动"，即是"态"的诞生，当事物的形色发生变化，就意味着"态"的彰显，而"态"本身就拥有"动"的属性，当审美主体把握到这种"动"并由此生成审美意象时，也就为所描绘的事物赋予了生命：

"体物为妙，功在密附。故巧言切状，如印之印泥，不加雕削，而曲写毫芥；故能瞻言而见貌，印字而知时也。"②

刘勰将言辞与物象之间的关系比作印章与印泥，说明古人在创作时能够及时准确地把握物象的样态变化并进行描绘。只有先做到"目既往还，心亦吐纳"，用主体的情性与物象互通互融，把握物象的变化并从中发现生命力的显现，才能"情往似赠，兴来如答"。古人对山水诗的偏好，对山水样态的持续关注与纯粹的审美态度，共同促进了山水艺术的发展。

第二节　魏晋隋唐画论中所描绘的山水"生命之态"

随着古人对山水之"态"的深入了解，他们不再局限于文学作品的描绘与文学理论的概述，而是逐渐扩展到书画领域。尤其是画论对山水样态的描写，既融合了山水画创作的技巧，同时也有对山水的理性思考，不再局限于文学作品中的比喻、拟人等手法。早在东汉，王延寿的《鲁灵光殿赋》就主张绘画需做到具体与生动："千变万化，事各缪形。随色象类，曲得其情。"其中"曲得其情"意为："曲折细致地表现各种情状。"③ 至魏晋时期的"山水自觉"开始，一些画家逐渐从人物风神的品赏转向对山水的探寻。从顾恺之《画云台山记》到梁元帝《山水松石格》（传），主体开始重视山水之视觉观感，但仍未完全脱离人物画的桎梏，多以人物画的标准来画山水，即"以形写神"论。顾恺之主张从人物的体貌姿态入手，描绘人物的内在精神气质，把人的形与神视作相生相成的关系，以期构建出一个理想的

① 兰宇冬《物色山水——中古山水思潮之诞生》，中国美术学院出版社，2014年，第23页。

② 杨明照校注《增订〈文心雕龙〉校注》，中华书局，2012年，第574页。

③ 王友怀、魏全瑞编《昭明文选注析》，三秦出版社，2000年，第80页。

人物神态，达到"形神合同"的境界。他在《画云台山记》中依然沿用了这种构思。他对云台山的描绘像是一种提前布置的拟想，以道家神仙的形象为核心进行布局："对天师所壁以成硐，硐可甚相近，相近者欲令双壁之内，悽怆澄清，神明之居，必有与立焉。"① 这更像是一种对"典型环境"的设计。无论人物还是山水之态都以一种预先设计、布置的方式来显现，结果未能充分发掘出"态"的生命力。而在宗炳《画山水序》中，才真正将自然山水作为创作对象，他认为："山水画的本体、本性与客观存在的山川的本体、本性有着直接的关系。"②

在魏晋时期，"山水"逐渐被视为与人的日常所居世界相对的空间，这是"山水"所具有的一种特殊的质性，"而这样一种质性在六朝时受到玄学思潮与隐逸风气的影响，被理解为与'名教'价值观对立、不受'仕宦'所累，可以透过'隐逸'的方式，在其中实现自我生命之存有的空间"。③ 宗炳在画论中提出"质""趣""灵"等概念，用来说明山水及山水画的本体样貌。其中"趣""灵"指的是山川作为审美对象所呈现出的灵动活跃的精神。此外还有"以形写形，以色貌色"④，同样主张对山川真实样态的摹写。然而这些概念都要服从于"媚道"的要求，即以"道心"统摄山川。虽然宗炳意识到山水灵动活跃的生命力，但在"道"的统摄下，依然未能在创作中还原山水的本真样态，其"生命之态"的呈现亦受限制。王微在《叙画》中点明了山水样态的呈现方式："本乎形者融，灵而动变者心也。"⑤ 他认为"态"由心生，自然山水作为山水画的创作依据，需由主体之性灵投射于山水之中，从而使山水的形色成为灵动的生命。王微认为山水是一个独立的审

---

① （东晋）顾恺之《画云台山记》，俞剑华编著《中国古代画论类编》，人民美术出版社，1998年，第582页。

② 杨成寅编著《中国历代绘画理论评注·先秦汉魏南北朝卷》，湖北美术出版社，2009年，第163页。

③ 林伟盛《游的诗学——六朝山水之游的生命情态》，台湾大学硕士学位论文，2014年，第123页。

④ （南朝宋）宗炳《画山水序》，杨成寅编著《中国历代绘画理论评注·先秦汉魏南北朝卷》，湖北美术出版社，2009年，第155页。

⑤ （南朝宋）王微《叙画》，俞剑华编著《中国古代画论类编》，人民美术出版社，1998年，第585页。

美意象，而创作山水画的目的是"容势"，意为追求山水的样貌与精神气势。此外，他还提出了与宗炳"畅神"之说类似的观点："望秋云，神飞扬；临春风，思浩荡。"① 既有形色，亦有动势，将主体的审美心理与审美对象进一步融合，使得山水之"态"通过审美主体的艺术创作而畅快地表达，从而为后世山水画的创作提供了理论支撑。

至隋唐时期，张彦远则在《历代名画记》中以"境与性会"② 强调山水之气势，逐渐跳出人物画的窠臼，开始寻求"天性""传神"的表达。张彦远认为"画物特忌形貌采章历历具足，甚谨甚细"③，描绘太过精细反而不是上品，而是推崇"自然者为上品之上"④。同样，在传为王维所撰的《山水诀》与《山水论》中，也提到"自然之性"。在山水创作技法上提出："观者先看气象，后辨清浊。定宾主之朝揖，列群峰之威仪。"⑤ 在强化审美主体地位的同时，开始关注山水本身样态的演变。历代文人皆强调"意在笔先"，对审美意象的生成格外关注，使画家与山水之间的审美关系渐趋平等。他们将"神""韵"等大而化之的精神性概括逐渐转向对山水内蕴的思考。同时，张璪提出的"外师造化，中得心源"⑥，立足于表达山水精神的真实。从魏晋至隋唐时期的山水画论中可以看到，绘画理念、创作技法的变更只是外在的修饰，本质则是主体对山水的不断认识与自我观照不断深入的过程。当山水画成为一门独立的画科时，画家与品评者就会愈发关注自然山水与画中山水的关系，愈发关注山水"生命之态"的显现。

---

① （南朝宋）王微《叙画》，俞剑华编著《中国古代画论类编》，人民美术出版社，1998年，第585页。

② （唐）张彦远《历代名画记》，人民美术出版社，2016年，第17页。

③ （唐）张彦远《历代名画记》，人民美术出版社，2016年，第26页。

④ （唐）张彦远《历代名画记》，人民美术出版社，2016年，第26页。

⑤ （唐）王维《山水论》（传），俞剑华编著《中国古代画论类编》，人民美术出版社，1998年，第596页。

⑥ （唐）张彦远《历代名画记》，人民美术出版社，2016年，第198页。

第三节　宋元画论中的山水"生命之态"

一、大开大阖的山水"生命之态"

（一）以"势"求"态"

五代时期，荆浩在《笔法记》中将自然山水视作因"气"所生，随"势"而动的"生命之态"。"势"作为"生命之态"的传达方式，贯穿于审美活动中，山水的"生命之态"因"势"的作用得以显现：

"中独为大者，皮老苍藓翔鳞乘空，蟠虬之势，欲附云汉。成林者，爽气重荣；不能者，抱节自屈。或迥根出土，或偃截巨流，挂岸盘溪，披苔裂石。"①

荆浩认为，苔石、古松，皆有烟云变幻之象、孤高爽直之气，使人为此感到惊异。山水中的各种物象因"气"而汇聚成统一的山水外形，以"势"来使山水的外形变幻成"态"，故而在运笔时以"气势相生"为准绳，使山水显现出生动的样态。荆浩虽延续了前朝对"气"的关注，但荆浩对"气"的理解是以山水变化的形态以及创作前的凝神静思为前提的，不仅淡化了前朝山水画受人物风神的影响，而且融入对山水不同的样态的辨析。他将"气"与"势"并列阐释："气者，心随笔运，取象不惑""山水之象，气势相生。"② 他在充分把握"气势"的基础上进行运笔，以山水形象的动态变幻来确定笔墨的走势与画面的布局，进而使创作技法与山水"生命之态"的显现紧密关联。这种关联并不代表对自然山水的完全照搬，而是以"真"作标杆，将自然山水的本来面貌通过"笔势"呈现；同时又以"气"作统领，使自然山水在画家笔下有了"大开大阖"的画境；最后以"势"作传达，使山水"生命之态"毕现于天地。此外，荆浩还针对山水画法提出了

---

① （五代）荆浩《笔法记》，俞剑华编著《中国古代画论类编》，人民美术出版社，1998年，第605页。

② （五代）荆浩《笔法记》，俞剑华编著《中国古代画论类编》，人民美术出版社，1998年，第607页。

"六要"。与谢赫"六法"不同，荆浩区分了"气"和"韵"的定义，且要求用"笔"求"气"，用"墨"求"韵"，"形成了画面表现与具体技巧、主观精神与客观'迹化'的对应关系"①，明确地将"气"还原到物象本身，点明"气"是由物象本身生发出来。有了"气"的依托，山水的"生命之态"可以更为畅通无阻地在"笔势"的运行中显现。

对于山水中的某个具体样态，荆浩也有他的创见。在论及树石时，他提到："夫木之生，为受其性。"② 面对山水中的具体物象不仅要关注其本身的形态变化，还要对其形态的变化做出取舍选择："夫云雾烟霭，轻重有时，势或因风，象皆不定。须去其繁章，采其大要。"③ 山水物象变幻不定，在创作时要对其进行适时剪裁，把握其整体的形态。换言之，画家面对山水多变的样态，需要从中寻找出最本源的样态去描绘，且一定要以"气势"贯之。既要在对山水的体察中把握"势"的变化，同时在创作时也需使"气"贯通，这样方能做到"心随笔运，取象不惑"④。这种大开大阖的山水画风，解放了画家对山水的审美视野，有助于画家更为准确、明晰地传达山水"生命之态"。

（二）为"真"写"态"

荆浩对山水画的创见还在于他所提出的"图真"论，所谓"夺物象而取其真"⑤。用"真"来定义山水本身的形态，以"气质"作为评判标准，把山水之"神"的概念转换为更符合自然属性的"真"，"创作主体只有动用了'真思'，气质俱盛的'真景'才有可能呈现"⑥。可谓将"师造化"

---

① 邓乔彬《邓乔彬学术文集·中国绘画思想史（上）》，安徽师范大学出版社，2013年，第238页。

② （五代）荆浩《笔法记》，俞剑华编著《中国古代画论类编》，人民美术出版社，1998年，第607页。

③ （五代）荆浩《笔法记》，俞剑华编著《中国古代画论类编》，人民美术出版社，1998年，第607页。

④ （五代）荆浩《笔法记》，俞剑华编著《中国古代画论类编》，人民美术出版社，1998年，第606页。

⑤ （五代）荆浩《笔法记》，俞剑华编著《中国古代画论类编》，人民美术出版社，1998年，第605页。

⑥ 蒋鑫《从〈笔法记〉到〈匡庐图〉探究荆浩对"真"追求的统一性》，南京艺术学院硕士学位论文，2010年，第9页。

的审美理念作了进一步阐释。他以简明、直接的审美态度，使山水本身的生命力得以释放。尤其是对待笔墨的态度，更是力求使气韵贯通，与山水本身的气质相连，所谓"远则取其势，近则取其质。山立宾主，水注往来"①。以远近之势，判断"气质"的强弱，体悟山水之本源样态。这种对"气质"的判断直接关系到山水的"生命之态"能否完整地显现，只有在画中做到"真"与"实"，方能使主体确切地感受到山水的生命感。在荆浩的创作中，"似"与"真"，"华"与"实"，皆须经过剪裁，辨析，权衡轻重主次，"让'心源'改变'造化'，典型化地创造第二自然"②，如此方能使真山水中的"生命之态"得以显现，并且让"生命之态"成为山水画最突出、最核心的存在。无论是思想还是技法层面，荆浩的"图真"论，都有利于为真山水注入生命的动势。且到北宋时期，部分山水画论著作仍对此推崇备至。如《山水诀》中同样强调山水的"宾主之位，远近之形"③。此后，李澄叟《画山水诀》加入更多山水样态的描写："高山烟锁其腰，长岭云翳其脚""迅风拔木，暴雨崩崖"④，在前人综述的基础上加入风雨雷电等气象变化中的山水样态，使其呈现的方式更为多样，对画面布局的要求同样是依托于山水本身："遥烟远曙，太繁恐失朝昏；密树稠林，断续防他板刻。"⑤ 除此之外，李澄叟还认为在创作技法上同样要依据山水的样态："填虚破实，斟量活法扶持；罩顶笼头，全赖临机应变。"⑥ 为了使山水的"生命之态"充分显现，既要对山水的形貌酌情剪裁，也要兼顾山水本身样态的变化。

除了山水画创作，一些山水画的品评中亦有对山水"生命之态"的关

① 《山水节要》传为荆浩所作，俞剑华认为：此篇不见诸家著录，虽言有可取处，疑亦出于伪托。详见俞剑华《中国古代画论类编》，人民美术出版社，1998年，第614页。

② 邓乔彬《邓乔彬学术文集·中国绘画思想史（上）》，安徽师范大学出版社，2013年，第243页。

③ （宋）李成《山水诀》，俞剑华编著《中国古代画论类编》，人民美术出版社，1998年，第616页。

④ 《山水诀》，传为李成所作，亦传李澄叟所作《画山水诀》，俞剑华编著《中国古代画论类编》，人民美术出版社，1998年，第616页。

⑤ （宋）李澄叟《画山水诀》，俞剑华编著《中国古代画论类编》，人民美术出版社，1998年，第621页。

⑥ （宋）李澄叟《画山水诀》，俞剑华编著《中国古代画论类编》，人民美术出版社，1998年，第622页。

注。如董逌评论孙知微的画："横发水势，波落而陇起"①；米芾评盛文肃的松石："干挺可为隆栋，枝茂凄然生阴"；称赞巨然的作品："明润郁葱，最有爽气。"② 从北宋时山水画的部分品评中可以看出宋人对山水画所呈现的"气""势""真"有一定的关注，似乎带有某种对"动势美"的要求，倾向于从山水本身的形态觅得"生气"，进而指导创作与品评。这种对"势"的追求，对"真"的执着，精确地捕捉到山水所呈现出的每种样态，描绘出山水跃动的生命力。

二、温润的山水"生命之态"

（一）山水生命之"雅态"

随着对山水"生命之态"的深入探察，宋代画家们在描绘山水时更注重其本身样态的传达方式，即如何使真山水的生命力充分地流溢于画中。古人不仅要关注山水在不同气象时节中的变化，还需使画家内心与山水相通，彼此"传情达意"。在对山水的审美活动中融入生动的"表情"，领略山水的生命律动，如拟人般移情于山水，又仿佛使山水移情于人，皆以一种"雅致"的方式观照山水，为山水赋予一种文人所追求的美感。正如郭熙在《林泉高致》中对山水四时之景与朝暮之态的描述：

"春山淡冶而如笑，夏山苍翠而如滴。秋山明净而如妆，冬山惨淡而如睡。"③

"春山烟云连绵人欣欣，夏山嘉木繁荫人坦坦，秋山明净摇落人肃肃，冬山昏霾翳塞人寂寂。"④

仿佛山水与人"眉目传情"。正如北宋词人王观在《卜算子》中的描述："水是眼波横，山是眉峰聚。欲问行人去那边，眉眼盈盈处"⑤，设喻巧

---

① （宋）董逌《广川画跋论山水画》，俞剑华编著《中国古代画论类编》，人民美术出版社，1998 年，第 658 页。

② （宋）米芾《海岳论山水画》，俞剑华编著《中国古代画论类编》，人民美术出版社，1998 年，第 654 页。

③ （宋）郭熙、郭思《林泉高致》，俞剑华编著《中国古代画论类编》，人民美术出版社，1998 年，第 634 页。

④ （宋）郭熙、郭思《林泉高致》，中州古籍出版社，2013 年，第 91 页。

⑤ （宋）王观《卜算子·送鲍浩然之浙东》，夏承焘《宋词鉴赏辞典》，上海辞书出版社，2003 年，第 287 页。

妙，情趣盎然。此番描述与六朝时期以人物风神喻山水不同的是，郭熙更注重审美主体的参与性，对自然山水的审美本质与审美特征进行了细致的探究，并有一定的理论基础。早在王微的《叙画》中就已有类似的描述："眉额颊辅，若晏笑兮。"① 而在郭熙的描述中则进一步将这种"表情"丰富化、生动化，让山水与人互相借喻，使人具山之情，山备人之意。这种对"表情"的描述直接将山水的"生命之态"以最生动、最传情的方式呈现出来，将"气"融入山水的每个样态中，生发出"韵"的温润雅致，细腻而平和。

此外，郭熙还十分强调山水"活"的样态。他认为山水是"大体""活物""活体"。山的样态是："其形欲耸拔，欲偃蹇，欲轩豁，欲箕踞。"而水则"欲深静，欲柔滑，欲汪洋，欲回环。"②

"欲"释义为"将要"之意，都在强调自然山水的运动感、生命活力。以较为雅致的方式将山水做了全新的释义。郭熙对山水"生命之态"的生成、运动、呈现都作了深入细致的描绘，这种表达更易于被人接受，使画家在创作时便于体悟山水生命的律动，也让欣赏者、品评者通过作品体悟山水"雅化"的样态。

（二）山水生命之"意态"

郭熙细致而明晰地描述出山水情态的魅力，同时代的韩拙则是对山水的各种样态在画面中的布局营造进行描述。作为宫廷画院画家，韩拙较为重视创作的法度依据，对自然山水的认识同样有独到的见解。他主张不随心所欲地创作，创作前要有因时制宜的布局设想，同时将创作技法与审美理论相结合，对自然景物的安排和技法的运用作了周密而详细的描述。虽与同时代文人画的旨趣相异，但其创作意图与审美理念依然有其合理之处。如山与山之间的比德、象征、距离："主客尊卑之序，阴阳逆顺之仪"③；山的形状体貌

---

① （南朝宋）王微《叙画》，俞剑华编著《中国古代画论类编》，人民美术出版社，1998年，第585页。

② （宋）郭熙、郭思《林泉高致》，俞剑华编著《中国古代画论类编》，人民美术出版社，1998年，第638页。

③ （宋）韩拙《山水纯全集》，俞剑华编著《中国古代画论类编》，人民美术出版社，1998年，第662页。

及其命名："两山相重者，谓之再成映也。"① 相较于荆浩对山的命名，韩拙的定义更能体现自然山水的动态延展性，便于在创作时进行布局安排。

韩拙对山水样态的分析，力求细致的体察，寻找自然山水与艺术创作之间的共性，使山水审美与山水创作之间达到一定平衡。他对山石、林木、流泉所作的分析，都是从自然性和审美性两方面进行的，"自然性是审美性的基础，画家掌握不住山水的自然性，掌握审美性就无从谈起"②。同时，韩拙还多次论及山水画的艺术美，希望画家在创作时不仅要探究山水的自然美，还务求在技法的表现上达到与真山水相同的观感，使笔墨与画景皆美。这显然带有一定的写实需要，而不似荆浩、李成对笔墨气势的侧重。此外，韩拙在论及笔墨与气韵的章节中指出："切要循乎规矩格法，本乎自然气韵，以全其生意"③，一切都应服务于山水画艺术美的呈现，也间接地使山水的"生命之态"贯通于自然山水与山水画中。

三、宋元山水"生命之态"的内蕴

（一）山水"生命之态"蕴含的文人情怀

对于一些性格狂放不羁的画家来说，山水样态的变化即是他们内心意趣的外露，以在创作时挥洒逸气，聊以自娱。如米友仁在《潇湘奇观图》的题跋中称自己"每于登临佳处，辄复写其真趣"④。他认为潇湘之景不可名状，以"神奇之趣"⑤ 称之。米友仁把对自然山水的体察当作是游目骋怀、愉悦身心的审美体验，将山水画创作称为"墨戏"⑥。米友仁对待真山水的

---

① （宋）韩拙《山水纯全集》，俞剑华编著《中国古代画论类编》，人民美术出版社，1998年，第663页。

② 杨成寅编著《中国历代绘画理论评注·宋代卷》，湖北美术出版社，2009年，第220页。

③ （宋）韩拙《山水纯全集》，俞剑华编著《中国古代画论类编》，人民美术出版社，1998年，第661页。

④ （宋）米友仁《题潇湘奇观图卷》，俞剑华编著《中国古代画论类编·元晖题跋》，人民美术出版社，1998年，第688页。

⑤ （宋）米友仁《题潇湘奇观图卷》，俞剑华编著《中国古代画论类编·元晖题跋》，人民美术出版社，1998年，第688页。

⑥ （宋）米友仁《题潇湘奇观图卷》，俞剑华编著《中国古代画论类编·元晖题跋》，人民美术出版社，1998年，第688页。

态度并不是把握具体的形态变化，更不是描摹，而是传达"真趣"，使山水之态于天真恣肆的笔墨中倾泻而出，虽无法面面俱到，但足以悦目娱心。自然山水的"生命之态"非但没有弱化，反而更能彰显生命之澄澈。元代汤垕亦称赞米友仁的山水画："烟云变灭，林泉点缀，生意无穷。"① 需要注意的是，米友仁所谓的"墨戏"并非信笔挥洒，而是建立在他对潇湘图景的长期写生上。这种融"趣"于山水的审美理念，使生命样态的呈现更为潇洒无拘，妙趣横生，为山水本身增添了灵动的意趣。而山水之所以呈现出这样的状态，受画家本身的志趣所影响。同样，苏轼则称赞李龙眠的画"神与万物交，智与百工通"②，再次强调了画家本身志趣对山水样态呈现的影响。苏轼似乎更钟情于有"出尘之姿"的山水之态，在《跋宋汉杰画山》中，他称赞唐代的王维、李思训的画是"自成变态""萧然有出尘之姿"③，只用简洁物象来晕染山水的整体样态："作浮云杳霭与孤鸿落照。"④ 他还主张观士人画要"取其意气所到"⑤，这便是典型的文人论画态度。无论面对自然山水还是山水画，都重视精神的贯通，既需"浑然天成"又要"粲然日新"，以期达至诗的境界。苏轼虽知晓山水"变态无穷为难"，然而相较于人物、花鸟，又说"山水为胜"⑥。他似乎更倾向于笔墨"意气"的传达而非写实。由此观之，山水"生命之态"的传达在文人的笔下似乎较为简略，然而山水本身所释放的生命力却得到了升华与延展。

---

① （元）汤垕《画鉴论画山水》，俞剑华编著《中国古代画论类编》，人民美术出版社，1998 年，第 693 页。

② （宋）苏轼《书李伯时山庄图后》，俞剑华编著《中国古代画论类编·东坡论山水画》，人民美术出版社，1998 年，第 629 页。

③ （宋）苏轼《跋宋汉杰画山》，俞剑华编著《中国古代画论类编·东坡论山水画》，人民美术出版社，1998 年，第 629 页。

④ （宋）苏轼《跋宋汉杰画山》，俞剑华编著《中国古代画论类编·东坡论山水画》，人民美术出版社，1998 年，第 630 页。

⑤ （宋）苏轼《跋宋汉杰画山》，俞剑华编著《中国古代画论类编·东坡论山水画》，人民美术出版社，1998 年，第 630 页。

⑥ （宋）苏轼在《跋蒲傅正燕公山水》中对各类画种的特性进行了评析："画以人物为神，花竹禽鱼为妙，宫室器用为巧，山水为胜。""胜"可理解为"优美"或"优于另一件事物"，结合全篇跋文，取"优美"更宜。然而并未能确定苏轼对山水特性进行了品级的划分。详见俞剑华编著《中国古代画论类编》，人民美术出版社，1998 年，第 629—630 页。

宋代文人的论画方式影响了元代山水画的发展，也使元代山水画进一步崇尚"不加矫饰的自然，不成熟的成熟，进而形成'不经意处有自然之妙'的绘画观念"①。元代文人画家更倾向于从山水样态的强弱对比中择取最适于自然的表达。从整体的社会背景而言，元代的山水画更像是文人的精神栖居之所，虽然很好地继承了对山水"神""气"的重视，但在绘画思想上则进一步崇尚"天然去雕饰"的传达。如夏文彦在《图绘宝鉴》中说："气韵生动，出于天成，人莫窥其巧者，谓之神品。"② 可见作为向往自然、高古的元代绘画，在对意蕴的追求上蕴含着可以妙化万物、神启天然的审美理念。他们的创作只为聊以自娱，寄托隐逸之情。郑午昌在评论宋元绘画时就提到这一点：

> "宋人论作画，注重物理，而神韵气趣副焉。元人则一讲神韵气趣，其合物理与否，若不屑顾及之。"③

在描绘山水时，元人更是将这一理念充分发挥。在饶自然的《绘宗十二忌》中，列举出了创作山水画时的种种错误见解，但并未以理证之，而是从对山、水、路、石等物象的描绘中体现山水的立体感。如其在论水之画法时，要求"其源高远"，还分别指出了如何在创作中使山水的样态显现得更为自然："平溪小涧必见水口，寒滩浅濑必见跳波，乃活水也。"④ 皆可体现出水之源流的立体感，见出水的生命、精神。又如讲山之布景时列举出"崒嵂""萦回""空阔""层叠"等具体样态。这"十二忌"一方面是为了涤除画山水时的思想障蔽，以期能彻底贯通山水"生命之态"的呈现方式，进而展示画家的笔意风致与个人意趣；另一方面则是为了扫清那些以逸笔草草之名，行诽山谤水之实的错误理念。这也反映出元人的"逸笔"正是出于对山水生命的深入体察。

相较于饶自然对法度的要求，黄公望则在《写山水诀》中为山水样态的呈现开辟道路，对"气""真""活"等概念均有独到见解，如："山头

---

① 汤麟编著《中国历代绘画理论评注·元代卷》，湖北美术出版社，2009年，第12页。
② 汤麟编著《中国历代绘画理论评注·元代卷》，湖北美术出版社，2009年，第263页。
③ 郑昶《中国画学全史》，岳麓书社，2010年，第267页。
④ （元）饶自然《绘宗十二忌》，俞剑华编著《中国古代画论类编》，人民美术出版社，1998年，第696页。

要折搭转换，山脉皆顺，此活法也"①，又要求在山坡中置屋舍，水中置小
艇，如此方有"生气"。这样的安排不仅是对山水的点缀，更是为山水生命
气息的孕育提供契机。此外，对山水四时之景的描述也更为简要直接："春
则万物发生，夏则树木繁冗，秋则万象肃杀，冬则烟云黯淡"②，虽不如郭
熙、韩拙般寄情融意，然而却是以提纲挈领式的描述，道出万物时节的本来
面貌。如果说宋人对山水之态的呈现是通过融情寓理，以达相敬如宾的观
照，那么元人则是以萧疏淡雅、逸于天地的情思去依傍山水，近乎于"以
物观物"之境界。且元代画论中的描述更善于为山水本真样态的呈现铺路
搭桥，依据山水不同样态的呈现而经营布置，只为让山水本真的"生命之
态"毫无损耗地呈现。此外，画家之性情介入于山水之中，并不影响山水
样态之纯粹，而是通过画家的技法布局使山水之生命力更契合其情性的流
露。既要存画家之意趣，又不失物象之天然。两者朦胧相依，在若即若离
中，进入超然的审美之境。

（二）山水"生命之态"蕴含的"万物之理"

从郭熙"一山而兼数十百山之意态"③ 到饶自然的"意态闲雅"④，从
荆浩的"六要"⑤ 到郭熙的"三远"⑥，宋元山水画论在概念、技法上也使
其画境愈有出尘绝世之姿态。这与两宋时期理学的兴盛是分不开的。大量的
文人作画、论画，使山水画之画风有了显著的变化：开始重视荒寒萧疏境界
的创造，从金碧辉煌到水墨渲淡，延续并发扬了王维"水墨最为上"的理
论。"由于水墨山水不仅合于画家的审美追求，同时也与理学家所提倡的

---

① （元）黄公望《写山水诀》，俞剑华编著《中国古代画论类编》，人民美术出版社，
1998 年，第 701 页。

② （元）黄公望《写山水诀》，俞剑华编著《中国古代画论类编》，人民美术出版社，
1998 年，第 702 页。

③ （宋）郭熙、郭思《林泉高致》，俞剑华编著《中国古代画论类编》，人民美术出
版社，1998 年，第 635 页。

④ （元）饶自然《绘宗十二忌》，俞剑华编著《中国古代画论类编》，人民美术出版
社，1998 年，第 697 页。

⑤ （五代）荆浩《笔法记》，俞剑华编著《中国古代画论类编》，人民美术出版社，
1998 年，第 605 页。

⑥ （宋）郭熙、郭思《林泉高致》，俞剑华编著《中国古代画论类编》，人民美术出
版社，1998 年，第 639 页。

'绝欲超迈'的文化哲学相契。"① 这种思想体现在画论中既表现为审美距离的变化，即人如何介入自然山水以及如何处理人与山水之间的关系，还体现在创作与品鉴的"法度"中。但这种"去欲"的思想并不意味着会阻碍山水"生命之态"的传达。相反，理学中的某些概念则会引导画家更好地认识自然山水。如朱熹所言"格物"精神："物格者，物理之极处无不到也。"② 对物象、物态的穷极观照，强调了画家精神的专注。这种对事物的专注亦是受"理"制约的，格物并不是使身心彻底投入，即使是画家移情于山水，也带有某种"发乎情，止乎礼"的态度，使山水本真的样态不至于汹涌倾泻，而是如卷云飞瀑般恣肆挥洒、舒展自如；亦似劲松潺溪般孤高闲雅，静水流深。

受理学影响且较为有代表性的画论当属郭熙的《林泉高致》，其中提到以探寻"物"之"理"的方式来塑造"画"之"真"，与五代荆浩"度物象而取其真"③ 的观点有异曲同工之妙。这种"真"并非单纯地追逐外形上的一致，而是对自然的观察体悟与绘画技法的有机结合。然而理学思想并不影响郭熙为山水寄予情思。在郭熙看来，山水的本真样态在"理"的映照下，更能显露出自己的真实与生动。而宋代理学中"即物穷理"的思想，更是让画家专注于对自然山水本身的观察与思考，在充分认识自然山水的基础上，凝神静思，穷理尽态，引出对山水最为澄澈的情感体验。这不仅是为了描绘山水，更是为了抓住和表现"山水之意度"。将"意"融于山水，使山水样态的呈现更为悠然而从容，在活跃灵动的生命之上更添一层雅韵，看似平淡无奇，实则蕴含着生命节律的变奏，且更能牵动主体的情思。文人画的兴盛，使山水意趣、逸气成为文人心之向往。

山水"意态"的呈现并非易事，它与画家对"形""气"的把握并不相同。即使是人物画也有"意态由来画不成"的难处。因此，要想穷尽山水之"意态"，仅仅掌握山水的生命动势与样态变化是不够的，还要依据"理气"的指引去探寻。苏轼便是一个较为明显的例子，他在《净因院画记》中认为：

---

① 朱良志《扁舟一叶——理学与中国画学研究》，安徽教育出版社,2006 年，第 28 页。

② （宋）朱熹《四书章句集注》，浙江古籍出版社，2012 年，第 6 页。

③ （五代）荆浩《笔法记》，俞剑华编著《中国古代画论类编》，人民美术出版社，1998 年，第 605 页。

"山石树木，水波烟云，虽无常形，而有常理。"① 对"常形""常理"的辨析，不能简单地等同于形似与神似，而是要从具体的物象中探察其特质。苏轼之谓"常理"，是指暗藏于此变化背后的物之生存态势。

"这一态势包含着现在与将来两个时间段内的生存之象，以此态势作为临纸着墨的前提，则物之外形便自然而然地因之而生，深深地印刻着'态势'的痕迹。"②

山水云雾的样态，都在自然中变化，而画家如果只是单纯的描摹，便只能从"态"中取"象"。若是以"理"来统摄万物，则任何样态的变化便都有迹可循，有理可依。苏轼认为，无论是"有常形"还是"无常形"，都必须表现出内在的"理"。"可见者是'形'，不可见者是'理'，缘'形'而入'理'，方为认识之正途"③。因此，在山水样态的变化中需识得其理，不因动而忘山川之形，不因静而忘山川之势，沿波讨源，达于天地至理，才能尽显山水"生命之态"。正如他在《前赤壁赋》中对天地的思考："自其变者而观之，则天地曾不能以一瞬。自其不变者而观之，则物与我皆无尽也。"④ 元代倪云林亦评价苏轼："坡晓画法难为语，常形常理要玄解。"⑤只有在形理兼备中融情寓理，山水之态才能合于画家之逸气。元代黄公望在其画论中所言之"理"则略有不同："作画只是个理字最紧要"，更倾向于表达"画理"⑥。山水之样态有其自然之理，而画山水则是从"山水之理"中造"理"，不可与理学混为一谈。由此上溯至六朝谢赫在《古画品录》中所言"穷理尽性，事绝言象"⑦，是为了气韵生动的具体化，是为了明艺术之理。而宋元之理学，只是作为影响画家创作的哲学思想。虽然理学并未给山水画提出明确的艺术追求，但其对物象的重视，对气的阐释，则让文

---

① （宋）苏轼著，王其和校注《东坡画论》，山东画报出版社，2012年，第3页。

② 王韶华《中国古代"诗画一律"论》，中国文史出版社，2013年，第211页。

③ 朱良志《扁舟一叶——理学与中国画学研究》，安徽教育出版社，2006年，第70页。

④ （宋）苏轼著，王水照选编《苏轼选集》，上海古籍出版社，2014年，第376页。

⑤ 杨镰编《全元诗·倪瓒·题画竹》，中华书局，2013年，第81页。

⑥ （元）黄公望《写山水诀》，俞剑华编著《中国古代画论类编》，人民美术出版社，1998年，第703页。

⑦ （南朝齐）谢赫《古画品录》，俞剑华编著《中国古代画论类编》，人民美术出版社，1998年，第356页。

人们徜徉于山水之间，为山水而立言，以最澄澈的方式传达山水的"生命之态"。

第四节　明清画论中的山水"生命之态"

一、山水"生命之态"与个体生命的彰显

（一）生命之性情

明代的山水画论虽大体上继承了前人的审美理念，但在表述方式上略有不同。对于一些绘画中常用的概念，明代画家们亦有自己的理解。如对"形""意"的理解与运用，在前人的理解基础上又加入了新的创作内涵，对"态"的认识也更为深入。这一点从明代地理文献及山水文学作品的描绘中也可看出。明代徐弘祖在《徐霞客游记》中就对山川所呈现出的各种"态"进行了大量生动的描绘：

"云散日朗，人意山光，俱有喜态。"①

"峰顶丛石嶙峋，雾隙中时作窥人态。"②

"水行其中，石峙于上，为态为色，为肤为骨，备极妍丽。"③

无论是以人的神态进行描绘还是对山水本身的形色进行修饰，皆可体现审美主体将情绪注入山水样态之中。

王履的《华山图序》，认为山水形态的创造必须拥有充足的意蕴："故得其形者，意溢乎形。"④ 这里的"形"不再指"形色"，而是一种动态的"形"，是形意结合的统一体，"意"的变化通过"形"而显现，而"形"的多变，也使"意"蕴于其中。在表意的前提下，须熟识事物的生命样貌。王履所谓的"求形"并非照搬自然，而是当创作过程无法充分传达出山水的意蕴时，便在心中进行长期的酝酿构思，用审美思维不断地重构真山水的

---

① （明）徐弘祖《徐霞客游记》，上海古籍出版社，2011年，第1页。

② （明）徐弘祖《徐霞客游记》，上海古籍出版社，2011年，第24页。

③ （明）徐弘祖《徐霞客游记》，上海古籍出版社，2011年，第40页。

④ （明）王履《华山图序》，俞剑华编著《中国古代画论类编》，人民美术出版社，1998年，第707页。

样态，不断地提炼融合，直至获得满意的构思。于是重新构图，有如神助般将山水的样态传达出来。虽然这只是画家个人主观情思的释放，然而却像是与眼前的山水进行博弈，既要考虑山水"生命之态"的变化过程，又要依据此变化不断地构想。他认为："彼既出于变之变，吾可以常之常者待之哉？"① 既然山水的样态不断在变化，便不可以常态去作画，因而"去故而就新"②，这便是对"吾师心，心师目，目师华山"③ 的最好解释。此外，王履冒险登华山的经历，更是为他的创作理论提供了有力的依据。《华山图记》记录了登华山时险象环生的情景："抵前崖，径忽断，岩峻削，无可为径者，即崖腹缀小木如杓。"④ 他以极为冒险的经历来领略华山之奇秀，将身心完全投入山水，以切身体验去感受山水样态的变化，在此险境中，自然无法去体悟"超然""逸气"。然而王履的华山之行则以近乎极端的方式回答了如何"师造化"的问题，无论是从创作理论还是对自然山水的认识上，可谓是一种"激跃之态"的传达，彰显了山水"生命之态"的震慑力。

此后，许多画家或以超迈无拘的姿态描绘山水，或以润养性灵之情思为山水赋彩，打破主体性情与山水生命之间的障蔽，显出山水"生命之态"的无穷魅力。如唐寅在其画谱中收录郭若虚对山水的评价："作怒龙惊虬之形，耸凌霄千日之态。"⑤ 同时还称赞王洽的"醉笔泼墨"⑥，将其列为逸品之祖。他评价宋代院画，不去理会"体格不甚高雅"，而是赞其"丘壑布置最佳"⑦。唐寅的这些描述，明显是性情的恣肆宣泄。当文人卸下"品第"的桎

---

① （明）王履《重为华山图序》，程至的编著《中国历代绘画理论评注·明代卷》，湖北美术出版社，2009 年，第 59 页。

② （明）王履《重为华山图序》，程至的编著《中国历代绘画理论评注·明代卷》，湖北美术出版社，2009 年，第 59 页。

③ （明）王履《重为华山图序》，程至的编著《中国历代绘画理论评注·明代卷》，湖北美术出版社，2009 年，第 59 页。

④ （明）王履《王安道华山图记》，程至的编著《中国历代绘画理论评注·明代卷》，湖北美术出版社，2009 年，第 71 页。

⑤ （宋）郭若虚《图画见闻志》，俞剑华编著《中国历代画论大观·宋代画论》，江苏凤凰美术刷版社，2016 年，第 9 页。

⑥ （明）唐寅《六如居士画谱》，俞剑华编著《中国古代画论类编》，人民美术出版社，1998 年，第 712 页。

⑦ （明）唐寅《六如居士画谱》，俞剑华编著《中国古代画论类编》，人民美术出版社，1998 年，第 712 页。

桔后，方能以畅神之心观照山水。徐渭更是大胆地以"旷如无天，密如无地为上"①的态度评定山水画的品级。虽无视法度，但却点明真山水的气势以及画面疏密布局的重要性。在莫是龙笔下，则又是一番风景。他对山水树石的体察颇具灵趣，更富生气："要森萧有迎风摇飐之意，其枝需半明半暗"②，以简明生动之语，道出物态动势之趣。唐志契更是直言"最要得山水之真性情"。有了性情：

> "山便得环抱起伏之势，如跳如坐，如俯仰，如挂脚"；"山性即止，而情态则面面生动，水性虽流，而情状则浪浪具形。"③

仿佛是一个人被压抑的情思得到完全的释放，山水的生命血脉被完全打通，主体在感知山水样态变化的同时，将性情纳入山水每个细部的样态变化之中。于是才有"山情即我情，山性即我性"④的畅达之语，山水之态成为主体性情的载体，彼此相融互通。董其昌评李成山水时则以"凝坐观之，云烟忽生，澄江万里，神变万状"⑤赞之，在平和幽淡中透着生命的律动。沈灏的《画麈》对山水的描绘亦有生趣："抱之有神，摸之有骨，玩之有声。"⑥山水样态的显现不仅需要个体积极主动地观照，更要带着个体的情趣与之互动，让山水更为贴近人心。此外他还对郭熙的"远山无皴、远水无波、远人无目"⑦作了进一步阐发："远山有平无曲，远水有去无来，远人宜孤不宜侣"⑧，用浅显的语句为山水的样貌做了修饰，在对超然之境的

---

① （明）徐渭《徐渭集》卷十六，中华书局，1999年，第487页。

② （明）莫是龙《画说》，俞剑华编著《中国古代画论类编》，人民美术出版社，1998年，第717页。

③ （清）唐志契《绘事微言》，俞剑华编著《中国古代画论类编》，人民美术出版社，1998年，第742页。

④ （明）唐志契《绘事微言》，俞剑华编著《中国古代画论类编》，人民美术出版社，1998年，第742页。

⑤ （明）董其昌《画禅室随笔》，俞剑华编著《中国古代画论类编》，人民美术出版社，1998年，第732页。

⑥ （明）沈灏《画麈》，俞剑华编著《中国古代画论类编》，人民美术出版社，1998年，第773页。

⑦ （宋）郭熙、郭思《林泉高致》，俞剑华编著《中国古代画论类编》，人民美术出版社，1998年，第640页。

⑧ （明）沈灏《画麈》，俞剑华编著《中国古代画论类编》，人民美术出版社，1998年，第775页。

追求中亦有对禅意的向往。

（二）生命之志趣

明清山水画不仅倾向于对个人性情的张扬与蒙养，还有对山水之志趣的重新阐释。明清画论大多在前人对山水描绘的基础上进行更为细致的划分，杂以个人的志趣偏好，重新描述山水之态。通过画家志趣的抒发，使画家与山水之间互融互通，山水"生命之态"的呈现在恬然幽淡之境中亦有人间烟火之气。如恽南田画烟云："霏微迷漫，烟之态也；疏密掩映，烟之趣也"[1]，于态中觅趣，在烟云变幻中享趣。笪重光笔下的山水之态则是：

"一收复一放，山渐开而势转；一起又一伏，山欲动而势长。"[2]

"山本静，水流则动；石本顽，树活则灵。"[3]

这种在山水之间觅趣的审美活动到了徐沁的笔下又是另一种呈现方式："当烟雨灭没，泉石幽深，随所遇而发之，悠然会心，俱成天趣"[4]，将山水"生命之态"的呈现视为"天趣"的传达，于激越之态中觅得天机之所临。而在山水样态的细部描绘上，同样有幽微的志趣呈现。如唐岱通过对四时风雨的描绘来探究山水样态之变幻："春为和风则暖，夏为熏风则温，秋为金风则凉，冬为朔风则寒。"[5] 唐岱又对雨中之山水做了具体描述："林木枝叶离披，丰草低垂，总在微茫缥缈之中，一一点逗呈露。"[6] 唐岱在画论中专辟"风雨"一章来描述山水在特定气候中的"生命之态"，并认为风雨是影响山水样态的重要组成部分。其描绘虽不免程式化之嫌，但将"风雨"作为山水特有的"生命之态"进行深入描绘，则是同时代画论中所少见的。此论虽在

---

① （明）恽格《南田画跋》，潘耀昌编著《中国历代绘画理论评注·清代卷（上）》，湖北美术出版社，2009年，第102页。

② （清）笪重光《画筌》，俞剑华编著《中国古代画论类编》，人民美术出版社，1998年，第806页。

③ （清）笪重光《画筌》，俞剑华编著《中国古代画论类编》，人民美术出版社，1998年，第807页。

④ （清）徐沁《明画录》，俞剑华编著《中国古代画论类编》，人民美术出版社，1998年，第804页。

⑤ （清）唐岱《绘事发微》，俞剑华编著《中国古代画论类编》，人民美术出版社，1998年，第861页。

⑥ （清）唐岱《绘事发微》，俞剑华编著《中国古代画论类编》，人民美术出版社，1998年，第860页。

明代唐志契《绘事微言》中亦有提及，但只侧重笔墨技法，并未深入描绘其情态，相较而言，唐岱之论实可谓难得之创见。

除上述画家各以其志趣之所向对山水之态进行描述外，还有一种则是将身心与山川完全融为一体，使主体与山水在审美层面获得统一。这种独辟蹊径、融合天地山川的审美意趣，当属石涛的《画语录》，他将山水的动势之美与主体的审美思维视为一体，使山水之态不仅可以纵横聚散，亦可凝神静思：

"山川，天地之形势也。风雨晦明，山川之气象也。疏密深远，山川之约径也。纵横吞吐，山川之节奏也。阴阳浓淡，山川之凝神也。水云聚散，山川之联疏也。蹲跳向背，山川之行藏也。"①

石涛的描绘，为山水"生命之态"的完全呈现注入新的活力与内涵。不仅在山水中融入主体之性情，同时也让山水的生命力得以圆融无碍地传达，在山水中觅得"真趣"，大大拓展了审美主体对山水"生命之态"的理解与接受的范畴。正是由于石涛在山水中接受了性情之涤荡，将身心完全融入山川，师法造化的同时也让造化蒙养身心。如此方能做到"山川使予代山川而言也，山川脱胎于予也，予脱胎于山川也"②。达至此境，山水之态焉能不毕现于天地之间？

二、明清山水"生命之态"的内蕴

（一）诗心与逸气

在明清大量的山水画论中，摹古之风盛行，无论是"庙堂正统"还是"林间野逸"，皆有师古之论。在这种画学风气的影响下，对山水样态的个性描绘与主体的激越性情就显得更为突出。这种个性集中体现在画家对山水的态度上——既向往超越世俗，又存有俗世真情。以明代为例，虽然在文人画家中有不少参禅悟道者，但他们似乎更善于将这些思想用于山水画创作与鉴赏中，对禅、道的理解似乎并不纯粹。蒋勋就认为明代文人画的传统中掺杂了太多非文人画的杂质：

---

① （清）原济《苦瓜和尚画语录·山川章》，俞剑华编著《中国古代画论类编》，人民美术出版社，1998年，第152页。

② （清）原济《苦瓜和尚画语录·山川章》，俞剑华编著《中国古代画论类编》，人民美术出版社，1998年，第153页。

"明代的院派、浙派、吴派，都不是元代文人画一成不变的因袭与延续。从某一个角度来看，相对于元画，明代绘画一般地沾带了更多'俗世'的因素。"①

所以，文人们依然表现出了对山水至真至诚的热情。如沈周画山水："形于笔墨之间者，无非兴而已矣。是卷于灯窗下为之，盖亦乘兴也，故不暇求其精焉"②。只要在创作时兴之所至，便不求精细。沈灏还把山水的样态当作诗歌体裁："层峦耸翠，如歌行长篇；远山疏麓，如五七言绝。愈简愈入深永。"③ 似与南宋邓椿所言"画者，文之极也"④ 有异曲同工之处。将山水画创作视为诗心的阐发，道出一些文人画家以文学化的方式来描绘山水的意趣。唐志契将主体对山水的观照视为"读书"的过程，旨在说明画家在创作山水画时须对自然山水本身有广博的见识，所谓"胸中富于闻见，便富于丘壑"⑤。此观点相当于画学领域内的"读万卷书，行万里路"。山水开始有了文人的志趣，其"生命之态"的呈现方式便杂糅了文人的审美追求与生命情态。看似是经过人工修饰剪裁的山水，实则是对山水内在意蕴的深入发掘，山水本身所包孕的玄妙之理与澹远之性灵被一一探明。

明清画家对山水"生命之态"之体悟，既有性情的寄寓，亦有对个人品性的涵养，在山水画论中则表现为对"逸"的重新阐释。唐志契就将"逸"分为多个品类，如"清逸""雅逸""俊逸""隐逸""沉逸"，并认为"逸"本身有多重样态变化，也暗指文人对山水"生命之态"的描绘既要有对"逸"的追求，又要留意"生命之态"的变化对"逸"的影响。唐志契对"逸"的解说虽未见深刻；然而对"逸"的分解却较为细致，有助

---

① 蒋勋《美的沉思》，湖南美术出版社，2014年，第278页。

② （明）沈周《石田论画山水》，俞剑华编著《中国古代画论类编》，人民美术出版社，1998年，第711页。

③ （明）沈灏《画麈·定格》，俞剑华编著《中国古代画论类编》，人民美术出版社，1998年，第773页。

④ （宋）邓椿《画继》，俞剑华编著《中国历代画论大观·宋代画论》，江苏凤凰美术出版社，2016年，第154页。

⑤ （明）唐志契《绘事微言》，俞剑华编著《中国古代画论类编》，人民美术出版社，1998年，第737页。

于画家从多个角度去理解"逸。"① 即使同样拥有向往澹然幽远的审美理想，也须明晓山水本身样态的变化能否达于主体心中所构想的"逸"之境界。恽南田也反复提及"逸"的重要性："高逸一种，盖欲脱尽纵横习气，澹然天真，所谓无意为文乃佳。"② 旨在表明其创作时的态度，同时还对画境提出了他的构想："意贵乎远，不静不远也；境贵乎深，不曲不深也。"③ 进一步理解，他对画境的追求是"简贵"④，以此渴望达至"逸境"。除画境外，笔墨布局也同样为山水"逸境"的营造开辟路径。董其昌便是从笔墨上关注"逸"的呈现："拙中带秀，清隽雅逸"，以隽雅之笔传古拙之意。须知"逸"虽然作为对规矩格法的摆脱与超越，然而不能不依靠"笔墨"的涵养。画家虽描摹山水的"生命之态"，然而笔墨却要高于山川。在山水画创作中，董其昌将笔墨本身看做独立的审美意象："以笔墨之精妙论，则山水决不如画。"⑤ 在董其昌看来，山水画中笔墨的独立审美意义与"逸"之精神的结合方为山水"生命之态"的精粹所在。此外，还有盛大士所言"凡学画者得名家真本，须息心静气再三玩索"⑥，即使是师法古人同样要对画中之山水凝神静思。他主张画家在师法造化的同时要"阐前贤之理趣"⑦，无论自然山水还是画中之山水，均可觅得雅趣，可见师古与师造化同样重要。若要觅得诗心与逸气，无论山水之态还是画中之态都是必不可少的因素。

（二）心性与蒙养

山水"生命之态"的呈现不仅需要画家自身性情的抒发，还需要心性

---

① 杨铸《中国古代绘画理论要旨》，昆仑出版社，2011 年，第 165 页。

② （清）恽格《南田画跋》，潘耀昌编著《中国历代绘画理论评注·清代卷（上）》，湖北美术出版社，2009 年，第 123 页。

③ （清）恽格《南田画跋》，潘耀昌编著《中国历代绘画理论评注·清代卷（上）》，湖北美术出版社，2009 年，第 123 页。

④ （清）恽格《南田画跋》："画以简贵为尚。简之入微，则洗尽尘滓，独存孤迥，烟鬟翠黛，敛容而退矣。"潘耀昌编著《中国历代绘画理论评注·清代卷（上）》，湖北美术出版社，2009 年，第 123 页。

⑤ （明）董其昌《画禅室随笔》，俞剑华编著《中国古代画论类编》，人民美术出版社，1998 年，第 724 页。

⑥ （清）盛大士《溪山卧游录》，西泠印社出版社，2008 年，第 6 页。

⑦ （清）盛大士《溪山卧游录》，邓乔彬《邓乔彬学术文集·中国绘画思想史（下）》，安徽师范大学出版社，2013 年，第 436 页。

的启迪与蒙养。心学的发展为明清的画学注入了新的审美理想，进而影响着山水样态的呈现方式，似乎也成为了传递"性情"的先声。这一点在沈周的画论中体现得较为明显，他在《仿吴仲圭笔意》并跋中说：

"吴仲圭得巨然笔意，墨法又能轶出其畦径，烂漫惨澹，当时可谓自能名家者，盖心得之妙，非易可学。"①

"山水之胜，得之目，寓于心，而形于笔墨之间者，无非兴而已矣。"②

清晰地表露出他对"心"的重视，由主体之"心"而生发出对山水之"兴"。将山水之态形诸笔墨之间，需要从中静心自悟，这种体悟方式的关键在于主体能否专注于自身之心性，使心性之流露与自然山水相契合，而后才有可能从山水之样态中寻找与主体心性相通之路径。否则即使身处山川之间，也难以由此悟出山水之奇趣。沈周正是在这样静心体悟中，使山水寓之于心，便能由"悟"而"得"，达到"万物会之于心"的境界。艺术史家方闻亦对沈周的思想表示肯定：

"绘画与其说是'言志'，不如说是一种'自得'的表现，沈周的作品即说明如何凭借静思，使心与宇宙合一，用陈献章的话说是：浑然与物同体。"③

可见沈周的画论思想已相当接近天人统一和谐之境。正如他在画中所描绘的山川万物皆以隐逸、淡然之态呈现，几无一丝尘杂。即使是屋舍田畦亦无芜杂喧嚣之扰。无论是作品还是画学思想，沈周都力求以平和恬淡之心性寄寓清旷缥缈的天地。由于沈周重视这种物我相融的体验，进而使其在创作时能够将山水的"生命之态"如林泉清溪般缓缓淌出。主体之生命可以自由徜徉于山水，山水也因主体生命的自由而尽显其真态，使生命畅达无碍地在主体与山水之间往复贯通。

与沈周不同，董其昌在阐发"生命之态"时则善于兼诸家之学，通过一定的调和、冲淡，以其"禅心"去描绘山水。虽然他提出"南北分宗"之论，且在后世争议持续不断，但他对山水的审美态度还是较为纯粹的。董

---

① （明）沈周《石田论画山水》，俞剑华编著《中国古代画论类编》，人民美术出版社，1998年，第711页。

② （明）沈周《石田论画山水》，俞剑华编著《中国古代画论类编》，人民美术出版社，1998年，第711页。

③ 方闻著，李维琨译《心印·中国书画风格与结构分析研究》，上海书画出版社，2016年，第187页。

其昌心目中的山水，更像是一个理想化的山水图式，即使是在观赏自然山水时，他同样会将其视作山水画意境的呈现。正如他在洞庭湖游船上看云气变幻，便称之为"米家墨戏"。他之所以能做到这一点，正是源于他大量的观画经验与审美直觉。这些经验的积累也使他对"气韵"这一概念有了独到理解。他认为气韵虽由"天授"，然而亦可习得："读万卷书，行万里路，胸中脱去尘浊，自然丘壑内营，成立鄞鄂，随手写出，皆为山水传神矣。"①可见董其昌对心性的蒙养相当看重。这种养正之心的目的是为了能更好地传达山水"气韵"，抑或是为了能在心中"养气"而摹写山水烟云的变幻之态。正如他常以画喻山水，而不是以山水喻画一样，原因就在于他通常是从古人之诗画中求实境之证。换言之，董其昌通过对古人山水画的大量研习，从中悟得山水与笔墨之情状，并为之感慨，进而从实境中去证实，无论相契与否，都使他对山水有了更为开阔的视野与更深的领悟。于是便在师法古人的基础上进一步"师造化"。

如果说唐志契的"胸中富于闻见，便富于丘壑"②是对读书行路的简略概括，那么董其昌从"师古人"到"师造化"的过程便是对读书与行路二者殊途同归的详细例证。正如他在评前朝诸家山水画时，对画中呈现的山水之态不吝溢美之辞，视画境为真境，以笔墨之趣觅山水之态。这其中既有他对笔墨的推崇与"逸格"的向往，同时亦含有他对山水本真所怀的一份恬淡而悠然的深情。由此推之，董其昌的"师古"与"师造化"，或许最终都指向"师心"，山水"生命之态"的显现成为了心与造化的合契。总体来看，虽然董其昌无论是对画境、对山水样态的品鉴，似乎都倾向于"南宗"之山水，然而其心师造化，志在澹远的追求则足以使山水的"生命之态"涤荡出虚灵之气。

纵而览之，明清时期心学的渗入与文人性情的彰显使山水"生命之态"的跃动与主体性情的激越互通互融，山水本身所包孕的更多生命情态得到释放，更使主体将身心完全融入天地山川之中，将笔墨与自然山水有机地联

---

① （明）董其昌《画禅室随笔》，俞剑华编著《中国古代画论类编》，人民美术出版社，1998年，第730页。

② （明）唐志契《绘事微言》，俞剑华编著《中国古代画论类编》，人民美术出版社，1998年，第736页。

结，画家与山水之间的审美距离被进一步拉近。

结　语

画论对山水样态的描绘杂糅了理性的缜密思考与感性的情感表达，以理性的文字去描绘感性的山水生命，其目的是使山水最本真的生命样态显现出来。山水本真样态的呈现也影响着画家的审美理念，进而使画家将自己的情思、际遇投射在山水中，使山水"生命之态"的呈现更为丰富多样。通过历代画论中对山水的描述，画家对山水的审美理想也在不断地得到完善。

从中国古代画论对山水"生命之态"的描绘中，可以看到古人对山水生命认知的演变。从南朝的宗炳、王微等人开始对山水的样态给予关注后，后世的诸多画家们在不断完善前人思想的基础上为山水的"生命之态"注入新的内涵。从历时的角度看，宋元明清时期的山水画经过长期的发展，对山水样态的理解逐步深入，不断地将主体性情、心境、理想以不同的方式融入山水之中，并通过山水跃动起伏的生命力来传达他们的审美理念，使山水"生命之态"的显现方式更为多样。从共时的角度看，历代画家在继承前人的过程中也对一些审美概念达成共识，如对"气""意""情"的理解，并通过对这些概念的理解进而指导山水画创作，使山水的"生命之态"能够毫无保留地显现，这在文人画家所创作的画论中体现得更为明显。虽然表述方式不同，但其核心的审美意识、审美意象则是相通的。历代画论中对山水"生命之态"描绘的过程亦是审美主体不断融入山水、不断探察山水本真生命的过程。审美主体的情感、思绪以及对美的理解也在这个过程中被不断地调整，使审美主体的生命被完全纳入山水的"生命之态"中，与之保持相同的生命律动，并最终实现由"意态"向"情态"的转变，使山水本真的生命力得到最完满、圆融地释放。

中编 以文为图的经典样式

——题画诗中的文与图

　　以文为图，是以文学的语言对视觉化形象进行呈现。这种视觉化的呈现在中国文学中，除了物象描写外，还有一种形式，那就是题画，其中题画诗是最主要的样式。题画诗是因画而题的诗，它关注的就是图画，画面景物是其无法回避的描写对象。因此，题画诗集中了中国文学的视觉化呈现。但在文学中，视觉化是一种想象性的存在，即使是真实的现实物象，由于经历了语言文字的转化，也带上了浓厚的个人化的想象色彩。正是在这种想象的空间里，题画诗中的物象突破了画面上物象的约束，自由地表达诗人的情志，使不同时期、不同诗人笔下的题诗具有了鲜明的时代风貌和个性特色。

第一章　题画诗的起源与发展

　　题画诗是因画而题的诗。它既指直接题写于画面上的配画诗，也包括题写于画面外的咏画诗。题画诗既是一种特殊题材的诗歌，具有诗体的特点，又是图画画面的一部分，具有画体的特点。但在题画诗史上，因为画上题诗晚于画外题诗，因此，作为诗歌的题画诗与作为绘画构图的题画诗经历了不同的发展历程。

第一节　题画诗的萌芽

　　既是因画而题的诗，题画诗必须同时具备两个条件：一、体裁是诗歌；二、创作由图画引起。以此为标准考察题画诗，最早可溯源于先秦时期就已产生的图赞。"赞"是一种以赞美为主的文体，主要赞美人物，《文心雕龙·颂赞》言"赞"体大抵可归为"颂家之细条乎"。将"赞"归为"颂"之中，"颂"是诗体的一种，《诗经》风雅颂之"颂"即为此体。故"赞"也当属诗体。图赞是为宗庙壁画述赞之诗，但其目的在于以祖先功德教育后代。《诗经·大雅》中《大明》《绵》《皇矣》《公刘》《生民》等诗篇即是这类画赞颂德之作①。东汉时画赞兴盛，如明帝刘庄《图赞》50 卷、东汉贺纯《会稽先贤像赞》4 卷、《会稽太守像赞》2 卷、赵岐《画像赞》、蔡邕

---

　　① 　参看李山《〈诗·大雅〉若干诗篇图赞说及由此发现的〈雅〉〈颂〉间部分对应》，《文学遗产》2000 年第 4 期。

《赤泉侯五世像赞》等。魏晋时画赞更是备受青睐，最有名的当数曹植《画赞》5卷、郭璞《山海经图赞》200多首。

图赞形式上以四言为主，以后发展出五言、七言等多种诗体形式。图赞在内容上以人物图赞为主，后亦发展出动物赞、山水赞、生活器物等其他物象之赞。赞体的兴起源于图画，图赞之意在于赞画中之象以达于教化之旨。曹植《画赞序》言："观画者，见三皇五帝，莫不仰戴，见三季暴主，莫不悲惋，见篡臣贼嗣，莫不切齿。"① 图赞之作既非指向绘画本身，往往较少画面描写，不涉绘画评价；这也正是历来图赞不被列入题画诗中的原因。但不能否认，图赞是题画诗产生的源头。

由四言发展为五言，既是中国诗歌发展的重要一步，也是题画诗形成的重要一步。晋代郭璞、江淹图赞中已经出现由四言向五言扩展的诗作，一句之中虽只增加一字，但却为诗歌景物的描写与情感的表达提供了自由，拓展了空间。郭璞《山海经图赞》、江淹《云山赞四首》对景物的描写已显生动有情，这与其五言的使用不能说没有必然的关系，但其仍以"赞"命名。而最早与图相关并以"诗"为名的五言诗，可推陶渊明《读山海经十三首》。《山海经》古本图经并存，该诗首次以诗为体，虽描写画面，融情入画，似为图而题写，但实际上在更大程度上依据《山海经》的文字描写而作，并不能称之为题画诗。

在五言诗兴起的历史中，与图画相关的诗歌首数六朝时的咏物诗。六朝时，咏物诗大兴，文人普遍地用五言诗的形式描写生活之物，尤其是宫体诗人，几乎无物不咏。又因当时世人喜好扇子、屏风，咏扇诗、咏屏诗成为咏物诗的重要角色。史料记载，魏晋时士子文人已喜好在扇上题画、题字，南北朝时画扇更是蔚然成风，书法或绘画成为扇面、屏风的主体构成。② 但咏扇诗、咏屏诗不完全等同于题画诗，因为其题咏的对象是扇或屏，包括题写扇、屏的外形、装饰、功能、寓意等，并不只专注于扇、屏之上的画面。如东晋桃叶《答王团扇歌》4句中"七宝画团扇，灿烂明月光。与郎却暄暑，

---

① 俞剑华编著《中国古代画论类编》，人民美术出版社，1998年，第12页。

② （唐）张彦远《历代名画记》载："杨修与魏太祖画扇，误点成蝇。"俞剑华注，人民美术出版社，1964年版，第90页。又《历代名画记》载："桓翁尝请画扇。"俞剑华注，人民美术出版社，1964年，第97页。

相忆莫相忘"。只提及画扇之事。南朝齐丘巨源《咏七宝扇》诗共 20 句，但只有"画作景山树，图为洛河神"句描写图画。两首诗中其他诗句均与绘画无关，整首诗歌的诗意也是就扇子而言，并非由扇画而发。后来，咏扇、咏屏诗中逐渐出现以画扇、画屏为题的诗歌，如梁鲍子卿《咏画扇》、北周庾信《咏画屏风》25 首等，诗歌中画面描写占据了重要地位，题画诗在走向成熟的道路上迈出了重要的一步，但这些诗歌滞于画面景物的描述，普遍缺乏情感的抒写。在中国题画诗史上，自宋代有题画集出现以后，扇、屏题诗始终被列为题画诗内部的一个门类，但作为题画诗的咏扇、屏诗以扇画、屏画的描写并抒情为主，显然与六朝时的咏扇、屏诗已然不同。

第二节 题画诗体的成熟与发展

唐代是题画诗作为诗体成熟的时期。题画诗数量较之六朝增加了 6 倍之多，据《全唐诗》，题画诗达 200 多首。杜甫一人有 20 多首，清人沈德潜在《说诗晬语》中云："唐以前未见题画诗，开此体者，老杜也。"此语虽不确凿，但杜甫题画诗在诗体形式与诗歌内容方面的特点正是题画诗成熟的见证。

就形式而言，题画诗除了前朝已有的五言古诗外，又增七言古体、近体格律诗。与后代比较，唐代题画诗中古体诗占据主导，其次是律诗，绝句较少。不拘句数的古体与八句为诗的律诗（与元以后题画诗中盛行的绝句相比较而言）为景物的描写提供了空间。而且律诗讲究严格的对偶，对偶截断了诗歌中叙述时间的流动，让视觉性的画面陈列于诗句之中，这些都为题画诗描写景物提供了方便。唐代题画诗的这一特点与唐代尚未在画上题诗有密切关系。唐代的题画诗只具有作为诗歌这一种身份，不受图画空间的约束，因此能够自由地写景传情。同时，唐代四言赞也突破人物画赞的藩篱，多被用以题写鹰、马等动物。再次，题画诗由题写屏画、扇画、壁画，发展至题写卷轴画、册页画。

就内容而言，题画诗多涉及山水、翎毛、走兽等画，诗歌开始自由地出入于画面，由画面而生发种种感受与认识。首先，题画诗以欣赏的态度品题画面，评价画家，画面、画家成为诗歌的观照对象。其次，与其他诗歌一样，题画诗普遍地能够借图画表达现实的种种情怀。如杜甫《道壁上韦偃画马歌》抒发报国之志，戴叔伦《画蝉》揭示了现实的黑暗。再次，题画诗中表达对于绘画与诗歌的认识。如杜甫的"意匠"说①、刘长卿的"意生象外"说②、白居易的"性生笔先"说③。在题画诗中评论绘画艺术，阐发艺术观念始于唐代并被后代题画诗所继承，使题画诗成为中国诗画艺术美学思想产生的重要基地。

唐代题画诗众体兼备，形式多样，至此，题画诗体已达完备。但在中国题画诗发展史上，唐代只是承前启后的过渡阶段，题画诗并没有完全走进诗人的笔下。词为"诗余"，受题画诗的影响，也伴随着词的出现与繁盛，五代时出现了题画词。宋代刘道醇《五代名画补遗》记载卫贤《春江钓叟图》上有李煜题写的《渔父》词两首，由景到情，融情于景。题画词从一开始产生，就以成熟完善的样式展现出来④，这不能不说是题画诗的功劳。

宋代三百年间，题画诗延续唐代已经成熟了的题画诗体继续发展。除了五言、七言古体、近体外，宋代还出现三言、六言题画诗，题画诗数量达千余首。宋代诗文大家皆染指于题画诗创作，如李公麟、文同、米芾等，其中以苏轼、黄庭坚为最，仅《苏轼诗集》中就收录题画诗157首，且继承了唐代题画诗品画、抒情、论画三方面的内容，稳定了题画诗的题写模式。除此之外，宋代出现了第一部诗画相配的专著——宋伯仁《梅花喜神谱》，每图皆配一首五言诗；出现了第一部题画诗总集——孙绍远《声画集》，集辑唐至宋淳熙（1174—1189）年间题画诗作700多首，分26门；出现了第一部题画诗别集。宋人陈思编《两宋名贤小集》中辑录了刘叔赣的题画诗，并取名《题画集》。该题画诗集虽只有18首诗，但覆盖了各种画科，开启

---

① （唐）杜甫《丹青引赠曹将军霸》言："诏谓将军拂绢素，意匠惨淡经营中。"（清）仇兆鳌注《杜诗详注》，中华书局，2015年，第950页。

② （唐）刘长卿《观李凑所画美人障子》："爱尔含天姿，丹青有殊智。无间已得象，象外更生意"。《全唐诗》第5册卷149，中华书局，2008年，第1532页。

③ （唐）白居易《画竹歌》："不根而生从意生，不笋而成由笔成。"《全唐诗》第13册，卷435，中华书局，第4816页。

④ 参考（宋）刘道醇《五代名画补遗》一文，于安澜编《画品丛书》，上海人民美术出版社，1982年，第103页。

了中国题画诗别集的先河①。简而言之，至两宋时期，题画诗已经成为诗歌创作领域中一种引人注目的诗题。

推动宋代题画诗发展的是宋人"诗画一律"的观点。在文人眼里，诗与画虽为完全不同的两种艺术，但却有着共通性。苏轼所言"诗画本一律，天工与清新""诗中有画，画中有诗"的美学观点深入人心。以自然的方式抒写主体之"意"成为诗画共同追求的目标。绘画艺术在宋代兴起的文人画中不仅是视觉的再现，而且是心灵的表达。因为如此，诗意走进了画面，绘画靠近了诗歌。文人画兴起，并借助诗歌呈现绘画的意味成为艺术发展的必然选择。

诗传画意，这正是宋代题画诗发展的动力与基础。但由于宋代画上题诗尚未普遍兴起，因此题画诗的创作并未达全盛。

第三节　题画诗的全面兴盛

题画诗大盛于元代。清人陈邦彦《历代题画诗类》收录清以前题画诗不到9000首，其中元代题画诗近4000首。顾嗣立编元诗总集《元诗选》，收录题画诗2000多首，该书340位诗人中有题画诗者达三分之二。题画诗成为许多诗人诗作最主要的题材，仅王恽就有题画诗400余首。而画家的题画诗几近其诗歌创作的全部。如元四大家，又如郑思肖、王冕、钱选等，构成元代诗坛一道独特的风景。元代书法家更是积极参与其中，如邓文原、鲜于枢、张雨、柯九思等，其诗歌的主要成就来自于其题画诗。元代仅90年历史，其题画诗之多，题画诗人之众，这一现象在中国题画诗史上空前绝后。

元代题画诗的兴盛源于以下几个原因：第一，画上题诗的普及，或题他人画、或自题画，画上多要题诗。第二，画家皆集诗、书、画之才能于一身，凡画家必能诗，也必能书。第三，元代异族统治下，文人自身兼济天下的理想无以施展，纷纷走进独善其身的个人世界，以绘画抒发胸臆，以诗歌表达画意，以书法展现诗歌画意成为必然。题画诗开始走向了作为画体的成

---

① 谷曙光《中国第一部题画诗别集》，《中国文化研究》2009 年夏之卷。

熟。至此，题画诗进入创作的兴盛阶段。

尽管元代诗人题画诗创作的盛况前所未有，但由于元代绘画独好幽远的山水与君子气质的花木，整个元代题画诗的创作视野受到限制，题画诗路有嫌狭窄，因此尚未达到全盛的状况。

题画诗创作全面兴盛于明清两朝，具体表现在：第一，题画诗在五言、七言等各种前人创作的基础上，更灵活地运用各种诗歌语言形式。三言、四言、六言的使用相当成熟，另善用杂言体，如金农在罗聘的《疏瘦萧减图》题诗中言：

"耻春翁，画野梅。无数花枝颠倒开。舍南舍北处处石粘苔。最难写，天寒欲雪水际小楼台。但见冻禽上下啼香弄影，不见有人来。"

绝句在更大程度上取代了律诗，成为题画诗的主角，这与画面空间的有限需要密不可分。题画词在五代出现后，历经宋元并没有得到充分的发展，与题画诗的步履很不一致，但到明清时，题画词的创作逐渐丰富起来。第二，题画诗的内容突破了元代独好梅兰竹菊、岁寒三友等君子题材及山水景物的思维，全方位地展现自然、人世，生活器物、蔬菜水果等纷纷登堂入室。第三，题画诗的风格突破元代的清逸一路，而走向了多元并生。以往清逸高雅的图画题材在明清时期常常被改变为活泼自然、朴素灵动，使题画诗充满了现实生活的趣味。

明清题画诗的全面兴盛，一方面是中国题画诗自身不断发展的结果，另一方面也得力于明代心学、清代实学影响下明清画家、诗人对于自由性情、个性情感的张扬，对于现实生活、人生百味的传递。绘画艺术在走向自然的性灵、走向现实生活的时候，题画诗也自然与之相生相伴。当然，更重要的是，题画诗的全盛得力于诗人的诗能走进画家的画中，其中间的桥梁便是书法艺术，书法艺术至此与绘画、诗歌实现和谐共存，它们相映成趣，共同成就了中国画的独特魅力。

第二章　宋元明清题画诗的功能演变

在中国题画诗发展的历史中，宋代是其发展成熟的关键。虽受到唐人"求真"的影响，"尚理"却成为宋代题画诗新的功能。以此为背景，苏轼的题竹诗文中集中地表现出以"理"为主的审美追求。到了元代，社会隐逸之风大盛，文人们隐居山林，追求人与自然的和谐统一；隐入诗书画间，在艺术中寻求自我精神意向与士人文化传统的统一。以此为背景，吴镇的题竹诗文中多为山林自然之景，他试图通过题画诗表达自己对隐居生活的知足和适志自得的情怀。及至明清时期，题画诗的创作达到全盛。在艺术领域，士子文人十分强调和肯定人的感性，反对和质疑程朱理学，推崇于人性的自然中建构秩序。以此为背景，徐渭和郑板桥的题竹诗文则处处蕴含着丰富的情感，或激烈、或豁达、或独出新意，描绘出别具一格的画面，进而表现自己卓越的才能和独特品格。

第一节　从竹之理到竹之意

宋人对于物之理高度重视。北宋刘道醇在《宋朝名画评》中云："且观之之法，先观其气象，后定其去就，次根其意，终求其理。"[①] 他认为观画之法首先关注的是客体本身的气韵，然后是绘画本体的布局，再到绘画主体

---

① （宋）刘道醇《宋朝名画评》，俞剑华编著《中国古代画论类编》，人民美术出版社，1998 年，第 406 页。

的思想，最后得到的是绘画中蕴藏的事物之理。苏轼在《东坡论画》中亦云："世之工人，或能曲尽其形，而至于理，非高人逸才不能辩（一说为'辩'，一说为'辨'）。"① 苏轼非常推崇文与可画的竹石枯木，认为能够将事物的外形描绘出来的人很多，但是只有像文与可之类的高人逸才可以穷尽事物之理，了解其内在的深层规律。苏轼继承了宋初欧阳修、梅尧臣的事理、义理论。但与他们相比较，苏轼显然更加侧重事物于自然存在样态中的客观规律。苏轼提出"常形说"和"常理说"，他认为事物可见的一面是"形"，不可见的一面是"理"。就人而言，应得人之自然自在之性；就物而言，应穷物之自然固有之理。而人与物的相通之处即在于"理"。绘画中的"有常形"是视而可见的具体的物，"无常形"是那些虚无缥缈的对象，如云、气、风、雾等不断的变化，但是无论其"有常形"或是"无常形"，都必须表现出内在的"理"。在以"理"为主导的审美追求下，苏轼的题竹诗呈现出自己的模式。

一、"理"即竹之象：关注景物的自然规律

在苏轼与竹相关的诸多题诗中，竹子基本都是作为自然中客观存在的景物出现的。苏轼充分尊重了竹子的原生存在情态，既没有对竹子的形象进行想象、夸张或者变形，也没有在诗文中表现竹子的文化内涵，这在某种程度上说明苏轼对于自然客观规律的尊重。如苏轼有名的《惠崇春江晚景》："竹外桃花三两枝，春江水暖鸭先知。蒌蒿满地芦芽短，正是河豚欲上时。"② 这首诗虽然不是专门题竹的作品，但是很能说明问题。在此，竹子作为客观的事物出现，没有丝毫的变形和夸张，也没有任何引申意义。竹子与花、鸭子等自然景物一起象征着春暖花开、万物复苏这一自然现象和规律。

再以《王维吴道子画》为例：

"何处访吴画？普门与开元。开元有东塔，摩诘留手痕……门前两丛竹，雪节贯霜根。交柯乱叶动无数，一一皆可寻其源。吴生虽妙绝，犹以画

① （宋）苏轼《东坡论画》，俞剑华编著《中国古代画论类编》，人民美术出版社，1998年，第47页。

② 王文诰辑注，孔凡礼点校《苏轼诗集》，中华书局，1996年，第1407页。

工论。摩诘得之于象外，有如仙翮谢笼樊。"①

王维的画中有两丛竹子，在霜雪中傲然挺立。竹子枝叶交错，在风中摇舞不止，姿态万千，却同时彰显出暗藏于表象背后的物的生存之本，也就是物之理。因此，苏轼认为，吴画虽然妙绝，却实为画工，王画"得之于象外"，因为表现出物象内在的精神和规律而更胜一筹。

《书晁补之所藏与可画竹三首》是苏轼专门题竹的诗作，其诗二云：

"若人今已无，此竹宁复有。那将春蚓笔，画作风中柳。君看断崖上，瘦节蛟蛇走。何时此霜竿，复入江湖手。"②

苏轼看到晁补之收藏的文与可画的墨竹后，提笔写下此诗，诗中主要是想表达文与可画墨竹的技艺高超。为了达到这一目的，苏轼用了比喻的手法将竹节横生之态写成蛟蛇在游走，此比喻也突出了画面上的竹节之多。从对画中竹的描写可以看出，苏轼很重视客观事物的本来面目，即物象的客观属性和内在规律，并不轻易融入自己的感情。诗中只是就竹子的外形发表自己的感想，没有脱离客观外物的限制，可谓发于情，止于"理"。

二、"真"即竹之本：关注画家及画法

在"尚理"的创作原则的约束下，苏轼的题竹诗多将画之技与创作者的修养、作画的状态联系起来对画进行相对客观的评价，他个人的感情则很少流露在作品中。诗中的竹子与自然竹之象无异，画家在诗中也是自然自在的人。所谓的"自然自在"的人，是说苏轼按照客观规律和本然的面貌，真实地将生活中画家的状态原本展现出来，少雕饰无刻画，没有任何虚构，这样传达"自然自在"的真意。

苏轼的题竹诗中对画家本身很关注，他从经历、人品、画法等方面对画家进行客观的描写和评价。如其在《书文与可墨竹》中言：

"亡友文与可有四绝，诗一，楚词二，草书三，画四。与可尝云：'世无知我者，惟子瞻一见，识吾妙处。'既没七年，睹其遗迹，而作是诗。笔与子皆逝，诗今谁为新。空遗运斤质，却吊断弦人。"③

---

① 王文诰辑注，孔凡礼点校《苏轼诗集》，中华书局，1996 年，第 108 页。
② 王文诰辑注，孔凡礼点校《苏轼诗集》，中华书局，1996 年，第 108 页。
③ 王文诰辑注，孔凡礼点校《苏轼诗集》，中华书局，1996 年，第 1392 页。

诗人睹物思人，评论文与可的艺术才华后，回忆起他生前说过的话，然后引出自己写这篇文章的目的。诗中没有对文与可过多的溢美之词，只是客观地对其进行描述，而自己的情感表达也很直白自然，没有过分地渲染悲伤思念之情，只是自然而然地写到人去画在的事实。苏轼在《书晁补之所藏与可画竹三首》中云：

"与可画竹时，见竹不见人。岂独不见人，嗒然遗其身。其身与竹化，无穷出清新。庄周世无有，谁知此凝神。"①

苏轼回忆起文与可画竹子时心境虚静、物我俱忘的状态，以此说明文与可画技高超，认为他的画给人以清新自然之感，没有丝毫刻意雕琢之态，因此苏轼才说只有庄周才可以体会这种用志不分、凝于神的状态。

苏轼一向主张艺术创作中艺术家应当做到"天工与清新"，既达到自然无雕饰刻意之痕，还要超越凡俗，富有创新精神。在他看来，文与可做到了。他在《题过所画枯木竹石三首》中云："老可能为竹写真，小坡今与石传神。山僧自觉菩提长，心境都将付卧轮。"② 这首诗没有从画面的景物和画境入手，而是直接将目光锁定在画家身上，并发表议论，将写真传神作为品评绘画好坏的标准。根据绘画真实的水平，苏轼对可以为竹子写生的文与可赞赏有加，又对小儿子苏过可以做到为画"传神"而欣慰不已。

苏轼的题竹诗对于画法的关注也很多。苏轼曾有言"神与万物交"③"观物必造其质"④，强调绘画"传神"的重要性。又在《传神记》中详细写到如何捕捉人物神态的方法，他要求作画既能表现出客观事物的神态，又渗透着作者的情感，如此才能达到传神写照的目的。所以苏轼在《书鄢陵王主簿所画折枝二首》中云："论画以形似，见与儿童邻。"⑤ 当然这不是说写形不重要，而是强调写形的目的是为了传神写真，以求塑造出来的绘画形象更符合事物的本来面貌和本质规律。边鸾与赵昌能够把握事物的实质特

---

① 王文诰辑注，孔凡礼点校《苏轼诗集》，中华书局，1996年，第1433页。

② 王文诰辑注，孔凡礼点校《苏轼诗集》，中华书局，1996年，第2347页。

③ （宋）苏轼著，李之亮将笺注《苏轼文集编年笺注》卷七十，巴蜀书社，2011年，第600页。

④ （宋）黄廷坚《跋东坡论画》，《类编增广黄先生大全文集》卷47，北大藏，宋乾道府沙镇水南刘仲吉宅刻本。

⑤ 王文诰辑注，孔凡礼点校《苏轼诗集》，中华书局，1996年，第1525页。

征，画出的物不仅可以做到形似，更做到神似，因此得到苏轼的称赞。

三、"意"即竹之韵：关注主体自身情感意趣

严羽在《沧浪诗话》中云："大抵禅道惟在妙悟，诗道亦在妙悟"①，将艺术的创作过程、欣赏过程视为在外物的直接感发下而产生审美情趣的心理过程。严羽处于南宋中后期，可以看到其艺术思想中已经有超越事物之"理"转向人自身之"情""意"的趋势，但是处于北宋中期的苏轼还未形成这一见解。苏轼的诗文以事理、义理、物理为主要旨趣，并用流畅的文辞表达出来，以达到不烦绳索而自合的效果。因为以"理"为主，所以其诗作不免有说理的倾向，或者为了合"理"而不得不削弱艺术主体的创造性、想象力的发挥，在一定程度上也抑制了苏轼的主体情感表达。换言之，在主体与外物的关系上，外物占据了上风。

与苏轼不同，郑板桥的题竹诗文大部分都是为自己的绘画题写的，而苏轼则多是为别人题诗，很少为自己的绘画题诗。这在某种程度上也说明苏轼多关注对象，而郑板桥更关注自己的情感和意趣。深入郑板桥的题竹诗，会发现他与苏轼题诗的不同之处。在郑板桥题他人画竹的诗文中，他关注画面，也关注画家个人，但这都是经过其心灵浸润后的写照，其中渗透着郑板桥强烈的个人情感。以《题李鱓枯木竹石图》为例：

"此复堂先生六十内画也。力足手横，大是青藤得意之笔，不知者以为赝作，直是儿童手眼未除耳。"②

这篇题跋虽然是郑板桥为李鱓而写，但却多站在自己的立场和角度去评画，表达自己对前辈绘画才能的由衷称赞。虽然这幅图中的古树静穆，墨竹斜依，但是郑板桥并没有关注画面上的这些景物，而是直接着眼于画家个人，先写画家的生平，然后描写此画的用笔和气势。将其与自己熟知的徐渭相比较，然后做出评价。徐渭是郑板桥一生中最敬重的人，他将李鱓与徐渭相比，就绘画发表议论，意在表达李鱓的画艺高超以及自己对这位乡里前贤兼挚友的敬重和深厚感情。

郑板桥的题竹诗，除了关注画家个人，也对理想中的竹意象进行评价。

① （宋）严羽著，郭绍虞校释《沧浪诗话校释》，人民文学出版社，1983年，第20页。
② 卞孝萱编《郑板桥全集》，齐鲁书社，1985年，第413页。

但与苏轼的诗作相比，其塑造的往往是融合了他的个人情感和意趣的意象形式。如其《题李方膺墨竹》中言：

"此二竿者可以为箫，可以为笛，必须凿出孔窍。然世间之物，与其有孔窍，不若没孔窍之为妙也。晴江道人画数片叶以遮之，亦曰免其穿凿。"①

郑板桥看到李方膺画的两竿竹子后直接联想到自己的遭遇，于是，竹子成为自己寄喻情思之物。竹子要做成箫或者笛子，逃脱不了被穿孔的命运。而自己的一生历经坎坷，遭受到各种不公平的待遇，与竹子的遭遇是一样的。李方膺画中的竹叶却将竹竿遮盖，他猜测这是为了令竹子免遭穿凿的磨难，心中不由感慨。这样的理解一方面颇具情趣和新意，另一方面又点明李方膺绘画构图新颖、技艺高超。另一首《题李方膺墨竹册页》则云："一枝瘦影横窗前，昨夜东风雨太颠。不是傍人扶不起，须知酣醉欲成眠。"② 画面上一枝完全倾斜的竹子，与平时看到的挺拔的竹子有所不同。这让郑板桥联想到昨夜的狂风骤雨。这枝竹子躺倒在地的样子，就像是酣醉之人倒地睡着，别人久扶而不起。可以看到，这首诗中的竹子与郑板桥一样极具个性，突破了竹子固有的文化形象。诗人以己之意观竹，为竹传声，充满情趣。在《题陈馥墨竹轴》中，这种趣味表现得更加明显："一阵旋风卷地来，竹枝敲打靠成堆。无端又是潇潇雨，凤羽鸡毛理不开。"③ 在这首诗中，郑板桥将遭受过风雨洗礼的竹子与雨后的鸡毛相提并论，借物喻己，诗作充满生机活力，非常有趣。

综上言之，苏轼生活的年代——北宋是一个尚理的时代，南宋中后期，以"理"为核心的诗学价值体系不断动摇，诗学的关注对象逐渐由客观对象转向人自身。通过苏轼、郑板桥二人诗作的比较可以看出，在"尚理"观念的影响下，苏轼的诗作更加关注物象的自然属性与本质规律，情感表达也是"发乎情，止乎礼"，没有过分强烈的情感流露；郑板桥虽然也关注画法、画艺与画家个人的艺术修养，但多是在表达自己心中的看法，带有明显的主观意志，其诗文中塑造的竹意象完全是自己的"心中之竹"，通过以情观竹、以意观竹，在自然而然中传达独特的审美趣味。

---

① 卞孝萱编《郑板桥全集》，齐鲁书社，1985年，第418页。
② 卞孝萱编《郑板桥全集》，齐鲁书社，1985年，第419页。
③ 卞孝萱编《郑板桥全集》，齐鲁书社，1985年，第421页。

第二节　从竹之情到"我"之情

西晋陆机《文赋》言"诗缘情而绮靡",昭示着诗歌由"言志"向着"缘情"的转变,这种转变昭示着主体由具有政治抱负和志向的"我"转向情感的"我",人的主体性地位得到凸显。南北朝时期,人的情感和主体性得到进一步的提高,更加重视情感的作用。刘勰《文心雕龙·原道》开篇言:

"文之为德也大矣,与天地并生者,何哉?夫玄黄色杂,方圆体分;日月叠璧,以垂丽天之象;山川焕绮,以铺理地之形。此盖道之文也。仰观吐曜,俯察含章,高卑定位,故两仪既生矣。惟人参之,性灵所钟,是谓三才。为五行之秀,实天地之心。心生而言立,言立而文明,自然之道也。"①

刘勰强调"文言心",揭示了天地、人、文之间的关系。他认为天、地、人合为"三才",道外显于天地之象和人文,最后却离不开人心。首先,天上的"日月叠璧",地上的"山川焕绮"是"道之文"。再者,人参照道与天地之象,立言明文,为"人之文"。在这之中,人心、人情是成文的核心,而文的最高层次是以人之情感为内涵的"情文""心文"。陆机、刘勰等人对艺术创作中情感的作用与地位的强调对后世的文艺创作以及文学艺术观念的形成产生重要影响。如王国维所言"一切景语皆情语"②,他一方面强调景物对作者内心情感的触动,进而引发创作冲动,形成"景语";另一方面则强调一切景物的描写都离不开作者的真情实意,都是服务于作者的情感的,属于"情语"。景与情,情与景,二者相因相成、不可分离,在诗人与景物的相互关系中,真挚的情感得以自然流露。

文学艺术创作领域的"缘情"说对中国题画诗的发展也产生了影响。中国题画诗立足于艺术家与物象的互生互动,在这种互生互动的关系中,又处处流露出艺术家的主体情感。以元代吴镇题竹诗为例。吴镇曾言:"画事

---

①　(南朝梁)刘勰著,(清)黄叔琳注《文心雕龙》,浙江古籍出版社,2011年,第1页。

②　王国维《人间词话》,江苏文艺出版社,2007年,第130页。

为士大夫词翰之余，适一时之兴趣"①，旨在表明画家在进行艺术创作时恣意挥洒、灵感迸发的自由创造精神。所以，吴镇笔下的竹子不像宋代苏轼"尚理"，忠实于对客观物像的描绘，遵循事物的内在规律，而是追求在面对自然物象时，能够自然而然地触发情感，即达到陶渊明在《饮酒》篇中所描述的"采菊东篱下，悠然见南山"的境界。南山自行现身于诗人的视野，令诗人感到喜悦，这是一种身处山林之中，世外清闲的归隐之趣与高洁之怀的呈现。王国维在《人间词话》中亦将此种境界称为"无我之境"②，"我"与竹合一，竹即是"我"，"我"即是竹。

吴镇题竹诗文中表现出的身与竹化、物我不分的境界源自他的人格精神。吴镇的性情高洁，隐居乡里，终身不仕。他虽然生活潦倒不堪，但是不以一字一画换取生计，不与达官显贵来往，也不入诗社，不以诗酒宴客。吴镇深受禅宗文化影响，他晚年抄写的《心经》，动中有静，一片神机溢目。受其个人经历与文化修养的影响，吴镇的诗热衷表达的是清逸脱俗的高人逸士襟怀。纵然是普通的竹题材，在他的诗中也能营造出"林深禽鸟乐，尘远松竹清。泉石供延赏，琴书悦性情"（吴镇《草亭诗意图》）的悠远意境。

在远离尘俗、孤傲超逸的人格精神的指引下，吴镇以"山林中人"自居，以一种四海为家、无所不乐的心境去观赏山林，山林的乐趣成为他心中真正的乐趣。正是在这一背景下，"自然"成为吴镇一以贯之的审美理想与追求。所谓"自然"主要有两层含义：一是所观照的景物是自然而然的状态，没有丝毫人为的痕迹。二是将景物生命化，观照者以一种淡泊的"游"的心态，无所依凭而游于无穷，忘却物我的界限，达到无己、无功、无名的境界，实现天人合一。吴镇在《竹石》中描绘自己作画的过程：

"图画书之绪，毫素寄所适。垂垂岁月久，残断争宝惜。始由笔砚成，渐次忘笔墨。心手两相忘，融化同造物。"③

可见吴镇作画时做到了心手相忘、物我两忘的境界，于是在自然而然的状态中画出了自己心中所适。在"自然"的审美理想的追求下，吴镇形成

① （明）卞永誉《式古堂书画汇考》，卢辅圣编《中国书画全书》第六册，上海书画出版社，2009年，第1053页。

② 王国维《人间词话》，人民文学出版社，2018年，第11页。

③ 庄申编著《元季四家诗校辑》，香港大学亚洲研究中心，1973年，第66页。

自己的题竹诗模式。

首先，吴镇直接走进画面，很少针对画面的笔墨功夫和艺术技巧发表评论。他关注画面上的景物，把其直接视为自然中的竹子来写，写竹子的颜色、姿态以及竹子带给人的感受。如其题《一叶竹》言："谁云古多福，三茎四茎曲。一叶研池秋，清风满淇澳。"① 前两句出自禅语："如何是多福如一丛竹。"② 细细参悟，所谓的福气可能讲的是竹子的清新脱俗的高洁气质，或者是借竹子来表示或风雅、或和谐、或脱俗，不得而知。后两句似言哪怕只见到研池中的一片竹叶，都会给人一种清爽秋凉的感觉，如同身处竹林深处一般。这样的描写让观者从触觉上体会到竹子带来的清凉和清新，与诗人感同身受，与竹相伴，与竹相融。吴镇的这种感受并非来自于画面上没有生命的竹子，而是大自然中活生生的竹子带来的"清风"与"阴凉"，重点突出竹子"清"的特点。值得注意的是，这种感受不只是视觉的、听觉的，更是触觉的。吴镇以自己的亲身感受为描写的对象，突破竹子作为道德象征的符号化印象，在人与竹子之间以"清风"为纽带构建起一座桥梁，将竹子最真实、最可爱的样子写了出来。他自己也直白地袒露过"野竹野竹绝可爱，枝叶扶疏有真态"（《题己画野竹》）。这种没有明确的情感旨归的表达与感叹，更直接地表达了竹子的自然本性和真态。《题竹》诗亦有异曲同工之妙："阴凉生研池，叶叶秋可数。京华客梦醒，一片江南雨。"③ 竹叶投下的阴凉，让人肌肤感觉到凉爽的秋意，又像漫步在烟雨时节的江南，让人产生阵阵寒意。

其次，吴镇十分善于把握不同环境中的竹子。在月下，在雨中，在各种寂寥、萧疏的环境中捕捉竹枝投落的"影"、竹叶上闪烁的"露"，表现出竹子"清"的特点。如《题竹》诗言："短梢尘不染，密叶影低垂。忽起推篷看，潇湘过雨时。"④ 这首诗描写的是雨后竹叶的清新与干净，没有丝毫尘土，翠绿欲滴的叶子似乎出现在眼前，密叶低垂，充满诗情画意。另

---

① 庄申编著《元季四家诗校辑》，香港大学亚洲研究中心，1973 年，第 44 页。
② （宋）普济《五灯会元》卷 17，中华书局，1984 年，第 1109 页。
③ 庄申编著《元季四家诗校辑》，香港大学亚洲研究中心，1973 年，第 45 页。
④ 庄申编著《元季四家诗校辑》，香港大学亚洲研究中心，1973 年，第 46 页。

一首《题竹》诗则言："亭亭月下阴，挺挺霜中节。寂寂空山深，不改四时叶。"① 诗描写的是月下经过秋霜洗礼的竹子，它傲然挺立在空山中，虽然经历寒霜却依然不改本来颜色。"阴""影""露""月""雨"这些富有美感的词汇成为吴镇题竹诗的常客。

吴镇题诗中的竹子还有另一个特性："节。"他在《画竹》中云："春到龙孙满地生，未曾出土节先成。可怜无个伶伦眼，尽日垂垂独自清。"② 竹子还没有破土而出，诗人就发现在嫩筱的竹笋上已经长出竹节，显然，诗人在用心感受竹子的生命。竹子的"节"和"清"既是描写画中的竹子，也暗藏着诗人远离尘俗的愿望，包含着主体高逸超俗的体验。

吴镇笔下的竹子有的自然可爱，有的充满奇险。如其在《题己画竹》中言：

"陶泓磨松吐黑汁，石角棱棱山鬼泣。风梢呼梦雪云冷，露颖溥空晓云湿。篑篁一谷老烟霏，渭川千顷甘潇瑟。"③

画面上寥寥几笔，几根清瘦的竹枝，带给人一种清新的感觉，但是再看题诗，却又生成一种阴冷的氛围。此竹生长于山谷野林之中，周围山石凌厉，山风呼啸，大雪覆盖，一片萧条凄凉之态。诗中或写实，或写虚，不论虚实都为这个意象世界增添了几分奇幻的色彩。值得强调的是，无论可爱还是怪诞都是吴镇"自然"审美心态的反映，正是这种逍遥自得的心态，才使其与世隔绝，远离尘俗，在自然中获得闲情逸趣。

吴镇对待山林中的竹子、画面中的景物的态度是轻松而自然的，故其题诗中的竹子充满鲜活之气，与竹同感同乐，融为一体，和谐共处。与吴镇追求竹之自然情怀不同，明代徐渭与清代郑板桥的题画诗则更多的是借竹写己之情。他们的题竹诗文不约而同地出现了"我"之情占上风的情况。但二人的情感主题、情感表达也略有不同：郑板桥的情感中有强烈的家国情怀和现实关注，比徐渭的情感更加偏向于理性，徐渭则更为关注自己的内心情感世界。在这种"情本体"的审美理想的驱动下，徐渭的题竹诗表现出极其鲜明的个人风格。

---

① 庄申编著《元季四家诗校辑》，香港大学亚洲研究中心，1973 年，第 55 页。
② 庄申编著《元季四家诗校辑》，香港大学亚洲研究中心，1973 年，第 85 页。
③ 庄申编著《元季四家诗校辑》，香港大学亚洲研究中心，1973 年，第 92 页。

首先，与郑板桥题竹诗的写实精神不同，徐渭结合自己的想象将自然中的竹子形态进行了高度变形，题诗中的竹子形象更加多元，充满趣味。徐渭似乎钟情于蛇的形象，经常将竹子比作蛇，如其《题画四首墨竹杏花》言："当其寻丈节，数寸蛇与蝉"①，将竹子长大的样子联想成蛇和蝉蜕皮时的状态，生动有趣。其《竹石》诗云："青蛇拔尾向何天，紫石如鹰啄兔拳。醉里偶成豪健景，老夫终岁懒成眠。"② 用青蛇拔尾来比喻竹子的挺拔向上之姿，有竹子拔地倚天之意。徐渭喜欢用蛇来比喻竹子，一方面或许由于竹子未出土时，在土中盘根错节的样子与蛇的形状十分相似。另一方面，破土而出的竹子与蛇一样都具有强大的力量，而这种力量与徐渭心中强烈的情感是极为契合的。徐渭有时也用禽鸟比喻竹叶的翻飞姿态。如其《竹染绿色》言："我亦狂涂竹，翻飞水墨梢。不能将石绿，细写鹦哥毛。"③ 徐渭画竹时信笔乱涂乱抹，随情而动。他虽然不是用绿色来画竹子，但是笔下的竹叶就像鹦鹉的羽毛一样，突破画面的局限和自然中的竹子形象，实现了"无穷出清新"的乐趣。

再者，虽然都关注个人情感，但是与郑板桥题竹诗流露出的家国情怀、百姓之心不同，徐渭表达的是与宇宙人生相连的、更加丰富自由的情感，反映出其复杂而多变的内心世界。如其《附画风竹于笺送子甘题此》言："送君不可俗，为君写风竹。君听竹梢声，是风还是哭?"④ 郑板桥题诗中的竹子多是以坚韧不拔、积极向上的形象出现，徐渭此诗中却塑造了一个会哭的竹子，这种写法在之前的题竹诗中绝无仅有，却指代着徐渭当时的心境。徐渭的一生充满坎坷，自杀自残多次，精神几近崩溃。进而言之，在这首诗中其实不是竹子在哭而是徐渭自己在哭。其《雨竹》诗云："天街夜雨翻盆注，江河涨满山头树。谁家园内有多事，蛟龙湿重必难去。"⑤ 夜雨倾盆，江河水满，满园的竹子如蛟龙一般因为湿重不能腾飞，这是外界的恶劣环境给竹子带来的巨大灾难，流露出诗人内心无限的压抑与无法言说的痛苦。诗

---

① （明）徐渭《徐渭集——中国古典文学基本丛书》，中华书局，1999 年，第 326 页。
② （明）徐渭《徐渭集——中国古典文学基本丛书》，中华书局，1999 年，第 331 页。
③ （明）徐渭《徐渭集——中国古典文学基本丛书》，中华书局，1999 年，第 331 页。
④ （明）徐渭《徐渭集——中国古典文学基本丛书》，中华书局，1999 年，第 160 页。
⑤ （明）徐渭《徐渭集——中国古典文学基本丛书》，中华书局，1999 年，第 391 页。

人内含不平之气，在自我和外力的抗争中，其笔下的竹子表现出不服输的高傲姿态。整首诗气势宏大，给人以力量感，虽然蛟龙不能腾飞，但是豪宕之气跃然纸上、激荡人心，呈现出的是一种遒劲雄健的美学风格。

当然，基于其情感的丰富性，徐渭题诗中也不乏乐观积极的竹子意象出现。如《雪竹》诗云："山中雪厚没人腰，城瓦犹堆五尺高；压损青蛇三百万，起烘玉兔扫双梢。"① 寒冬来临，大雪深积，没过了人的腰部，房顶瓦上的雪也已经堆积有五尺之高。青蛇（竹子）被积雪压弯了腰。但是，竹子并没有被恶劣的环境困扰，而是轻松地嬉闹着起哄玉兔去扫雪。巨大精神压力下的徐渭，并没有沉沦或选择报复，反而以充满童真童趣之心积极面对这一切。

徐渭的题诗风格受益于其绘画观念。在绘画笔墨技法的使用上，徐渭推崇的是"得神忘形"的艺术境界，可谓是将"墨戏"发挥到了极致。徐渭《画竹》言："万物贵取影，画竹更宜然。浓阴不通鸟，碧浪自翻天。戛戛俱鸣石，迷迷别有烟。只需文与可，把笔取神传。"② 他认为，画不应注重写形，而要意在传神，此诗中的"影"正是宋代画竹大师文同所追求的得神忘形的最高境界。他同时特别强调情感与自然景物的交融，只要意到，便信手拈来，以情挥毫，真正做到了"游于艺"的心手相忘的境界。徐渭题竹诗同他的大写意绘画一样，由感情所驱使，随心所欲，不拘成法，时而豪气冲天，时而冷峻雄浑，时而清新如雨后的蓝天白云，时而沉郁如暴风骤雨前的阴云密布，形成自己独特的题竹诗模式。

结　语

纵观苏轼、吴镇、徐渭、郑板桥的题竹诗文，由于创作者生活经历、生活时代以及各自性情的不同，它们的风格各异，却又相映成趣，在中国题画诗的发展史上构成了一道道醒目的风景。苏轼受到"尚理"观念的影响，他的题诗中的竹意象多与自然状态下的竹的形象吻合，以得竹之"理"，少

---

① （明）徐渭《徐渭集——中国古典文学基本丛书》，中华书局，1999 年，第 390 页。

② 李德壎编《历代题画诗类编》，山东教育出版社，1987 年，第 1074 页。

有情感的投入。吴镇则充分享受着世外的自由，其题诗主要体现的是人与自然平衡互动的竹之情，身与竹化，物我难分。徐渭借题诗表达着自己强烈的情感情绪，于是，外物成为其强烈情感的附属。不过，他虽是以个人自由的情感看世界，但此情感却是大情感，与宇宙、人生相通，所以徐渭得以看到物象本真的姿态塑造出的竹意象更为多元，具有丰富的趣味。郑板桥的题竹诗文有着强烈的现实意识，但就其作画时的状态、审美空间的生成过程来说又能做到物我相融、物我两忘，反映出其人在情、意之间徘徊的创作样态。综上所述，四人的题竹诗有着不同的审美理想和精神特质，构成的是不同的物我审美空间。从竹之理到竹之意、从竹之情到"我"之情的演变过程，在一定程度上也反映出宋、元、明、清不同时代的审美精神变迁。

第三章　辽代题像诗与题画诗

　　由契丹族建立的辽王朝，在其 200 多年历史中，不断学习汉文化，建孔庙，祭孔子，建佛寺，雕佛像，兴科举以诗文取士，创立的契丹文亦以隶书为基。而在诗文书画创作方面，辽代也取得了一定的成绩。虽然相对于中国历史上的其他朝代，辽代的文化艺术显得很薄弱，但由于与汉文化的交往，汉文化中一些特殊的艺术形式也很快被辽人接受，题画诗、题像诗就是其中的代表。根据《全辽金诗》统计，辽代诗歌存留下来的不足百首，但其中玉石观音像题诗就有 26 首，题画诗有 2 首，二者共同组成了辽诗的重要部分。

第一节　玉石观音像题诗的结构

　　玉石观音像是辽代道宗时僧人智化刻凿的雕像，立于兴中府南境之天庆寺。雕像开光之日，智化作诗两首，和者 24 人，得诗 24 首。① 唱和诗于寿昌五年（1099 年），以篆书刻碑立于寺中。玉石观音像已于"文革"期间遭破坏，后经修复，现收藏于朝阳市辽西博物馆。玉石观音像题诗，有类于题画诗，都是为视觉图像而题，该组诗歌集中地描绘了与雕像有关的各种因素，与题画诗的结构相一致，是对辽代题画诗的有力补充与证明。但与传统题画诗不同的是，玉石观音像是立体的雕塑，不是平面的绘画作品，此组题

---

　　① 本章所引玉观音像题诗及两首题画诗，均出自阎凤梧、康金声主编《全辽金诗》上册辽诗，山西古籍出版社，1999 年，第 3—99 页。

诗中明确地呈现了雕塑的这一特性。

释智化原诗两首，以"胎"字为韵。诗云：

"见说曾为上马台，堪嗟当日太轻哉。固将积岁旧凡石，又向斯辰刻圣胎。月面浑从毗首出，山仪俨似补陀来。愿同无用恒有用，不譬庄言木雁才。"

"方池波面蹑花台，瞻奉无非唱善哉。外现熙怡慈作相，内含温润玉为胎。刻雕数向生前就，接救专期没后来。故我至诚无倒意，三年用尽两重才。"

其一描写昔日作为供人上马的凡石变成了神圣之像，其二描写雕刻好的圣像被供奉瞻仰。两首诗相互补充，充分地展现了玉石观音像的风貌。整体而言，两首诗都关注玉石观音像的材质、外形、意义及雕刻本身等要素。

材质是玉石雕塑欣赏中不能忽略的主题。材质是雕塑的基础，材质的优劣对雕塑的品级具有重要的意义。尤其是玉石，在中国文化中不是一种普通的石材，它以温润、半透明及自然品的特点在人类文明产生的过程中赢得重要的文化意义，从原始社会后期的玉龙、玉琮到文明之初祭祀用的玉器，玉已然被赋予了沟通人神的灵性。玉石的这一特点与观音这一佛教形象相结合，相互发明，更显各自的神灵特性。这两首诗歌，显然都着力于对这种材质的描述。第一首描写了从普通的凡石到观音像圣胎的这一过程。天庆寺遗存的玉石观音像是用汉白玉雕成的，这块汉白玉曾经是官宦之家大门口供主人踩脚上马的石头，后被发现雕刻而成玉石观音像。诗歌主题指向了玉石这种材质和非凡的灵性。第二首直接描写观音像玉石的温润特性。对于玉石材质的赞美欣赏甚至于恭敬之情洋溢在字里行间。

形象是视觉艺术的中心。基于此，玉石观音像的外貌特征成为两首诗歌描写的重点："月面浑从毗首出，山仪俨似补陀来""外现熙怡慈作相"。诗歌用"山仪""月面""慈作相"等语，分别对玉石观音的端庄仪态和慈祥面容进行了描述。据今存玉石观音像可知，此像体高七尺，刻画精细，诗中借"毗首""补陀"佛教之人物与景物描绘观音像，更见作者对于其工艺和形象的赞美。"补陀"，即补陀落伽山，是梵语，中文意思为"小白花"。因为山上开小白花，所以就叫补陀落伽山，观世音菩萨所住的宫殿就在这座山上。诗中以山比喻观音的仪态，确道出其七尺体形产生的高大端庄形象。

玉石观音既是玉雕，作为雕刻的技巧也必然是诗人关注的话题。这与题画诗对于绘画笔墨技巧本身的关注是一致的。诗一言："月面浑从毗首出。"毗首，即毗首羯摩天，是佛教中的人物，是能工巧匠，掌管着天上建筑雕刻的工作，被奉为工艺之神。显然，诗歌以至高的评价概括了观音像雕刻工艺之精湛。"刻雕数向生前就，接救专期没后来。故我至诚无倒意，三年用尽两重才。"此四句又描述了雕刻的过程与辛苦用心。雕塑历经三年方得完成，至今已成为辽代雕塑的代表。

玉雕观音并不仅仅是作为一件艺术品被创作出来的。它由僧人主持完成，立于佛寺中，其宗教目的和重要意义不言而喻。但在这两首诗中，玉石观音像的宗教意义虽有提及，却并没有作为重点。

释智化的这两首《玉石观音像》诗一出，以"胎"字为韵，唱和者有24人，其中轩冕缙绅之士21人，僧人3人，得诗共24首，有7首出现不同程度的残缺。整体而言，这些和诗水平相当，描写精细，但有明显的视野受限、抒写表面化、模式化倾向，应景特点比较明显。在24首和诗中，水平较高的有以下几首。

孟初和诗为："瑞毫辉映紫金台，镂石尊容焕赫哉。山卷碧云呈玉骨，水摇白月晃珠胎。一枝杨柳光严在，百宝莲花影像来。珍重吾师承道荫，义林高从豫章材。"

该诗的特点是描写生动，题写涉及的各要素相互融合。如"山卷""水摇"，以颇具曲线意味的动词入诗写像，使观音像具有很强的画面感和动态感。又如手执杨柳、乘坐莲花等观音不同的在场形式，承接上文外在形貌，进一步描写其整体的情状。前两句中的"玉骨""珠胎"还是视觉感受，后两句则已完全超越视觉，俨然是想象中生成的形象。同时，该诗还将对艺术技巧与艺术形象的题写巧妙地融在一起，如"瑞毫"与"紫金台""镂石"与"尊容焕赫"；将雕像的材质与雕像的形象结合起来，如"山卷碧云""水摇白月"，既是雕像的模样，又显玉石的特质。该诗与其他诗歌略有不同的一点还在于：诗歌以已经完工了的作品作为写作的起点，基本上在一个视角上观察雕像，并描写摆放在眼前的雕像，而不涉及雕像由凡石到玉雕的过程。全诗前三联皆为景物陈列式的描绘，其中颔联、颈联的对仗是描写的精华所在。因此，这首诗虽是唱和题像之作，但整体意象圆润丰满，诗意自然流畅。不过，诗歌于玉像之形神处着力，而于玉像之意义却无有问津，虽然生动，但影响了诗歌的深度，没有充分展现出玉石观音像的神圣力量。

马元俊和诗为："天庆寺前一片石，造就观音神在哉。八万由旬妙高骨，三千世界明月胎。潜救众生苦恼去，默传诸佛心印来。十首新诗赞功德，等闲难及贯休材。"

与其他题玉石观音像诗不同，这首诗歌把关注的重点放在玉石观音的内在意义与价值上，而观音像外在的视觉描写几乎略去，只有"妙高骨""明月胎"两个词与视觉还有关联，但也并不是完全的外在视觉，而是整体的感受。这种感受，是玉石材质与雕刻之功共同创造出的形象感受，如"明月胎"，既指玉石的光洁透亮明净，又指观音（尤其水月观音）的宁静慈祥博大。这两种视觉感受在"八万由旬"①和"三千世界"②的修饰下，完全超出了观音像的视觉意义，而带上了佛国观音的神性色彩，因此，"妙高骨"与"明月胎"无论如何也不能再理解为一个玉石雕像本身的特质，而是观音菩萨的博大胸怀、慈悲情怀和超凡气质，是在无限辽阔的宇宙视域中所特有的气质与情怀。在这个无限的佛国世界，没有玉石观音像，只有观音菩萨。于是"潜救众生苦恼去，默传诸佛心印来"，诗人完全进入了观音像深层的意义世界，玉石观音像的世界得以呈现。所以诗歌尾联歌颂雕刻者的"功德"，而不仅仅是雕刻之才，这与前面的诗意是一脉相承的，即呈现雕像的意义。正是对于玉石观音像意义的关注使得这首诗在深度与境界上明显地高于其他和诗。

王仲华和诗为："窣云披雾下峰台，岁久还逢藻鉴哉。相为应根方有像，性因绝垢自无胎。琢磨迥出三身外，具足非从一日来。万法皆由人即显，空门触物愿同材。"

这首诗以雕像之原石为重点，抒写凡石圣化的过程。与其他和诗不同，全诗最大的特点在于叙述性，诗歌以凡石的视角进行叙述，由岁久凡石逢遇知己到悟入空门，在叙述凡石圣化的过程中，融入雕刻之功，融入玉石观音

① 迦摩尼《阿含经》所述："须弥山周遭为须弥海所环绕，高为八万由旬，深入水面下八万由旬，基底呈四方形，周围有三十二万由旬。"

② 三千世界，也即佛国世界，系为古代印度人之宇宙观。谓以须弥山为中心，周围环绕四大洲及九山八海，称为一小世界，其间包括日、月、须弥山、四天王、三十三天、夜摩天、兜率天、乐变化天、他化自在天、梵世天等。此一小世界以一千为集，而形成一个小千世界，一千个小千世界集成中千世界，一千个中千世界集成大千世界，此大千世界因由小、中、大三种千世界所集成，故称三千大千世界。

像的意义，且以玉石观音像的神圣意义贯穿始终，诗歌的立意显然高于其他和诗。诗歌以观音像的意义为旨归，在叙述中时时处处都渗透着对于佛理的参悟，"绝垢""自无胎""三身""具足""万法""空门"等，诗歌在演进中边行边悟，终得脱胎换骨。显然，对于这种玉石观音像内在意义的追求，令这首和诗的语意连贯流畅，诗意得以层层递进。虽然诗歌末尾也以"材"押韵，但不同于其他诗歌将"材"局限于雕刻者之才的范围里，而是将它赋予凡石顿悟空门、空门触物的深厚意义，使诗歌的主题得以升华，避免了该主题诗歌创作的模式化，也避免了其他诗歌为了押韵而产生的狗尾续貂之感。

第二节　玉石观音像题诗与辽代题画诗

辽代本来存诗就少，而现存专门为画而作的题画诗更是少之又少。据遗存绘画，历史上辽代所在的年代（五代、北宋），题画诗尚未题写于画面上成为画面的有机组成部分，但画外题诗已经兴起。《全辽金诗》收辽代诗歌不足百首，其中题画诗有两首。作为题写玉石观音像的诗歌虽不是题画诗，但与题画诗的结构、形成非常相似。因此，从题画、题像诗歌与现存辽诗的总量之比上看，所占比例已经很大了。

两首题画诗之一的无名氏《墨鸦》诗云："要识涂鸦意，栖迟未得归。星希月明夜，皆欲向南飞。"这是一首佚名诗歌。据《全五代诗》引《五代诗话》，该诗作者是出使辽国的使臣，严格讲该诗不能算作辽诗，但因为题写于墙壁墨鸦的旁边，与画形成了整体。清代学者缪荃孙《辽文存》收录为辽代诗歌，本书从之。[①] 这是一幅画在墙上的水墨画。"涂鸦"一词源于唐代卢仝说自己孩子的随便乱画，其本意是随意的涂写。在这首诗歌里，"涂鸦"可以理解为两个意思：一是画在舍壁上的画，有随意之感；二是图

---

① （清）李调元《全五代诗》十二曰："《五代诗话》：幽、蓟数州，自石晋赂戎后，怀中华不已。有使北者，见燕中传舍壁画墨鸦甚工。旁题诗云云。调元案：原本只有下二句，上二句应是后人附会，姑并存以俟考。缪据《古今诗话》止下二句。"清代学者缪荃孙《辽文存》存全诗四句。

画乌鸦，因诗题而得此意。这是一首成熟的题画诗，诗歌由画入手，又不拘泥于画面的静态。墙壁上墨鸦的真实景象不得而知，诗人将它描写为在月明星稀的夜晚，展翅欲飞的形象。诗作的目的不仅仅在此，其着力于书写的是"涂鸦意"，即南归之意。在自然界，乌鸦并不是候鸟，不需要冬日南迁，但它是著名的反哺之鸟，诗人的南归之意与乌鸦的反哺之意相契合。因此，一幅简单的画中，画家身份不明，但诗人借助画面主景，依托假想的画家之意，真正传递的是诗人自己的情怀。联系仅有的一点诗人的文献资料，可以看出诗歌想抒写的是这位出使辽国的使臣的心情，辽国在北方，无论诗人是五代使臣还是北宋使臣，其家国都在辽国之南，故其归家报国之急切在诗歌中淋漓尽显。

耶律阿保机兴起的时候，他需要汉文化的助力。那时正值五代十国军阀混战，一些降将归顺了北方的辽，还有使臣被辽留了下来。后唐后晋灭亡后，一些汉人为避乱世，也来到了辽国属地，等等情况。辽国的汉人形成了一定的力量并影响着辽国的政治。为了留下汉人，也为了约束汉人，辽国采用一些严酷的手段，而汉人思乡甚至逃离辽地也是常有的事情。如后唐进士李瀚归辽后，图谋南奔，被囚禁六年。韩延徽出使辽，被强制留下，也曾因思乡逃离辽国。汉人这首《墨鸦》诗表达的应该是这种背景下汉人不能南归的普遍心情。诗歌的描写若画若景，若鸦若人，若画家若诗人，画里画外、诗歌绘画的主体、客体等要素自然融洽地浇筑在一起。

第二首题画诗《天安节题松鹤图》的作者是郎思孝。郎思孝，辽兴宗、道宗时人。举进士第，历任郡县长官，后遁入辽东海云寺，法号海山。兴宗时尊佛风盛，皇宫贵族皆以郎思孝为尊师，并获赐号崇禄大夫、守司空、辅国大师。郎思孝修行之余，善学问，多注疏佛经，对于华严宗贡献尤大，并善诗文，著有《海山文集》，已佚。《全辽金诗》中共收录其三首诗，其中题画诗一首《天安节题松鹤图》。诗云："千载鹤栖万岁松，霜翎一点碧枝中。四时有变此无变，愿与吾皇圣寿同。"这是一首应景之诗。《松鹤图》不详，但松、鹤在传统文化中寓意着长寿。此诗之意也在于此，诗歌创作于兴宗之子道宗生日（即天安节），意在于祝福辽帝健康长寿。诗歌由画中的主景松鹤起笔，前两句：鹤栖息在松树上，碧绿的松树枝叶中点缀着鹤的白色翎毛。诗歌将松与鹤两种意象交融在一起，而不是依次展开描述，空间的层次感和画面的整体感在这种交叠中呈现出来，图画的视觉感非常清晰。这是这首诗歌在写画方面的突出特点，它最大程度地在保留着绘画的空间视觉感。这个空间里，霜白与碧绿相互映衬，千载与万岁相互叠加，视觉美感和长寿之意味因此得以加强。

后两句，诗人直接表白自己的忠心不变，即愿道宗皇帝如松鹤一般长寿万年。"四时有变此无变"，近乎誓言的表达，使诗歌前两句勾画的美感被淹没了，诗人的形象也大打折扣。郎思孝获得过辽帝的多种赐号，与他人不同，郎思孝享有上表时可以不用称臣的特殊待遇，可见皇帝对他的尊崇。据金代王寂《辽东行部志》记载，兴宗每于万机之暇与海山法师对榻，法师不肯作诗，兴宗就先以诗挑之，法师随和其诗。辽兴宗是一位好儒术、善丹青、喜诗文的皇帝，其好与法师对榻，也意在法师的艺术之力。现存的两首诗正是郎思孝对辽代皇帝的唱和之作。"为愧荒疏不敢吟，不吟恐忤帝王心。"① 这是法师和诗时的真实心情。这种心情也体现在《天安节题松鹤图》一诗中，诗人不仅仅在表达对于帝王的生日祝福，更重要的是在强调自己永远不变的忠心，刻意于强调自己的角色，一个臣子诚惶诚恐的角色。实际上，在创作中，尤其在题画时，画中象与诗中象都非常鲜明，其寓意也非常明确，诗人已经运用了数量、色彩等方式构筑长寿的空间意境，暗含了自己的深切祝福，令人想象，因此无须再次强化自我角色。但诗人还是表达了自己诚惶诚恐之情。这是这首诗的败笔。何况，诗人是著名的高僧，作为僧人的超逸情怀在这首诗中荡然无存。当然，这正是辽代玉石观音像题诗中所共同表现出的特点：佛教的世俗化倾向，这种倾向在高僧大师身上更为鲜明。

玉石观音像题诗并不是题画诗，但皆因视觉艺术而题，无论是唱和的应景之作，还是有感而发的单篇独作，皆有相似之处。视觉艺术描画的客体对象、视觉艺术的创作主体、视觉艺术的创作本体技巧、视觉艺术生成的感受等是题像诗和题画诗都关注的要素，只是在每一首诗中，各种要素所占有的比重会有所不同而已。就这一点来讲，题像诗和题画诗并无二致。所以可以说，玉石观音像的 26 首题诗是对辽代题画诗很好的补充，尤其仅有的两首题画诗中，一首是高僧郎思孝所作，内容充满了俗世的气息，作者和内容与26 首题像诗仿佛如出一辙。这两类诗歌互相印证，成为辽代诗歌的重要组成。

---

① 吴文治编《辽金元诗话全编》，凤凰出版社，2006 年，第 22 页。

但题像诗毕竟不是题画诗，姑且不与画上题诗相比（此时画上题诗尚未兴起），单就诗歌本身来说，二者之间还是有一定的区别。这种区别在于题像诗对于材质格外关注，换言之，材质是题像诗中不能缺少的要素，而在题画诗中，作为材质的笔墨往往合于对绘画技巧的评说，绢、纸等则是一带而过。在题像诗中，玉石观音像的材质被分为两个独立的部分进行品题。一是单纯的材质，这是品题的重点；一是材质的雕刻工艺，相当于题画诗中的笔墨技巧。其实这不仅仅是这组题像诗的特点，也是整个题像艺术关注的重要部分。因为，在雕塑历史的发展中，材质不仅仅是某种形象和意义的载体，它本身就具有某种意味。如青铜器不同于陶器，陶器又不同于玉器，古代的这些材质又完全不同于今天的不锈钢和玻璃。青铜器因它的坚硬厚重且很高的冶炼工艺，显示出很强的力量感，与权威嫁接，作为礼器，成为"协上下，承天休"的国家权力的象征和宗教神权的象征。陶器，因为材料本于泥土，制作相对容易，旋转的制作工艺形成圆弧形的器形，呈现的是质朴、温和，在强力的青铜器出现后，便退出了礼器的行列。而玉器则以其材质的天然性、通透性、不易得及坚硬等特点，一直被赋予种种灵性，成为与神灵沟通与心灵沟通的天然媒介。而今天的不锈钢及玻璃等因为其透亮，寄寓了现代人开放的视野和观念。因此，在雕塑中，材质的内涵是其整个雕塑内涵的重要部分，它对于整体雕塑的意义呈现起到了重要的辅助作用。相对而言，绘画中的绢、纸在意义呈现方面的重要性远不及雕塑。所以，玉石观音像题诗对于材质的浓墨重写是雕塑题诗内在的必然需要。

在这一组玉石观音像的题诗中，可以清晰地看到这一点。所有的题诗者都关注玉石观音像的材质。关注从两个方面表现出来。其一，关注玉石观音像材质的来源。这座玉石观音像的材质来自一块普普通通的上马石。从服役于人的石头到为世人景仰的观音像，材质被发现后所形成的意义的飞跃是令人震撼的。这一点成为诗人们格外描写的话题。其实，在对这个话题的描写中，隐含着浓厚的俗世思想，即人世社会的等级观念，上马石终究是不如观音像的。其二，关注玉石观音像因材质而生成的特点。玉石材质雕刻而成的观音像，与图画中的观音像不同，它光亮而透明。在绘画里，光是需要画出来才能显现的。而光亮正是佛教形象焕发生机、洋溢法力的关键表现。在雕塑中，玉石材质本身就给予了观音像这种神秘的力量。因此，这是玉石观音题像诗中不能忽略的部分。也正是通过以上两点对于材质的关注，题像诗与题画诗的区别表现了出来。对于当时的题像诗人们来说，这并不是有意为之，而是题写对象所决定的。这一点正说明了题像诗的不同之处。

　　这一组26首题像诗的整体艺术水准不能算作是高超，但作为特殊的诗歌体裁，它既保留下关于辽代雕塑的重要史料，又展现了题像诗的基本风貌，既反映出辽代宗教的状况，也带给我们对于宗教与美之间关系的思考，在不足百首诗歌的辽代诗坛上具有重要的历史价值。

第四章　金代元好问题画诗的模式

元好问（1190—1257），字裕之，号遗山，太原秀容（今山西忻州）人，北魏鲜卑族拓跋氏的后代。他天资聪颖，7岁能诗，14岁师从郝天庭，六年学习，贯通经传百家，25岁时进京赶考，与礼部尚书赵秉文相识，所作《箕山》《琴台》诗受到赏识，被称赞为"近代无此作也"①，于是名震京师。曾受赵秉文举荐中宏词科，历国史编修、镇平、内乡、南阳等县令、左司都事、左司员外郎等。

元好问是金代最著名的文学家，在整个中国文学史上也具有重要的影响。23岁时，蒙古大军攻破家乡秀容，屠城十余万，其兄元好古不幸遇难。为避兵乱，元好问从山西逃往河南。蒙古兵攻破汴京初，元好问向蒙古国中书令耶律楚材推荐了54个中原秀士，以求保护。金亡后，他和金代的大批官员被俘，成为囚徒多年，辗转于山东聊城等地。元好问亲眼目睹金朝衰亡和蒙古军的践踏，这些悲惨的经历和感受是他艺术创作的重要内容，也塑造了他刚健豪迈的艺术风格。《金史》载其"为文有绳尺，集众体。其诗奇崛而绝雕刿，巧缛而谢华丽。五言高古沉郁，七言乐府不用古题，特出新意。歌谣慷慨，挟幽、并之气"②。留有《遗山先生文集》。

元好问还精通书法，"正书出于褚遂良及唐人写经之间，行书则近苏轼

---

① （元）脱脱《金史·文艺传》，《二十五史》第9册，上海古籍出版社，1986年，第294页。

② （元）脱脱《金史·文艺传》，《二十五史》第9册，上海古籍出版社，1986年，第294页。

笔意，端丽清朗而稍乏劲挺。"① 今存世书迹有《米芾虹县诗跋》（元宪宗三年题，藏于故宫博物院）、《涌金亭诗刻》（河南辉县，摹本）、《摸鱼子词碑》（河北涿县文管所）。从其诗文集中可以看出，其题跋书帖、字画很多，品鉴独到。② 元好问精深的文学和书法修养以及对于文学艺术与历史的责任感，对他的题画诗创作产生了重要影响。创作题画诗多达 170 多首③，在金代首屈一指。他在题画诗的题写模式上进行了深入探索，并自觉地在创作中进行实践，也在一定程度上为金代题画诗的题写模式作了总结，将金代题画诗的发展推向了高峰。

元好问题画大概可以分成两种模式：关注人和关注画。

第一节　关注人

元好问的一部分题画诗是以人为重点进行创作的。所谓关注人，指的是元好问在题诗时有意隐去绘画的因素，从开篇便直接入景，进行描写。这类诗歌或全然无一个"画"字，或稍作提醒隐约写出一个"画"字，如果没有标题的提示，实与山水花鸟人物诗无二。诗人也自开篇便全身心地投入其中，与画无隔，边游历边感受。诗歌的景物呈现和语言表达都是以观者的视角来确立的，即以诗人的情感为中心调遣意象、语言，整首诗歌读来非常流畅，情感的呈现也自然而然。为了情感的充分表达，诗人常常将创造性的想象融入画面景物的描写中，对画面景物的裁剪和修改力度比较大。换言之，在这类诗歌中，诗人可以更加自由地表达自己的情感。

元好问以直接入画景的方式充分表达了自己的感情。如《沧浪图》诗云："万顷烟波入梦频，眼中鱼鸟觉情亲。而今尘满西风扇，愧尔青山独往人。"碧波万顷、鱼鸟相亲本是理想的生活，但自己却在尘世中苟活着，于是对于青山之间独来独往的隐居之士自然而然地产生向往之情。无疑，"独

---

①　伊葆力编撰《金代书画家史料汇编》，人民美术出版社，2010 年，第 305 页。

②　伊葆力编撰《金代书画家史料汇编》，人民美术出版社，2010 年，第 305 页。

③　本章所引元好问题画诗，均出自阎凤梧、康金声主编《全辽金诗》下册元好问卷，山西古籍出版社，1999 年，第 2401—2736 页。

往人"正是画中人,但诗人并没有点破。也就是说,虽然诗中有两个角色存在,但"我"始终是主角,"独往人"只是自己情感表达的陪衬而已。《袁显之扇头》诗云:"双鹭联拳只办愁,枯荷折苇更穷秋。风流绿影红香底,好个鸳鸯百自由。"诗歌选择了两个对比性较强的景物进行描写,愁苦的双鹭和自由的鸳鸯,其中的意味不言而喻。至于画面到底是什么,我们虽然无法知晓,但显然画面上不会同时存在"枯荷折苇"与"绿影红香"两幅完全不同风格的视觉景象,可见诗人为了情感表达的需要,创造性地想象、改变了图画之景。《武元直秋江罢钓》诗云:"暮山明月晓溪云,今古仙凡此地分。醉后狂歌问渔叟,残年何计得随君。"诗人直入人间的仙境中,向渔叟求问。这如果是画景的直接描写,是可以想见的。但画题中并没有显现出狂歌醉酒,绘画也难以画出狂歌醉酒,所以,可以推断,诗人以自己的情感需求为目的,独造了"醉后狂歌"的形象。

诗人的情感先入为主,成为题诗的情感基调。诗歌的情感主题主要有两种:其一,是对于隐居生活的向往。如以上所举题《武元直秋江罢钓》《沧浪图》等。其二,是对社会的关注,对家国破碎的忧愁。《倦绣图》诗云:"香玉春来困不胜,啼莺唤梦几时应。可怜憔悴田家女,促织声中对晓灯",表达了对农家织女的同情。对于画面景物,诗人最大限度地使用了他的选择权,择其适宜于自己情感的景象使用。《家山归梦图》其一、二云:

"别却并州已六年,眼中归路直于弦。春晴门巷桑榆绿,犹记骑驴掠社钱。"

"系舟南北暮云平,落日溏河一线明。万里秋风吹布袖,清晖亭上倚新晴。"

诗人直接入题,交代写作的背景:自己离家六年,蒙古军的践踏使家乡满目疮痍。然后想到家乡桑榆的绿色、掠社钱的游戏、系舟山、布袖、倚新晴等,无须依托图画,便流露出对于家乡的思念和热爱。

在一部分题诗中,诗人也会用"卷""纸""咫尺""墨"等语言对读者稍作提示,提醒读者这是一幅画,并不是真正的现实中的景色。如《题解飞卿山水卷》诗云:"平生鱼鸟最相亲,梦寐烟霞卜四邻。羡杀济南山水好,几时真作卷中人?"山水鱼鸟的自由享受中,"卷中人"提醒了诗人,自由仅在图画之中,诗歌的情感顿时由欣喜一下转向惆怅无奈与向往。《跋耶律浩然山水卷》诗云:"六月三泉桂松寒,西风早晚送归鞍。无因料理黄尘了，只得青山纸上看。"诗人早晚风尘仆仆，料理俗事，无暇游历山水风光，在无奈的生活感叹中，"纸上看"缓解了诗人的悲叹，也表达出诗人的生活理想。《家山归梦图》其三云："游骑北来尘满城，月明空照汉家营。卷中正有家山在，一片伤心画不成。""游骑""月明"是家乡的场景，诗人置身其中，目睹沧桑变化，感慨万千。"卷中"一语则提醒诗人，满目疮痍的故乡并不在眼前，诗人的思乡之情被突然打断，千头万绪涌上心头，难以借画言表。《子和麋鹿图》诗云："白发刁骚一秃翁，尘埃无处避西风。野麋山鹿平生伴，惆怅相看是画中。"诗人平生凄苦，唯有山鹿相伴能给予一些安慰，但"画中"一语将这种安慰变成虚无缥缈的幻影，诗人的惆怅被深度强化，诗歌的主题也因此得以清晰呈现。

显然，山水自然的图景身份对于诗人的情感表达起到的是深化与激发的作用。就诗歌的整体构成而言，关注的中心还是在主体身上。这些隐约闪现的图画，并不是多余的，它连接着现实之景与图画之景，连接着观者的现实情感和审美情感。观者在图画欣赏中获得的审美情感因为这些闪现而出的图画提醒，而得以转化，转化为现实情感，在另一个意义上讲，由画家创作之情转向了观者之情。这样的题写方式，既保护了观者之观看的角度和角色，也最大限度地兼顾了观者自身的情感，为观者在题画诗中植入自己的情感提供了最大的空间。

第二节　关注画

元好问的大多数题画诗对于画的关注是很明显的，而且形成了自己的题写方式。在这类以画为中心的题诗中，他尽可能地将绘画的各个要素融入诗中，将自己置于欣赏者的位置，描述自己作为欣赏者看到、想到和感受到的审美图景。元好问题诗中的绘画要素包括画家、画面、画法、传承、接受、收藏等，它们被其或多或少地纳入笔下，共同组合成一幅立体的图画。这类题诗多使用古体或乐府进行题写，以古体和乐府的大容量呈现诗人对于图画各个方面的关注。如《李道人松阳归隐图》诗云：

"北山范宽笔，老硬无妍姿。南山小平远，澹若韦郎诗。嵩阳古仙村，佳处我所知。长林连玉华，细路入清微。连延百余家，柴门水之湄。桑麻蔽朝日，鸡犬通垣篱。愧我出山来，京尘满山衣。春风四十日，梦与孤云飞。可笑李山人，嗜好世所稀。逢人觅诗句，不恤怒与讥。道人本无事，何苦尘中为。京师不易居，我痴君更痴。山中酒应熟，几日是归期。"

这是一首在写法上非常具有代表性的元好问的题诗。诗歌先从图画的本体特征入手，摆定自己的观察视角。通过老硬的用笔和平远的构图这样的判断告诉读者这幅图画所具有的艺术风格。然后定睛观赏，"佳处我所知"所描写的自然、生活景象，既是对图画景物的现实化描述，又是诗人所熟悉的李道人归隐地的现实图景。"长林""细路""百余家""柴门""桑麻""鸡犬"，这些图景伴随着诗人的脚步和视线先后出现，由远景及近景，由门外到门内，既以现象陈列的方式营造出完整的空间意象，又是对诗人寻访李道人之旅的线性的时间化叙述。画景在与现实的勾连中生动起来，读者随着诗人进入画中。紧接着，诗歌的观照视角转向诗人和画家——沾满尘土的"我"和李道人。"我"为出山而惭愧，而道人却到黄尘中寻找诗句，有"不恤怒与讥"的洒脱与自由。最后，"我"与李道人同归山林，诗歌的情感主题自然显现。整首诗以画为中心，既对画的笔墨形式特征和画面图景进行了品鉴，又对画家个人进行了浓墨重彩的描述，并将"我"巧妙地融于画中，进而表达出"我"的思想情感。

《范宽秦川图》诗言：

"乱山如马争欲前，细路起伏蛇蜿蜒。秦川之图范宽笔，来从米家书画船。变化开阖天机全，浓淡覆露清而妍。云兴霞蔚几千里，著我如在峨眉巅。西山盘盘天与连，九点尽得齐州烟。浮云未清白日晚，矫首四顾心茫然。全秦天地一大物，雷雨滴洞龙头轩。因山分势合水力，眼底廓廓无齐燕。我知宽也不辨此，渠宁有笔如修椽。紫髯落落西溪君，长剑倚天冠切云。望之见之不可亲，元龙未除湖海气。李白岂是蓬蒿人？爱君恨不识君早。乃今得子胸中秦，作诗一笑君应闻。"

诗歌以对诗歌图景的感受开篇。乱山的峥嵘与细路的蜿蜒是图画的主景，也是欣赏图画时看到的概貌。诗人从图画图景的整体风貌入手，转向对画家、藏家的介绍及笔墨形式的品鉴，接着又进入对空间景象的细致描写。与诗篇开始乱山、细路的概况性描写不同，这次描写具体详尽，从空中到大地，从山川到河水，系统呈现了秦川的磅礴气势。和《李道人松阳归隐图》一样，诗人将"我"置于景物中，"著我如在峨眉巅"，"矫首四顾心茫然"，用"我"的眼睛看秦川山水，用我的心感受秦川山水。诗人由看画到入画，诗作步步为营，混淆着画景和真景，让读者越来越真切地进入真景中，高远而辽阔的秦川完全包围了读者。最后，诗人由秦川的磅礴气势想到友人张伯玉的豪迈，表达了对故友的怀念。此幅范宽的《秦川图》是张伯玉家藏，其子出图请元好问为之题诗。诗尾将《秦川图》演绎为友人"胸中秦"，非常自然地表明了藏家与名画之间的必然关系。此诗环环相套，从图画的整体感受到画家、藏家历史到图画笔墨形式，再到图画景物身临其境的描写，最后转向对藏家胸怀、气魄的描述，既是对图画的欣赏，又是对图画经历的介绍。

以上两首题诗虽是以画为中心，但在诗中诗人又以巧妙的方式让自己入画，从而串联起绘画的各个要素，串联起画意和自己的胸臆，进而达到表达情感的目的。对于画面的观赏，诗人很细微地把握到了自己观看的层次和顺序。两首诗中的开篇描绘的都是画面给予观者的扑面而来的整体感受。如《李道人松阳归隐图》中感受的是"老硬""澹若韦郎诗"的风格，《范宽秦川图》中感受到的是画面的两个主景风格。然后，是进行相对冷静的说明，如《李道人松阳归隐图》中"崧阳古仙村，佳处我所知"等句的细节描写，《范宽秦川图》则交代了画家的身份，以及该作品的收藏经历，再后展开细致入微的画面观赏。这确实是观者面对一幅绘画作品时自然而然的观看过程，元好问敏锐地把握到这一点，并以诗笔记录下来，这使得他的题画诗显得格外地流畅自然。事实上，元好问的大多数题画诗，诸如《巨然松吟万壑图》《太白独酌图》《段志坚画龙》《南湖先生雪景乘骡图》等，都是以这种自然而然的方式将绘画的各个要素写进诗歌里，形成以画为中心的题画诗。

第三节　诗画并举

元好问曾在为完颜寿《樗轩九歌遗音大字》作的跋中有言："盖诗与画同源，岂有工于彼而不工于此者。"诗歌与绘画作为完全不同的两种艺术，在元好问的观念中，是彼此互相影响互相交融，无法割裂的。那么到底二者如何影响如何交融呢？《许道宁寒溪古木图》诗清楚地阐释了这一问题。诗云：

　　"道人醉袖蟠蛟龙，扫出古木牙须雄，开卷飘飘来阴风。翟卿论画凡马空，能知画与诗同宗，解衣盘礴非众工。遗山笔头有关仝，意匠已在风云中，留待他日不匆匆。"

　　诗画同宗。对绘画来说，要与诗同宗，须非画工所作，"解衣盘礴"是创造和实现诗画同宗的根本方法。"解衣盘礴"是《庄子》中的故事，寓意真正的画家应该是不在乎功名，不在乎礼仪，不在乎绘画规则，不在乎笔墨纸砚等绘画的客观性因素，他只在乎创作主体自由无拘的心理状态。只有这样，创作出的绘画才会突破视觉、规则、功利等种种约束，自由地表达画家自己的心意。因为"解衣盘礴"，绘画不仅是用眼睛看的视觉艺术，还走进了诗歌的情感世界。对于诗歌来说，要与画同宗，须做到"遗山笔头有关仝，意匠已在风云中"。诗歌言志抒情，表达的是诗人的主体胸臆，即"意匠"。"风云"兼具风云之象与风云之气，即诗人除了要描写自然万象的感性外观，还要表现出自然万象的精神气势，即一种刚劲豪健的精神。而关仝所画北方山水，苍茫雄迈，是元好问追求的理想。故言"笔头有关仝"。至此，诗歌与绘画才能同宗。也就是说，元好问所说的能够同宗的诗画是有限定的一类诗画。"诗在鹊山烟雨里，王家图上旧曾题。"（《济南杂诗十首》）元好问认为，王家所藏的《鹊山烟雨图》就是一幅有诗的画，一幅与画同宗的诗。此画属于文人画一类，元好问在绘画里看到"解衣盘礴"的自由，引发题诗的兴趣："看山看水自由身，著处题诗发兴新。"可见，元好问强调自由对于绘画诗歌化的重要性和决定性。

　　在题画诗中谈诗画同宗的话题，因为题写对象是绘画，故更多的是对于画如何呈现出诗意的讨论，而对诗歌如何呈现图画少有论述。《王都尉山水》诗云："平林漠漠数峰闲，诗在岩姿隐显间。自是秦楼画眉手，不能辛苦作荆关。"《赵大年秋溪戏鸭》诗云："寒沙折苇淅江湾，诗在波痕灭没间。前日扁舟人老矣，却从图画羡君闲。""画家朱粉不到处，淡墨自觉天机深。"两首诗都是在隐约灭没的画境中见出诗意的。诗歌所题写的图画之景，在风格上都属于优美萧散一类。王都尉山水以疏旷的平林中山石隐隐约约的情景创造了诗意。就笔墨气势而言，是淡远的。赵大年的秋溪戏鸭图则是在水波遥远的尽头创造了诗意。远水无波，波痕灭没间正是无限延伸的留白，是水墨简淡之极，故"淡墨自觉天机深"，是设色彩绘所无法达到的。总之，元好问认为画中有诗的方式是创造平远、淡墨的疏旷景象。又《竹溪梦游图》诗云："意外荒寒下笔亲，经营惨淡似诗人。"绘画和诗歌的创作都是惨淡经营而成的。所谓惨淡经营，是指要将自己的心意寄放于画中，用心经营自己的心意，而非在技巧方面苦下功夫。"盘盘范家笔，老怀寄高寨。经营入惨淡，得处乃萧散"（《题张左丞家范宽〈秋山〉横幅》），"共笑诗人太瘦生，谁从惨淡得经营"（《自题二首》之一），说的都是唯有惨淡经营，才能创造诗意。

因为认定了诗画同宗，元好问的题画诗中总是诗画并举，如孪生兄弟。《王黄华墨竹》诗云："雪溪仙人诗骨清，画笔尚余诗典刑。"《题山亭会饮图》诗云："女儿樵人塞上词，溪南老子坐中诗。因君唤起山亭梦，好似三乡共醉时。"《雪谷早行图二章》诗云："画到天机古亦难，遗山诗境更高寒。""诗翁自有无声句，画里凭君细觅看。"《胡叟楚山清晓》诗云："江山小笔也风流，卷中大有题诗客。"《跨牛图》诗云："画出生平古意同，江村渺渺绿杨风。看来总是哦诗客，远胜骑驴著雪中。"《山村风雨扇头》诗云："总为诗翁发兴新，直教画笔亦通神。"等等。在元好问的题画诗，甚至是题画诗外的景物诗中诗画并举的现象也比比皆是，远超金代及以前的题画诗，甚至在题画诗全盛的元代，也很少有题画诗人能与之相提并论。

元好问的题画诗还表现出对"天机"的高度重视。他认为艺术家的"天机"是诗画同宗的关键。他的多首题诗都提到"天机"，而且将"天机"作为绘画创作的核心。如《雪谷早行图二章》诗云："画到天机古亦难，遗山诗境更高寒"，强调能得"天机"的绘画才是高超的绘画。能见出"天机"的诗歌意境高古荒寒。《王右丞雪霁捕鱼图》诗云："画中不信有天机，细向树林枯处看。渔浦移家丑未能，扁舟萧散亦何曾。白头岁月黄尘底，笑杀高人王右丞。"在画面的枯树林中，诗人看到"天机"。"天机"也在"扁舟萧散""渔浦移家"时。《奚官牧马图息轩画》诗云："息轩笔底真龙出，凡马一空无古今。安闲自与人意熟，潇洒更觉天机深。"杨邦基牧马图中的"天机"似乎是指马的特征，但如真龙而出的马，其情态不是激昂，而是与人意相似的安闲，显然，安闲的人意才是画家创作此画的真意。也正因为此，才有了画面潇洒的风格，显现出图画的"天机"。《郭熙溪山秋晚二首》其一云："烟中草木水中山，笔到天机意态闲。九十仙翁自游戏，不应辛苦作荆关。"天机创造了悠闲的意态。而根源处是画家自由游戏的创作心态。可见"天机"与创作主体超凡拔俗的精神境界的密切关联。以上分析看出，元好问笔下的"天机"是绘画中创造诗意、诗歌中有画情的关键，该诗意须由创作主体超迈的人格精神才能生成。因此，天机最终指向了人，指向了人的精神境界，一种不苟合于世俗的自由无碍的精神境界。这是元好问题画诗里始终如一的创作主题，也是中国文人画追求的最高的标准。

第五章　金代李俊民题画诗的
诗体意识和画体意识

　　李俊民（1176—1260），字用章，自号鹤鸣老人。金代泽州晋城（今山西晋城）人。承安五年（1200 年）经义状元，应奉翰林文字、沁水令兼提举长平仓事。后弃官归隐嵩山 20 余年。入元后，元世祖曾召见李俊民。又言："朕访求贤士几三十年，唯得李状元、窦文正公。"① 并加号庄靖先生，但他始终未曾仕元。李俊民著述丰富，有《庄靖集》存世。李俊民创作了很多的题画诗，《全辽金诗》中收录 60 多首，是金代重要的题画诗人。

　　李俊民题画诗涉及历史人物、山水花鸟、动物等各种画科。虽然李俊民在诗歌中的情感表露极为含蓄，但通览他的题画诗，仍可以明显感受到其中隐含着共同的情绪，也可以清晰看到其题画诗创作的特点，即典型的诗体意识和图画意识。

第一节　题画诗中的诗体意识

　　所谓诗体意识，是指李俊民尝试用各种诗体进行图画的题写。他尤其较多地使用四言和六言诗进行创作，此类作品达 19 首之多，其中四言诗 9 首，六言诗 10 首，几占全部题诗的三分之一②，这在题画诗创作史上比较少见。

---

① 　（元）苏天爵《内翰窦文正公》，《元朝名臣事略·卷八》，中华书局，1996 年。
② 　本章所引李俊民题画诗，均出自阎凤梧、康金声主编《全辽金诗》中册李俊民卷，山西古籍出版社，1999 年，第 1878—2057 页。

　　四言、六言体的产生与成熟皆早于五言、七言体。《诗经》四言已成熟，《楚辞》六言已经很多，汉代抒情小赋中六言成句。与五言七言诗相比，四言、六言诗体的特点是节奏整齐明快，顿挫短促有力，但缺少变化，不够活泼。也恰恰是这种不足，成就了四言、六言诗的庄重感、严肃感、古雅感。尤其是四言，它本来就有庄重感，加之四言《诗经》作为中国文学之源，其端庄古朴早就是中国文人心理中的标范。铭文、祭文等即多用四言，大概原因就在于此。李俊民使用四言、六言所写的题画诗也多呈现出严肃庄重的风格。如《萧权府三害图》是一首四言体的叙事诗。记述周处如何从州曲父老百姓之害，自觉自省，自励自强，变成名垂千古的名将。这个广为流传的故事，本身带有很浓厚的民间色彩，尤其是周处醒悟前的"害"与醒悟后的"功"之间的对比非常鲜明，很有戏谑幽默奇特的故事趣味。但以四言题写的这首三害图，抹去了周处之害，只是笼统的一句"长桥之蛟，南山之虎，在彼州曲，父老所苦。岂独若此，亦有周处"，点出了周处的"害"。但害之如何，完全略去。其后诗歌迅速进入到对周处励精图治的描述与赞美中了。诗题虽名为《三害图》，但其实是以周处为核心，很严肃地矫饰、美化了他的形象，为其树碑立传的色彩非常鲜明。《唐叔王韦生卧虎图》为四言律诗，题诗别具心裁，说图画上的是假老虎，不是真老虎。这样的立意颇具戏谑幽默之趣，但四言的表达方式却使整首诗充满义正词严的批判意味。另有《烟江绝岛图》《双松古渡图》《古柏寒泉图》等四言绝句以"冥冥飞鸿""昼夜不舍""堂堂两公"等为句，叠字的使用及辽阔时空意象的创造，都强化了所题图画的苍茫感。这是诗人所感，也是四言诗对于诗人感受的强化性表达。

　　六言诗每句比四言诗多两个字，诗句的容量比四言大了许多，但节奏上与四言相似，每两个字一个节拍，每一拍停顿的时值相同。六言诗的这种节奏特点，一方面，缺乏五言七言诗歌单双音节奏的交替转换而生成的灵活变化，显得单调刻板；另一方面，格律诗的上下句要形成平仄的对或粘的关系，才合音律，朗朗上口。但六言诗的这种节奏无法形成粘的关系，与诗歌的声律规则相违背，带来的结果就是六言诗不适合朗诵，缺少音乐的律动感。六言诗在经历了魏晋六朝的成熟后，在唐代仅王维等人作有几首六言诗。到宋代，六言诗有复兴之意，文人画家文同作六言达20多首，且宋代对于六言诗体赞美不绝。洪迈赞"清绝可画"（《容斋随笔·三笔》卷十五

《六言诗难工》），叶寘赞"事偶尤精"（《爱日斋丛钞》卷三），而王维则是被推崇的诗人。刘克庄《唐绝句续选序》曰："六言尤难工……惟王右丞、皇甫补阙所作绝妙"。王维《田园乐》共七首，其中的四首如下：

"采菱渡头风急，策杖村西日斜。杏树坛边渔父，桃花源里人家。"

"萋萋春草秋绿，落落长松夏寒。牛羊自归村巷，童稚未识衣冠。"

"山下孤烟远村，天边独树高原。一瓢颜回陋巷，五柳先生对门。"

"桃红复含宿雨，柳绿更带朝烟。花落家童未扫，莺啼山客犹眠。"

在这些诗中，因为双音对偶，诗歌叙述的流程被打断，诗歌得以在叙述的横截面上展开描写，形成一幅幅空间画面。"采菱"与"策杖"之间、"自归"与"未识"之间、"复含"与"更带"之间、"未扫"与"犹眠"之间并没有线性的承接关系，而是两个画面中的瞬间动作。"渡头""村西""山下""天边"等也犹如画面的构图要素。"春草""长松""秋绿""夏寒""桃红""柳绿""花落""莺啼"等，是画面上的一个个景物，形象清晰，色彩明丽。王维创造的画面感正是六言诗的特长，这个特长弥补了六言诗在音律上的不足。而宋代赞美六言并创作六言诗，实际上正是出于对诗歌意象视觉美的追求。这与当时文学与绘画的互通互融的创作实践密切关联。经过宋代，进入金代，诗中有画的观念被继承下来了。李俊民10首六言题画诗的创作意味着他充分认识到了六言诗在描写画面视觉美中的优势，也表明李俊民在题画诗创作时对于绘画本身、画面景物的格外关注。如：

"积素茫茫缟夜，流光耿耿扬辉。行人抵死贪路，何处家山未归。"
（《雪谷早行图》）

"问子不得兀兀，借书不得陶陶。谁遣人来送酒，枕边正读离骚。"
（《北窗高卧图》）

"醉里扁舟烟浪，望中几屐云山。长天秋水一色，月明清风两闲。"
（《窦子温江山图》）

"森森舒如罗带，鳞鳞皱似縠纹。谁道卧龙不起，须臾变化风云。"

"幸得从龙变态，尚何出岫无心。正苦人间畏日，不思天上为霖。"

"清光一片如洗，西去姮娥耐秋。可惜广寒人老，谁将玉斧再修。"

"山前倾盖独奇，雪里盘根岁深。千年老鹤相伴，谁似苍髯有心。"
（《锦堂四景图》）

以上六言诗叠字频现，意象并置，空间对应，景物成双结对地进入诗中，六个字中，因为三个双音节拍，出现了三个景物：如，"长天""秋水""一色"（对前两个景物的整体感受，是整体之景），而为了对仗，又产生了三个相应的景物："月明""清风""两闲"（对前两个景物的整体感受，是整体之景）。图画中的景物借助六言的节拍涌进诗中，而六言诗也以最大的容量接纳着这些景物，使得诗歌尽最大的力量传递视觉的美感。与五言七言相比较，六言略去的是景物与景物之间的连接性词语。叶寘赞六言诗"事偶尤精"，可以理解为对偶是其精华，也应该再加注一点，那就是语词最精练。这对于题画诗来说，是非常合适的一种诗体。李俊民选择六言诗进行题画诗创作，其用意当显而易见，就是要充分展现图画的风貌，进一步讲，就是他的题诗更重视绘画本身的视觉传达。

第二节　题画诗中的画体意识

　　所谓图画意识，指的是李俊民在题诗时，总是徘徊于画里与画外之间，提醒自己是在为画而作诗，要关注绘画本身，包括绘画的特点、技巧、观念及画家、欣赏者等各种要素。这与他以四六言题诗的旨趣是一致的。

　　图画意识最明显的体现是，他很冷静地站在画外看画，并且告诉自己所看到的并不是生活真实，而是图画。《古柏寒泉图》云："冬夏长青，昼夜不舍，拔本塞源，岂知量者。"古柏四季长青和寒泉长流不息，在诗歌中指的是面对图画时，看到的古柏始终是青翠的，看到的泉水始终在流动，因为是在画中，画中的景物是瞬间的、凝固不变的，所以诗人使用了"长"与"不舍"两个词，着重强调绘画的这种凝固性，也暗示了这幅图画的生动性。将现实中古柏、寒泉的生动情态与图画的凝固性结合在一起，形成一个生生不息的永动的空间，一个呈现着时间的空间。时空的这种结合前提当然是画技的高明、图画的生动，更重要的是观者的想象，这大概就是李俊民所谓的"本源"。所以该诗是在写景，但实际上是在阐述绘画之理和观画之理。《唐叔王韦生卧虎图》云："梁鸯之养，或失其时。曹公之肉，不救其饥。羊质而皮，狐假而威。谁能于此辩是与非。"即使是善于驯养老虎的梁鸯与假想刘表呼鹰台最吸引苍鹰的曹操肉，也不能驯化、喂养老虎。为什么呢？因为它是假的。"羊质而皮，狐假而威"，看似是戏谑之语，但也是图画的事实。让人对这幅卧虎图失去了兴趣。但结尾句"是非难辨"的反问，又反戈一击，出其不意，以人们难分真假是非，暗示了这幅图画的栩栩如生。但从整体上看，这样先抑后扬的写法，因为"抑"之过多，而使观者对图画已经是意兴阑珊了。其特点在此，失误也在此，那就是太过于强调绘画的凝固性、绘画的非真实性了。

图画意识还体现在随时在关注绘画的各种要素。《烟江叠嶂图》云："挥毫落纸生云烟，江北江南水墨天。爱画主人胸次别，卧游不用买山钱。"四句诗，每一句都有画的影子。诗人始终于画里画外进进出出，在绘画本体与绘画客体、绘画主体之间频频转换视线。前两句，从挥毫落纸到云烟之景，从水墨到江南江北之天，是绘画笔墨本体营造出的绘画客体景物。后两句，从画到胸次，从卧游到山，是绘画创作主体、欣赏主体在绘画本体与绘画客体之间的游走。这首诗中，李俊民显然不想着意于表达自己或者画家的情怀，而是把图画当成中心，强调突出图画与人之间的关系，包括与画家之间、与欣赏者之间的关系。因此，在短短的四句中，涉及了绘画的各个相关要素（主体、本体、客体）和绘画艺术生产的各个环节（创作与接受），点出了绘画的重要观念（水墨、胸次、卧游）等。但诗歌毕竟以情、意为旨，该《烟江叠嶂图》的题诗过于强化绘画的中心地位，而主动放弃了诗人的想象与感悟，使诗歌仅仅停留在对绘画的解说层面。虽然凸显了题画的意味，却有失诗之大体，令人读来虽觉形象丰富，却有眼花缭乱之感，终不能触动观者的情思。所以，题画诗如何安排题、画、诗三者之间关系，就尤为重要。

李俊民题诗中还注意到诗歌与绘画的关系。《郭显道美人图》言：

"虽然丹青不解语，冷眼指作乡温柔。试问人间何处有，画师恐是倾国手。却怜当日毛延寿，故写巫山女粗丑。"

绘画不能像语言一样直接表达情感，但可以用形象传递出诗意，"冷眼指作"说的就是绘画无声静默的表达方式，而"乡温柔"正是绘画形象指向的情感意蕴。李俊民认为，能真切地传递这种意蕴的一定是高明的画师。他以毛延寿丑化王昭君的历史事件为例，想说明绘画形象同样能表达出创作者的心意，取得惊人的效果。在这首诗里，李俊民对于视觉艺术的表达给予了很高的评价。而在《雪庵题钱过庭梅花图》一十中，李俊民又言："已把传神画谱，又看格在诗评。月落难寻清梦，云空乃见高情。"诗人在题有诗歌的梅花图中看到了诗歌与绘画各自的特点，绘画是图像化的"谱"，诗歌是主观化的"评"，绘画在于传神，诗歌在于格调。传神所传为客观对象之神，格调所显为主观精神世界。诗与画创作的对象、标准既然已经如此不同，诗人在结尾的指向却又是一致的。"清梦"是月下梅花的图画引发诗人创造的虚幻之境，一种寄托着自己美好理想的想象空间，一个清高简淡的意境空间。它由图画而来，又非图画之景，显然已指向了主体的心理世界。而"高情"则是"云空"之景带来的直接感受，是主体情感的直接言说，是一种和"清梦"委婉言说的情感同类的情感。因此可以说，"月落""云空"最终都指向了主体，指向了主体的"高情"。这种"高情"是诗人的，也是画家的。李俊民想借以表达的正是无论诗歌还是绘画，作为艺术，其立意的根本在于人的情感，创作就是人情与自然的交融，是情与景交融形成意境的过程。正是在这个意义上，绘画和题诗，画谱和诗评，都归于一律，相互融合。

这种诗画一律、诗画相融的结论和感受在李俊民的题画诗里是明确存在的。他在《画》诗中，更为清晰地表达了这一看法。这首诗是对于绘画艺术的整体感受，并不是专门针对某一幅绘画作品的题诗。诗云："有意皆堪谱，无言总是诗。潭潭居相府，此誉不妨驰。"诗中明确指出绘画的特点：有意、无言。"有意"指绘画是画家之意的表达，强调主体的胸臆是可以用图像表达出来的。"无言"指绘画的表达方式是无声的言说，言说的内容是画家的"意"。因此，绘画具有诗歌言志抒情的功能，故称"无言总是诗"，强调的依然是绘画的表意功能。作为视觉艺术的绘画，其优势是呈现外物景观的视觉空间，而在李俊民的笔下，绘画的这一优势被忽略，取而代之的是绘画的表意功能。这种功能在当时显然已经得到观者的普遍接受，正所谓"潭潭居相府"（绘画作品深藏于高门大宅内），也不会影响它被广泛地接受与赞美。事实上，这不是李俊民的一人断言，而是当时绘画的实际情况。绘画在唐代水墨产生时，其中便已渗透画家之意，到宋代文人画兴盛，画意更是成为文人画家们的普遍追求，甚至渗透影响到当时的画院画家创作。李俊民是位诗人，且生活于金末元初，宋代文人的写意意识早已根植于金代的绘画观念中。因此，李俊民对于绘画的认识代表的也是那个时代画家诗人的普遍观念。

第三节 以"趣"沟通诗与画

李俊民题画诗长于幽默，善于造"趣"。在题诗中，他努力地捕捉有趣味的图景，或创造有趣味的场景，这似乎与其四言体的庄重全然不同，但在诙谐幽默的背后，掩藏着的是至深的悲凉。对"趣"的执着，源于李俊民沟通诗、画的创作意图，也是在对"趣味"的追求中，诗歌走进了绘画，绘画走进了诗歌。

首先，他喜欢捕捉醉酒的状态，以醉酒中迷迷糊糊的非理性非正常情态创造趣味。诗歌中多次写到杜甫之醉。《老杜醉归图》两首言：

"寻常行处酒债，每日江头醉归。薄暮斜风细雨，长安一片花飞。"

"百钱街头酒价，蹇驴醉里风光。莫傍郑公门去，恐忧恨在登床。"

《老杜醉归图》言：

"花下骑驴不踏泥，花间醉后复何之。殷勤骥子扶归去，明日重来别有诗。"

据《清河书画舫》卷 5 和《书画见闻表》，五代画家徐熙画有《浣花醉归图》。据故宫藏吴宽弘治三年（1490 年）题黄庭坚《草书浣花溪图引卷》言，《浣花醉归图》图绘的应是一老者醉归的图景。① 明代杨廷秀《赠写真王处士》诗中也有《浣花醉图》的记载。黄庭坚和杨廷秀诗歌的酒船、醉里、蹇驴等意象与李俊民笔下的《老杜醉归图》中的意象非常相似，可以推测，《浣花溪图》就是《老杜醉归图》，其画者为徐熙。作为中国诗歌的

---

① （宋）黄庭坚作《浣花溪图引》诗并草书之："拾遗流落锦官城，故人作尹眼为青。碧鸡坊西结茅屋，百花潭水濯冠缨。故衣未补新衣绽，空蟠胸中书万卷。探道欲度羲皇前，论诗未觉国风远。干戈峥嵘暗宇县，杜陵韦曲无鸡犬。老妻稚子且眼前，弟妹飘零不相见。此公乐易真可人，园翁溪友肯卜邻。邻家有酒邀皆去，得钱鱼鸟来相亲。浣花酒船散车骑，野墙无主看桃李。宗文守家宗武扶，落日蹇驴驮醉起。愿闻解鞍脱兜鍪，老儒不用千户侯。中原未得平安报，醉里眉攒万国愁。生绡铺墙粉墨落，平生忠义今寂寞。儿呼不苏驴失脚，犹恐醒来有新作。常使诗人拜画图，煎胶续弦千古无。"（该草书作品收藏于故宫博物院）明朝学者彭大翼《山堂肆考》第 10 部杨廷秀《赠写真王处士》中有："又不见浣花醉图粉墨落，日斜泥滑驴失脚，贵人寒士两相嗤。"

典范人物，诗圣杜甫留给世人的印象是一个典型的儒家士子，悲天悯人，广施仁爱，四处奔波，忧愁满情，正如《茅屋为秋风所破歌》中所言："安得广厦千万间，大庇天下寒士俱欢颜。"这幅图却一改杜甫温柔敦厚的儒士形象，以醉入画。李俊民更以诗歌的语言描述老杜的醉态，充分发挥语言艺术"宣物"的功能，强化了老杜醉酒时的情景。时间上，老杜的醉酒发生在"寻常""每日"，绘画里只是一个瞬间的醉，在诗歌的言说中被无限扩充到杜甫每天的日常生活，变成了生活的常态。在空间上，"行处""江头""街头""花间"等，老杜的醉又是无处不在的。而且，为了喝酒，作为大文人的杜甫还不得不到处还价、赊账、欠债，酒仿佛成了杜甫的基本食粮。杜甫温良敦厚悲苦的形象被彻底颠覆，变成了一个嗜酒成性、烂醉如泥的醉汉，尤其诗人刻意传递其醉倒在繁花中间的滑稽，传递其骑着蹇驴在醉酒中东倒西歪慢行的窘态，刻意描绘在斜风细雨中，醉归的老杜竟误看作满城落红飘飞。等等，对于醉态的描绘，确如生活中醉酒的真实情景，一个传统观念中温良悲苦的文弱儒士与一个酩酊大醉迷迷糊糊的醉汉形象之间形成了鲜明的对比，确实让人忍俊不禁。

如果说杜甫好酒，还不如说是李俊民好酒。他的题画诗中关于酒的题诗还有很多。如《许道真醉吟图》言："回首锦江春寂寞，一杯愁里赋梨花。"《许司谏醉吟图》言："席地风光引兴来，不辞白发被春催。眼前有句贪拈掇，闲却梨花树下杯。"虽然写的也是醉酒，这两首诗中的主人却不是令人发笑的醉汉，而是因酒悲怀的诗意之人。酒里是愁，是寂寞，是被光阴催老的白发。还有《跋窦子温江山图》所云："森森澄江欲拍天，参差烟村老江边。举头不见长安日，一棹秋风载酒船。"《窦子温江山图》所云："醉里扁舟烟浪。"《北窗高卧图》所云："谁遣人来送酒，枕边正读离骚。"等等，诗歌都有酒的影子，酒在这几首诗中，是看到长安的希望，是闲游江山的前提，是隐居生活的陪伴。反之，如果没有酒，那将失去回看长安的希望，失去游历江山的闲心，失去隐居生活的快乐。这种联系看似不成逻辑，但在对李俊民诗歌进行整体观照后就会发现，这种推理是极其合理的。诗人正是借助酒，在酒创造的虚幻中，在自我的麻醉中，才能实现真正的自己。换言之，对于真实现实的否定性的认识，正是李俊民喜欢写酒的真正原因，其中的悲凉色彩自然而然地呈现了出来。而李俊民笔下杜甫的醉酒，显然正是这种否定性的悲凉情绪的极端表达。他的悲凉何在？在"不见长安"，在心底深处不能真正地放下社会，归隐山林。这样的情感伴随着李俊民的一生，也是他整个诗歌的主题。

李俊民生活于金末元初，经历了金代的凋敝和灭亡与战争造成的苦难，以进士之身隐没于乡村荒林，因此，在他的身上，中国文人的情怀深深地埋在心里。他以杜甫作为自身的写照，以长安作为自己故园的写照。正如黄庭坚《浣花溪图引》诗所云："中原未得平安报，醉里眉攒万国愁。生绡铺墙粉墨落，平生忠义今寂寞。儿呼不苏驴失脚，犹恐醒来有新作。"在杜甫的醉态里，深藏着对家国衰落、民不聊生的社会现状的深切忧虑，深藏着自己忠义之才情无处施展的悲愤。而诗歌则是杜甫酒醒之后，其心情的真实言说。也就是说，在杜甫的世界里，无非两种状态：醉酒与酒醒。醉酒里藏着万国愁，酒醒时直抒万国愁。家国之愁塞满了杜甫的生活和生命。因此，李俊民选择《老杜醉归图》，对杜甫醉酒淋漓尽致的描写，实际上正是对杜甫内心忧虑与悲愤的感同身受。和杜甫一样，李俊民是诗人，他看到了诗歌之于杜甫的意义，他也是用诗来寄放自己内心隐性的诉说。可以说，在李俊民刻意创造的诙谐幽默中，深深地埋藏着对于社会历史的关注和对于自己内心情怀的关注。

李俊民题画诗中的"趣"还体现在他对图画中人物之趣的捕捉上。陶渊明等高人隐士之趣是李俊民最为关注的。他曾在《游锦堂后园》中言："妆点园林次第新，野花无数不知名。即时唤起闲中兴，惭愧陶家趣未成。"看来"陶家趣"是他的生活理想，虽难以实现，却在题画诗中得以清晰表达。《渊明归去来图》云："先生从来寄傲，肯向小儿鞠躬。笑指田园归去，门前五柳春风。"《渊明归来图》云："一旦仓皇马后牛，衣冠从此折腰羞。先生不是归来早，束带人前几督邮。"《陶渊明》云："迎门儿女笑牵衣，回首人间万事非。自是田园有真乐，督邮哪解遣君归。"《陶渊明》和前面两首题画诗在表达方式和意趣上非常相似，都有很强的画面感和角色感，都树立了陶渊明和督邮两方角色，诗歌的趣味正是在其中散发出来。第一首中，高傲的陶渊明不向督邮鞠躬却对着小儿弯腰；第二首中，陶渊明仓皇跟在督邮后；第三首中，陶渊明被儿女牵着，心里藐视着督邮。这三个场景，都以鲜明的动作描写刻画出了高人隐士非同俗人的形象和趣味。三首诗趣味的营造都是在对督邮这样一种世俗形象的彻底否定中生成的。从表面看，李俊民描写"陶家趣"，追慕"陶家趣"，一种自由自在不受现实约束的乐趣。但从深层看，李俊民刻意在每首诗中都设立一个对立着的督邮，隐约反映出李俊民并没有彻底、完全地走进陶渊明的世界。他始终处于与现实的对抗中，尚未达到完全融于自然的状态。因此，他对于督邮的对抗与否定是执着的，对于陶家趣的追慕是刻意的，他很努力，但终究心中有二者在对抗，始终没有达到理想的"心远地自偏"的心境。"即时唤起闲中兴，惭愧陶家趣未成"也便可以理解了。因为，有"闲"之兴致毕竟不完全等同于"趣"，它尚在通向"陶家趣"的路途中。而"陶家趣"也不仅仅是闲心，而是人生至高的境界。

对于"趣"的创造还体现在其他的人物画题诗中。《四皓弈棋图》云："都缘鸿鹄心犹在，一局闲棋不到头。"《申元帅四隐图》云：孟浩然"破帽蹇驴风雪里，新诗句句总堪传"，李太白"不因采石江头月，哪得骑鲸去上天"。不到头的闲棋、破帽蹇驴、骑鲸上天，等等，李俊民总是善于发现和创造代表人物精神气质或生活状态的特征性意象，并以诙谐幽默的语气表达出来，营造出随意戏谑的氛围。诗人内心深厚的情感便似乎在这种"趣"的营造中荡然无存。但正如李俊民喜欢写酒一样，趣和酒在他的诗歌中就像面具，他将自己的情感藏在面具下面，因为这份感情太深太强，任何表达都不足以传递他内心的悲和忧。所以，李俊民的题画诗总是不着情感，就画题画，以画为中心，在绘画的各个要素之间使用笔墨，题画诗的深度却因此削减了。

第六章　元代题画诗的审美追求
与题画模式

　　元代诗歌虽然在文学史上没能呈现出像唐宋诗歌那样的鼎盛，但也显现出独树一帜的特点。它以前所未有的题画诗创作盛况拓展了题画诗的创作道路，确立了题画诗的审美理想，探索了题画诗的题写模式。宣城贡氏三代题画诗代表了元代题画诗的审美理想以及与之相适应的题画模式。

　　贡氏三代指贡集贤奎（1269—1329），其子贡尚书师泰（1298—1362），族孙南湖先生贡性之（元末明初）。杨廉夫在贡师泰《玩斋集》序中言：

　　"本朝古文，殊逊前代，而诗则过之。郝、元初变，未拔于宋；范、杨再变，未几于唐。至延祐、泰定之际，虞、揭、马、宋诸公者作，然后极其所挚，下顾大历与元祐，上逾六朝而薄风雅，吁！亦盛矣。继马、宋而起者，世惟称陈、李、二张。而宛陵贡公，则又驰骋虞、揭、马、宋诸公之间，未知孰轩而孰轻也。盖仲章雍容馆阁，翱翔于延祐诸公之间；而泰甫当师旅倥偬，独擅文名于元统、至元之后。有元之文，其季弥盛，于宛陵父子间见之矣。"①

　　贡奎、贡师泰父子在元代文坛的地位由此可见。贡性之虽名不在京师，但在元末的杭州文坛，也具有很高的声誉。

　　贡氏家族三代创作的题画诗形成一道醒目的风景。由于生活经历、生活时代及各自性情的不同，贡氏三代的题画诗主题有别，风格各异。贡奎游离于尘世与山林之间，贡师泰强烈地关注着现实，贡性之充分享受着世外的自由，三代人的题画诗在不同主题影响下，形成了不同的风格，表现了不同的

---

　　①　（清）顾嗣立编《元诗选·初集》，中华书局，1987 年，第 1394 页。

审美理想和对图画不同的认识与观照方式，这在一定程度上正是元代题画诗的缩影。

第一节　天　趣

贡奎，字仲章，少以文学名世，延为池州路齐山书院山长，又擢应奉翰林文字，兼国史编修，入翰林待制。泰定中，拜为集贤直学士。年六十一，卒于故里南湖。据《元诗选》小序记载，贡奎为文闳放，又识鉴清远，对朝廷郊祀礼数多有论说，并与邓文原、马九皋、袁桷、虞集等文学名家相互唱和，诗文集共 120 卷，明弘治间由其曾孙吏部郎元礼汇编为《云林诗集》，刊刻行世。

贡奎的题画诗以山水景物画为主，所题多元代画家的作品，诗歌主题多是由山水之景引起的隐居之意。作为尘世中人，他在呈现这一主题的时候，总有意无意地表现出与尘世的对立，这种情况普遍地存在于元代前期诗人的题画诗作中。

贡奎题画诗以得"天趣"为最高的审美理想。所谓"天趣"，指自然的情趣，对画家来说，是在自然而然的状态下，兴之所至，描绘出一种情调与趣味。对观者来讲，是指感受到不加雕饰的画面景物表现出的情调与趣味，并自然地与之产生共鸣。贡奎在《题赵虚一山水图》诗中提出他的这一审美理想。诗歌在描述了画面中的层峦叠嶂、晴岚晓翠、丹枝旭日后，曰：

"郭生十年不相见，笔意从容入天趣，青田道人如瘦鹤，能跨生驹穷海岳。何如挂此素壁间，终日焚香相对闲。"

《高侯画桑落洲望庐山》中，又云：

"直峰横岭藏曲折，笔力巧处疑镌雕……我爱高侯得天趣，所见历历穷秋毫。米家父子称好手，率意尚复遭讥嘲。灵机直恐神鬼设，变态叵测鱼龙骄。"

"天趣"是贡奎评价图画的最高标准，也是他进行诗歌创作的最高理想。在贡奎诗中，"天趣"大概包含四个层面的含义。

第一，"天趣"不是率意而得的，它与画家的用笔特点密切相关。如《题赵虚一山水图》诗中言，从容的笔意可以创造出"天趣"，又如《高侯画桑落洲望庐山》诗言，精细的笔意也可以创造出"天趣"。所谓笔意，并不是表现于绢素上的点画线条，而是画家用笔的整体构思布局。布局构思对绘画来说，受两方面的制约，一是客观物象，二是画家的思绪。因此，笔意包含内外两个层面：外在的用笔与内在的用意。贡奎强调的正是由内而外的用笔特点：要从容，要精细，要"所见历历穷秋毫"，"笔力巧处疑镌雕"。这似乎与传统中追求的天然去雕饰背道而驰。但旋即发现，贡奎认为高侯画中的"镌雕"是由"灵机"而来，"变态"而得，完全是自然天机的产物。这便将外在的用笔与内在的用意紧密结合起来了，将显于视觉的用笔转化为心理感受中的自然趣味。这与宋代引"趣"入画的米芾之"趣"有很大的不同。米芾《画史》评董源画"峰峦出没，云雾显晦，不装巧趣皆得天真"①。他主张率意而为，反对工巧雕琢，因此"李成淡墨如梦雾中，石如云动，多巧少真意……董源峰顶不工，绝涧危径，幽壑荒迥，率多真意"②，评画的标准是用笔的工与不工，巧与不巧，并以由不工而得"趣"为高。因此，贡奎在诗中道出一个事实：尽管米氏父子的绘画堪称绝妙，但其率意而为的行为仍然遭到后人的指责。其率意的结果自然是"不装巧趣"，是"不工"。贡奎诗歌中在刻意地纠正米芾的这一"缺陷"，偏以秋毫之工校之于率意不工。

第二，"天趣"不仅仅与画面有关，它又与观者的态度密切相关，观者的态度是"天趣"得以呈现的关键。在《题赵虚一山水图》诗中，诗歌除了对画面的景物详细描写外，更重要的是抒写了青田道人"终日焚香相对闲"的观画态度与感受。"相对"二字显然是"天趣"的核心表现。人可以闲对绘画，而画何以能闲对人呢？这幅图画的"笔意"给予诗人的感受正是在画面中存在着一种鲜活、灵动、悠闲、从容的生命魅力。而如此得来的天趣依然更主要地表现于观者与图画的两情相对，即如《高侯画桑落洲望庐山》诗歌所言："焚香沽酒静相对，长日令人愁恨消。"自然山水景物在画家的笔下，画面景物在观者的视野中具有了内在的生命，具有了和人一样的灵性。因此，"天趣"是绘画主体与绘画客体平等互动的结果，也是欣赏主体与欣赏客体之间平等互动的结果。唯有平等的相互往来的互动，才可能产生"天趣"之感。

---

① （宋）米芾《画史》，俞剑华编《中国历代画论大观·宋代画论》，2016年，第173页。
② （宋）米芾《画史》，俞剑华编《中国历代画论大观·宋代画论》，2016年，第189页。

　　第三，得"天趣"的作品意境，与米芾认定的有"趣"之画可大体视为同类。米芾《画史》载张彦远评孙文彦画"云峰石色，绝迹天机，笔思纵横，参于造化"①，而米芾以其所见孙文彦画，谓"余未见此趣。"孙文彦的"笔思纵横"在米芾的眼中不能谓之得趣。又其所认为的得"趣"之画，非"峰峦出没，云雾显晦"（评董源画），即"山骨隐显，林梢出没"（评董源《雪景》）②，或"岚气清润"（评巨然画）③，皆由平淡而至趣高。贡奎诗歌中画面景物描写：《题赵虚一山水图》中有"晴岚晓翠千万重""层峦叠嶂远溟濛"，既有平远之景，又多深远之感，但其纵深掩映于烟岚之中。《高侯画桑落洲望庐山》中有"楚江浩浩山礛礛……直峰横岭藏曲折，笔力巧处疑镌雕……暮云春树隐复见，人家半落沧州趣"。虽有峰岭的雕刻，但云烟灭没之景占据了主导地位。事实正是，高克恭（即高侯）画学二米，又入董源，得林峦烟雨之妙。具体到《桑落洲望庐山图》，据贡奎诗歌则可用朱德润之语概括评价："高侯画学，简淡处似米元晖，丛密处似僧巨然，天真烂漫处似董北苑，后人鲜能备其法者。"④ 米芾提倡的"趣"之意境也正是贡奎追求的艺术的理想境界。

　　以"天趣"为审美理想，贡奎在题画时既关注画家的绘画技巧与审美理想之间的互动，又关注画家与藏画家之间的情感互动，关注画家与题画者之间的情感互动，关注画景与题画者生活图景之间的互动。他努力地在诸种主客体之间寻找契合点，寻找平衡点，在作画、藏画、题画等诸种相关行为中发现和创造"天趣"，而不是以自己的主体情感驾驭绘画客体。因此，形成与之相适应的题画模式，即全面观照图画，包括画面景物和绘画技巧，然后引入画家情感和藏家的情感，再将自己的情感与画面景物、画家情感、藏家情感相互融合，将自己的情感融化于画景中、画情中。就整体题画诗而言，这是一个由欣赏而化景融情的过程。

----

　　① （宋）米芾《画史》，叶朗编《中国历代美学文库·宋辽金卷上》，高等教育出版社，2003年，第499页。

　　② （宋）米芾《画史》，俞剑华编《中国历代画论大观·宋代画论》，2016年，第175页。

　　③ （宋）米芾《画史》，俞剑华编《中国历代画论大观·宋代画论》，2016年，第173页。

　　④ 朱德润《存复斋续集》，涵芬楼秘笈本。

《题陈氏所藏著色山水图》颇能代表贡奎题画诗的审美理想和行笔模式。

"独卧晓慵起，梦中千万山。推窗烟云满，一笑咫尺间。袅袅美人妆，金碧粲笄鬟。素波净如镜，绿蘋点溪湾。美哉笔墨工，貌此意度闲。孤禽立圆沙，渔舟远来还。我方厌阛市，坐对忘朝餐。安得林下扉，深居长掩关。"

首先，诗歌由诗人如何将画景误认为真景起笔，将视线从画外转入画中，既点明自己看画时的情景，又借以展示图画的主体风貌：山川、烟云，构思富有趣味。其次，描写眼中的画景，以美人妆喻著色山水，此景与诗人要表达的主体情感还没有形成直接的关系。贡奎此处着笔于景物描写的目的主要是赞美图画景物之美，为赞赏图画的技艺之工做好铺垫。果然，紧接着便是完全将视线转出画面的具体景物，而以观者的视角欣赏绘画的笔墨技巧。前面这部分都可谓对图画的欣赏阶段。再次，在欣赏中，诗人终于发现其技巧创造出的"意度"。至此，诗人才开始真正以诗人的身份，走进图画，感受图画中具有"意度"的景物。虽然只有短短两句，但孤禽、圆沙、远来的渔舟共同组合而成的一小部分景致的分量已经远远超过第一次进入画面时看到的图画美景。图画在诗人的观照下真正变成了"有我之景"。最后，直抒胸臆，抒发对尘世的厌倦，表达对幽隐生活的渴望。渴望中暗含着丝丝的无奈。《高侯画桑落洲望庐山》是在欣赏过画家绘画技巧及其创造的图画景物后，直抒胸臆："自怜失脚行万里，微官羁系何由逃。焚香沽酒静相对，长日令人愁恨消。"《题商侯画山水图》也延续了由欣赏而入画、感景的写作规则，诗歌结尾依然抒发了"安得从之慰我思，呼酒尽扫溪藤纸"的感叹。

笔墨图式与审美理想的关系是中国文人画的核心问题。米芾以"不工"之法在摒弃着笔墨的法则，其目的只在追求一种天真自然的审美享受，而贡奎则在极力地挽救并赋予笔墨法则以其作为绘画艺术语言应有的地位，在此基础上追求天真自然的审美享受。事实上，元代文人画之所以成为文人画的理想与楷模，正是它将这组关系中的两个要素完美地统一起来。贡奎清楚地认识到这个问题。他以高克恭画为其认识的对象，也是十分明智的。因为，高克恭在后代被推举的正是他在画面上力图塑造绘画艺术本身与画家情思共同交融而成的完美的艺术品。而贡奎的题画诗也正是在这样的背景下，以求对笔墨图式、客观景物与主观情感的共同关注，创造出富有"天趣"的完美的诗歌。

当然，以"天趣"为审美理想，关注画家的用笔技巧和画家、诗人自己的情感，并实现三者的完美融合，这并不是一件容易的事情。贡奎的题画诗虽寄寓着诗人对于现实与世外的深切感受，其题写的旨归也是为表达自己的这种情感，但其诗歌中，诗人似乎并没有完全投入地走进画面，他不时地以观众的眼光欣赏着图画，因此，对图画中的艺术技巧、笔墨的特点、自己入画的过程与愿望都比较清楚地进行了交代。对一件题画作品来说，它是完整的，但对于表达诗人情感来说，却形成一定程度的阻碍。因此，贡奎的有些题画诗，往往给人如此印象：这是一首题画之作，不是完全的抒情诗。

第二节 意 度

贡师泰，字泰甫，贡奎之子。以国子生中乡试，荐翰林文字。累拜监察御史、吏部侍郎、礼部尚书、户部尚书。贡师泰政绩既盛，而诗文名亦佳。门人汇其所著多部诗文稿本，名《玩斋集》。

贡师泰的题画诗所涉及的图画范围比之其父贡奎要广得多。除了山水、竹木、肖像画之外，还有鞍马、故事画。就题画诗的主题而言，也与贡奎迥然有别。贡师泰官居要位，很受朝廷的器重，且仕途顺利。这种经历给予他关注社会、关注现实，并进行实际操作的机会。他曾在兵乱之地奉命强征过粮食；曾做过浙西都水庸田使；任户部尚书期间，负责过以闽盐换粮的事务，亲眼目睹了元代下层百姓的艰苦生活。这也铸就了他强烈的现实意识与历史责任感，成就了他题画诗中的现实主题。

贡师泰用题画诗的形式表达自己的现实情怀，为实现这一目的，贡师泰在诗歌中格外强调"意度"，并以"意度"作为自己题画诗的最高审美理想。如《题王维辋川图》诗言："遂令摹写间，意度犹可求。乾坤多变态，江海生暮愁。"用江海之"愁"解释"意度"。《题山水图》中的"笔端意度"的直接表现则是"衣冠自淳古"。

"意度"一词明确地运用于绘画领域是在宋代郭熙的《林泉高致·山水训》中。郭熙认为画山水首先要把握山水的"意度"。山水"意度"指山川景物透射出的内在的气韵，山水给予人的整体的感受。把握山水"意度"

的方法是"身即山川而取之"①，即创作主体要与山川融为一体，才能切身地感受到山水的"意度"，绝非观察所能得。它虽是山川景物的属性，但既由感受体会而得，势必与感受者自身有着不可分割的关系。如郭熙认为云气之"意度"为"春融冶，夏苍郁，秋疏薄，冬暗淡"②。烟岚之"意度"为"春山淡冶而如笑，夏山苍翠而如滴，秋山明净而如妆，冬山惨淡而如睡"③。可见郭熙所谓的"意度"就是山川景物的精神。这与南宋邓椿《画继·论远》中提出的"物之有神"已很接近。邓椿《画继》言，人有神，物也有神。无生命的物何以有神呢？根本处在于观察欣赏客观景物的人，是人将物视为有神之生命体，是人赋予物以生命体所具有的情感性格，而这种情感性格必然是依据欣赏者本人的情感性格而生成的。因此，"意度"与其说是山水自然的精神，不如说是人的精神的辐射渗透。这种山水的精神不是画工画所具有的，而只有"轩冕岩穴"之士才能把握。这就强调了山水之神所具有的人的精神情感，比之郭熙向主体人的情感世界走近了一步。贡师泰笔下的"意度"在把握画面"物之神"的同时，向主体情感更近了一步，只是这个主体是题画诗人，是贡师泰。他用"意度"评价图画，强调的是欣赏者情感向图画的主动渗透，强调的是以欣赏者的主观情感观照图画。

既以"意度"为审美理想，贡师泰自由地将个人的现实意识、家国关心、民生情怀渗透到题画诗中。这种自由的表达使他的题画诗有一个共同的特点，即图画内容与诗歌内容之间的距离很大，或者说，图画在诗人笔下只是引发点，而不是诗歌的内容。作品更多呈现的不是对眼前图画景物的解读，而是对由图画引发的历史图景的想象与描绘。他以将静态的视觉画面演绎为故事叙述的方式完成题画诗，进而摆脱图画的约束，自由地表达个人情怀，以诗人自己的内心情感为参照感受图画，创造性地阐释图画中的形象，因此，画面形象图式与诗人情感之间并没有形成完全双向平等的互动关系，画面与诗人情感之间并没有实现完美地融合。由此，形成了他题画诗基本的题画模式。

---

① （宋）郭熙、郭思《林泉高致·山水训》，俞剑华编《中国历代画论大观·宋代画论》，江苏凤凰美术出版社，2016年，第43页。

② （宋）郭熙、郭思《林泉高致·山水训》，俞剑华编《中国历代画论大观·宋代画论》，江苏凤凰美术出版社，2016年，第43页。

③ （宋）郭熙、郭思《林泉高致·山水训》，俞剑华编《中国历代画论大观·宋代画论》，江苏凤凰美术出版社，2016年，第44页。

首先，少评画，专写情。

贡师泰的题画诗中很少评价图画本身的艺术技巧，即使有，也是要从其中引发出他所认定的画家之意。如《题王维辋川图》表达对国家与历史命运的关注。诗歌一反自唐以来对王维《辋川图》的一味赞誉，由《辋川图》描绘的景物写起，想到唐朝衰亡的历史。贡师泰将其归结为天宝年间"纲纪坏不修"，于是《霓裳》打着"妖拍"，鼙鼓声中滋生着"奸谋"，菱歌传唱，文人唱和，艺术变成了坏纲纪的罪魁祸首。贡师泰认为王维的《辋川图》正是在这种情况下奉命而作。但不同于此时其他的声、乐、歌、辞的靡乱不正，王维《辋川图》中却表现了一种"意度"，即"乾坤多变态，江海生暮愁"的忧患悲愁之意，这样的"意度"留给诗人的是对于历史的感叹："白鸥飞不去，千载空悠悠。"贡师泰丑化了天宝间的艺术，其目的就是要表达自己的现实情怀。在《为郭宗道祭酒题韩滉移居图》诗中，贡师泰将笔触锁定在田夫一家老小迁居的苦难形象中。他还特别拈出《移居图》的作者韩滉的政治身份与地位，认为韩滉作为朝廷重臣关心百姓流离穷困的生活。韩滉擅画农村风俗的用意大略正在于用图画传达民风民情，以示朝堂。贡师泰顺应着他认为的画家之意，继续阐释与申发。诗歌中详细地描述了迁居的辛苦，新居的穷困，赋役田租紧相催的惶恐不安。从外在形象到内在心理都在阐释着"流离""困穷"的图画"意度"和农村生活主调。

其次，少写情，专评画。

贡师泰的许多题画诗表现出了对绘画的外在的观赏态度，而不是内在的感受体验。这类作品中评论画家画艺的成分较多。且很少用"意度"，而是用"意气"或"意匠"论画。这也可看出"意度"所具有的内在情感性。如《题江阴丘文中山水图》诗中，一半写画家如何挥毫作画，并以"夺造化"评价图画高超的技艺，一半写画面上的长林、虚亭、深山等静态的视觉景物。就景物描写来看，无论如何也看不出诗人在描写中凝聚着一种属于诗人的情感。《题仲穆山水》诗描写的山水景物色彩鲜明，气韵飘逸，但贡师泰在诗歌结尾很清楚地交代了这幅丹青之作给予诗人的感受只是"王孙已老丹青在，转觉风流意气多"，景物的描写并没有寄予诗人的某种特定情感。《题颜辉山水》极描写与想象之能事，刻画了颜辉山水图的远近大小之景。由此感叹"画师盘薄精天机，元气淋漓归意匠。毫芒点染远近间，咫尺卷舒千万状"，可见对景物的描写也就是对画师画艺的赞赏。而诗歌尽管在结尾亦抒发了诗人自己盼望相从仙人脱离尘世的胸臆，但这只是在欣赏之余的感叹，并不意味着诗人对待这幅山水图的态度是由衷的感悟与体验，诗人始终站在画面的外面欣赏画境。

第三节 自 然

贡性之，字友初，贡师泰族侄。元末曾除簿尉、理官。入明辞荐不仕，隐于山阴（今绍兴），更名"悦"。躬耕自给以终其身。因祖籍宣城称之南湖，号"南湖先生"。著有诗集《南湖集》。明代文学家李东阳认为其诗清丽可传，略有删节后，刊刻行世。明代田汝成称其诗歌清丽，但纤浓乏骨。

贡性之诗歌在当时很受青睐。《元诗选》二集南湖集中载贡钦序云，当时会稽王冕善画梅。凡得王冕之画者认为，无南湖先生题诗则画不够贵重，故索诗者甚众，故其诗中以题梅花诗为多。其有《题画梅》诗云："王郎胸次亦清奇，尽写孤山雪后枝。老我江南无俗事，为渠日日赋新诗。"又云："王郎日日写梅花，写遍杭州百万家。向我题诗如索债，诗成赢得世人夸。"贡性之之诗名才华由此可见。

贡性之的题画诗虽然很多，但就其主题而言，却很单一，主要集中于表现世外闲情与高洁之怀。这与贡奎题画诗反映归隐之趣的主题似乎别无二致。但在其各自的题画诗中，能清楚地看到祖孙二人对于归隐的不同感受。这种感受的不同主要来自双方对于尘世的不同态度。无论贡奎怎样描述自然之美，怎样表白幽居之情，他的家始终在尘世，山林只是他歇脚的地方，他的定位只能是"尘世中人"。这是元代社会前期题画诗人的主导形象。贡性之的不同在于，他以大量的笔墨描写了身处山中的悠闲自得。山林对他来说是现实的存在而非遥远的理想。尽管他也是在与尘世的对比中见出山林的乐趣，但尘世在他的眼中始终毫无意义、毫无诱惑力。他的山林之乐是真正的乐趣，山林在他的诗歌中是没有丝毫黄尘沾染的净地。因此，他诗歌中的幽居之趣是轻松的，没有自我的忏悔，也没有面对尘世的无奈，是完全抛却尘世羁绊之后的轻松。以如此心态对待山林，无论怎样地在诗歌中提到尘世，怎样力图将尘世作为其出尘的参照和对比，山林始终是他真正的家，他始终在赞美着自己的家，他的定位只能是"山林中人"。即使是夕阳中古道逶迤行人稀少的萧条之景，在诗人看来亦"虽无桃花源，亦与尘世隔"（《题画》）。①

以山林中人的心态面对山水画，画中的景物、人物自然地脱尽了现实黄尘的熏染，而变得纯朴简单。因此，"自然"始终是贡性之题画诗的审美理想。所谓"自然"，包括两层含义。其一，指回归景物、人物的纯然状态，消尽现实人为的痕迹。因此，他以非常坦荡甚至是欢跃的心情看待画中的景致，为画题诗进而变成一件愉悦性情的事情。他的诗中没有贡奎诗中的忧郁、无奈，而是处处可以看到人物的笑容，听到人物的笑声。如：

"江郎自是青云姿，按图笑索云山诗。"（《青山云一坞图》）

"狂歌起舞还自惜，笑看白日行青空。"（《题息斋竹次韵》）

"眼中为惜栋梁具，笑倩杨昭图画之。"（《题杨文昭为刘敬思画》）

"笑谈如著我，也入画图中。"（《题画》）

对尘世如此的蔑视，这是贡奎无论如何也不能达到的一种境界。

其二，指将景物生命化，让主体以淡泊尘世的心态体验山水，实现天人的合一。贡性之始终以如此蔑视尘寰的心态对待他所看到的画中的山水、梅竹、兰菊、鸟兽等自然生命，始终将自己融会于图画的景物之中，感受体验画中景物的生机与活力。毋宁说，他始终都在描写自己身边的景物，与画景同感同乐。

以"自然"为题画诗的审美理想，形成了贡性之题画的基本模式：

首先，直接走进图画，很少对图画的艺术技巧、笔墨功夫发表评论。关注景物的外在特点，包括颜色、形状、气味，乃至于景物的性情，尽力避免景物身上所具有的传统的文化、社会、道德意义，将景物描绘成自然属性鲜明而又富有人的情感的自然生命体。梅兰竹菊四君子因此在贡性之的诗歌中就不仅仅是"比德"的工具，而是自然中美的生命，是诗人心中的朋友。以其题写最多的梅花图为例：

"第六桥头雪乍晴，杖藜曾引鹤同行。诗成酒力都消尽，人与梅花一样清。"（《题梅》）

"美人燕罢酒初消，凌乱云鬟压步摇。莫遣翠禽啼梦断，醒来无处托春

---

① （元）贡性之《题画》，（清）顾嗣立编《元诗选·二集》，中华书局，1987 年，第 1192 页。

娇。"（《题翠竹红梅》）

"朔风扑面冻云垂，引鹤冲寒出郭迟。却忆西湖霜下月，美人相伴立多时。"（《画梅二首》）

"江城钟鼓夜迢迢，霜月多情照寂寥。更有梅花是知己，小窗斜度两三枝。"（同上）

"湿云压地雪花乾，一日狂风十日寒。不管春光满邻屋，却从墙角借来看。"（《题画梅四首》）

"美人别后动深思，春到南枝总未知。记取灞桥明月夜，忍寒花下立多时。"（同上）

"罗浮山下著青鞋，踏雪曾看烂漫开。好似人家茅屋底，一枝先占短墙来。"（同上）

贡性之笔下的梅花有如下特点：美丽、知己、耐寒。其一，梅花是美丽的。贡性之着力于表现梅花的自然之美。其题梅诗中多次以"美人"称梅花，传达着对梅花的爱恋，也使得梅花从传统的冰霜铁骨的梅花意象中解放出来，赋予其鲜活的人所具有的恋情。可以想见，被恋情紧紧包围的"美人"该是怎样的形象，还会有"铁石梃孤杓，冰霜抱贞素"[1]（丁鹤年《题画梅》二首）的刚毅清绝吗？显然，贡性之眼中的梅花美人是一个娇媚得令人爱怜的美女形象，其芳香袭人，淡妆素裹，可与人同饮。

其二，梅花是诗人的知己。贡性之对梅花知己的解释大体可以一"清"字概括，即"人与梅花一样清"。梅花所以为知己是因为诗人与梅花"相逢多在月来时"（《题梅四首》其一）[2]，在霜月之夜寂寥之时，梅花总是在"小窗斜度两三梢"。在诗人引鹤出城之时，"美人相伴立多时"。悠然的意境中梅霜与人、月相伴共处，这是何等的"清"？这样的"清"正是梅花的性格，是诗人高洁情怀观照下梅的性情，可谓梅之"神"，又可谓梅之自然存在的气韵，是梅的本性特点，并不具有完全的道德意义。

其三，梅花是耐寒的。梅花的这一自然特点一直被赋予最典型的道德含

---

[1]　（元）丁鹤年《题画梅二首》（其一），丁生俊编注《丁鹤年诗辑注》，天津古籍出版社，1987年，第41页。

[2]　（元）贡性之《题梅四首》（其一），（清）顾嗣立编《元诗选·二集》，中华书局，1987年，第1209页。

义，即坚贞的品格、奉献的精神。在贡性之的题画诗中，他始终都在关注梅花盛开于风雪中的自然规律。但他在表现这种特点的时候，并不是以崇敬的眼光远距离地仰视梅花，视其为道德精神的象征，而是以一颗爱怜之心近距离地欣赏着梅花，视其为恋人或知己。因此，他笔下的梅花耐寒，是"美人"为等待恋人在灞桥明月夜，"忍寒花下立多时"的痴情；是罗浮山下，为遇踏雪赏梅的夫君"一枝先占短墙头"的梅花仙子的多情与献媚；是为欣赏"满邻屋"的春光，不顾狂风严寒"却从墙角借来看"的孩子般的可爱与执拗，是为陪伴诗人，在冰霜月夜，"小窗斜度两三梢"的知己的忠诚。

从贡性之对梅花的观照中可以看出，他略去梅花的比德内涵，虽然在更大程度上还原了梅花的自然美的本性，但梅花刚毅坚贞、不畏严寒的风骨却也随之略去。明代田汝成谓其诗"乏骨"意正在此。

其次，贡性之以对所描绘景物的选择体现"自然"的审美理想。贡性之追求的不是大山大水的大景，而是溪头野水的小景，有着浓郁的桃源气息、故乡风味和生活情调。他的诗歌因此少了份幽居、闲情之作常有的荒寒萧瑟、空寂静谧之感，而呈现的是生命的快乐。如《题画》中的闲情之景是"楼倚溪头水，溪环竹外山。扁舟垂钓者，相对白鸥闲"；《题画扇四首》中，诗人羡慕的山中景是"三间两间茅屋，五里十里松声"，"鸭嘴滩连溪尾，羊肠路转山腰。云气晴晴雨雨，泉声暮暮朝朝"，"绿树湾头钓艇，青山凹里人家"；《题画》中的闲情则表现在"绿阴清昼深如水，饱看溪南雨后山"等等。

贡氏三代题画诗的审美理想虽然完全不同，但天趣、意度、自然都是由图画与题画诗人之间的关系，即创作主客体之间的关系而生成的。主客体平等互动方得"天趣"，主体对客体的强势驾驭而得"意度"，主体对客体景物的欣然顺从以得"自然"。有元一代的题画诗大概不出这三种审美理想。由于受以山水花鸟为主体的绘画图景的影响，以上诸种审美理想也大概与题画诗的创作主题相关联。表现身在尘世而向往山林之乐的内容多以"天趣"为理想，如赵孟頫、刘因、邓文原、虞集、丁鹤年等的题画诗。表达现实情怀的内容多以得"意度"为工，如张翥、杨载、揭傒斯、袁桷等的题画诗。表现幽居闲情的内容往往以得"自然"为高，如鲜于枢、杨维桢、吴镇、倪瓒、马祖常等的题画诗。由于审美理想的不同，大概形成了与之相适应的几种题画模式，贡氏三代的题画诗正是其中的代表。

第七章　元初三大书家题画诗的整体观照

题画诗是中国诗歌、书法、绘画艺术融合的典型。作为语言艺术，它们被大量保存下来，但作为绘画画面的有机构成部分，题画诗随着大多数绘画作品的失传而流失。这也就意味着，在大多数情况下，我们只能感受题画诗的诗歌之美，却无法欣赏题画诗的书法之美与绘画之美。然而，只有全面研究题画诗的诗歌、绘画、书法特点，方能推见画面上题画诗的本来面目。基于此，认识书法家的题画诗对于认识题画诗的总体风貌就具有无可替代的意义。中国题画诗随着文人画的兴盛而蔚为大观，并在元代形成第一个创作高峰，其中，书家功不可没。元代著名书法家虞集在《跋鲜于伯几与严处士翰墨》中言："大德、延祐间，渔阳（鲜于枢）、吴兴（赵孟頫）、巴西（邓文原）翰墨擅一代。"① 在书法领域，鲜于枢、赵孟頫、邓文原被称为"元初三大家"。三家书名既高，诗名亦盛，又精古物鉴赏，题画之作自然不菲。

第一节　情景·时间·空间：题诗的模式

赵孟頫（1254—1322），字子昂，号松雪道人，湖州人。其父曾官尚书、户部侍郎兼知临安府，家富书画收藏。赵孟頫在出仕之前，往来于杭州与湖州间，与聚集于杭州的书画家、收藏家、文学家相游，品画论字作诗。

---

① （元）虞集《道园学古录·卷十》，四部丛刊初编本。

入朝后，身为集贤院与翰林国史院两大中央文化机构的重要人物，又常陪同皇帝欣赏书画，见识了不少元朝内府书画，精鉴之功非常深厚，有所谓"鉴定古器物、名书画，望而知之，百不失一"①，以至被指定题签秘书监里无签贴的书画②。他著有《松雪斋文集》。该文集的题画记有 1 篇、题画诗近 90 首，涉及各种画科。其中《题耕织图二十四首》是奉旨所撰。其余题画诗中有一大半是题他人之画。比较之下，赵孟頫为同时代的画家题诗较多，如题高克恭的画有《夜山图》《树石图》，题钱舜举的有《小隐图》《梨花》《折枝桃》《二马图》，题李衎的竹子、龚开的山水、商琦的《桃源春晓图》等。所题古画则有荆浩、董源、米芾等的山水、李公卿等的鞍马及一些人物故事画，自题画有山水、梅竹。

　　赵孟頫题画诗表现最多的是归隐之情。赵孟頫对隐居有三种认识：一种如《题商德符学士桃园春晓图》所述，因厌倦尘世而进入山林；一种如《题桃源图》所云，因逃避战争赋役不得已而入山；一种则如《题归去来图》所言，仿效陶潜，为虚名而隐。三种山林之隐中，都有赵孟頫的影子。无论何种归隐，在他心中，陶渊明是与日月同辉的理想形象③，桃花源是理想的仙境④，钓月秋江是理想的生活方式⑤。但渴望山林又归隐不得的矛盾，使他的题画诗弥漫着深深的悲凉，在卧游山水时，身后总拖着个沉重的黄尘包袱，如《题朱锐雪景图》言："尘埃困人恒作恶，开卷惊看雪满楼。"《题龚圣予山水图》其一云"黄尘没马归来晚，只有西山小慰人"。这是他自己切身的感受和内心真实的写照。因此，他又在《题龚圣予山水图》其二云："今日看山还自笑，白头输与楚龚闲。"龚圣予即龚开，元初遗民画家。宋末，他做过两淮制置司监当官，也曾与陆秀夫共筹抗元。宋亡后，龚开誓不仕元，坚守志节，往来于江南各地，以诗画抒发遗民的愤懑。其情感之激烈、胸臆之磊落一一寄于画，为遗民画家中抗元意识最强、抗元呼声最高、念宋哭声最为激昂的一员。此诗当有指龚开此胸臆之意。同样作为遗民画

①　（元）欧阳玄《魏国赵文敏公神道碑》，《圭斋文集·卷九》四部丛刊本。
②　（元）王士点《秘书监志·卷六》，文渊阁四库全书本。
③　（元）赵孟頫《题归去来图》，《松雪斋文集·卷二》四部丛刊初编本。
④　（元）赵孟頫《题商德符学士桃园春晓图》，《松雪斋文集·卷三》四部丛刊初编本。
⑤　（元）赵孟頫《黄清夫秋江钓月图》，《松雪斋文集·卷五》四部丛刊初编本。

家，赵孟頫认为自己输于龚开的不仅是山水画的笔墨形式与技巧，更是作为宋遗民的民族气节，表达了对画家坚守民族气节的由衷敬佩和自我内心的深深愧疚。

赵孟頫题画的基本模式是将画面与情感进行自然地融合。他更多的时候是将画面视为一个独立的主体，与画面对话，而不仅仅是和画家共鸣。因此，他总是直接摄入画面，以主人的心态感受画面中的景物，解读已经定型了的图画，挖掘画面中可能存在的表现因素，与自己的感受相契合，赋予图画以立体的动感，使画面弥漫着生命的气息。他最有名的一首题画诗《题李仲宾野竹图》："偃蹇高人意，萧疏旷士风。无心上霄汉，混迹向蒿蓬。"李仲宾即元初画竹名家李衎，所画野竹曲尽竹的情态，诡怪奇崛，用意精深。其用意在于"托根不得其地"的屈抑之叹。赵孟頫则从野竹的拳曲情状中读出了其"不夭于斧斤"的避祸之幸，从而依其形状，赋予野竹以全新的意义①。画中野竹的偃蹇、萧疏之状、蒿蓬之境与画外高人的意态、风格、心态一一对应，使画中静态的野竹以不求名利、与世无争的人格化形象鲜活地展现出来。景与情的交替出现使得画面之景与画家之情的结合天衣无缝。《黄清夫秋江钓月图》采用的也是情景相交的方法，诗中的主人和画中的主人完全融合为一。因此，一边是写画中景，一边是叙画外事，画中景与画外事的两次结合通过一个转折复句和一个反问句的恰当运用来实现："尘土染人衣袂，烟波著我船窗。为问行歌都市，如何钓月秋江。"全诗读来气势流畅，一抑一扬，顿挫分明。赵孟頫题画诗情景交融的另一种具体方法是在对画面景物的叙述中隐约见出诗人、画家的感受，即景中含情，如《题秋山行旅图》《题萱草蛱蝶图》两首。诗一云："老树叶似雨，浮岚翠欲滴。西风驴背客，吟断野桥秋。"作者将对秋山行旅图的感受浓缩于老树叶和浮岚两个具体细微意象，并用形象的比喻将其自然地浮现出来。因此，后两句似乎也仅仅是就画写景，但却已经深深地笼罩上了前两句营造出的画家感受。诗二云："丛竹无端绿，幽花特地妍。飞来双蛱蝶，相对意悠悠。"无端的"绿"和特地的"妍"使丛竹和幽花具有了人格化的特殊动机，生命气息搏动于自然花竹之间，也弥漫于整首诗中，因此飞来的蛱蝶自然感染上人所独有的意态，人情画意、人意画景交融无间。

---

① （元）赵孟頫《题李仲宾野竹图》序，《松雪斋文集·卷五》，四部丛刊初编本。

邓文原（1258—1328），字善之，一字匪石，人称素履先生，绵州（今属四川）人。因绵阳属巴蜀西部，又称邓巴西。宋时，邓文原随父迁徙杭州。入元后，历仕杭州路儒学正、翰林文字、江浙儒学提举、国子监司业、集贤学士兼国子祭酒。著有《内制集》《素履斋稿》等。邓文原诗歌作品中，题画诗占三分之二之多。其题画诗主要题写的是山水景物画，涉及的当朝画家有赵孟坚、赵孟頫、钱选、高克恭等，魏晋南北朝、唐宋画家有张僧繇、顾恺之、陆探微、李思训李昭道父子、阎立本、吴道子、王维、王洽、荆浩、文同、刘松年、米芾、卢鸿、郭恕先等，其中尤以王维、赵孟頫为最。

邓文原是由宋入元的诗人，他的题画诗着意于表达两种情感，一是故国之念，一是山林之志，这两种主题相互连接难分难离。主题展现的共同方法是将图画的视觉空间转化为时间的流程，在对时间意识的强调和空间形象的重建中强化自己的情感。因此，他的作品中很少直接抒写对故国的怀念，而是将其深深地融会于对"历史"的感觉中，这种历史是诗人自己的历史，是山川景物的历史，是图画的历史。在对历史的体验中，悲叹生命，悲叹人生。因此，他的题画诗表现出强烈的时间意识。首先，他在诗中直接表达着对时光流失、岁月流变的感叹。《题高尚书夜山图》叙述了画家高克恭描绘吴山夜景的高超技艺，联想到的是诗人自己曾经在一个秋天将晚的时分所看到的吴山夜景。但诗人的落脚点不在于真实的夜景，也不在于图画中的夜景，而是二者比较之下的感叹："回思图画时，岁月倏已往，山川更晦明，阴阳递消长。人生何独劳，局促老穹壤。"由感性现象思及阴阳更替，由此产生遗世独乐的思想。《梁贡父学士江行阻风图》的结构与《题高尚书夜山图》颇为接近。诗人一方面联想到自己幼年、晚年对江上旅行的不同感受，另一方面对艰难的江行画景进行浓墨重彩。由二者得出的结论仍然是"世事翻覆哪有定，人生忧乐为谁谋。慨彼东逝川，白日不得须臾留"。其次，他善于对现在与过去进行对比。《松雪墨梅》前两句"忆昔"，写昔日诗人踏雪，看到百花凋零，梅花独艳；后两句写"如今"，收拾图画，感受到的是塞满管吹的岁月"无情"。《题李思训塞江晚山图》由图景想到的"斯图斯景世莫传，古汴荒凉风景暮。眼中人事已非前，画里山川尚如此"。今昔对比，传达出深深的悲凉之感。再次，他喜欢在诗中运用经年、几度等时间概念传达时间的意识。《赵干春山曲坞图》言："往来岂是避秦客，理乱不闻度经年。"《李思训妙笔》言："花落花开度经年"。《王晋卿蜀道寒林图》言："行行游子几经年，几度空林愁夜鹤"。《吴道玄五云楼阁图》则有"瑶草金芝不记年"句。《题丁氏松涧图》有："苍松手植经几年，灵虬夭矫今参天"。等等。最后，邓文原善于采用转换时空的方式强化时间意识。他通过想象将图画中的时空和自己经历过的、正在经历着的时空相互转换，造成图上与现实、过去与现在的鲜明对比。这种对比能够引起人的种种情思，在邓文原的诗歌中，主要是对时光流逝、人间万事的感叹。诗人也正是运用这种方法来表达谢绝尘世走向山林的心愿。邓文原题画诗中的时间意识源自诗人对生命这一人类永恒主题的深刻感受和认识，这种对本体的思考时时刻刻在提醒着诗人，使他眼中的苍松、瑶草、游子等人世间和自然界的一切生命都熏染上了时光流逝的悲凉色彩。而这样的思考和感受已超越个体的现象，涵盖了生活的一切。因此，邓文原的题画诗很少将具体的情感、具体的现实付诸文字，而是笼统地表达为"人生忧乐为谁谋""人间金碗事堪疑""人生万事弈棋中""世间万事有时易"，人间、万事、人生包容了多少酸甜苦辣！而山林之志便在这样的心情中自然而然地生成了。《题高尚书夜山图》言："我将乘倒影，千载纵清赏。"《梁贡父学士江行阻风图》言要"买田结屋"，"撷芳钓鲜"。《题丁氏松涧图》表示欲在松涧结屋，"得蔬药圃谋芝田"。《松雪翁桐阴高士图》羡慕高士们"胜事只消琴在膝，野情聊倚石为床"的隐居生活。如宋朝郭熙《林泉高致》序中所言，历来人们画山水的本意是画家的"林泉之志，烟霞之侣，梦寐在焉，耳目断绝。今得妙手，郁然出之，不下堂筵，坐穷泉壑；猿声鸟啼，依约在耳，山光水色，滉漾夺目。此岂不快人意，实获我心哉？"① 画家以山水为寄，实现自己的"林泉之志"，邓文原题画诗钟爱山水画的原因也正在于此。

鲜于枢（1257？—1302），字伯几，一作伯机，号困学民，又号虎林隐吏、直寄老人等，渔阳人（今属河北）。曾任江南诸道行台御史掾、浙东都省史掾等。鲜于枢能诗善书，精于书画、名物的鉴定，有《困学斋集》传世。

鲜于枢的题画诗多题山水画，画及宋代董、巨、范宽与元朝高克恭等的山水图。其题画诗主题也不外身处魏阙心在江湖的归山之情。与邓文原将视

---

① （宋）郭熙、郭思《林泉高致·山水训》，俞剑华编《中国历代画论大观·宋代画论》，江苏凤凰美术出版社，2016年，第40页。

觉空间转换为时间流程的题画模式不同，鲜于枢总是紧紧抓住图画的空间图形，选择与之相适应的角度、语言表达自己的心境，在空间图形的延展中突出诗歌的主题。在这个过程中，图画的视觉空间始终是其不离不弃的参照。如《僧巨然画》云："秋鲈春鳜足杯羹，万顷烟波两棹横。就使直钩随分曲，不将浮世钓浮名。"诗歌以画面中的小船为中心，把握整幅画的基调，力图通过小船挖掘出生命存在的痕迹，又通过鱼的存在，引出垂钓的动作。由此，诗歌又着意于垂钓中鱼钩的形状特点。一幅万顷烟波的山水画，最后竟落笔于如此细微的物象中。但以此小小的钓钩，钓起的却是诗人内心深处对人世功名的否定。而这种否定正是通过画面描写中的一个"钩"字钓出来的。即使是直钩垂钓无所获，也不在浮世钓虚名。显然，诗人用意不在垂钓本身，而在万顷烟波上横舟寄兴的逍遥自适。因此，其"直钩"之意与姜尚"直钩钓渭水之鱼，不用香饵之食，离水面三尺"（《武王伐纣平话》）的坐待时机有着根本的区别。又《高尚书夜山图》，鲜于枢依图写景，突出了"夜"的背景："天高露下暮潮息，月明一片寒江迟。藏深乐渊潜，惊定安林栖。"主题因之而生："耳绝城市喧，心息声利机。"由视觉而发，引出内心的感受与体验。《范宽雪山图》描写范宽笔夺造化的雪山图景，联想到范宽的生活环境：

"宽也生长嵩华间，下视庸史如埃尘。乱离何处得此本，张侯好事轻千缗。我家汴水湄，境与嵩华邻。平生亦有山水癖，爱而不见今十春。他日思归不可遏，杖藜载酒来敲门。"

范宽生活于高耸雄伟的嵩山、华山之间，故俯视山下自有众生如尘之感。这是视觉效果，也是高山之伟岸对其灵魂提升、心灵的净化，故曰"庸史"而不是"众生"，属直观感觉层面，而这种感觉首先得之于视觉。鲜于枢并没有直接表现其山水之癖，他一定要在自己的生活中找到与范宽相似的环境，然后才能找到与范宽视庸史如尘埃相似的感觉。也就是说，他首先要得到众生如尘的视觉印象，方会有庸史如尘的心理感觉。因此，他终于发现自己家乡汴水之滨"境与嵩华邻"①，由此引出爱山思归的主题。如此的写法使得鲜于枢的题画诗在表达归隐之趣时从文法到情感皆自然流畅，圆

---

① 汴水在河南，而鲜于枢的故乡在河北渔阳郡。故鲜于枢所谓"我家"是指北方中原一带，并不确指自己的家乡渔阳。

熟而缜密。诗人所发之感与画面景物有了内在的深厚的联系，因此，情感的抒发格外地真实，与一般题画诗看山水叹归隐的情感表现有着明显不同，其高下自然不言而喻。

第二节　形神·生命·气度：题画的标准

三家题画诗创作的不同方法，源于三家作为赏画人，对于绘画所持的不同审美标准，即三家赏画角度的不同。

情景交融的主题展示模式集中体现了赵孟𫖯艺术欣赏与创作中形神兼备的审美理想，而形神兼备的审美理想又是他中和雅正思想的集中体现。

首先，他着意于绘画中主体与客体、游戏与景物、视觉体验与精神感受之间的关系。《苍林叠岫图》诗云："桑苎未成鸿渐隐，丹青聊作虎头痴。久知图画非儿戏，到处云山是我师。"从表面看，绘画并不是一件十分严肃、囿于某种规矩和形象的游戏。因此，绘画总与"戏"有某种内在的相似，或被称为"墨戏"，或被称为"逸笔草草""儿戏"。但事实上，绘画并不是简单的随心所欲的游戏，它有自己的规矩，这个规矩就是自然的客观对象。画家首先遵从这一规矩，即"到处云山是我师"，如唐张璪所言："外师造化，中得心源"，强调画家要师法自然，熟悉并掌握各种"云山"的形、貌、意度。但在《题高彦敬画二轴》中，赵孟𫖯又言："万木纷然摇落后，唯余碧色见松林，尚书雅有冰霜操，笔底时时寄此心"[1]，认为画可以寄托画家的胸臆。然而，绘画无论谓之"戏"，还是胸臆之所寄，都不是就所描绘的客观景物而言的，其关注的重心是主体心理，即画之"写意"，这似乎与赵孟𫖯所言"云山"之意，即强调绘画的"写实"性构成矛盾。但事实是，寓胸臆、游戏于形神兼备的图画景物之中正是赵孟𫖯绘画创作与绘画欣赏的至高标准。其次，他着意于绘画的形与神之间的关系。《题西溪图赠鲜于伯几》中云："西溪先生奇崛士，正可著之岩石里。数间茅屋破不修，中有神光发奇字。"赵孟𫖯道出了人物画传神写照的一个规则技巧，即

---

[1]　（唐）张彦远《历代名画论·叙历代能画名人》，叶朗编《中国历代美学文库·隋唐五代卷下》，高等教育出版社，2003年，第378页。

以环境写神。图画中破而不修的茅屋以及山间岩石都为的是传达主人公的奇崛性格与超逸心态。再次，在具体创作中，他着意于景物的高低错落、色彩的调配、静景与动景、三远（高远、平远、深远）、画内与画外的安排，以创造出形神兼备的形象。《题商德符学士桃园春晓图》诗云："宿云初散青山湿，落红缤纷溪水急"，"宿云""青山"使人仰首远望，而"落红""溪水"让人驻足俯视，由高向低移动视线；"青山""落红"同时又是对不同色彩的调配。"瑶草离离满涧阿，长松落落凌空碧"，"瑶草"在山涧，"长松"向碧空，由低向高移动视线。"绿萝摇烟挂绝壁，飞流直下三千尺"，则呈现的是一动一静的景观。宋代著名画家和绘画理论家郭熙在《林泉高致》中认为绘画有三远，即高远、深远、平远。诗中明显地呈现出高远的气势和深远的幽静。同时以陶渊明的《桃花源记》为底本，在画面景色外，延伸出"鸡鸣犬吠自成村，居人至老不相识"的世外仙境，产生"移家欲向山中住"的愿望。由入画而至出画，又欲入画，作者几次变换身份，也从更多的方面全方位地展现了图画的美。《题杨司农宅刘伯熙画山水图》则使视角多次在真山水和山水画之间转换，在自然界和宅堂内移动，正是"移得山川胜，坐来烟雾空。窗中列远岫，堂上见青枫"。与《题商德符学士桃园春晓图》中突出表现高远与深远不同，在这首诗中诗人所捕捉到的是"迟日""天路""野桥""远岫""孤岛"等景物，展现的是"微茫看不足"的平远之美。最后，其题画诗中着意于绘画与书法的关系，赵孟頫在《题秀石疏林》中提出书画同体之说，影响深远，响应者群起，使以书法之笔入画成为一个普遍的创作规则。

强烈的时间意识是邓文原对绘画认识的集中体现，也因此确立了他题画诗创作关注图画内含着的主体生命的标准。南北朝宗炳《画山水序》中言：

"张绢素以远映，则昆阆之形可围于方寸之内。竖划三寸，当千仞之高；横墨数尺，体百里之迥。"[1]

这里道出绘画艺术的最大特点，那就是用很小的平面图纸空间容纳百里、千里、万里甚至无限广阔的现实立体空间，高明的画家具有"以一管之笔，拟太虚之体"的高超技艺。邓文原深悟此道，《题洪谷子楚山秋晚

---

[1] （南朝宋）宗炳《画山水序》，俞剑华编《中国历代画论大观·先秦至五代画论》，江苏凤凰美术出版社，2015年，第45页。

图》言洪谷子"五尺横图见十洲"。《赵千里山水长幅》中言："最是霜林好风景，居然咫尺见丹丘。"《阎立本秋岭归云图》其一中谓："贞观从知画有仙，能将万里尺图间。"《题李思训寒江晚山图》谓："咫尺瑶窗起烟雾。"《郭忠恕十幅》有言："洛阳画史称忠恕，尺素能穷造化工。"对绘画能够咫尺千里的认识，使邓文原的创作不仅仅要描绘图画景象，更重要的是要展示咫尺所内含的深刻思想情感，也使他的题画诗具有了深刻的生命意识、人生感受。正因为此，邓文原在题画诗中往往以可游可居之意穷究山水画的意象与内涵，创造人与象共同存在的意境空间，为山水可游可居创造真实的感受。宋朝郭熙《林泉高致》序中有言：

"世之笃论，谓山水有可行者，有可望者，有可游者，有可居者，画凡至此，皆入妙品；但可行可望不如可游可居之为得。何者？观今山川，地占数百里，可游可居之处，十无三四，而必取可居可游之品。君子之所以渴慕林泉者，正谓此佳处故也。故画者当以此意造，而鉴者又当以此意穷之。此之谓不失其本意。"①

言画山水可"不下堂筵，坐穷泉壑；猿声鸟啼，依约在耳；山光水色，滉漾夺目"。因此，一幅好的绘画作品要能画出可游可居的效果，而一个好的观画者在欣赏一幅山水画时，当能感受到这里的山水可游可居，正所谓"卧游山水"。《题丁氏松涧图》中画景就是真景，诗人仿佛可以听到溪水激石的声音、山人弹琴拨弦的曲调、仙鹤空中鸣叫的音色，可以知道仙人传诵的是道教真经，甚至可以结庐于山涧。《王摩诘春溪捕鱼图》中诗人也和渔翁一起游于画中，过着自由的生活。《题洪谷子楚山秋晚图》中，诗人感到自己"恍然身在赤城游"。《马和之卷》中，诗人走入了画中，游于画中。不难发现，在邓文原题画诗的景物描写中，诗人特别习惯于诗歌的结尾将一两个人物形象置于其中。如"溪头蓦有寻真客，期向天台汗漫游"（《顾恺之瑶岛仙庐图》）；"有客临溪清话久，数声长笛过前峰"（《李昭道画卷》）；"倚栏长听水淙淙"（《卢鸿仙山台榭图》）等等。这些人物与其说是画中的形象，不如说是游历于画面景物之中的诗人自己的写照。邓文原正是看到图画不仅仅是视觉艺术，更传达着至深的人文关怀与天人合一的宇宙

---

① （宋）郭熙、郭思《林泉高致》，俞剑华编《中国历代画论大观·宋代画论》，江苏凤凰美术出版社，2016年，第40页。

精神，也因此将绘画创作提到至高点：山川景物"神运直自疏凿先"①，"画到无心恰见工"②，"若人笔端斡玄气，万顷烟涛归咫尺"③，"最是无声诗思好"④，深悟绘画的最高创作境界与精神境界。

对空间观念的执着是鲜于枢绘画思想的体现，也形成了鲜于枢独特的题画诗创作关注图画景物气度的标准。在题《高尚书夜山图》中，他直言道："古人无因驻清景，高侯有笔能夺移。容翁复作有声画，冥搜天巧为补遗。"在鲜于枢的眼中，画上的题诗最直接的作用在于为画补遗。所补应是高克恭"夺移"的"清景"。但如何传达景物之"清"，诗中并没有进一步的解释，而就鲜于枢自己在这首诗中对高克恭图画之"清景"的描述来看，其所谓的"清景"既有景物本身的清，也包括了诗人感觉上的清。因此，题画诗的本意并不是要表白画家内心所想，而是要首先概括出图画留给观者的整体印象与感受。也即首先要把握山水的气韵、意度，诸如清幽、雄浑、悠远，等等，这方可谓之"补遗"，然后才是画家的胸臆或诗人的胸臆。鲜于枢认为题画诗当以补图画景物的气韵、意度为先。而他所认为的图画气韵与邓文原偏向于"韵"不同的是，他偏向于体现生命气势的"气"。因此，鲜于枢特别关注画中的苍老雄奇之景，特别地欣赏老辣雄健之笔，欣赏画中画家的气度。《范宽雪山图》中明言：

"李郭惜墨固自好，暗霭但若浮空云。岂如宽也老笔夺造化，苍顽万仞手可扪，匡庐彭蠡雁荡穷海垠。江南山水固潇洒，敢与嵩高泰华争雄尊。"

江南山水在鲜于枢眼中缺乏的是雄豪之气。他尤其不喜欢江南山水中云雾灭没之景。《高尚书夜山图》则特意拈出图画的收藏者李公略"看山向绝顶"的爱好，因为"绝顶看山山更奇"。鲜于枢认为李公略的如此爱好表现的是"德"，即"后来知有李侯之德高侯画，千年人诵容公诗"。此德当为

---

① （元）邓文原《题丁氏松涧图》，（清）顾嗣立编《元诗选·二集》，中华书局，1987年，第171页。

② （元）邓文原《题高房山墨竹图》，（清）顾嗣立编《元诗选·二集》，中华书局，1987年，第178页。

③ （元）邓文原《王摩诘春溪捕鱼图》，（清）顾嗣立编《元诗选·二集》，中华书局，1987年，第179页。

④ （元）邓文原《题洪谷子楚山秋晚图》，（清）顾嗣立编《元诗选·二集》，中华书局，1987年，第182页。

高尚超逸之德。《题董北苑山水》中言："后来仅见僧巨然，笔墨虽工意难似"，将董源与巨然作了比较，认为巨然之"画意"难敌董源。首先，就总体而言，董、巨山水画展示的景物气度不同，董源胜于巨然。巨然学得了董源的正传。不过，董源的是其云烟出没的水墨山水，而非雄奇峥嵘的青绿山水。因此有沈括《图画歌》言："江南董源僧巨然，淡墨轻岚为一体"，二人的画风还是有所不同。事实上，较之董源江南水墨山石树木的轻淡秀润，巨然对山石岚气清润、林木清润秀拔的渲染更见成熟与完美。其取景多峰峦叠嶂，尽山中之自然景趣，而少人物的点缀，较之董源山水也更显清幽寂寥，与其"万顷烟波两棹横"的布景意图一样，皆意在更大程度上的绝去尘世。这正是后人从其图画中读出的文人意味，更适合于标清绝俗的理想境界。又《宣和画谱》评巨然画：

> "于峰峦岭窦之外，下至林麓之间，犹作卵石、松柏、疏筠、蔓草之类，相与映发，而幽溪细路，屈曲萦带，竹篱茅舍断桥危栈，真若山间景趣也。"①

对山林景物的关注可谓细致入微，虽不失为一种自然山林之趣，但较之董源着意于"绝涧危径，幽壑荒迥"②的描写，则显得过于烦琐。尽管巨然善于运用大山峻岭作为图画的主体构架，但对山中小景的过于关注势必影响了画面整体的气度，有局促柔媚之嫌。再者，就具体作品而言，鲜于枢诗中用来比较的是董、巨两幅意境完全不同的山水画，前者"阴崖绝壑雷雨黑，苍藤老木蛟龙怒"，有奇伟峥嵘的高远之势，后者"万顷烟波两棹横"③，有烟岚轻漫的平远之韵。二者景物呈现的是两种不能相提并论的气势。所谓巨然"笔墨虽工意难似"④，鲜于枢的审美理想便已清晰可见。因此，不难理解，在题范宽、董源、高克恭的图画时，鲜于枢都采用了抑彼扬此的方法，就其绘画技巧进行着意赞赏。而在题巨然画时，只是就图画的主题进行阐发。也就是说，只是有感于画，而对其艺术特点却不置一辞。

---

① （宋）《宣和画谱·卷十一》，湖南美术出版社，1999年，第228页。

② （宋）米芾《画史》，叶朗编《中国历代美学文库·宋辽金卷上》，高等教育出版社，2003年，第250页。

③ （元）鲜于枢《僧巨然画》，（清）顾嗣立编《元诗选·二集》，中华书局，1987年，第208页。

④ （清）顾嗣立编《元诗选·二集》，中华书局，1987年，第204页。

第三节　中和·韵致·骨力：书画的风格

在历史的长河中，大多数题画诗随着绘画作品的流失而难见其貌。但从三家的书法风格可以看出，其与三家题画诗中的主题展现模式、绘画欣赏标准极为一致。

赵孟頫书名最高，为元代书坛领袖。其书法影响深远，不仅元朝著名的书法家，如虞集、柯九思等皆入其门下学书，邓文原、鲜于枢也多受其影响，而且"四方贵族及方外士，远在天竺、日本诸国，感知宝藏公翰墨为贵"[1]，影响远播海外。其书法不仅影响了有元一代，形成赵派书家群体，更波及明朝书坛。赵孟頫书法初学赵构、智永，得二王之妙，意在晋书风尚。又兼习钟繇、褚遂良、米芾、黄山谷等多家书字，晚年用功于李邕，深得李邕之法。其书兼具古人书法之形、神，被认为是"唐以后集书法之大成者"[2]。赵孟頫书法以行草和楷书对后世影响最大，行草代表作品有《雪晴云散帖》（台北故宫博物院藏）、《赤壁赋》（台北故宫博物院藏）、《归去来辞卷》（辽宁博物院藏）等；楷书代表作有小楷《过秦论》《洛神赋》（台北故宫博物院藏）及大量经卷；大楷如《玄妙观重修三门记》等。后世所谓"赵体"，指楷书而言，位于"欧、颜、柳、赵"四大楷书家之列。其中小楷被认为是"子昂诸书第一"[3]。其小楷笔力柔媚，大楷笔势峭拔，章草《与山巨源绝交书》《急就章》等气势高古又融精巧、洒丽。赵孟頫还发明了元朱文，即以篆写入印章，钤于书画，风靡元明。赵孟頫书法高古与洒丽同在，秀媚与清逸共融。无论行草，还是楷书，都有着明显的中和古雅之美。

邓文原是元初极富盛名的书法家。在大德二年（1298年），元成宗召赵

---

① （元）欧阳玄《魏国赵文敏公神道碑》，《圭斋文集·卷九》四部丛刊初编本。
② （明）何良俊《四友斋丛说·卷二十七·书》，《元明史料笔记丛刊》，中华书局，1959年，第250页。
③ （元）鲜于枢跋《过秦论》，《式古堂书画汇考·书考·卷十六·赵荣禄小楷过秦论卷》，四库全书文渊阁本。

孟頫书《藏经》时，邓文原为首选善书者，与赵同入京师，书名由此而显。就书法而言，邓文原远师晋唐古法，其"正行、草书，早法二王，后法李北海"①。其传世的《五言律诗二首》《倪宽赞跋》（台北故宫博物院藏）兼备二王书法的韵致与李北海的沉厚。由于与赵孟頫的翰墨交往，其书风与赵孟頫也互为影响。二人曾共为王羲之《瞻近汉时二帖》的唐人摹本补缺，其中二人的书风极其相似。邓文原擅长小楷书、行书，尤精于章草，传世作品不多，今传世的章草书法作品有《急就章》（故宫博物院藏），为三国皇象的刻本《急就章》的临摹本，故存世的邓书《急就章》不少。该书为邓文原中年书法的代表作，在章草中糅合了楷书与隶书，行草、楷、隶的笔意浑然一体，字体秀雅劲健。明人袁华评此卷："观其运笔，若神出蟠海，飞翔自如。"②

苏天爵在《滋溪文稿》中记载鲜于枢书法创作以"挽车行泥潭中"为笔法。可以想见该笔法的特点在于艰深有力，沉厚遒劲，笔意中有一种强大的内在张力。显然，由此笔法而成的书风不属于赵体、邓书的温婉秀媚、清秀古雅。这与其性格及书学渊源有着密切的关系。就性格而言，鲜于枢属北人仕宦于南，其意气雄放、豪迈不羁、我行我素，极性情中人。就其书学而言，最初是由金、元北方书家而来，后入晋唐之书。小楷法钟繇，草书师怀素。因此，他的书法多雄健恣肆之风，纵横挥洒之势，极具个性。被时人称为"带河朔伟气，酒酣骜放，吟诗作字，奇姿横生。"③鲜于枢擅楷书与行草。尤以草书成就最高，最富个性。其善书大字，愈大愈见出其雄豪奇放之气。如《杜工部行次昭陵诗》卷（上海博物馆藏）、《诗赞》（上海博物馆藏）等皆为代表。但小字受其雄豪强横书风的影响，骨力有过而韵致不足，气势有余而神态不足，因此，被认为"未能脱去旧习，不免间有俗气"。④

---

① （明）陶宗仪《书史会要·卷七》，上海书店，1984 年影印本，第 306 页。
② （明）王珂玉《珊瑚网·卷十·邓文素公临急就章》，四库全书文渊阁本。
③ （元）柳贯《跋陈庆甫所藏陷于伯几书自作饮酒诗》，《柳待制文集·卷十八》，四部丛刊初编本。
④ （明）陶宗仪《书史会要·卷七》，上海书店，1984 年影印本，第 307 页。

结 语

　　西方解释学及接受美学都将艺术作品理解为面对读者无限开放的文本，这个文本不是一个客观恒定的存在物，而是可以被不断创造的历史性存在。在这种开放的文本阐释与接受中，作者的中心地位被读者的中心地位取代。读者不必拘泥于作者的原意，而是要参与文本的创造，这样的读者才是"真正意义上的读者"①。艺术存在于读者与文本的对话中，作品的意义在读者与文本的对话中生成。题画诗与一般诗歌的根本不同之处正在于它是诗人对于绘画文本接受的产物。因此，题画诗的创作必然关系到绘画文本、画家、诗人。作为读者的诗人，总游走于画面、画家和自己之间。赵孟頫、邓文原、鲜于枢三位书法家以情景模式、时间意识、空间观念为核心的题画诗创作，正源于三人作为读者对于艺术作品不同的解读原则，对画家与诗人、作者与读者之间关系的不同认识。他们都力图在作者与读者之间寻找一个合适自己的支点。如果将文本比喻为一个跷跷板中间的支点，两头分别为读者和作者，那么，赵孟頫始终在平衡着二者的关系，恰当地在画家创作的景物中融入自己的感情，邓文原则偏向于读者（自己）的一边，带有鲜明的主观情感色彩，鲜于枢则倒向作者一边，有明显的客观图解色彩。因此，中和雅正、内在韵致、景物的骨力，分别成为三家题画诗作为诗歌、绘画、书法艺术的共同审美理想。

　　这种诗歌风格、赏画标准、书法风格的迥异与三人的艺术个性及艺术家的身份有着必然的联系。赵孟頫书法称雄元代，诗歌被比之于李、苏②，绘画为元代早期最杰出的代表，与北方画家代表高克恭并称"南孟北高"，共同开启并确立了元代画风，使中国绘画在元代一改南宋盛行的院画风气，迅速向文人画方向靠拢并得到很好的发展。其水墨《重江叠嶂图》融南北画风为一体，使笔墨从图画景物图式的服从地位中解放出来，赋予其独立的写

---

　　① ［德］姚斯《文学史作为文学理论的挑战》，《接受美学与接受理论》，辽宁人民出版社，1987年，第23页。
　　② （元）杨载《大元故翰林学士承旨、荣禄大夫、知制诰兼修国史赵公行状》，赵孟頫《松雪斋文集·附录》，四部丛刊初编本。

意功能。其《鹊华秋色图》被董其昌评为"有唐人之致而取其纤，有北宋人之雄去其犷"①。其人物鞍马画《秋郊饮马图》被今人评为"为'利家'而兼'行家'之作，正标志着由宋而元、由画工画而文人画过渡转接的特色"②。邓文原不是画家，在元代他以文名与书名闻达于世。其文名盛于大德、延祐年间，为元初文坛的中心人物。《元诗选》载句章任上林言：

"善之与袁伯长、贡仲章、辈振兴文教，四海之士，望风景附。王士熙、冯思温名位为最显，亦皆出善之之门。"

《四库全书总目·巴西文集》称："文原学有本原，所作皆温醇典雅。当大德、延祐之世，独以词林耆旧主持风气，袁桷、贡奎左右之。操觚之士响附景从。元之文章于时为极盛，文原实有独导之功。"

其书名却因中年以后勤于政事、疏于翰墨而受到严重影响。尽管《铃山堂书画记》存《诗画》目③，但鲜于枢以书名与鉴赏之名盛于世确是不争的事实。据胡敬《西清札记》、吴升《大观录》记载，大德二年（1298年）二月二十三日，赵孟頫、周密、马秾、乔篑成、王芝、廉希贡、郭天锡、李衎、邓文原、张泊淳等书画家及书画收藏家聚集在鲜于枢的寓所，同观北宋郭忠恕《雪霁江行图》、东晋王羲之《思想帖》。赵孟頫在这两幅作品上题跋记录了这次聚会。周密《云烟过眼录》所载名画均注明藏家，其中有鲜于枢的藏品。

虽然同为元代书法家，但在书法之余，赵孟頫更是一位由画工画向写意画过渡的画家，邓文原则更是一位文学家，鲜于枢则更是一位鉴藏家。因此，赵孟頫必然在作为造型艺术的绘画与作为抒情艺术的诗歌之间寻找题画诗的语言位置。邓文原必然关注于绘画中的深层情感思想，赋予绘画以作为时间艺术的诗歌所具有的悠远韵致与深厚蕴藉。而鲜于枢则必然以较为客观的眼光看待绘画文本，这种眼光伴着他奇崛豪迈的个性，成就了萧条淡泊、温婉秀丽的元代书画风尚外一道独特的风景。

---

① （明）董其昌跋《鹊华秋色图》，赵孟頫《鹊华秋色图》卷，藏于台北故宫博物院。
② 徐建融《元代书画藻鉴与艺术市场》，上海书店，1999年，第32页。
③ （明）文嘉编，知不足斋丛书本。

第八章　元代少数民族题画诗的模式

少数民族文化是元代文化的重要组成部分，受汉文化的影响很大，其中诗歌是汉文化对元代少数民族熏染最为深刻的艺术之一。清人顾嗣立在《元诗选》二集萨都剌小传中云："有元之兴，西北子弟，尽为横经。涵养既深，异才并出……各逞才华，标奇竞秀，亦可谓极一时之盛欤！"《元诗选》除了初集、二集、三集中有诗歌集的少数民族诗人外，仅癸集中收录的少数民族诗人就达六十多位。

内蒙古学者王叔磐整理的《古代蒙古汉文诗选》中，少数民族诗人达三百位之多，其生活时间主要集中于元代。其中以西域色目人的汉文学创作成就最高、数量最多。

少数民族的书画成就在元代也十分引人注目。在绘画方面，高克恭是元代早期和南方绘画领袖相呼应的北方画坛领袖。他的绘画上继二米，下启元四家，是中国文人画发展道路上的一座里程碑。在书法方面，元代则有南赵北巎之说，① 北巎指的是西域人康里巎巎。他的书法奇崛独出，影响了元末明初的书法发展。

元代少数民族诗书画的突出贡献和普遍影响使书家、画家往往能诗善词，不少诗人也会赏画鉴书，或画上题诗，或画外评画，兴盛于元代的题画诗在少数民族汉语诗歌中流行开来。元代少数民族诗人多集中于元代中后期，他们没有那么多根深蒂固的传统儒家诗教观念，而是从自己的性情出

---

① （清）卞永誉《式古堂书考》卷20载张灿《赵巎二公翰墨歌》云："元朝翰墨谁擅场，北巎南赵高颉颃。"

发，充分发挥他们的创造才能。他们以对主体性情之真的恪守与抒写，以对现实社会的关注、对绘画艺术的认识与思考，为元代题画诗坛注入了新鲜的血液。

第一节　萨都剌题画诗的气势

萨都剌（1272—?）字天锡，号直斋，回族。《书史会要》称其"有诗名，善楷书"。绘画作品《严陵钓台图》和《梅雀》存于故宫博物院，画上有自题诗。今存《雁门集》里有题画诗 30 余首，所题画有人物故事、岁寒三友、山水景物、鞍马杂画等。

萨都剌多以古体作题画诗。在古体题画诗作中再现的画面多以气魄摄人，以雄放见长。《终南进士行和李五峰题马麟画钟馗图》与《题龚翠岩中山出游图》诗描写的都是民间传说中钟馗捉鬼的故事，以极其酣畅淋漓的笔致塑造了一个生动彪悍、勇敢老辣得几近残酷的捉鬼大仙形象。钟馗的形象丑到极端，令人毛骨悚然，众鬼的形象又惨得可怕。前首诗开篇："老日无光霹雳死，玉殿咻咻叫阴鬼。"后首诗开篇："酆都山黑阴雨秋，群鬼聚哭寒啾啾。""老日""霹雳"显然是塑造钟馗性格的语言，而"咻咻""啾啾"又是鬼魅的语言，两种形象和语言的转化与过渡自然流畅。诗歌一开始便摄人心魂。另有《题郭元二公画壁》中"两山出没如虎头，争奇角怪不肯休。一山如龙入云去，一山化作长江流"的气象峥嵘，《题画马图》中天马"四蹄踸躞若流星，两耳尖修如削竹"的神俊威武，《题舒真人仙山楼观图》中"光流汉殿青鸾舞，霞拥函关紫气明"的气派富丽，《题陈所翁墨龙》中"满堂光焰动鳞甲，倒挟海水空中飞"的磅礴雄壮等，对景物的刻画都在力图表现出壮美的气势。

在图画景物中，萨都剌对雪景似乎情有独钟，即使是看似静谧的雪景在萨都剌笔下也具有了豪迈的气象，如《题子昂画卧雪图》《题朱泽民画雪谷晓行》《题刘山长雪夜板舆图》等。其中，《题喜寿里客厅雪山壁图》是萨都剌雪景描写最具特色的一首。诗歌由一幅雪山图联想到自己见过的东西南北雪，同一种自然景观，在他的笔下却各具情态：京口的雪大如手，建业的雪满城飞，燕山的积雪绝飞鸟，闽中的飞雪空流翠。但无论何种雪景都不同于其他许多诗人笔下雪景的静谧感和优美感，而是跳跃着强烈的动感，回荡着激烈的声响。

汉族诗人热衷的归隐也是萨都剌题画诗的重要主题，但他的这类题诗别具风味，染上了豪爽之气。如《为姑苏陈子平题黄公望山居图》云："哪如隐君不出户，读书万卷阅人间。"《马翰林寒江钓雪图》云："人间富贵草头露，桐江何处觅羊裘。还君此画三叹息，如此江山归未得。洗鱼煮酒卷孤篷，江上云山好晴色。"《题刘涣中司空隐居图》云："童子抱琴随白鹤，邻翁看竹借篮舆。门前秋叶从风扫，屋后春天带雨锄。自笑天涯倦游客，十年未有一廛居。"色目人的归隐不同于汉人的归隐。这是对尘世的摈弃，并不存在与朝廷的对抗。何况，萨都剌身为武官的前辈深得朝廷的恩惠，这也使得他的题画诗多的是豪爽雄浑，少的是幽怨沉郁。

与古体诗飞扬的气势殊为两路，萨都剌的绝句题画诗却呈现出自然清丽的特点，即顾嗣立《元诗选》所言："清而不佻，丽而不缛，真能于袁（袁桷）、赵、虞、杨之外，别开生面者也。"如《秋江横笛图为维扬苏天爵题》诗云："枫叶高低山远近，月明霜薄楚江澄。何人吹笛孤舟外，莫是苏仙过广陵。"《题画》诗云："绿树荫藏野寺，白云影落溪船。遮却青山一半，只疑僧舍茶烟。"他的绝句择取的皆是比较单纯的意象，树色、痴风、白云、轻雾、树荫、杳霭等景致皆若隐若现、轻柔飘逸，每一句诗和每一个意象本身似乎并不具有很强的吸引力，但组合而成的意境却淡泊缥缈，悠远静谧，清新可人，颇有文人画的意境与思致。语言生动形象，无雕琢之痕。诗句虽短，但留给读者的思维空间与想象空间却很大。

第二节　马祖常题画诗的模式

马祖常（1279—1338），字伯雍，西域雍古部人。自幼禀赋即高，知书嗜书，刻厉勤学。诗文追唐音汉体，是延祐、天历年间文坛的重要人物，著有《石田文集》16卷。善画，袁桷有《次伯庸画松》诗为证。

元代诗坛由南北汇流而成。南方诗风沾染了南宋四灵纤巧的风气，而北方则弥漫着金诗的余习。马祖常的诗歌正弥补了这一点，其"接武隋唐，上追汉魏"①，既摆脱了苏黄与四灵的阴影，也杜绝了尖新工巧。这也是他题画诗的特点所在。

马祖常的题画诗有 80 多首。其题画诗除了五七言之外，还有四言、六言、杂言，以及一首三字诗《兔窥蝶图》；除了古体、近体、歌行体之外，还有两首骚体、两首赞。其中，骚体为元代其他诗人很少使用的一种题画诗体。马祖常的这两首骚体诗是《九成宫图》《华清宫图》，题写的都是唐王朝皇帝贵妃的行宫图：

"泉濺濺而响谷，风瑟瑟以动林。夹两山以为趾，络下堑与上岑。宫纤丽以媚女，观骞鼟以凌尘，矢池鱼而游泳，饲圈麟而驯驯。帝奈何兮不乐？将弭节乎江律。"

"帝出车以鸣鸾，俨六龙之骧首。循长陆而动骛，谓泉源之在右，穹阊阖之天门，封百二而为垣。明獮羯而不丑，嗟神尧之文孙。"

从诗意上看，这两首诗皆近屈骚之缠绵嗟叹，风格上前一首类屈骚之藻丽，而后一首类屈骚之典重。苏天爵在其文集序中云 "公少嗜学，非三代两汉之书不观"②，可知马祖常尚古之意甚重。这两幅刻印着大唐气象的图画，在诗人的笔下又被披上了上古气宇轩昂的衣装，马祖常诗文崇古而近古的追求与特点表现得十分清楚。

题画诗是就画而题的诗，画面之景是绘画作品给予观者最先也是最核心的认识。读马祖常的题画诗，尤其是古诗和律诗，有一个比较明确的题画模式，即游画、扩景、出画、叹景。每一次流程段在转换时，非常自然、流畅，丝毫没有戛然而止又平地突兀的感觉，虽是流程在转换，以诗人赏画为线索的诗句的内在气息却并没有剪断。这种气息就是由诗人、题画、画家、画、诗人组成的可首尾衔接的环，整首诗歌因此显得通畅而流利。李东阳所作《马石田文集序》中所谓石田先生的诗歌 "圆密清丽"③ 之圆密当是同样的认识。试举几首古诗和律诗论证：

---

① （元）苏天爵《御史中丞马公文集序》，《滋溪文稿·卷五》，中华书局，1997 年，第 65 页。

② （元）苏天爵《御史中丞马公文集序》，《滋溪文稿·卷五》，中华书局，1997 年，第 65 页。

③ （明）李东阳《石田先生文集序》，（元）马祖常《石田先生文集》，中州古籍出版社，1991 年，第 9 页。

"曹南山君画山水，幅绢咫尺千万里。古木樛枝障雾雨，苍石断裂蹲虎兕。路幽应有仙人室，楼阁恍惚云气入。翰墨黯黯绝丹壁，芙蓉峰高观海日。"（《题商德符山水图》）

"龙门千尺梧桐树，多在石崖悬绝处。上有古巢生凤凰，凤凰台高山水长。吴蚕八茧白云丝，画史落笔光陆离。江天万里莫射雁，春草年年出湖岸。"（《题惠崇画》）

就《题商德符山水图》论，全诗八句，但却可分割为五个片段：前两句是入画前的点题，即点明画家与画；接下来两句是画中景，是没有介入游人的画中景；五、六句有了游人的影子，"应有仙人室""恍惚云气入"显然是游人的判断。这个判断使得游人的视野已经超出了画面的范围，因为画面上并没有仙人室，进入楼阁的云气，游人又怎能看得见呢？思绪飘得太远了，还是回到画面来。结果便引出第七句，"翰墨黯黯"自然说的是这幅图画本身对色彩的选择，这是一幅浓重的水墨画。但这句不仅仅是传递这样一个简单的信息，而且还包含着画面中的一部分景观，即"丹壁"。由此，第八句"芙蓉峰高观海日"，诗人又走进了画面，它不像第五、六句只是闪现了一个影子，而是以主人的身份走进画面，成为画面的一个有机组成部分。且这个组成部分本身也是对画面的扩延。因此，它又是由诗人、画中的芙蓉峰和画外虚构的日出共同组成的。而这一道由诗人创造的新的景观，正寄寓着诗人的胸臆和对生活的激情。《题惠崇画》前两句是景物的简单陈列。三、四两句则加进了图中景物的有关传说，这使画中游人的出现，与前两句连接得非常紧凑。但叙述已经离开了画面。五、六句则是对画面的重新观察。这次看画显然已从单纯对画面景物的关注转向了对绘画技法的关注，诗人完全站在了画外，不再是画中的游人。诗歌最后两句明显地是诗人在说话。他又一次走入画景，但不是叙述景物和故事，而是感叹湖岸春草的生命，劝戒长空射雁的行为。这样的结构最大限度地展现了画面、扩延了画面、记述了画技、表达了情思。而且这个过程既环环相扣，又波浪式地逐渐深入，给人以波澜起伏的感受，有些类似音乐乐谱中的四四拍节奏。如果将对画面的直观感受称为音强的话，这几个环节音强的程度按顺序正是一个四四拍的节奏所具有的顺序，即强、弱、次强、弱。对一个题画诗的读者来说，如果将它们给予读者的心理感受称为音强的话，那么它们音强的程度按顺序又是一个反四四拍节奏所具有的顺序，即弱、次强、弱、强。题画诗人的意图就是要在对以上程序的运用中，不断地加强题画诗所产生的心理冲击力，而他采用的强化方式是循序渐进、有张有弛。舒缓与紧迫始终交替出现，又互相攀比，因此，有次强，还要有弱，有强，还要有次强。而画面本身的呈现却是一个完全相反的音强过程。这既符合欣赏绘画的程序，又在这个程序的叙述中逐渐淡化画面给人的普遍的直观感受。与之相反的是，题画诗人在这个过程中却逐渐强化了个人的主观意趣。但这也看出，马祖常对画家原画的忠实。正是这个原因，他在描绘画面景物的时候，没有过度地夸张和铺排，始终很有节制地把握着画中景和画外景的描写比例，把握着"游人"与"诗人"出现的分量。于此，他的题画诗才在真正意义上做到了"圆密"。

马祖常的题画诗中，绝句占据了大多数，山水、花鸟、人物、禽鱼、鞍马等无不关注。如果说古体、律诗的语言规模为马祖常铺展他的题画程式提供了空间基础，那么，当语言规模削减时，这个空间基础也便随之而去。因此，在以绝句题画的时候，他的这种题画程式有所改变。

首先，他仍在尽力地维护着原有的古体、律诗题画程式，在短短的四句诗中尽可能多地运用这一程式的各个阶段。如《题左司帖郎中扇头》诗云："缥禽闲上海棠枝，仿佛江南二月时。兰署名郎心似水，冰纨底事送凉飔。"《题左司帖郎中扇头》趋近于一个比较完整的程式。海棠枝头的闲禽是扇面给予观者的最直观的印象。而江南二月是观者由画而产生的联想，不为画面所限制。但画终归是画，观者的思绪在瞬间的放飞之后，迅速拉了回来。因此，其想象是模糊的，甚至只是一个概念，但模糊的江南二月却又是丰富的。枝头闲禽带给观者的感觉恰如江南二月。再次回到扇上，不再是描绘画景，而是着笔于主人，但诗人所看重的是主人如水之心，由此，诗歌末句虽然写扇，实际上却再次离开了扇面，关注的是"送凉飔"背后的原因。诗歌看似实写扇，实为虚笔传情，与前面主人的"心似水"一脉相承。

其次，绝句中，由于语言规模的限制，马祖常加大了语言本身的含量。其题画的古诗、律诗，程式的各个阶段往往以一联为单位，相对独立。但在其绝句中，在一句诗有时会交叉出现两个阶段。语言节奏加快了，语言含量增加了，却也意味着细腻刻画的减少。诗人创造这种语言的方法就是炼意、炼句。如《蔡琰图》其一云："胡月还如汉月圆，龙堆沙水咽哀弦。文姬此夕穹庐梦，应到春闺旧镜前。"蔡琰生平的重心都在她被掠归匈奴的悲惨遭遇，诗歌也以这一遭遇为着笔的基点。在诗歌中，马祖常采用了两组对比来立意。首先，诗人没有正面描写蔡琰的容貌，却用"春闺旧镜前"将其引出，这为读者留下了很大的想象空间。这个空间里存在着两个蔡琰：一个是梦中"春闺旧镜前"少女的青春容颜，另一个则是现实中憔悴悲凉的愁容。前者由春闺旧镜的场景点出，而后者则在诗歌开始对胡月龙沙的记述中感受得到。这是一组隐约于诗歌中的对比，也恰是诗歌立意的一个特点，新颖而含蓄，这可谓炼意。其次，首句胡月与汉月的对比，这是一组明确于诗表的对比。这样的对比，以相同的景致交代直奔情感主题。

再次，马祖常绝句的另一种题画诗法则是将诗歌分为两个部分，前一部分多欣赏画，语气或欢跃或平和，后部分则常常因画的内容或与其相关的事物，一改前面的语调，有明显的转折。如《宋高宗书光武度田图》诗云："汉家自有云台像，谁取丹青画度田？宋主欲兴江左业，却将书字送长年。"《骊山图》诗云："万户千门春殿开，温泉花发翠华来。可怜十月无阳节，独见浮波玉雁回。"《骏马图》诗云："天马西来入帝闲，风鬃雾鬣驳文班。房星一夜光如水，却怨龙媒万里还。"在其绝句中，除了以上"却""可怜""却怨"等词语外，与之相类似，用于实现语气转换的词语的还有"却嫌""只待""闲怨""犹恨""却笑""不须""不信""空""还堪"等。诗歌中语气的转换显然是诗人思维的转换，而且，这种思维是由"看"而至"感"的转换。其关注和描绘的图画中景因此被赋予了人的生命与情感。这种情感是诗人走入画中，身与景化时对画景主角的感受与认识。

当然，这种情感明显地带有自己的个性色彩。马祖常正是借助这些词汇使画面富有了情感，使画面活动起来。如《画牛》两首其一云："龙具春来挂屋廄，清泥过腹雨耕劳。田间独仰听风鼻，不信空山野兕号。"一头辛辛苦苦耕作的牛，转变成了一头有人一样思维、有人一样性格的倔强的牛。其二云："江岸骑牛袯襫翁，夕归对妇诧田功。世间无客曾相识，惟见惊飞几雁鸿。"一个豪爽邀功的农夫，在"惟见"的转折中变成一位孤孤单单的老人。但这也造成一个事实，那就是题画绝句的写作程式化的痕迹太过明显。时人评价马祖常诗文得法有章。但如果这种"法"太依赖于外在的形式的话，其"法"也便在一定程度上变成了束缚诗人创作的笼子。

第三节　贯云石题画诗的风格

贯云石（1286—1324），维吾尔族，字浮岑，号疏仙、酸斋、芦花道人。贯云石精通音律、器乐，是元代曲坛的有名人物。亦擅长诗文，其诗文就曾结集，并由程钜夫作序，称道"盖功名富贵不足易其乐者"①。欧阳玄《贯公神道碑》言其诗"冲淡简远。"② 其诗文集今已不存，仅见佚诗 40 首。

贯云石还是一位书法家。书法以草书为胜，书风雄崛，与元代盛行的赵体殊为两路。

同时，贯云石还有绘画的才能。明人汪珂玉《珊瑚网·名画题跋》卷 20 记载："崇祯四年（1631 年）九月十六日，徽友黄规仁携册共唐拓《临江帖》来，赏菊夜话，因留册饱观。"其"册"中有贯云石《松图》，但汪珂玉又在其后注明"未确"二字。

无论贯云石是否作过画，他对绘画的爱好却是事实。在其残存的诗歌作品中，题画诗占到了三分之一。有《题陈北山扇》五首、《画龙图》《题仇仁近山村图》四首、《题华光墨梅》《题李成寒鸦图》《题赵子固四香图卷》《龙广寒像赞》及《袁安卧雪图》等。

贯云石题画诗中最引人注目的是《画龙歌》。元至大、皇庆间，元京城遭遇连年大旱，百姓食不果腹，生活十分艰难，民间流行着一种解决旱情的办法，即画龙祈雨。贯云石此诗题写的就是一位道士因祈雨而画的龙。诗云：

"老墨糊天霹雳死，手擘明珠换眸子。一潜渊泽久不跃，泥活风须色深紫。虬髯老子家燕城，怒吹九龙无余灯。手提百尺阴山冰，连云涂作苍龙形。槎牙爪角随风生，逆鳞射月干戈声。人间仰视玩且听，参辰散落天人惊。潇湘浮黛娥眉轻，太行不让蓬莱青。烈风倒雪银河倾，珊瑚盏阔斟不平。吸来喷出东风迎，春色万国生龙庭。七年旱绝尧生灵，九年涝涨舜不耕。迩来化作为霖福，为吾大元山海足。"

---

① （元）程钜夫《跋酸斋诗文》，《雪楼集·卷二十五》，四库全书文渊阁本。
② （元）欧阳玄《圭斋文集·卷九》，四部丛刊初编本。

　　本诗历来被称颂的是其关注社会民生的济世情怀，但这在此诗中本不是主流情感，诗人创造出的艺术感染力与吸引力才是此诗经久不衰的原因所在。这首诗以道士画龙为诗之主体，很自然地将道士虬髯怒颜、提山涂云的仙风道骨与苍龙翻江倒雪的神力结合起来，气势磅礴，震人耳目。尤其是道士的形象描述奇崛生动，与贯云石草书给人的感觉一脉相承。其生动不仅在于道士的绘画状态，更在于道士自身外在的气度神态。如此对绘画主体两方面的刻意观照，在元代甚至前代题画诗中也并不多见。贯云石如此选择，一方面因为画家的特殊身份——道士，一方面也是为了渲染画家作画时气冲鼓膜、挥毫横扫的状态，暗示出笔下神龙的生动，与神龙吞风吐雨的壮观场面相呼应，强化了整首诗歌的磅礴之势。因此，诗歌的魅力自然由两个过程组成，一个是画家的笔下如何生成苍龙，一个是画中的苍龙如何生成瑞雪甘霖。这两种生成的写法有所不同。前者着笔于生成的过程，对画家给予足够的重视，道士特有的形象表现得十分到位。后者则重在生成的结果，对瑞雪甘霖的降临与降临之后大地回春的景象颇为用力。而画面的真正主角"龙"的形象却被淡化了，仅是在对以上两个生成过程不同层面的用心安排中隐约见出正在吞风吐雪的苍龙神威。这样的安排非但没有减弱诗歌的整体气势，还为读者留下了许多想象的空间，即所谓言尽而意不尽，同时更充分地表现诗人创作的目的，即对现实人民生活的关注。贯云石《题李成〈寒鸦图〉》诗也表达了对灾荒中饥寒交迫的百姓的关心。诗歌对"寒鸦"的描写只"饥冻哀鸣"四个字，是完全写实的，却确立了诗歌的情感基调：悲悯。由此，即使是展望丰年，也采用的是很朴素的写实手法。诗歌整体风格平实，犹如处在一个生活对话的场景中，全然不类《画龙图》的想象与艺术渲染。

　　《画龙图》的豪迈与奔放磅礴的气势、奇崛雄丽的想象和急促的节奏、不拘一格的结构安排在贯云石的题画诗中独树一帜，与其他题画诗作形成鲜明的对比。相比较而言，他的其他题画诗更多展现的是清丽舒缓的风格特点，如《题陈北山扇》五首、《题仇仁近山村图》四首。《题陈北山扇》是贯云石为其翰林院同僚陈俨的扇子作的五首诗。从诗中可以分析得出，扇子上描绘了山水景物，贯云石的题诗也是从景物的描写入手的。诗云：

　　"红旭如铅海上来，苍苍烟雾小蓬莱。东风昨夜醇如酒，吹得桃花满树开。翠幕低垂护午阴，碧瓶里面水痕深。东风截断人间热，勾引清凉养道心。秋鸣无数醉秦娥，却把轻风惹扇罗。明月碧澄天似水，此山云气动纤波。功成不用服丹砂，笑指云霞总是家。清晓山中三尺雪，道人神气似梅花。一帘明月倚栏杆，宇宙尤宜就夜看。飞上仙槎河汉近，手招沆瀣海铜盘。"

诗歌以五个不同时间为基点，描写扇画，抒写扇子主人陈北山的高蹈之情。五首诗表面上看似乎只存在时间的顺序：早晨、正午、黄昏、拂晓、深夜，但就其对主人陈北山性情的展现而言，五首诗有其内在的顺序，这个顺序与表面的时间顺序相一致。这也就是为什么拂晓会被排在深夜之前。诗歌从整体上是服从于陈北山性情逐步展示的内在顺序的。第一首是单纯的景物描写；第二首由景及扇，引出主人的性情，即善养"道心"；第三首则在碧澄似水的天空景物描写中，寄寓着主人的"道心"，就是"道心"之所在；第四首进一步呈现"道心"于主人身上的表现，那就是"道人神气"；第五首更深一层描写了道人的仙道之功与仙人境界。如果说前三首依次分别对应的是修道养心的暗示、准备与修炼，那么，第四首则是抒发功成的喜悦，最后一首进入神仙境界。诗歌虽然是在逐步阐述陈北山的道心，但恰当的景物描写与适当的阐述方式，尤其是利用组诗抽丝剥茧的表现策略，使其摆脱了此类主题容易产生的道学气息，相反却具有了空灵超逸清丽的艺术美。

《题仇仁远〈山村图〉》是贯云石的另一组诗。诗歌是为仇远而作。仇仁远，即仇远，宋遗民，《山村图》系高克恭为仇远所画。其题诗云：

"巾角先生昼掩门，野泉如玉注陶盆。东风似惜君家意，总是梨花月下村。"

"苍藤垂雾日无痕，旋种青泥养紫芹。昨夜新吟留客和，隔窗吹作小山云。"

"松丝欺屋照衰颜，风动高寒月半弯。清新逼人无远近，有云应便属吾山。"

"玉树琼台未必仙，疏根消洒透茶烟。溪童煮雨宴高客，山鸟一声春满川。"

诗歌描写了仇远山村生活的幽情野趣，人景人情与自然景致相得益彰。四首皆写山村生活，但在塑造意境上略有不同。第一首最能隐约见出山村主人的幽隐之情，它可以说是对仇远先生精神气质的总体观照，是纲领之诗。诗歌由全景构成，如玉野泉注陶盆的声音是那么纯粹、自然、清脆，山村月下梨花的景色又是那么的清澈、皎洁、静谧。这样的视觉和听觉，总陪伴着在白昼也虚掩着门的隐者，由此创造而成的意境该是如何美妙？这也正是欧阳玄评价贯云石诗歌时所谓的"冲淡简远"。第二首和第四首则描写的是具体山村生活中的仇远先生。两首诗皆以山村人事为关注的对象。但第二首表现的是田间地头的野趣。诗歌带着泥土朴拙无华的清香。第四首则表现的是高朋宴饮的欢娱，诗句透露着烟茶潇洒品味的文人雅趣。第三首诗则与第一首相呼应，但与第一首的冲淡不同，它呈现的是一种清新疏旷的意境。四首诗歌通过不同的意境创造展现了仇远先生山村生活的方方面面，完整地刻画出仇远先生的精神气质。

第四节　廼贤题画诗的意度

廼贤（1309—1368），一作纳新，字易之，别号河朔外史。廼贤雅好读书，志趣高洁，平生之学悉资于诗。自编诗集《金台集》《海云清啸集》。今存《金台集》。

廼贤题画诗以山水画与梅竹花鸟画为主。与他讽喻现实的诗歌主调不同，其题画诗的特色在于对画面的全景描写，风格清新自然，含蓄蕴藉，有些诗作则活泼明快，富有情调。如《月湖竹枝词四首题四明俞及之竹屿卷》云：

"丝丝杨柳染鹅黄，桃花乱开临水傍。隔岸谁家好楼阁，燕子一双飞过墙。"

"五月荷花红满湖，团团荷叶绿云扶。女郎把钓水边立，折得柳条穿白鱼。"

"水仙庙前秋水清，芙蓉洲上新雨晴。画船撑着莫近岸，一夜唱歌看明月。"

"梅花一树大桥边，白发老翁来系船。明朝捕鱼愁雪落，半夜推篷起看天。"

从诗中看出，这幅画卷由四景组成，分别对应着春夏秋冬四个季节。画面以竹屿为中心，每一景中，皆有水有岸，每一景中都有人的身影，如楼阁、女郎、画船、老翁等。但四景却有着各自完全不同的景色。不同的花木表现不同季节的存在，代表不同的生命形象，体现人对四季的不同感受，如一双燕子象征着春天的生机；女郎似乎与火热的夏天有着内在的相似；秋天恰如月夜的歌声，寂寥而空旷；"白发老翁""愁落雪"正是冬天生命衰竭的写照。无从看到竹屿图卷，我们无法断定这样的安排是否完全是画家的意愿，但至少在诗人的笔下，这些花木与生命形象的存在共同构成了一幅完整无缺的四季图。郭熙在《林泉高致·山水训》中谈到画山水要"身即山川而取之，则山水之意度见矣"①，不同季节的景物有不同的意度，给予人不同的感受。如果说这幅画的作者是即竹屿而取之，则见竹屿之意度的话，那么，这组诗的作者则是即竹屿图而题之，竹屿之四季之意度见矣。由此说明，对迺贤来说，诗歌并非简单的对景描摹，而是以诗人自己对画图的感受为核心安排景物。而诗人的感受对图画来说似乎是较为客观而真实的。至少在诗歌中，我们并不能明确地读出其极具个性化的情感和旨意。从组诗的感受流程来看，诗歌仿佛在暗示着生命本身的兴衰，但在白发老翁愁落雪的苍凉中，大桥边的一树梅花似乎又为衰竭的生命注入了苍劲不屈的动力。因此，读这组诗总给人以自然平实却又含蓄不尽的感觉。

对画面景物意度的把握，使得诗人既能关注画面景物的美的特征，又能在其中发现景物给予人的美的感受。这种感受赋予景物以生命的活力，其中自有诗人自己意愿的参与，但景物更多地表现了其自然的生命活力。这样的题画诗，容易将读者的视线吸引到自然生命之中，而对自然生命的感叹也便油然而生。如《梨花白头翁图为四明应成立题》诗云："淡月溶溶隔画楼，一枝香雪近帘钩。山禽似怨春归早，独立花间自白头。"诗歌在画面景物的描写中，赋予白头翁这种山禽以鲜活的人格形象。其人格形象来自于白头翁的自然特征，即头顶是白色的。显然诗人在题写这幅图画的时候思考过如何从景到人这样的问题。于是即景而取，取到的是淡月香雪创造的幽怨的氛围，取到的是山禽白头的幽怨。因此，最终落笔于画中山禽的白头上。山禽的意度就是幽怨、愁苦。从诗歌中，感受最深的正是白头翁头自白的生命体验。而"怨春"二字的出现似乎有彰明诗人之意的嫌疑，但它紧紧地附着于白头翁独立花间的图画形象，实际上已被白头翁具有的生命活力所淹没、所融化，很难完全将其理解为诗人自己的主观情感，虽然它是在诗人的思维

---

① （宋）郭熙、郭思《林泉高致·山水训》，俞剑华编著《中国古代画论类编》，人民美术出版社，1998年，第634页。

中显现于诗句之中的，但它更符合白头翁在画中的形象与意态，而不是诗人自己的意态。那诗人在诗歌中所占有的情感空间会有多大，与白头翁怨春而白头的画家之意怎样契合于一首诗歌中，这为读者留下了很大的思考与感受的空间。这也正是这首诗歌的魅力所在。

读这样的题画诗，我们不能简单、一味地将诗歌中的情感意象认定是诗人的情感寄托，将诗人的情感强加于画面景物所具备的情感特性之中。因为，与一般景物诗的单纯写景、在写景中单纯抒发诗人一己情感不同，题画诗面临着两个情感主体：画家之意与诗人之情，甚至可能是画面景物自身由于传统积淀而形成的一种文化情感。读题画诗不能轻而易举地在诗中戴上一个诗人情感表现的帽子，如此，题画诗则不能成其为题画诗了。从这个意义上讲，题画诗本身就是一个很复杂的情感和美感、画家和诗人交互形成的网络。梳理网络中的每一根脉络并不是件简单的事情。如《题吴照磨墨梅》云：

"天台吴架阁，京下忆寻梅。倚杖月中立，思君江上来。夜深怜雪落，香动觉春回。独坐溪边石，晴云满绿台。"

诗歌以画家为主体营造了一个明净幽静的意境。这是画中墨梅的生存环境，也是画家自己的心境。诗人的情思在这首诗中几乎找不到存在的空间。但从诗歌写作选择"寻梅"这一动态的线索看，也无疑渗透着诗人的些许胸臆。《罗稚川山水十韵为甬东应可立题》《桃花山水图为桃源屠启明题》与《予有山水图留倪仲恺大师斋中久未得题品一日危太朴应奉谓余曰昔人皆以酒解醒子能作歌求诗亦此意也遂成古诗一章以趣之》是主体结构较为复杂的题画诗。诗歌中包含了画面之景、画家之意、诗人赏画、诗人的心情、题画之事等。但画面景物的描写仍占据着主要地位。诗人在题写中基本上还是以画家的"丘壑趣"为诗歌之主体思路驾驭景物描写的，景中含情，意境优美。尤其是《罗稚川山水十韵为甬东应可立题》诗创造的"雨气千峰外，江流落日边"的平远之美中，又融合了可闻可视的具象之美，整个画景的描写在悠远寂静中充满了生命的灵动之感。《题罗小川青山白云图为四明倪仲权赋》则在溪头、野桥、茅屋的小景描写中展现了幽居翠微的野趣。《题王子虚斋所藏镇南王墨竹》是一首单纯的墨竹画景诗，以帝子乘鸾喻墨竹，比喻虽乏新意，但诗歌仍不乏飘逸俊秀之感。另有《题张萱美人织锦图为慈溪蔡元起赋》，题写的是人物画。诗歌极描写之能事，将织女织锦时的动作进行了细致入微的刻画，并将描写的笔触延伸到织女的内心世界。

第五节　丁鹤年题画诗的情感

丁鹤年（1335—1424），字亦鹤年、永庚，回族，琳琅秘室丛书与四明丛书录丁鹤年诗集，共四卷：海巢集、哀思集、方外集、续集。

丁鹤年三百多首诗歌中共有题画诗五十多首，山水竹木花鸟皆有染指，甚至在其题画诗中还出现了一个新的题画素材——蔬菜画。其题画诗主要集中在绝句中，只有《题戴先生〈九灵山房图〉》《题九曲山房图》《题长江万里图》《题简翁水光林影图》《题叶处士湖山独步图》等是律诗。

丁鹤年所题多朋友、亲戚之画，很少名家名作，这使他能够自然贴近地将自己的情感融入画中，很少着笔于对绘画技巧的赞誉，这在一定程度上为在诗中展现自己提供了空间。同时所题又多梅竹等小景画，图画本身的文人意味很强，这为他在题画诗中挖掘画家的思想、寄托自己的情感提供了画本基础。再次，丁鹤年五十多首题画诗中单纯的描景摹形者很少，即使是非常简单而普通的萝卜、菘菜画在他的笔下都有着深刻的寓意。因此，读丁鹤年的题画诗，我们感受更多的是在读一首首抒情小诗，而看不出图绘的痕迹。

丁鹤年题画诗中虽然蕴含着各种各样的情感，但皆是由画而发，诗歌的内容总与图画的主题有某种契合。如《长江万里图》的题诗在丁鹤年的诗集里有三首：一首律诗，两首绝句。律诗与绝句对图画的描写完全不同，其创造的意境也不尽相同。律诗的《题长江万里图》，对景物的描写是独立的，描写的是长江高耸入云的两岸和波涛澎湃的江面之景："右逾越嶲左逢壶，万里提封入壮图。断石屯云山拥蜀，惊涛雪立海吞吴。"丁鹤年赋予这幅图画的不仅是笔墨的浓重，更重要的是雄浑的意境和磅礴的气势，展现的是壮美的万里长江。绝句两首题为《将归武昌题长江万里图》，是诗人回家乡武昌前所作。其一云："长江千万里，何处是侬乡？忽见晴川树，依稀认汉阳。"其二云："长啸还江国，迟回刖海乡。春草如有意，相送过浔阳。"两首诗中已淡化了对景物的描写，第一首的描写是不经意间的发现，第二首索性只"春草"二字。但组诗对于长江的感觉却都是"千万里"的辽远。就诗歌主题而言，律诗发兴衰之叹，绝句言思乡之情。

　　但为何两类诗存在着如此大的差别？通览丁鹤年题画诗，发现这种差别恰恰是丁鹤年对待律诗题画与绝句题画的不同态度所造成的。律诗在丁鹤年题画诗中只是很小的一部分。这部分题画诗较之绝句，对画面景物的描写颇为工细，且描写忠实而客观。换言之，描写在诗歌中占据了主要地位。但丁鹤年的律诗不仅局限于景物的描述，在每一次景物的描写之后，都要很明晰地讲述他对这幅图画景物的感触。由景至情，由景而生情，由画面至画家，由画面至诗人。在这类作品中，诗人抒发的情感是由景物诱发而生的，因此，能够比较明显地感受得到画面的魅力，感受得到画面是诗歌的主体，引导着诗人的思维。我们可以称之为"画面引导型"的题画诗。丁鹤年的律诗正是遵循着这样一种题写程式实现着画家与诗人的共鸣。如《题简翁水光林影图》，通篇着力于描写水光林影、薜萝苹藻、微风翠旗的悠然共处。只结尾两句点出诗人的感受"此中真趣谁能辨？吏隐云间一散仙"。《梅南老人读易图为四明陆都事赋》极尽观察与想象之能事，描写了梅南老人傍梅读《易》图的画面景物：应天地灵气的孤梅，傲睨乾坤的老眼、婆娑吟诵的香影，极富生机。从这样一幅图画中，诗人得出的结论是"岁寒莫问调羹事，且作耆英会里人"，这无疑是由画中景的魅力所致。又律诗《题画二首》其一，也是在对景物的描述之后，发出感叹。与前面不同的是这首诗的情感是悲怨沉郁的。而且诗人情感的介入比较快。诗歌出现了两个景与情组合的片段。第一个"天连翠障开，雨挟银河泻。中有澹荡人，于焉结茅舍"，第二个"朝渔曲渚湄，暮猎平林下。危途策赢骖，汩汩胡为者？"第一个片段中的情是借助画景表现的，即"澹荡人"。而且出现在对画面大景的描述之后。第二个片段中的情则是直接抒发，是"澹荡人"的外在解释。其景也与第一片段中的直接描画不同，它是存在于时间流动中的景物，画面给了它流动的环境，如曲渚、平林，但朝与暮的景致还需要在想象中完成。这一景依据画面，又似乎游离于画面之外。《题画二首》其二，则是一个单程的景情流动。在野日、冷云、乔林、澄波的描写后，以"高人千载怀，乾坤一渔艇"结尾。如果说"乾坤一渔艇"仍然是画中景的话，那么，此画中景已深深地感染上了高人的情调与胸怀，它已完全是高人的象征，寄予着与世无争的淡泊情怀。是"有我之景"，是"情语"而不仅是景语。

　　但丁鹤年的绝句题画诗采用的大多不是律诗的题写程式。在四个短句中，他尽可能地将他的情感与意愿灌注于二十个或二十八个字中。采用绝句题画时，明显地看到，他已不在乎画面自身的客观性，不在乎其颜色、形状与布局，更无须论笔墨，而往往直入主题，不过，这个主题不是图画的主题，而是诗人心中认为的主题。在以这样的心态观照绘画艺术的时候，自然便是画为情用，情牵画景。虽然上述律诗的题写程式最终也是服务于某一种意旨，但不难发现，它多是对画家情感与胸臆的表现，并由此引发诗人的共鸣。无疑这种共鸣是潜藏于诗句中的。因此，在其题画律诗中，诗人自我的情感并没有得到完全的张扬。而在其题画绝句中，诗人的情感不再需要画面景物的诱发，更不需要借助与画家的共鸣间接地展现出来，在诗人进入题画诗创作的时候，他已经"心有所动"，处在某一种情感状态中。如此，图画景物从一开始就承担起诗人情感载体的任务。题画诗的图画性因此被淡化。

《题族兄马子英进士竹石嘉树图》诗云："翠实可充丹凤食，乔枝仍待早莺牵。一拳苍藓荒秋雨，可怜无人解补天。"诗歌借用秋雨中长满苔藓的石头，抒发自己怀才不遇的郁闷心情。如此看来，诗人既无心再现画面的主体景观，却要将画面中最不引人注目的一景描写得生机盎然，其目的并不在图画本身。事实正是，"翠实""乔枝"与"苍苔"的意象内涵恰恰形成了鲜明的对比。后者既为无人理解其补天之才而惆怅，前者却欣然于"可充丹凤食""仍待早莺牵"的希望。反观这一对比，诗人的良苦用心可见一斑。

又如《画蝉》诗云："饮露身何洁，吟风韵更长。斜阳千万树，无处避螳螂。"从诗歌中，很难判断这幅图画的画面上到底是怎样的一只蝉。"吟风韵更长"是属于听觉与感觉范畴的形象，也是图画所不能表现的。由此设想，诗人在写作这首诗歌的时候，有几分是参看了图画中的景物？诗歌就是在讲述一个故事，故事中着意表现的是蝉的高洁和时时刻刻都存在的危险处境。饮露的高洁与吟风的长韵强化了蝉的这一人格化特点。因此，诗歌是在讲故事，也是在讲述某一类人生存的现实悲哀。丁鹤年写作这首诗的出发点无疑是人的感受而不是故事的阐述。可以想见，他一生博通经史却无意仕宦，始终保持着孤高狷介的性情。本想"清真"一生，但起义军兵兴使他饱受背井离乡、生离死别的遭遇。三十四岁时，元朝灭亡，他又饱尝国破家亡，故元遗老的痛苦。由此看到，蝉的性情与环境不正是他自己的生命写照吗？因此，在这首诗中，诗人依然先入为主，以一己之情统领诗句的语言和意象，画面因此变得无关紧要。而《题桃源图》索性看不到画面的任何景物："放舟长怪武陵人，强觅桃花洞里春。若使仙源通一线，如何避得虎狼秦?" 从首句开始,诗歌就已点明诗人写作的主题和意旨。桃花源的故事是古代文人墨客笔下长盛不衰的素材,丁鹤年却没有依图摹景,避开了传统上对桃花源的观照方式,将目光倾注于桃花源故事的结局上,由其结局申发出尘世险恶的感叹。就全诗而言,完全是游离于画面景物之外的再创作。

值得注意的是,在丁鹤年题画诗中,有几首题写蔬菜画的诗。如《画菜为马上舍题》诗言:"蔬畦新雨过,小摘称居贫。若入君王梦,琼林第一人。"《画菘菜》诗言:"老圃青青甲,平生味饱谙。本无食肉相,岂是厌肥甘。"《画萝卜》诗言:"高氏贤兄弟,常将备夕餐。如何清列士,今作画图看?"这几首诗写得朴素而可人。诗人将生活中最为常见也是最不引人注目的蔬菜写进诗中,并赋予它们高尚的品质与鲜活的形象。从三首诗来看,丁鹤年写这几首诗并不专意于题画,而是专意于他自己的人生理想与现实形象。这正是诗人以自己的精神与性情观照图画的结果,因此,尽管分别是三幅不同的蔬菜图,但在诗歌中,它们却有着相似的品质。如此的品质与如此的观照方法在《题画梅二首》中清晰可见:"松筠淹雨雪,桃李逐风尘。不有梅花树,谁回大地春?""铁石梃孤杓,冰霜抱贞素。一笑桃李空,嗟哉岁云暮。"显然全诗的重心不在图画中梅花的形,而在其贞洁脱俗的情操和不畏严寒的精神。

除了以上少数民族题画诗人外,还有余阙、泰不华、哲马鲁丁等。少数民族诗人在元代虽然不是题画诗创作最重要的群体,但在元代题画诗一片清逸的风格中,他们以自己独特的生活经历、独特的艺术感受和独特的民族性格,题写图画,成为题画诗创作重要而特别的补充,使中华题画诗的历史长河中多了一朵朵奇美的浪花。

第九章　蔬果题画诗的审美演变

　　蔬果题画诗，顾名思义，指的是因蔬果题材图画而题的诗歌作品。中国蔬果题画诗的历史悠久，根据现有资料，最早可以追溯至唐代羊士谔的《题枇杷树》①。两宋时期，蔬果题画诗进一步发展；至元代，这一题材的创作空前繁盛，与前期相比诗作数量剧增；明清时期，随着蔬果画的风行，蔬果题画诗创作也达到高峰。通过对现存蔬果题画诗的整理可以看到，从宋至元再至明清两代，随着中国蔬果画表现范围的不断扩大，中国蔬果题画诗的审美主题也在陆续发生演变。

第一节　宋元蔬果题画诗：神化方式与比德色彩

　　根据吟咏题材的不同，蔬果题画诗可以简要分为水果题画诗与蔬菜题画诗两种。宋元时期，水果题画诗多用传说中的华美贵重之物比喻诗作的吟咏对象，通过神性内容的加持，烘托出其吟咏对象的独特与珍贵；蔬菜题画诗则更强调其吟咏对象的德性含义，流露出浓厚的比德思想。

一、宋元水果题画诗：神话方式

　　根据陈邦彦编著的《历代题画诗类编》，宋代水果题画诗共6首，其

---

① 参考陈宁、李丰原编《丹青锦囊·花鸟篇·蔬果》，河南美术出版社，2012年。

中，葡萄题材3首，木瓜题材1首，樱桃题材1首，其他题材1首。① 在陈
造《题因师葡萄图二首》中，他将葡萄称作"绀珠"，赞其"晶莹"，并将
盛葡萄的盘子称作"瑛盘"，吃葡萄则为"分磊魂"。在陈普《赠叶洞春画
葡萄》中，他将葡萄形容为"扶骊剔蚌出风流"，"扶骊"运用了"骊龙摘
珠"② 的典故，对葡萄晶莹剔透的圆状外貌进行审美，"剔蚌"指将蚌珠剔
出，以蚌珠比喻葡萄的晶莹欲滴。范成大则在《题木瓜图》中写道："沉沉
黛色浓，糁糁金沙绚"，以罕见的"沉黛"、华美的"金沙"对木瓜的色泽
进行类比。在其《题樱桃图》中，他则将樱桃比作"璎珞"，强调樱桃的视
觉感受同璎珞的质等同，对樱桃的形色形成独特的审美体验。

　　元代的水果题画诗延续了宋代的葡萄主题。自元代开始，画坛便用
"骊珠""骊龙摘珠"等词语来形容葡萄，这代表着对葡萄的形色审美在画
坛成为传统。如《题松庵上人墨蒲桃二首》中写道："夜来应值骊龙睡，探
得明珠月下归"使用的便是"骊龙摘珠"的典故；宋无在《僧日观画葡萄》
中写道："须萦翠雾瘦蛟走，晴抉玄珠黑龙泣"，将葡萄置于神话传说中的
天宫之中，用"玄珠"形容葡萄，描绘了瘦蛟偷得"玄珠"，黑龙啜泣的画
面；舒頔在《题水墨葡萄》中写道："老龙腾渊云气湿，万斛骊珠夜光泣"，
用"骊珠"形容葡萄；丁鹤年在《题画葡萄》中写道："碧云凉冷骊龙睡，
拾得遗珠月下归"，运用的同样是"骊龙摘珠"的典故。此外，成廷珪在
《高昌王所画葡萄熊九皋藏》中写道："万株联络水晶棚"，用"水晶"形容
葡萄。贡性之在《题肃万邦葡萄》中写道："马乳累累压架香"，用"马乳"
形容葡萄。除此之外，元代的葡萄审美不再仅限于空灵和优美，还出现了一
些诡谲的审美诗句。马臻在《题日观葡萄卷》中用"鬼眼"来形容葡萄；
张雨在《温日观葡萄》中用"黑月摩尼珠"来形容葡萄。其他水果题材亦
有关联的类比意象，诸如程文敏在《题靖王弟画屏折枝·樱桃》中将樱桃
称作"红珠"；其在《梨子》中写道："满面黄金粟，盈科白玉浆"，将梨描
述为"黄金粟"；《石榴》诗云："朱房含玉醴，玳壳错金钿"，将石榴形容

---

　　① 本节所引题画诗，均出处自清代陈邦彦《历代题画诗类编》，上海古籍出版社，
1993年。

　　② 在宋代出现了"骊龙摘珠"的典故，意为葡萄是天宫的骊龙摘下的珠子抛向人间
的结果。

成"玳壳"与"朱房"；《枇杷》诗云："翠葆擎珠琲，金丸贮蔗浆"，将枇杷形容为珠琲。无论是对水果的神性想象，还是以"水晶""马乳"等意指水果，元代水果题画诗中的审美都建立在神化其吟咏对象的基础上。

二、宋元蔬菜题画诗：比德色彩

相较水果题画诗，宋元蔬菜题画诗更偏向于对其吟咏对象文化含义的审美，蔬菜审美的重心在审美主体自身的意趣，而非蔬菜。如昌居仁在《题赵丞瑞薏苡图》① 中通过比德表现作者对高尚品质的赞扬与追求。上句"甘泉殿中芝九茎，不与百草同条生"，表达了薏苡不与百草同流、洁身自好的品质。下句"当时祥瑞已稠叠，薏苡亦未来争衡"，同样是对薏苡的文化含义审美，表达了薏苡不争宠邀功的高贵品质。"尔来万物更变化，薏苡宁甘死荒野"，表达了万物变化，薏苡遗世独立，宁甘寂寞的独特魅力。值得注意的是，宋代的蔬菜审美已注意到了蔬菜形色的审美价值，"故遣根苗霜雪白，炯若微月来清夜"，将蔬菜根茎形容为"霜雪白"，其皎洁如同清夜中淡淡月色一般，诗意而传神地表现了蔬菜根茎的光泽，是对蔬菜根茎形色的审美。但通篇来看，此诗的中心思想是对薏苡的高尚品质进行审美，薏苡根茎"霜雪白"的原因是由于其高尚的品质，蔬菜的形色审美依附于蔬菜的文化价值。但蔬菜与人有了审美距离，人开始用审美眼光看待蔬菜却是无疑。

元代蔬菜题画诗中蔬菜审美依旧偏向对蔬菜文化含义（政治寓意、主体生命品质）的审美。在元代，蔬菜是闲适、平淡生活的代名词及"天"在人间的感应物。如马臻在《题钱舜举画竹萌茄蔬图》中写道："秋茄恋我遣不去，饮水曲肱有真意。达官日日饱大官，笑我出言蔬笋气……"此句意在表达我对秋茄、笋的喜爱，但其表达重点是主体，即蔬菜背后所隐喻的静谧恬淡的田园生活，以及自我闲适的心境及不与世俗同流合污的精神品质，这同权贵糜烂的朱门酒肉生活完全相反。王务道的《墨菜》诗云："披卷忆山中，故人何日逢。邻墙赊浊酒，小圃摘新菘。"此诗虽将蔬菜作为往

---

① 诗云："甘泉殿中芝九茎，不与百草同条生。当时祥瑞已稠叠，薏苡亦未来争衡。汉皇不容矍铄翁，此物乃与明珠同。尔来万物更变化，薏苡宁甘死荒野。故遣根苗霜雪白，炯若微月来清夜。赵郎好事古亦无，俯拾旁观尽图画。画师不辨粉绘费，遇时亦得千金价。君不见古来异瑞与奇祥，何曾不致南宫下。"

日生活的意象，但依旧将蔬菜视为清新脱俗的田园生活的象征。顾舜举在《墨菜》中写道："朱门尽日多珍味，贫士穷年只菜羹。请语当朝食肉者，由来此色在苍生。"此诗将朱门与贫士相对，尽日与穷年相对，珍味与菜羹相对，展现了朱门与寒士生活的巨大差异，由此告诫同样生活糜烂的统治者行仁政。在这里，"食肉"是糜烂、富贵的代表，"菜羹"是贫穷的象征，蔬菜审美依旧集中在其文化含义上。杨纮孙的《墨菜》同样如此："食肉仍易厌，菜根滋味长。黄荠三百瓮，日日是家常。"对食肉的厌烦与对蔬菜的喜爱并列，表达了日日食用蔬菜的满足。实质上，喜爱蔬菜并不在于蔬菜的口感，而在于蔬菜隐含的闲适恬淡的生活方式和生活追求。此点在李明复的《墨菜》中表达得更为清晰："嗤彼膏粱徒，岂止蔬食乐。所以士大夫，滋味甘淡泊。"膏粱之徒怎知蔬食之乐？可见李明复依旧将膏粱徒（朱门）与士大夫对立，进一步说，是将富贵生活与闲适生活对立，将富贵生活同膏粱徒、士大夫与闲适生活对等起来。李明复对蔬菜的喜爱，本质上表达的是作为士大夫对闲适生活的自得其乐及对富贵生活及权贵阶层的鄙夷。在这首诗中，士大夫对于蔬菜的喜爱似乎多少带有强迫及自说自话的含义：第一，士大夫甘于淡泊的生活状态不可能被膏粱之徒理解，士大夫要自得其乐。第二，作为或欲为士大夫阶层的一员，必须喜爱滋味淡泊的蔬菜。蔬菜是淡泊生活的代名词。这也许能说明，在元代蔬菜题画诗中，为何几乎所有诗人都如此钟情蔬菜，诗人又为何单单借用蔬菜表达自我对闲适生活的向往与追求。

第二节　明清蔬果题画诗：回归物自身

随着蔬果题画诗创作的日益成熟，同宋元相比，至明清时期，这一类型诗作中的神性含义与比德色彩逐渐褪去，审美主题进一步回归到物自身的形色之美与审美主体的生命情感体验。总体而言，明清蔬果题画诗中的审美主题大致可分为形式美、生命美与意蕴美三个层面。其中，水果题材诗作侧重意蕴美，蔬菜题材诗作则侧重生命美。[①]

---

① 本节所引题画诗，出自陈邦彦《历代题画诗类编》，上海古籍出版社，1993 年；吴企明《清代题画诗类编》，国家图书馆出版社，2016 年。

一、形式美

明清蔬果题画诗对蔬果形式的审美主要体现于对蔬果形色上。如程敏政的《画菜二首·其二》首句云："篱下分披绀叶长，枝间凉缀紫团香。"长长的菜叶间点缀着紫色果实，散发阵阵香气，是对菜的形状、颜色审美。周旋的《题月下葡萄卷》诗云："骊龙飞出水晶宫，袅袅长须翠拂风。乱吐珊瑚千万颗，夜深高挂月明中。"作者结合骊龙摘珠的典故，将葡萄与神话世界融合，突出画面葡萄的动感，如长须拂风，如骊龙乱吐，是对画面形式的意蕴审美。此外，将葡萄形容为珊瑚，"高挂月明中"突出其皎白光泽，也是对葡萄的形色审美。高士奇的《题温日观葡萄卷》诗云："露叶冰丸墨沈和，恍从架底看悬萝。若将桔柚芬芳比，还让葡萄津液多。"将葡萄比作"冰丸"，是对其晶莹剔透的外观质感的形色审美，葡萄之芬芳，津液之多较之桔柚略胜，是对葡萄的味觉审美。恽寿平《佛手苹果》诗云："南海带露枝，洞庭含霜颗。"此诗写出了佛手带露，苹果含霜的外貌特征，虽为形色审美，却由形色氤氲出清新的诗意世界，为形色审美与意蕴审美的结合。值得注意的是，明清时期，对蔬果的味觉审美凸显。如刘俨在《荔枝图》中写道："闽南产嘉实，名为丹荔枝。品题冠诸果，风味甘如饴……"荔枝风味甘如饴，是对甘甜荔枝的味觉审美。李东阳在《画瓜》中写道："玉盘秋露水精寒，冰齿余香嚼未残……"冰齿余香，是对瓜果入口清凉的味觉审美。

蔬菜题画诗中亦有此类诗句。如恽寿平自题的《果蔬册页（八开）》之《萝卜》诗云："拔出金城玉，酥凝带土膏。""酥凝""土膏"表现萝卜出土后粘连泥土的外形，"金城玉"凸显萝卜洁白如玉的颜色，是对萝卜的形色审美。程敏政在《画菜》中写道："嫩甲纤纤浥露青"，青菜从泥土里钻出头来，绿意盎然，生机勃勃，是对菜发芽时期的形色审美。其在《画菜二首》其二中写道："篱下分披绀叶长，枝间凉缀紫团香……"绀叶、紫团等词汇皆是对菜之形色审美。味觉审美同样出现在蔬菜审美中。如谢廷柱在《画菜·为新城陈大尹衮廷章题》中写道："淡然风味丹青得……"是对蔬菜淡然滋味的审美。谢世元在《题白菜》中表达得更为直白，他写道"露茎风叶味偏清"，是对白菜茎叶清淡的滋味审美。

明清蔬果题画诗中的形式美还体现在绘画图像所呈现出的整体形式美

感，在诗作中，蔬果的形色美与图像的形式美相互融合，共同烘托出审美主题对其吟咏对象的喜爱。如明代许伯旅的《题林盘所学民家藏温日观葡萄》："寒香压露春瓮深，风味江南未曾有。"在此句中，许伯旅并未说明画中葡萄如何分布，而通过"寒香""风露""春瓮"等意象烘托画面美感，以此表达主体对画面美的欣赏。蓝智的《题璋上人所藏温日观墨葡萄》同样如此。他写道："鲛人织绡翡翠宫，骊珠滴落垂玲珑。老禅定起写秋影，空山月转双梧桐。忆昔初移大宛种，苜蓿榴花俱入贡。蓬莱别馆绿云身，太液晴波水晶重。"空灵之境完全由画面意象引发，仙境描述也以画面意象为立足点。而引发蓝智对空灵之境描述的原因，在于画面之形神俱妙，美感十足。此外，"寒梅顿觉华光俗"与"日斜对画独回首"之句，通过画面带给审美主体的审美感受，间接烘托画面的形式美感。

二、生命美

与前代相比，明清蔬果题画诗同时体现出强烈的生命意味。它们一方面来自蔬果自身苗壮的生命力，其生命并非来自人类赋予，而是天生持有；另一方面来自创作者活跃的创造力，他们以蔬果为媒介勾勒日常生活，以此传达自己对日常生命的热爱及慨叹。

关于蔬果的苗壮生命力，论述最为精妙的当为邵长蘅的《题钱舜举三蔬图和牧仲先生作三蔬菜笋芦菔也》，前三句写道："眼底青青见生菜，泥融雨湿流新翠。箭笋翻土一尺疆，锦绷乍脱婴儿臂。恰疑江南三月天，不应卢菔已出的。"邵长蘅在前三句中描述了笋、芦菔在泥土中努力生长的场景，"翻土""婴儿臂"道出蔬菜如婴儿般苗壮的生命力，生动传达了蔬菜的活跃灵性。"争春蚤韭抽露牙，破寒晚菘压小雪。……桑鹅楮鸡下箸鲜，蔓青野荠登盘活"。韭菜争春，嫩芽冲破枝干争先恐后地生长。虽早春已到，但寒气依旧料峭，晚菘之上覆盖着小雪。这些生长在田园之内的蔬菜最终走上餐桌，但其生命力依旧不减，"蔓青野荠登盘活"，蔓青野荠登上餐桌，活跃了自己，也活跃了餐食，蔬菜的活跃生命力可见一斑。

小蔬果同样具有大力量。僧大圭在《题温日观葡萄》中写道："龙扃失钥十二重，骊珠迸落鲛人宫。并刀剪断紫璎珞，累累马乳垂金凤。树根吹火照残墨，冷雨松棚秋鬼哭。蔗丸嚼碎流沙冰，鸭酒呼来汉江绿。铁削蚪藤剑三尺，雷梭怒穴陶家壁。昙胡醉起面秋岩，一索摩尼挂空碧。"

"骊珠迸落鲛人宫"，"蔗丸嚼碎流沙冰，鸭酒呼来汉江绿"，画家看此场景，信手一挥，摩尼便挂在碧空。葡萄从天宫到人间再到画中，其迸发的诡谲奇异的生命力量激发了画家灵感，赋予画面惊天动地的力量。清代恽寿平在《榴实图》自题中云："看他开口处，谈笑落珠玑。"石榴亦可开口，亦可谈笑，其活泼灵动的生命力显而易见，这种生命力量推动着恽寿平画出了传世名画《榴实图》。其在《果蔬册页（八开）》之七中写道："拔山知雨力，削玉破云根。昔人有龙孙图，因仿为之。"① 此图为两棵从泥土中拔地而出的竹笋，竹笋生长势头有拔高山之势，有破云根之力，"我"亦被这种茁壮生命力量感染，仿照龙孙图，信手作画。"扬州八怪"之一李鱓在《题画石榴》中写道："劈开古锦囊中物，百宝生光颗颗奇。昨夜老夫曾大嚼，临风一吐有新诗。"石榴之百宝生光，粒粒称奇，自然中蕴含大力量，使"我"大嚼后临风一吐便有新诗。

与此同时，作者也将自己的生命体验寄托在蔬果中，以蔬果为中心对象勾勒日常生活场景。在此类诗作中，作者一般不会明显流露感情，而是以蔬果为意象，描绘一幅再平常不过的生活场景，其中的情感与意蕴需欣赏者体会。虽是如此，仍能从中看出审美主体对蔬果及对世俗生活的热爱。以钱宰《题画菜》为例："今日荷锄倦，嘉蔬没四垣。客来春酒绿，风雨夜来园。""绿酒交春熟，灯花入夜开。两畦堪小摘，不见故人来。"这两首诗中，主人静坐庭院，对着满园蔬菜，等待故人来访。"我"与蔬菜静对，静谧又淡然。虽仅描绘日常生活场景，主人心境之恬然，对生活之热爱、满足，对友人之盼望却跃然纸上。程敏政在《画菜》首句中道："嫩甲纤纤浥露青，小斋终日候园丁。"通过园丁与蔬菜的联系，描绘了初春的日常生活，透露着程敏政对日常生活细腻的观察与感受，及对日常生活的审美。类似的题画诗还有周用的《画菜》②、恽寿平的《果蔬册页（八开）之设色芋头》③、邵长蘅的《詹事高澹人先生以蔬香图卷子属题卷中尚阙六言为补此体四首之一、

---

① 此诗引自上海驰翰拍卖有限公司，2014 年春季拍卖，恽寿平《果蔬册页（八开）》。

② 诗云："五侯击歌钟，下箸千金空。野人藜苋肠，东厨厌春菘。"

③ 诗云："还忆山堂夜卧迟，寒灯咏友坐吟诗。的炉松火同煨芋，自起推窗看雪时。"

之二》①、原济的《墨笔花果册三首之枇杷》②、李鱓的《蔬果册页罗卜、扁豆》③ 等等。

而在另外一些蔬果题画诗中，作者不仅仅扮演客观的观察者角色，而是通过蔬果表达自己，蔬果与人的距离进一步拉近，成为作者强烈生命体验的载体。在这类诗作中，诗人或追忆对友人及过往生活的怀念，或表达对世俗生活的热爱，或表达对君王的讽谏。蔬果是故乡，是过往，是自然，更是生活。以明代王九思《画葡萄引》为例：

"当年肉味厌侯王，今日霜根遍西北。吾家十亩后园里，长条几架南山侧…… 故园一别惊风雨，画图相对思乡土…… 但愿千缸酿春酒，未须一斗博凉州。"

在此诗中，葡萄是王九思故乡的象征，表达了他对过往的追忆。此去经年，故园一别良久，唯有对画聊解思乡之情。任衡的《画菜》诗云："记得花开曾病酒，玉人纤手荐春盘。"蔬菜代表的是就菜豪饮的过往，表达了其对过往生活的眷恋。杨廉的《题曹宪副采莼卷》诗云："三泖秋霖浸四围，水边那觉露葵稀。金盘玉箸长安客，几个西风为汝归？"蔬菜氤氲着当年与友人分离的场景，表达了杨廉面对离别时的无奈与惆怅。诸如此类的题画诗还有李东阳的《画菜》④、沈周的《画杨梅答韩克瞻》⑤、翁方纲的《王少峰写意小轴恽铁箫补成者为邹苏门明府题》⑥。沈周在《卧游图册之石榴》中则以石榴自喻："石榴谁擘破，群琲露人看。不是无藏韫，平生想怕瞒。"⑦石榴擘破，群琲露人，沈周以石榴自喻，说明自己并非无所藏韫。石涛之《笋竹图》诗云："出头原可上青天，奇节灵根反不然。珍重一生浑是玉，白云堆里万峰边。"此诗中，表面写笋竹的奇节灵根，实则写自己才可通天，却如玉一般自珍自重，寄兴山水自然。黄钺在《题金叶山水墨蔬果二

---

① 其一："菜甲融泥犹湿，葵根滴露初曦。先生携锄蚤出，野翠欲上人衣。"其二："白白蕹芽春蚤，轻轻瓠叶秋残。提筐自呼阿段，菜把不待园官。"

② 诗云："小苑枇杷树树垂，奇云长日正朱曦。凉飙容易惊秋绿，又见榴花结子时。"

③ 诗云："自拨瓦盆火，煨食衡山芋。清味有谁知，道人得其趣。"

④ 诗云："坐怜幽意满闲庭，长见春畦过雨青。记得苏郎旧风味，雪堂中夜酒初醒。"

⑤ 诗云："西山有雨杨梅熟，东老无诗口舌干。珍重故人知此意，高林摘寄紫瑛丸。"

⑥ 诗云："磊砢春辉百福圆，写生退直岁朝前。玉人掷果车头句，往事寻思二十年。"

⑦ （明）沈周《卧游图册十七开》，纸本设色，北京故宫博物院藏。

首·核桃》中写道："青肤著手欲烂，玉瓤对面同皴。自是中有傲骨，不惜碎身求仁。""仁"既为"核桃仁"，也为儒学之"仁"，黄钺借用双关的手法，赋予了核桃"碎身求仁"的刚烈的人格品质。这也是一种自喻，以核桃的"碎身求仁"来表达自己不惜"碎身求仁"的生命品质，等等。

三、意蕴美

明清蔬果题画诗中的意蕴美主要体现在诗作的佛禅之意及吉祥寓意上。其中，佛禅之意反映出的是文人阶层的审美趣味，吉祥寓意则体现为民间文化的审美趣味。

就佛禅之意来说，明清蔬果题画诗首先与诸如佛龛、僧寺等具有佛禅元素的审美意象结合起来。如杨基的《枇杷图》诗云："卢橘当年出汉家，谁将名字杂枇杷。风枝露叶金盘果，画是僧房雪后花。"此诗通过枇杷与僧房花的并置，营造出一个有佛禅之味的意境，作为意象的蔬果仿佛也拥有了佛禅之意。梁诗正的《题余省仿弘历御笔盆桔图》组诗云：

"累累金实突黄柑，色映无声古佛龛。"

"何须伯仲较橙柑，悟处应用弥勒龛。留得盘中霜色在，天成高阁小窗南。"

"千户原输三色柑，春风偶忆普明龛。色香重演无生偈，漫论名家郑所南。"

都是将蔬果与佛龛并置，两者相互映衬，佛龛之佛禅意与蔬果粘连，蔬果也具有了佛禅意味。

八大山人与石涛则将佛禅意味诗作的表现范围进一步拓展，由本就具有某种佛性的佛手、葫芦，扩展到瓜、菜等更为日常的蔬果。八大山人在己巳闰八月十五夜画所得的《瓜月图》中仅以墨线勾勒一瓜一月，并自题曰："眼光饼子一面，月圆西瓜上时。个个指月饼子，驴年瓜熟为期。"[1] 石涛在《花卉图册页（12开）之一墨白菜》中写道："何必秋风想会莼，菜根无乃是灵根。写来澹墨清泉里，留与肥甘作盂临。"[2] "菜根"本为灵根，具有灵性。此外，谢铎所作之《题菜·送林贵实谢病还蒲田》云："古人重食菜，

---

① （清）朱耷《瓜月图轴》，纸本墨笔，哈佛大学福格美术馆藏。

② （清）石涛《花卉图册页十二开》，纸本设色，大都会博物馆藏。

百事皆可作。送君归去来，日涉园中趣。"翁同龢的《题画花果三首》之《佛手柑》云："便应画作菩提树，删尽纤纤十指奇。曾见天题鼻功德，人间岂合再题诗。"蒲华之《石榴葫芦图》诗云："频教野客动仙机，一架葫芦采未稀。莫道干时投利器，九天咳唾落珠玑。"文昭的《自题画册葫芦》云："茧形栗色小刌团，老蔓是蛇上树蟠。莫笑道人依样画，此中要贮大还丹。"等等，题画诗都具有佛禅的意味。

就吉祥寓意来说，具有吉祥寓意的蔬果画从宋代开始就已经出现于画坛。明清之际，尤其是清代画坛，随着商品经济的发展，愈来愈多的画家以卖画为生，画面有吉祥之意无疑可以更贴近普通人的生活，也使绘画的销量更多。明清时期，蔬果画的吉祥寓意无疑会影响到蔬果题画诗的意义传达，令其同时具有祈福的美好愿景。如徐渭在《石榴萱草》中①点明了石榴因其颗粒众多，含有"无限子"的美好祝愿；萱草又称"宜男草"，在院中种植萱草，含有家庭多多降生男丁的美好期盼。将石榴萱草并置，是对男丁兴隆的吉祥寓意的强化。清代画家汪家珍题项圣谟《花卉十开之藕莲蓬》书："藕名嘉偶，莲土连房。笔具瑞气，鲜如可尝"②，将藕成为嘉偶，莲称连房，莲藕是祥瑞的具象化。

王素的《题画》诗云：

"健足不用天台藤，葫芦有酒何妨醉。绥山花果正逢春，多子多孙延寿意。"

绥山花果喻有多子多孙的寓意。赵之谦在《仙桃图》中自题云：

"三千年华三千实，获寿保年，与天无极。"③

仙桃汲取三千年华，食之可获寿保年，与天无极。吴昌硕在《自题葫芦图轴》自题云："上垂万年藤，下映三多叶。祝公子孙繁，绵绵胜瓜瓞。"用葫芦的藤野枝蔓代表子孙绵延的祝福。

---

① 诗云："不是来西域，还应到海南。已含无限子，何用佩宜男。"
② （明）项圣谟《花卉十开册页》，纸本设色，辽宁省博物院藏。
③ （清）赵之谦《仙桃图》，设色纸本，1873 年作。

结　语

"画上题诗"是中国文学、绘画艺术领域的独特创作，蔬果题画诗则是其中与山水、人物、花鸟题材诗作相区别的、更具有日常性的一道风景。从宋到清，蔬果题画诗的表现范围不断扩大，其审美主题也在不断变化，经历了从蔬果的神性含义、比德意味到蔬果自身及日常生活审美的转变。蔬果的审美内涵也在这一演进过程中不断充实，成为审美主体、情感体验的言说话题。具体言之，与宋元时期相比，明清时期蔬果画与蔬果题画诗中的蔬果审美一方面回归到作为自然物、生命物存在的蔬果自身，创作者在题诗时从以往表达高雅情趣的禁锢中解放出来，更多围绕自我日常生活展开。另一方面，随着创作者自身主体性增强，蔬果意象同时流露出强烈情感情绪，作为创作者自身情感情绪的载体出现。

蔬果意象在明清时期的发展有其独特的历史文化背景。首先，蔬果意象在明清的独特发展，要归功于禅宗"平常心"在文人阶层的普及与渗透。禅宗认为，"平常心即道"，日常生活同样可拥有"根本之心"，吃饭、穿衣、砍柴、挑水等坐卧起居，无一不是真禅，无一不在参禅。禅宗对"平常心"的强调对文人阶层产生巨大影响，而在文学艺术领域，日常生活突破传统审美的界限，进入到审美视野。既然万物界限被消除，实现平等，蔬果同样为宇宙本源的体现，日常蔬果亦可通达宇宙本体。因此，日常蔬果与其他物象的分隔消弭，成为诗人、画家笔下的常客。除此之外，禅学在士大夫阶层的兴盛解放了文人。禅宗强调，"我心"即为宇宙，万物皆归"我心"，因此"我"的每一次活动都是参禅，"我"不再受陈规旧俗的禁锢。禅宗的"心"与王阳明的所讲之"心"融合，共同促进了明清时期"我心"的解放和自由。至此，"人"与"物"皆走向自由，两者相互沟通，方能使蔬果审美通达自由状态。

另一方面，人的自我意识的觉醒、明清实学的发展也对这一时期诗、画艺术中的蔬果审美产生影响。明清之际，社会动荡，商品经济有所发展，顾炎武、黄宗羲等有志之士开始反省过去，反对空谈心性、性理，倡导崇实黜虚。"我"要言"我"之言，而不是因循古人，"人"作为个体的价值凸显了。这在一定程度上解放了人的思想，促进了思考的自由。孔孟之道中人的价值侧重于社会价值，即主体作为子女、臣子的价值，个体服务于伦理系统。明清时期，"我心"的自由使主体自由，主体自由使主体价值凸显，个体的主体价值被发现，个体服务于"我心"。于是，"我"的偏好及情绪逐渐进入审美领域。

　　与前代不同，在明清时期的蔬果画中，创作者多借日常蔬果表达自我深沉的生命体验。显然，在日常蔬果中，明清文人发现了一片空灵诗意的审美空间，发现了通达宇宙的又一道路。在这空灵的审美空间中，主体将强大的自我融入其中，不受群体文化约束，自由自在地表达着自己。与此同时，在这空灵的审美空间中，"物"因其物理特性而不受任何文化约束，显露其本来面目，逐步走向自由。"人"与"物"的自由促进着审美的自由与繁盛，至此，蔬果审美实现独立。研究中国蔬果题画诗审美主题的演变过程，既是对这一类型诗作审美价值的重新发现，同时也有助于我们对中国传统文学、艺术精神形成更为具体的把握。

第十章 清代郑板桥题画诗中的图画

郑板桥是"扬州八怪"之首。他擅长诗、词、书、画、篆刻等，是一位多才多艺的文人。在众多的艺术创作中，诗、书、画、印融合的题画诗是郑板桥文人气质的集中表现，在中国题画诗史上具有鲜明的特色。郑板桥的题画诗文共有392首，据相关统计，其中自题自画的有357首，题他人画的有35首。在中国题画诗史上来说，数量算是比较多的。郑板桥的题画诗文中有一个非常重要的现象，题竹诗文是他的核心。在其357首自题画中与竹有关的题画诗文有275首，占总数的77%。275首中直接题竹的诗文119首，与松兰石等题材一起的157首，35首中题他人竹的有6首。题兰的诗文53首，题石的诗文7首，其他题材22首。所有题画诗文中，与竹相关的画上题画诗文有105首。他的绘画现存千余幅，一半以上都是以竹子为题材。竹子自古是文人墨客吟咏、歌颂的对象，形成了自身深厚的文化内涵，在中国艺术史上有自己重要的意义和地位。而郑板桥对竹子的关注是空前绝后的，他题竹、画竹形成了自己的特色，是题画诗史上不可缺少的组成部分。诗画的创作过程是由物到我的过程，物如何有神，其实是人赋予的。人给予物以精神，所以物是有人情之物。如宋代的郭熙《林泉高致》中认为画山水首先要把握山水的意度，即山川景物投射出的内在气韵和精神。做法就是"身即山川而取之"①，即创作主体要与山川融为一体，强调以欣赏者的情感观照和感受自然物象，于是人的情感融入自然景物中。郑板桥笔下的

---

① （宋）郭熙、郭思著《林泉高致》，叶朗编《中国历代美学文库·宋辽金卷上》，高等教育出版社，2003年，第404页。

题竹诗文由画中竹引发写作的冲动，又以"我"之情来关注画面，做到了处处有真情，时时显真意。

第一节 从自然之竹、画中之竹到诗中之竹

郑板桥题画诗文中作为客体对象的竹子，很难分清是自然中的竹子还是画面上的竹子，或者说，郑板桥直接以真作画，将画面上的竹子当成自然中的竹子来写。当郑板桥关注画面上的竹子的时候，更多的想要传达自己心中画竹之法。于是受心中情感的引导，其心中之竹成为自然之竹与画面之竹之间自由转换的纽带。

一、以真作画

郑板桥题竹诗文中明显地将画面上的竹子直接看成自然中真实的竹子来描写，因此画面之竹即是自然之竹，并且做到了真实传神。在中国艺术的传统中，真实不是停留于外物的形似，而是指向神似。早在魏晋南北朝时期，顾恺之就提出了"传神写照"的观点，强调在绘画中表现对象物的精神面貌。到谢赫在《古画品录》中将"气韵生动"列为"六法"中的第一法，所谓的"气韵"即气度、神韵，是物象散发的力量。在唐、五代诗人画家中直接将"真"字写在诗中，如"画松疑似真松树"（景仁《画松》），"沧州误似真"（皎然《观王右丞沧州图歌》），都是在强调画面景物的真实性，强调松树鲜活的生命力。宋代的黄庭坚在《题子瞻墨竹》中云："眼入毫端写竹真，枝掀叶举是精神。"[1] 刻意强调眼前的竹子是自然中的竹子，自己在为竹写真。郑板桥的题竹诗文中并没有特别强调自己画上的竹子是真实的自然之竹，他是自然而然地将其视为自然之竹来写。其在题《竹石图》中有言："雷停雨止斜阳出，一片新篁旋剪裁。影落碧纱窗子上，须凭毫末写将来。"[2] 这首诗中首先描写的是画面中没有表现出的天气情况。雷停雨歇，斜阳出现在天边，给画中竹以特定的生长环境，让人产生一种清新自然

---

① 李德埙《历代题画诗类编》，山东教育出版社，1987年，第1017页。

② 曹慧民、李红权编《郑板桥诗文书画全集》，中国言实出版社，2006年，第48页。

之感。读完第一句便形成一幅雨后斜阳图，直接就联想到真实自然的生活和环境下经过雨水清洗的绿竹。然后写自然中的竹子在泥土中破土而出、向上生长之势，新笋顽强生长的生机勃勃跃然纸上。接着由写竹子将影子落在了窗纸之上，画面中并没有画出窗纸及竹子的生成物或者附属物，只有竹子。观者直接就可以想到此竹并非画面之竹，而是在诗中人身边的真实的竹子。最后写到自己看到了这样的场景，引起心中无限的情思，于是拿起笔来写下心中对于未来的憧憬和向往，题诗写情的意味很浓。又如：《墨竹图》和《修竹图》画面上的题诗分别为：

"昨自西湖烂醉归，漫山密条乱牵衣。摇舟已下金沙港，回首清风在翠微。"①

"新霜昨夜满沙洲，竹叶青青色更遒。贯彻四时浑一气，不知天地有清秋。"②

画中都是以竹子为主，而且画中的竹子就是其眼前看到的、日常生活中接触到的竹子。在题竹诗中，郑板桥对竹子的外形进行了很好的描摹，将竹子刻画得形象生动。

《墨竹图》中的竹子，是他一天晚上喝醉酒下山时，看到路边的丛竹，并被竹子绊到自己的衣服，可谓是竹叶茂盛，枝条满山。画中的竹子枝叶茂密围绕在山石周围，而且画面上多使用浓墨来画竹叶，突出了竹子多而密的特点。与诗中提到当晚的情景如出一辙，可见郑板桥对当时的情景印象深刻。

与《修竹图》比较，场景由醉酒归家的夜晚，变成了清晨自己漫步沙洲时看到的竹子，画面上的竹子竹竿纤细，竹叶稀疏，一起偏向了画面的左边，可以想到竹子在风中摇曳的场景。而题竹诗中写到的正是清秋时分，夜里下过霜后，几杆瘦竹爽朗挺拔，生动多姿。画面浓淡相宜，别有情趣，诗中将竹子青绿的颜色写了出来，而且使用了一个"更"字，竹子颜色的新鲜感更加突出。不同的时间、不同的场景，不同的经历，竹子在画面中和诗中表现出不同的姿态、颜色和形象。诗中对竹子（画面之竹即自然之竹）的描写可以说生动逼真，体现出郑板桥在绘形拟状上的才能。这得益于他长期对自然之竹的观察和精巧的艺术构思。

---

① 曹慧民、李红权编《郑板桥诗文书画全集》，中国言实出版社，2006年，第54页。
② 曹慧民、李红权编《郑板桥诗文书画全集》，中国言实出版社，2006年，第57页。

　　对于艺术来说，写形并不是最终的目的，写形是为了更好地传神表意。郑板桥的题竹诗文中特别注重为竹传神，他诗画中的竹子气韵生动。他曾说"近颇作桃叶、柳叶，而不失为竹意，总要以气韵为先，笔墨为主。"① 可见艺术作品只有达到"气韵生动"，才能笔墨传神，才会有动感和生命力，也才会产生美感。这离不开艺术家独具匠心，融入自己的感情，达到生活真实与艺术真实的统一。郑板桥与同样写有题竹诗文的艺术家相比，他对于竹子投入的感情更加丰富和彻底，而且常常因时因事而变，所以在他主观生命情调的观照下，竹子展现出不拘一格的神韵。他的另一首《题竹诗》中言："不过数片叶，满纸混是节。万物要见根，非徒观半截。风雨不能摇，雪霜颇能涉。纸外更相寻，干云上天阙。"② 画上的竹子，茎瘦而节竦，墨色又很浓重，显示出竹竿的挺拔有力。虽然经受着疾风劲雨的肆意拍打，但是傲然挺立、百折不弯的神韵跃然纸上，就像具有铮铮铁骨的人一样。诗中虽然强调了画面上的竹叶和竹节，但是更强调的是画面之外的竹根，这是竹子具有如此强大精神力量的根源。可以看到在郑板桥的题竹诗文中画面上的竹子与自然之真实的竹子浑然一体，难以区分。郑板桥并不在意诗中画的竹子，而是直接写自己"胸中之竹"，这个竹子可以是画面中的竹子，但是更多的情况下是真实的竹子。因为自然之竹比画面上的竹子更加灵动多变，富有生命，因而更能与郑板桥充满活力而多变的内心相契合。

　　因此，郑板桥以内在丰富而活跃的情感冲破画面物象的束缚，正是由于其内心情感世界的丰富，他才更热衷于描绘自然中各种变化形态的竹子或者直接将画面的竹子当成真实的竹子来写，而不被画面限制。其实质都由于郑板桥内心世界的无限自由和开放，其在《题竹石图》中言：

　　"余作竹作石，固无取于枯木也，意在画竹，则竹为主，以石辅之。今石反大于竹、多于竹，又出于格外也。不泥古法，不执己见，惟在活而已矣。"③

　　一个"活"字概括出郑板桥内心灵活多变的特点和对于艺术的追求。所以主体心灵的变动使他不会被画面限制，勇于并且能够挣脱外物的束缚。

---

① （清）郑燮《郑板桥文集》，巴蜀出版社，2003年，第161页。
② （清）郑燮《郑板桥文集》，巴蜀出版社，2003年，第186页。
③ 曹慧民、李红权编《郑板桥诗文书画全集》，中国言实出版社，2006年，第42页。

于是与郑板桥多变的内心相契合的自然之竹成为他表达自己时选择的对象，同时自由多变的心又使他能冲破限制，在自然、画面与诗歌中自由穿行。正因此，不管是自然之竹还是画中之竹，诗中之竹都是其心中之竹，所以它们之间的界限因为其心灵的观照而融为一体，界限模糊。

二、以心为本

无论是自然之竹还是画中之竹，在郑板桥的笔下只是引发点，而不是诗歌所有表达的主旨。诗人只是以竹子为依托来表达内心的真实情感。因此，竹子本身的身份在题画诗中也就显得不是那么重要。他用以下两种方式来表达情感：

（一）评画藏情

在郑板桥的这类作品中对于绘画方法和画家画艺的评论较多，但是评论中也可以看出蕴含于其中的内在情感性。其在《题画竹》中云：

"复堂李鱓老画师也，为蒋南沙、高铁岭弟子，花卉、翎羽、虫鱼皆绝妙，尤工兰竹。然燮画兰竹绝不与之同道，复堂喜曰：'是能自立门户者。'"①

这篇题画文中对李鱓本人和他的绘画进行了评价，认为李鱓各种题材的绘画都可以说美妙绝伦，特别是兰竹。而郑板桥本人也画兰竹，他虽画兰竹但是与李鱓不同，表明自己对绘画风格的独特追求，这是郑板桥自立门户的行事特点和风格在绘画中的表现，是其个性情感的表现。虽然不直接写个人性情，但情在其中。在另一段题竹文字中有：

"徐文长先生画雪竹纯以瘦笔、破笔、燥笔、断笔为之，绝不类竹；然后用淡墨水钩染而出，枝间叶上，罔非雪积，竹之全体在隐跃间矣。今人画浓枝大叶略无破阙处，再加渲染，则雪与竹两不相入，成何画法？此亦小小匠心，尚不肯刻苦，安望其穷微素渺乎！问其故，则曰：吾辈写意，原不拘拘居于此。殊不知写意二字，误多少事，欺人瞒自己，再不求进，皆坐次病。必极工而后能写意，非不工遂能写意也。"②

这段文字对徐渭绘画的笔法、技巧方面进行品评，徐渭画雪竹笔精墨妙，将雪与竹巧妙地融合在一起。但是当时人先画浓枝大叶，再加渲染，雪

---

① 周积寅编《中国历代画论》，江苏美术出版社，2015年，第717页。
② （清）郑燮《郑板桥文集》，巴蜀出版社，2003年，第147页。

和竹完全分开，并没有得到徐渭的真传。就此种现象，郑板桥针砭时弊，分析其形成的原因，在于如今世人不知刻苦学习，一味追求写意，而不知道没有刻苦的学习何来淋漓尽致的写意。通过对时弊的分析，郑板桥对待艺术创作的态度和立场也得以显现，他对徐渭的赞赏和崇敬之情也自然流露出来。通过这两段题竹诗文，可以看到，在对竹子的题写中，竹子仅仅是作为表达画法、画技的题材而存在，竹子引发了对创作主体和笔墨本体的关注。这类"评画藏情"的诗文虽然以绘画的欣赏和品评为主，但是郑板桥本人的情感和观点都蕴含在其中。

（二）独抒情怀

在郑板桥众多的题竹诗文中占据很大比例的还有一类是"独抒情怀"的主题。这些诗文通常都没有对画面景物和画家本人、绘画的技法、笔墨语言等进行过多的描述，而是直接由画面展开到画面之外的现实生活的场景之中，竹子成为表达自己情感和心境的引发点。具体说来，郑板桥的题竹诗文情感丰富，较前人所反映的社会生活更为广泛。他常在诗中指点江山、嬉笑怒骂。如他在著名的《题衙斋听竹图》中言："衙斋卧听萧萧竹，疑是民间疾苦声。些小吾曹州县吏，一枝一叶总关情。"诗文中的竹子是他县衙里种的竹子，诗人在风中晃动的竹叶声中，想到的是民间的疾苦，一位把民生的疾苦放在心上的县令形象跃然纸上。他在山东做官十年，处处为民着想，体察民情，为老百姓鸣不平，其《竹石图》中言："画根竹枝插石块，石比竹枝高一尺。虽然一尺让他高，来年看我掀天地。"这首诗看似是在对画面竹子的描述，实际是郑板桥在表明自己画竹石的用意。他心底波澜，笔下千钧。诗中他以不可压抑的气势写下对统治者的愤懑不满，并且充满信心要进行顽强的反抗。看似是竹子与石头进行抗争，其实是郑板桥在与残酷的统治和制度抗争。

除了对国家和民生的关切外，题竹诗文还表达了郑板桥自己的气节和内心世界，如"宦海归来两鬓星，古人怜我未凋零。春风写与平安竹，依旧江南一片青。"这首诗是郑板桥辞官归扬州后，鬓角已经斑白，不免有些伤感，但是看到扬州的竹子与自己离开时一样生机勃勃，他的心情有了改变，似乎对未来又充满了憧憬和希望。诗中对自身命运的哀叹，反映出郑板桥内心世界的真实图景。在这类题竹诗文中郑板桥没有将注意力置于画面本身，没有关注绘画的方法、过程。即使有对画面上景物的描述也是内化为自己心中的景物，为了表达自己的志向和情感服务。正如王国维在《人间词话》中所言："故能写真景物、真感情者，谓之有境界；否则谓之无境界。"① 告诉我们真景物、真感情对于艺术作品境界高低的决定性作用。郑板桥的题竹诗文中写真情、露真意。客体的物象与郑板桥主观之意交融互渗形成胸中的审美意象。正如朱光潜先生在《谈美》中指出"美感的世界纯粹是意象世界。"② 然后经过笔墨形式的表达形成艺术美。在自然美和艺术美的融合与转化中，贯穿始终的是物我、情景之间的关系，"即景生情，因情生景"，情景相生而且契合无间，"象"也就成了"意象"。因此，郑板桥诗中竹子的形象中包含着他的创造性，与其情趣是分不开的。

第二节　从画家到诗人

题画诗连接着绘画和题诗两个不同的艺术门类，也将画家和诗人两种不同身份紧密地连接在一起。题竹诗文中，上演着诗人、画家两种身份的双重变奏，实现了两种身份之间的自由转换。郑板桥始终站在画外观画，其身份或为画家，或为诗人，或两者合一而难分彼此。

一、得道的画家

郑板桥的题竹诗文中有一类是站在画家的角度，结合自己对绘画的认识对画艺和画论进行详尽的论述，其中很少看到诗人的影子，整首诗文都是对画理画法的阐释和对前人画作的评赏，包含着作画时的状态、主体的境界、绘画对象的选择、创作的过程等各个方面。

郑板桥在自题《墨竹图》中云："方其画时，如阴阳二气，挺然怒生，抽而为笋为篁，散而为枝，展而为叶，莫知其然而然。"③ 不知然而然，忘记所有技法，正如庄子所说的"解衣般礴""庖丁解牛""匠石斫鼻"，是一种得道的状态，是在一种自然而然的状态下达到心手相应的境界。

---

① 王国维《人间词话》，古轩出版社，2012年，第8页。
② 朱光潜《谈美》，华东师范大学出版社，2012年，第2页。
③ 安徽省博物馆馆藏墨迹。

　　虽然郑板桥作画时忘了所有的技法，但这是以纯熟的技巧、长期的辛苦练习为基础的。其在《题画竹》中说："四十年来画竹枝，日间挥洒夜间思。冗繁削尽留清瘦，画到生时是熟时。"① 这首诗是郑板桥在表明自己绘画的刻苦专一和自己作画遵循的法则。正是数十年的练习，郑板桥才能将竹子简约而传神地表达出来，勤加练习是得道的基础。其绘画的法则是追求极简，如其所言："画竹要以笔墨简省为妙"，"自然淡淡疏疏，何必重重叠叠"，"最云少少许，胜人多多许"，"始余画竹，能少不能多，继而能多又不能少。此层功力最为难也"。这大量的文字都是郑板桥以画竹为例，说明艺术创作要走向简约，以少总多的标准。而追求极简，"无技巧"是艺术传达的最高境界。所谓"大巧若拙""大音希声""大象无形""以天合天"是不流露出着力之迹、雕琢之痕的自然无法之道。正是老子追求的"无为"，看似无为而无所不为，乃是艺术创造的至境。所以"造化之秘"与"心匠之运"，根本在于删去冗繁，走向简约。

　　郑板桥对于绘画对象的选择，遵循的是美丑辩证统一的观点，既画美又赞丑，而且善于以丑为美，化丑为美。在《画芝兰荆棘图寄蔡太史》一画中题诗云："写得芝兰满幅春，傍添几笔乱荆棘。世间美恶俱容纳，想见温馨澹远人。"② 郑板桥在兰竹旁边画上荆棘的用意，在他看来世间有善有恶，"彰善瘅恶者"为"人道"，"善恶无所不容者"为"天道"。郑板桥肯定"天道"，所以他的绘画中不仅有竹子，还有怪石、荆棘。在这个意义上来说，郑板桥打破了之前固定求同、讲究秩序和形式的规则，以思辨的眼光发现了丑中之美，并用画和诗把它们表达出来。此种仁爱之心正是儒家所追求的"德"，即是儒家之"道"。同时也是老子《道德经》中所言的："反者道之动，弱者道之用。天下万物生于有，有生于无。"③ 告诉我们有无相生，难易相成，事物处于不断的循环往复的运动之中，美可以转化为丑，丑也可以变成美。这正体现着"道"的特点。

　　郑板桥对于艺术创作的过程，提出了"眼中之竹""胸中之竹""手中之竹"的理论。他在自题竹中言：

①　（清）郑燮《郑板桥文集》，巴蜀出版社，2003 年，第 181 页。

②　曹慧民、李红权编《郑板桥诗文书画全集》，中国言实出版社，2006 年，第 324 页。

③　（先秦）老子《道德经》，上海人民出版社，2003 年，第 12 页。

"江馆清秋，晨起看竹，烟光日影雾气，皆浮动于疏枝密叶之间。胸中勃勃，遂有画意。其实胸中之竹并不是眼中之竹也。因而磨墨展纸，落笔倏作变相，手中之竹又不是胸中之竹也。总之，意在笔先者，定则也；趣在法外者，化机也。独画云乎哉。"①

"眼中之竹"是艺术创作的第一阶段，在这个阶段中，艺术家要对自然之竹进行长期的反复观察和临摹。艺术家处于感性的认识物象的阶段，但是此阶段是审美感兴和创作冲动形成的前提。由于在长期的观察中，感于物之动，才会产生下笔创作的冲动。郑板桥的题《墨竹图》很好地说明了这个问题："凡吾画竹，无所师承，多得于纸窗粉壁日光月影中耳。"可见郑板桥画竹子并没有专门向谁学习，而是来源于对窗竹和自然竹子的观察。在观察中引发了他创作的冲动和想法。到第二个阶段"胸中之竹"，由单纯的审美感性上升到理性构思阶段，开始在自己的心中对于竹子的形象以及绘画语言的使用进行提炼、概括，融入自己的感情而形成完整的竹子的意象。艺术创作的最后阶段，即成为"手中之竹"时，是用娴熟高明的笔墨技艺将"胸中之竹"表达出来。此时已经忘记了之前心中形成的竹子的意象而完全进入一种"澄怀"的创作状态，忘却了一切的私心杂念，内心平静而无功利。由"心斋""坐忘"而进入心手相忘、恣情挥洒笔墨，达到了身与竹化的境界。这其中随时都有可能出现"定则"之外的"化机"。"化机"即创作中突发的灵感和内心的感受。正所谓"画竹之法，不贵拘泥成局，要在会心人得神。"② 由此他又引发了有成竹与无成竹的比较，他在《题竹诗图》中云：

"文与可画竹，胸有成竹；郑板桥画竹，胸无成竹。与可之有成竹，所谓'渭川千亩在胸中'也；板桥之无成竹，如雷霆霹雳，草木怒生，有莫之其然而然者。盖大化之流行其道如是。"③

胸中有竹与无竹的关系实际上是有法与无法的关系，首先要做到对所描绘的对象心中有数，"意在笔先"，就是"有法"。等到下笔的时候是"无有一定之法"。既可以与自己当初的构思相符，也可以超出自己原来的构思。

---

① （清）郑燮《郑板桥文集》，巴蜀出版社，2003 年，第 146 页。

② （清）郑板桥《竹石图轴》，上海博物馆墨迹。

③ 曹慧民、李红权编《郑板桥诗文书画全集》，中国言实出版社，2006 年，第 69 页。

随机应变，不受法的束缚，所以就会有"趣在法外"的效果。

此类题竹诗文皆是郑板桥从画家的角度对绘画本身的创作过程、画理、技法、表达等方面进行的品评，而且还有与文同、石涛、徐渭、黄庭坚等人绘画的比较。此时郑板桥对画法有很深的体悟，以画载道摆脱自然物性对其绘画的束缚，"胸无成竹"就是其以画载道，摆脱自然之竹及画法束缚的最高境界，正所谓"真力弥满，万象在旁"①。

二、多情的诗人

郑板桥有类题竹诗文中，画家似乎从诗文中渐渐隐去，转而以诗人的身份出现，关注点也不再是画法和画艺，而是站在诗人的角度抒发自己内心的情感。在《笋竹》中有："江南鲜笋趁鲫鱼，烂煮春风三月初。分付厨人休斫尽，清光留此照摊书。"② 画面很简约，两根竹枝，几块怪石。诗人在看这幅画时联想到的是江南初春时节，鲜笋破土，鲫鱼游来游去，这些都是画面中没有的景物。家家户户从山上挖了竹笋回家煮，面对这样的情景诗人希望人们留一些新笋长大，等到冬天又会在书上留下斑驳的竹影。这是诗人由日常生活中人们对竹笋的态度引发的议论，体现了他对待自然万物有一种不忍的仁爱之心。画面上的诗并没有与画面之物产生直观的联系，多是画外之物，竹子只是一个诱发点。所以诗人是以欣赏者的身份在欣赏画面，而不是与画面合一，融进画意中产生的情感。或者更进一步说，是眼前的日常生活和景物引发了作者的情思而进行诗画创作，而不是眼前的这图画。还有很多类似的题竹诗，《题画竹六十九则》的第一首："晨起江边看竹枝，一团青翠影离离。牡丹芍药夸颜色，我亦清和得意时。"③ 诗人一开始写到的是自己早晨江边看竹子的情景，竹子一团清翠在诗人的心里留下了深刻的印象。然后看到牡丹芍药颜色鲜艳，争奇斗艳，但是竹子并不与其争斗，在微风中摇动着枝叶独自生长。然后诗人想到了自己跟竹子一样，清廉、正直、孤傲、不与世俗同流合污，于是得意之情油然而生。诗人清楚地交代了这幅画的由来和表达的思想，比上一首诗更明显地表现出画面之外的经历是引发写

---

① （唐）司空图《二十四诗品》，浙江古籍出版社，2013年，第59页。

② （清）郑燮《郑板桥文集》，巴蜀出版社，2003年，第146页。

③ （清）郑燮《郑板桥文集》，巴蜀出版社，2003年，第180页。

诗的主要原因。画面上的竹子只是诗中借以表达思想的题材和对象，所以诗人的感悟与体验并不是从画面而来的，诗人始终站在画面之外欣赏画境。在另一首题竹诗中言："两枝修竹出重霄，几叶新篁倒挂梢。本是同根复同气，有何卑下有何高。"① 前两句诗是诗人对于画面静态景物的姿态和位置的客观描述，景物描写时诗人处于相对客观的态度，没有掺杂自己任何特定的情感，后两句是诗人面对眼前的景物发表的议论，在欣赏之余的感叹，但是这并不意味着诗人由眼前的画景引发对人生感悟，而是诗人以自己的情感为导向在欣赏画境。后两句是郑板桥对于画面上两枝竹子压弯新生的另两枝竹子的不满，流露出他思想中的平等和仁爱。结合创作的背景来看，诗人其实并不是仅仅为了表达物物平等，其实质是为了表现物我平等、万物平等的观点。这首诗通过竹子的高矮评论，达到针砭时弊的目的。在他心中人人平等，没有高低贵贱之分。这点在他写给其弟郑墨的家书中有清楚地表达，书中言：

"夫天地生物，化育劬劳，一蚁一虫，皆本阴阳五行之气氤氲而出，上帝亦心心爱念。而万物之性，人为贵，吾辈竟不能体天之心以为心，万物将何所托命乎？"②

这封家书从万物都是阴阳五行之气交互作用而形成的提出了万物平等的观念。虽然万物各有其灵，人为贵，但是并不是指人的地位就高，而是指人的责任重大，人更应该体会上天的用心，用仁爱之心平等地对待世间的万物，用心爱护它们，因此他不让自己的孩子笼中养鸟，对家里的佣人平等对待。可以看到郑板桥题竹诗中抒发的胸臆更多的是对社会的想象和由自己深层的思想根基带来的，而不仅是由与画面之物合一的审美境界产生的。

三、亦诗人亦画家

郑板桥还有一类题竹诗文，他站在自己创作的绘画前，欣赏自己的绘画而引发了无限的思绪，并不是融入画境之中，体验绘画本身后而提笔写下自己的感受。因此，郑板桥并没有很好地融入自己绘画的意境中，而是由画面上的竹子联想到自己过往的经历和现实的处境。在《仿文同竹石图》中云：

---

① （清）郑燮《郑板桥文集》，巴蜀出版社，2003年，第180页。

② （清）郑燮《郑板桥文集》，巴蜀出版社，2003年，第13页。

"一半青山一半竹，一半绿荫一半玉。请君茶熟睡醒时，对此浑如在岩谷。"① 结合画面进行赏析，前两句可能是郑板桥作为一位画家或者诗人在对画面的内容进行介绍，但是就景物的描写来看，无论如何也看不出来诗人在描述的过程中凝聚着一种属于诗人的情感。从诗的后两句来看，也是诗人和画面双重身份的交织，像是诗人在观画之后表明自己的感受，又像是画家在标榜自己绘画的真实可感，观赏者看到自己的画作就像是身处自然山谷之中，是郑板桥对自己绘画的认可，这其中有画家之心也有诗人之情，此时郑板桥的身份是亦诗人亦画家。

纵观这类型的题竹诗文，有郑板桥以画家的身份纯粹的揭示绘画本身画艺的；有诗人身份多于画家，画家逐渐隐退在诗文中并不明显的，诗人就像是一个静观绘画的欣赏者，而不是融入画境的体会者；还有诗人与画家双重身份难以分辨地融入画中。郑板桥的身份在诗文中的这种转换与结合，让欣赏者的目光随着他的笔墨、情感从画内到画外，从当下到过去，在历史与现在、想象与现实间穿梭，使诗文的审美想象空间无限扩大。

---

① 曹慧民、李红权编《郑板桥诗文书画全集》，中国言实出版社，2006年，第69页。

下编 以文为图的美学基础

　　以文为图，在中国具有悠久的历史和丰富的显现。文学作为能够明确表达的言说工具，言说文学之像、图画之像、书法之像、音乐之像，将各种不同的图像生动地确定下来。中国文学这一特征的形成，有着深厚的美学基础。内在视觉和情景交融是中国艺术共同的审美理想，为以文为图提供了必要条件。寓目辄书的创作方法为文学的图像呈现创造了合适的途径。诗体言说的方式让图像普遍地进入文学领域，而中国艺术接受中的视听融合又为文图携手创造了审美的空间。

第一章　内在视觉——中国古典艺术的视觉观照

第一节　视觉观照——中国古典艺术的普遍特点

视觉观照是中国艺术的普遍特点。这不仅是绘画、书法等中国古典视觉艺术的职责，也是中国古典音乐、文学等非视觉艺术的兴趣所在。视觉观照不仅普遍存在于各类艺术创作实践中，而且也是中国古典艺术美学的核心思想。

作为具象的视觉艺术，与西方描绘宗教历史人物不同，中国绘画以山水花鸟为题材特色。与具有历史故事和宗教意味的人物画不同，山水花鸟并不具有特定的历史含义，它呈现于面前的只是一座山、一道水、一片树林、几只禽鸟等，画家不必点明山水禽鸟之名，更不必交代山水禽鸟所属，画题多为模糊的、类别化的表达，如《墨竹》《墨梅》《山水》等。因此，山水花鸟画截断了画面物象与现实的直接对应关系，使观者的视线首先仅仅停留在眼前的山水景物之上，而不是像观人物画一样，引向人物所具有的历史背景，山水景物获得了自主的、自足的地位。山水画在中国画中的主导地位和山水在山水画中的自主地位，强化了山水景物的视觉感，这是人物画所不及的。也正是因为这一点，山水画中，观者与视觉景物之间建立了自由的关系，在山水花鸟景物中自由地寄放主体的情感、思想成为了可能。

作为抽象的视觉艺术，书法对于视觉的观照不仅仅体现为书法本身就是视觉形式，更重要的是中国书法艺术专注于对宇宙事物生命情态的展示。蔡邕言书法创作"纵横有可象者，方得谓之书"①，王羲之言书法"经天纬地"②。不仅天地自然万物是书法创作的缘起、对象、标范，即使抽象的水墨线条也具有了活跃的生命气质和有形的生命情状：横画如"千里阵云"，竖画如"万岁枯藤"，点画如"高峰坠石"，撇画如"陆断犀象"③。晋代卫夫人《笔阵图》中对于书法基本笔画的这种意象式言说标志着呈现视觉形象的生命已经成为书法创作的追求。

文学，是非视觉艺术，它以抽象的语言文字为存在形式，只有凭借着想象才能进入真正的文学的意义世界。《周易·系辞上》云："立象以尽意"，在抽象的语言与语言的意义之间，古人很早就搭建了"象"的桥梁，将外在视觉中抽象的方块汉字转化为内心视觉中的具象形象。在中国文学独立自觉之初，钟嵘《诗品》将当时兴盛的五言诗分为两类："指事造型，穷情写物"④。"指事""穷情"，两种诗歌类型有着极其相似的创作手段："造型""写物"，皆在造"象"。同时，自《诗经》以来就形成的赋比兴手法，也被凝练为以塑造视觉之"物"为中心的创作方法。钟嵘解释为："文已尽而意有余，兴也。因物喻志，比也。直书其事，寓言写物，赋也。"⑤ 李仲蒙进一步解释为："叙物以言情谓之赋，情物尽也；索物以托情，谓之比，情附物者也；触物以起情谓之兴，物动情者也。"⑥ 叙物、索物、触物，钟嵘建构了以"物"的观照为核心的诗歌创作方法系统。作为中国文学自觉的标志，钟嵘《诗品》中的这一理论不仅仅是对前人创作的总结，更引领了后世诗歌以视觉观照为基本方法的创作实践，并渗透到了散文、小说、戏曲

① （宋）陈思《书苑菁华·秦汉魏四朝用笔法》，叶朗编《中国历代美学文库·宋辽金卷下》，高等教育出版社，2003 年，第 532 页。

② （晋）王羲之《用笔赋》，王伯敏编《书学集成·汉—宋卷》，河北美术出版社，2002 年，第 36 页。

③ （晋）卫铄《卫夫人笔阵图》，王伯敏编《书学集成·汉—宋卷》，河北美术出版社，2002 年，第 24 页。

④ （南朝梁）钟嵘《诗品序》，叶朗编《中国历代美学文库·魏晋南北朝卷下》，高等教育出版社，2003 年，第 306—307 页。

⑤ （南朝梁）钟嵘《诗品序》，叶朗编《中国历代美学文库·魏晋南北朝卷下》，高等教育出版社，2003 年，第 306—307 页。

⑥ （宋）胡寅《斐然集·致李叔易》，吴文治编《宋诗话全编》卷三胡寅诗话，江苏古籍出版社，1998 年，第 3395 页。

等其他文学体裁之中。中国诗歌创作中的"感物"而作、意象表达、意境创造，诗歌题材中的山水田园、咏物言志，中国散文对于情景交融的执着，中国小说对景物描绘的擅长，中国戏曲对场景展示的专注，等等，中国文学的"表达"总是与视觉景物的展现相辅相成，配合默契，共同铸造了中国文学创作中主客对话关系，形成了迥异于西方诗歌直抒情感的"表现"特点。

在各门类艺术中，音乐是距离视觉最远的一门艺术，但中国古典音乐却依然表现出了对视觉的一往情深。这不是指嵇康"目送归鸿，手挥五弦"（《嵇康兄秀才公穆入军赠诗十九首》诗十四）、陶渊明手抚无弦琴的演奏视觉，而是指中国音乐内容上传递的往往是视觉化的图像。首先，与西方古典音乐的以调式调性为题不同的是，中国古典音乐是标题音乐，在标题中点明了音乐的内容，这使得无形的抽象的音乐形象得以具体显现。其次，中国音乐常以山水自然为题，着意于描绘自然景物，抒发与景物相融的主体情感。琴曲如先秦的《高山流水》、魏晋的《碣石·幽兰》《梅花三弄》、唐代的《阳关三叠》，琵琶曲如《夕阳箫鼓》，二胡曲如《二泉映月》《听松》《汉宫秋月》等，音乐对于景物的标题性展示一方面在山水自然景物中寄寓情志，一方面将模糊的音乐形象转化为清晰可感的形象。因此，在中国音乐中，主体情感不再是唯一的表达意味，对于自然山水的深情也深深地渗透于其中。如《高山流水》中可见"巍巍乎若泰山……汤汤乎若流水"；《碣石·幽兰》中可感"声微而志远"①；《阳关三叠》中执意于将深厚的友谊集中于直观的"阳关"之景中。而《浔阳琵琶》等直接以"夕阳箫鼓""花蕊散回风""关山临却月""临山斜阳""枫荻秋声"等10种图景为音乐段落的标题。《听松》显然刻意于融通视听觉，使单纯的听觉变得可观可视，立体丰满起来。较之其他艺术，在情感表达方面，音乐的特长在于能最直接地表达感情，能表达最幽微的情感。但在中国音乐中，情感的表达不再直接，可音乐形象却开始变得清晰。

中国古典艺术对于视觉的关注不仅体现于以上所述各类艺术的创作过程中，也体现于艺术接受过程中。在艺术接受中，古人惯于将对于艺术的感

---

① （南朝陈）丘明《碣石调幽兰谱序》，（清）黎庶昌《古逸丛书》册四十七，贵州人民出版社，2003年。

受、认识转化为感性的视觉形象进行品味，形成了独具民族特色的意象化批评模式。书法中，袁昂《书评》评羊欣书法，"如大家婢为夫人，虽处地位，而举止羞涩，终不似真"；评陶隐居书法，"如吴兴小儿，形容虽未成长，而骨体甚骏快。"① 文学中，司空图《二十四诗品》品评意境风格如，"飘逸"："落落欲往，矫矫不群。缑山之鹤，华顶之云。"旷达"：花覆茅檐，疏雨相过。倒酒既尽，杖藜行歌。"② 等等，形成了《诗品》《书品》《书评》《二十四诗品》《续诗品》《二十四画品》《二十四书品》等系列意象式艺术批评著作，覆盖了诗文书画等各种艺术门类。在意象化的批评中，中国书法文字原初具有的感性世界得以复活，中国绘画形象的气韵精神得以释放，中国音乐的感情世界变得五彩斑斓，中国文学的想象空间被彻底打开。

正因为在艺术创造、艺术接受等方面的视觉观照，中国古典艺术美学也呈现出了与视觉密不可分的关系。艺术创作缘起于"感物"，如"悲落叶于劲秋，喜柔条于芳春"③，"气之动物，物之感人，故摇荡性情，形诸舞咏"④。艺术构思重在"神与物游"（刘勰）、"思与境携"（司空图）。艺术创作方法贵"以形写神"，"境生于象外"（刘禹锡）。艺术的成品则要有"意境"、有"象外之象，景外之景"，要"气韵生动"。如此等等，中国艺术美学强调在艺术中感知个体生命，进而感悟宇宙生命的本源，恰如宗炳《画山水序》所言："圣人含道映物，贤者澄怀味象"，"象"这一空间之物正是宇宙生命本源存在的形式。而中国古典艺术美学始终将对审美空间的关注置于艺术审美的核心地位。只是以唐为界，中国古典美学整体呈现出由对"象"的关注逐渐转向对"境"的关注。"境生于象外"⑤，"象"与"境"虽不同，但皆为审美空间。

---

① （南朝梁）袁昂《古今书评》，王伯敏编《书学集成·汉—宋卷》，河北美术出版社，2002年，第75页。

② 郭绍虞集解《诗品集解》，人民文学出版社，1980年，第41页。

③ （晋）陆机《文赋》，叶朗编《中国历代美学文库·魏晋南北朝卷下》，高等教育出版社，2003年，第163页。

④ （南朝梁）钟嵘《诗品·序》，叶朗编《中国历代美学文库·魏晋南北朝卷下》，高等教育出版社，2003年，第306—307页。

⑤ （唐）刘禹锡《董氏武陵集纪》，《刘梦得文集》卷二十三，四部丛刊本。

第二节 内视觉——中国古典艺术视觉观照的指向

中国古典艺术对于视觉的观照兴趣是显见的，且在视觉的观照中，不同的艺术门类呈现出共同的特点，即共同指向了内视觉，并以内视觉的激活、扩充与强化为目的。正是这一点，使得不同门类的中国艺术共同游走于时间与空间之间，兼备时间的连绵性与空间的陈列性，也正是因为这一点，使得不同门类的中国艺术之间打破了森严的界限，有了沟通的可能，呈现出鲜明的融通性。

心理学上的内视觉是与外在视觉器官活动相对的视觉活动，指的是呈现于人的大脑中的视觉，是右脑对外在视觉对象的照相式记忆，只有右脑得到很好训练，并具备大脑成像能力的人才可以在大脑中看到清晰的图像，它与外在视觉捕捉到的客观图像相似。本文中的内视觉属于艺术美学范畴，是指内在于艺术家心里的视觉形象，是一种审美视觉形象。与心理学中右脑照相记忆不同的是，艺术审美中的内视觉是由想象生成的，它不必借助超常的右脑功能，也不是特定右脑天才的专利，而是艺术审美过程中所产生的心理视觉现象。

因此它与客观图像并不完全一致，它交织着现实实像与心理幻像，生成的不仅仅是一幅图像，而是一层一层多幅图像组成的审美图景。艺术美感很大程度上正是伴随着这种内视觉的生成而生成，也是伴随着内视觉的不断丰富而得以强化的。与意境包含着审美空间、审美情感、审美领悟等的包容性不同的是，内视觉更强调的是内在于心的视觉感，即图景。总揽中国古典艺术，艺术创作与接受的过程，就是在不断激活、丰富内视觉的过程，艺术家们为此做出了种种努力。

一、生命感——古典艺术通向内视觉的桥梁

内视觉的生成首先依赖于人的外在视觉，外视觉具有引领内视觉的作用。在外在的感官视觉对象中，中国古典艺术执着于创造视觉对象之"神"，其目的是让艺术中的视觉对象成为鲜活的具有气息的生命体，因此，"气韵生动"成为了中国绘画艺术的圭臬。但"气韵生动"并不关涉绘画本

身，它是超越于绘画语言之上的对于外在视觉对象的整体感受，正如格式塔心理学所谓"完型"形式，即视觉对象以整一的状态呈现在观众面前，并与人的心理有着一种微妙的同构关系。因为此，艺术家所呈现出来的视觉对象的整体性，既是事物本身整体所应该有的样子，又体现着主体人与事物之间建立起来的一种关联。因此，艺术中对于视觉对象的表达，无论以何种方法，无非都是力求恰到好处地传达人的心理与外在事物力的结合，达到真正的完型形式，形成整体效果。唯有此，观众才能在视觉对象的样式中体验到人与物同构的"力"。这就要求，"由一视觉形象所传达的情感，必须像这个视觉样式本身的特征一样显得清晰"①。而气韵生动，即关注于视觉对象中传递出的精神状态，一种人所感知、与人的心理同构的"力"的释放。中国绘画的事实证明，气韵生动既不能划归于绘画语言的范畴，也不能将它与人的视知觉割裂开来。它是人感受到的图画之物整体的生命力。物的生命在"气韵生动"中绽放，而人的生命也在"气韵生动"中渗透。"传神""如活""生意""生机"等，这些中国绘画美学中最普遍最直观的评价标准，证明着中国绘画追求的正是鲜活的生命，是人所感受到的生命。中国绘画正是通过这种超越绘画的物象的整体观照，投射出了中国艺术的生命意识。《周易·系辞上》云："生生之谓易"，这是中国人对于生命的认识，即生命的特点在于无穷尽的生发。艺术作品中物象生命是外在视觉性的，但物象生命层出不穷的生发却只有在内视觉中才能存在。一幅阎立本的《历代帝王图》，生发出一系列相关的人物言行故事的内视觉画面。一幅董源的《潇湘图》，生发出江南山水秀美、轻舟荡漾、人在山中的系列内视觉画面。无论山水、人物，还是花鸟鞍马画，无论是院画的工笔细致，还是文人画的疏淡简远，中国艺术家都深谙一个道理，自己的画笔是对生命形态的书写而不是对事物的直接描摹。书法艺术中对书字之"势"的发现与坚守，其意义也在于在书法抽象的线条形式中，呈现出完整的生命，释放出生命的力量。书法品评最早、最频繁、最全面地运用大量的比喻、拟人，从笔画、结字等单个的生命体之喻到布章、取势等整体的自然生命之喻，书法家及其批评家都在告诉读者抽象线条所孕育的生命力如何之强。"文以气为主，气之

---

① 　[美]鲁道夫·阿恩海姆《艺术与视知觉》，中国社会科学出版社，1987年，第212—213页。

清浊有体，不可力强而致。……虽在父兄，不能以移子弟。"① 中国文学的追求不在文字的表达，而在于洋溢于字里行间的文气，一种天生的个性化的文气。这种专属于个人的文气与其说是文章之气质，毋庸说是作者之气质。语言文字的生命与创作主体的生命在对"文气"的追求中融合无间。如此等等，中国艺术对于生命感的恪守与追求，架起了外视觉通向内视觉之间的桥梁。外视觉经由这座桥梁，进入了一个无比宽广的内视觉空间，在这个空间中，活跃着无穷无尽的生命景观。艺术的美感在通往这个空间的过程中逐渐生成。

二、削弱外视觉——古典视觉艺术指向内视觉的方法

外视觉是外在事物在人的视网膜上投射下的印记。外在形象越鲜明，给予人的感官刺激就越强烈，就越容易锁住人的视线，它是物理的客观的存在，清晰明确。而内视觉生成于人的心理机制，它是人在注意力由外在转向内心时产生的图像，它随时可能出现，也随时可能消失。因此，内视觉图像的存在及存在的持久性、丰富性一定得力于内在注意力的持久。审美内视觉也是一样，它以审美注意为起点，随着审美想象而展开，伴着审美感受的延留而持续。一旦进入内视觉，外视觉就变得模糊不清，直至完全被内视觉图景所替代。因此，外视觉及由其引发的内视觉之间你消我长、相反相成。孔子听韶乐"三月不知肉味"（《论语·述而》）正是此理。知肉味，便无从感受韶乐之美；韶乐之美感长久持续，便无暇品味鲜肉之美。心理学研究认为，进入人的右脑图像世界，唯一的方法就是高度的专注。专注于外视觉，很难进入内视觉，而专注于内视觉，也很难留住外视觉。由心理学推演出的内外视觉的这种关系，在中国传统视觉艺术创作中得到了验证。那就是中国传统视觉艺术在对待外在感官视觉与内在心理视觉的关系上，总是努力地削弱外在感官视觉的刺激，从而激活内在心理视觉的丰富性、广泛性。中国绘画以文人画为特色，绘画语言上使用水墨线条，结构上注重留白，形象上追求简约，与西方绘画的色彩鲜丽、满幅构图、形象丰满完全不同。因此，从整幅画面来看，中国文人画给予观者的视觉刺激感远弱于西方绘画。但中国

---

① （魏）曹丕《典论·论文》，叶朗编《中国历代美学文库·魏晋南北朝卷上》，高等教育出版社，2003年，第25页。

绘画深远隽永的韵味之美却非西方绘画所能及。究其原因，正在于中国绘画语言形象的外视觉感官刺激远弱于西方绘画。虽墨有浓淡干湿之别，但水墨语言呈现于画面的只是黑白二色，在黑白二色的视觉中，被抹去的是五颜六色的色感和五彩缤纷的图景。但无论是艺术家还是欣赏者，面对水墨时并没有将眼前的图像世界看成黑白世界，而是真实的彩色的世界。"运墨而五色具"①，色彩不在眼前的外视觉中，而在心中的内视觉中。也就是说，恰恰是这种单一的色彩语言，以不容商榷的强势之力迫使外视觉向内视觉转化。也恰恰是在这种转化中，色彩变得异常丰富，因人而异，因时而异，因情而异。原本外视觉中现实物象的固有之色在内视觉中被抛弃、被分解、被赋予千变万化的特性，水墨的美感也在这种内视觉的想象中生成。因此，就绘画语言而言，正是水墨激活了内视觉，赋予中国绘画以不尽的韵味之美。就绘画结构而言，中国画构图提倡一个"远"字，郭熙的"平远""高远""深远"之论强调不同维度上视线的延绵无尽，其中尤其由近至远的"平远"之境更得文人喜欢，画面上的留白既是天地之间固有的无限空间，又是近山向远山的无穷延展，还是近水与远水相连的无尽之感，等等。"远山无皴，远水无波，远人无目"②，投射于外视觉中的"无"，果真是什么都没有吗？显然这种被刻意简化、省略了的恰恰是不能被外视觉所涵盖所把握的图像，它无穷无尽、无限生成。也正是这种外视觉中的空白引发了内视觉的冲动，激活了、创造了内视觉的丰富性。就形象而言，与西方以块面消弭物象之边际不同，中国画以线条勾勒形象。顾恺之的游丝描、吴道子的兰叶描等，线的使用已然在中国绘画中形成了各种各样的程式。在不描绘物象体积、质感、光影的情况下，线条给予中国画中形象的只能是大略的框架。再者，中国画"随类赋彩"③，中国画家闭门作画，这种创作不可能注目于个体物象的现实真实感；更何况，萧散简远的简约曾是中国经典文人画的经典风格。如文人画家典范元代倪瓒所作皆枝叶疏淡的枯树、大片近乎空白的流水、影

---

① （唐）张彦远《历代名画记》，俞剑华编著《中国画论类编》上卷，人民美术出版社，1986年，第37页。

② （宋）郭熙、郭思《林泉高致》，俞剑华编著《中国画论类编》上卷，人民美术出版社，1986年，第640页。

③ （南朝梁）谢赫《古画品录》，俞剑华编著《中国画论类编》上卷，人民美术出版社，1986年，第355页。

影绰绰的低矮起伏的远山。正如苏轼《书鄢陵王主簿所画折枝二首》所称道的"疏澹含精匀"，"谁言一点红，解寄无边春"。外视觉形象的疏淡、"一点红"，是中国文人画的标范。但恰是这外在的"一点红"，却在内视觉中引发了对于无限春光的遐想，包孕着精深的意趣。同样，顾恺之提出"以形写神"，所谓的"形"，在画家的实际操作中，往往都只是一个明显的特征，且"形"的表达方式也很简单。如顾恺之画裴楷，在其颊上画三毛，便可表现其俊朗之神，画高士谢鲲，将其置于"丘壑"之中，便可表现其超俗之气，画至此足矣。顾恺之的密体画尚且如此，更何况，中国绘画中的疏体画，如张僧繇之一笔画人物，吴道子之一日画毕嘉陵江三百里。等等，在对的"神"的追寻中，外视觉中的形象本身自然已被简化。由此，中国画的最高品格"逸格"画的特点被概括为："郦精研于彩绘，拙规矩于方圆，笔简形具，莫可楷模"[①]，正是对绘画外视觉特点的描述。而这样的绘画恰恰传递着艺术家丰富的内心世界，展现着丰富的内视觉图景。正如古人所说："景愈藏，境界愈大，……若久露而不藏，便浅而薄"[②]，外在之景与内在之境界呈现出反比关系。

三、强化外视觉——古典非视觉艺术指向内视觉的方法

与视觉艺术弱化外视觉而激活内视觉不同，在非视觉艺术中，中国艺术以强化外视觉的方式，扩展内视觉。与视觉艺术直接呈现明确持久的外视觉形象不同，非视觉艺术不可能直接为观众呈现出一幅或多幅明确的外视觉的图景。但中国自古对语言文本就有"得意在忘象，得象在忘言"[③]的认识。西方现象学家茵加登在阐释文学作品层次构成时，也指出了"图式化外观层次"[④]。因此，视觉图像也是非视觉艺术十分重要的本体构成层次。只是文学用语言描述了视觉图景、音乐用标题描述了视觉图景。同时，文学、音

---

① （宋）黄休复《益州名画录》，俞剑华编著《中国画论类编》上卷，人民美术出版社，1986年，第405页。

② （明）唐志契《绘事微言·丘壑藏露》，王伯敏编《画学集成·明—清卷》，河北美术出版社，2002年，第266页。

③ （魏）王弼《周易略例·明象》卷十，四部丛刊初编本。

④ ［波兰］茵加登著《对文学的艺术作品的认识》，陈燕谷、晓未译，中国文联出版公司，1988年，第10页。

乐中这些被描述出来的视觉图景又可以引导读者进入更深层的审美视觉想象中，在这个层面的视觉完全是内在化的。因此，视觉艺术与非视觉艺术中都有两个视觉层面：外视觉（第一层视觉）、内视觉（第二层视觉），外视觉与内视觉都是相对而言的。外视觉指的是作品呈现出来的，读者直接感受到的第一层视觉领域，而内视觉则是由外视觉引发的审美想象领域，属于第二层视觉领域。因此，本文中将文学、音乐等非视觉艺术中用艺术语言明确描述的视觉图景也称为外视觉，即第一层视觉。

中国文学、音乐等非视觉艺术对于视觉的观照正如文章第一部分所言，是显见的。自然山水的题材、意象闪烁的方法等都使中国文学显现出了不同于西方叙述故事或直接抒情的传统，而在文学、音乐中呈现出一幅幅精美的画面。作为非视觉艺术，中国诗歌的创作提倡作者行走于山林自然中，观察感受，以获得外物的感召。在文字的描述中，中国诗歌极尽写景之功，"必能状难写之景如在目前，含不尽之意见于言外，然后为至矣。"[①] 要将景物最逼真的状态呈现于读者面前。中国文学中视觉观照的典型诗题为山水诗歌，而在理论上对山水诗进行总结的是影响清代诗坛 200 年的神韵派。神韵派追求"不著一字，尽得风流"[②]。所谓"不著一字"是说，将情感隐藏于景物的描写之中，不能露出半点痕迹。所谓"尽得风流"是说，诗歌情志尽呈于景物之中。为何要"不著一字"？尽管神韵诗以其诗歌情感过于隐蔽而受到一定的谴责，但这一原则却强调了审美过程中美感生成的一个核心的环节，那就是审美想象，强调审美想象的无限的丰富性。正因为"不著一字"，没有明确的情感的表露，它限制了创作者情感的直接告白，但却创造了一个唯美的视觉空间，让读者由这个空间引领，进入另一个自由的无限的想象空间从而自由地驰骋思绪，放飞情感。如写梅花的诗歌，苏轼诗"竹外一枝斜更好"要优于高季迪的"雪满山中高士卧，明月林下美人来"。原因在于前两首在景物的描绘中，丝毫没有透露作者的情感取向和诗歌意义，而高季迪诗歌中，"高士""美人"，既是具有明确内容的典故，也是具有明确情感、文化含义的形象，已然游离于"不著一字"的金科玉律之外，想

---

① （宋）欧阳修《六一诗话》，吴文治编《宋诗话全编·卷一》，江苏古籍出版社，1998 年，第 214 页。

② （清）王士禎《香祖笔记·卷八》，四库全书文渊阁本。

象的自由会受到很大的约束。同样，对三首题意、场景十分相似的诗歌进行比较。韦应物"窗里人将老，门前树已秋"（《淮上遇洛阳李主簿》）。白居易"树初黄叶日，人欲白头时"（《途中感秋》）。司空曙"雨中黄叶树，灯下白头人"（《喜外弟卢纶见宿》）。自然界的秋天，在三首诗中分别表述为"树已秋""黄叶日""雨中黄叶树"；人生的暮年，在三首诗中分别表述为："人将老""白头时""灯下白头人"。在天人感应的思维中，三首诗都流露着年华老去的悲凉之气，但程度却依顺序一首强过一首，因为对苍凉之秋的描述，一首比一首更加具体清晰，对孤寂之人的描述，也一首比一首清晰可感。当将秋天的黄叶置于萧瑟凄冷的秋雨中，将白发老人置于昏黄凄苦的油灯下时，强烈的苍凉之感顿生，而由此引发的关于秋天、关于生命的种种图景层出不穷。因此越是这样的逼真、具体，越容易引人进入审美想象空间，内视觉因此而无限扩展、丰富。

黑格尔说："听觉像视觉一样是一种认识性的而不是实践性的感觉，并且比视觉更是观念性的。因为对艺术作品的平静的不带欲念的观照固然让观照的对象静止地如其本然地存在着，无意要把它消灭掉，但是视觉所领会到的并不就是本身对象观念性的，而是仍保持着它的感性存在。听觉却不然，它无须取实践的方式去应付对象，就可以听到物体内部震颤的结果，所听到的不再是静止的物质的形状，而是观念的心情活动。"① 听觉与视觉的这一区别使得听觉艺术不同于视觉艺术的感性存在，而是以抽象的观念直击人的心灵。因此，音乐一方面以得天独厚的优势完整地呈现着最幽微的情感，使人感同身受的程度远非其他艺术所能比拟，另一方面却使听众在审美的空间想象中无所适从，而其他艺术在此方面远胜于音乐，因为声音否定了空间状态，而且否定了与视觉物相比较已经属于观念性的声音（对声音持久性的否定），仅剩下了"完全无对象的（无形的）内心生活，即单纯的抽象的主体性"②。正因为内心生活是音乐的标杆，直白宣泄的通俗与委婉深幽的高雅从来没有像在音乐领域那样泾渭分明。阳春白雪之所以曲高和寡，不在听众，而在音乐本身，其单纯抽象的主体性在展示的过程中，无法给予听众适度的引导与解释，听众看到的是抽象的五线谱、简谱，听到的是自己不明白

---

① ［德］黑格尔《美学》第三卷上册，商务印书馆，1997年，第331页。
② ［德］黑格尔《美学》第三卷上册，商务印书馆，1997年，第331页。

也不能直接感受的抽象的情感观念。这一问题在西方音乐中格外突出。但在中国音乐中，以主标题或小标题的形式所展示的视觉图景，以文字的形式创造了部分相对具体的图景，很好地将听众从耳听的状态中引入心观的场景，并以此带领听众进入更广阔的图像世界。如《春江花月夜》，在标题和小标题的引领下，听众感受到的是一幅幅美妙的流动的江边月夜人景齐美的画面，而如果没有标题和小标题，听众感受到的是音乐的旋律之美、节奏之美，但心中却不能生成相对清晰连贯的视觉画面，很难对音乐观念准确地把握，情感体验也大打折扣。因此，中国古典非视觉艺术恰恰是通过强化外视觉，而进一步引领指向内视觉，从而使内视觉更加丰富。

第三节　寓物不留物——古典艺术指向内视觉的文化心理

中国艺术从外视觉入手，指向了内视觉，这不仅仅是从感官的刺激转向了内心的想象，还将明确的稳定化的存在图式转化为丰富的、不确定的、具有无限演变可能的图景，更重要的是将对外视觉图景被动的接受转化为内视觉图景主动的创造。审美主体的力量在内视觉的生成中逐渐强大。内视觉中千变万化、五彩缤纷、层出不穷的景致，围绕着主体的情志，融合着主体的思绪，形成了一个情景交融的内在审美空间，但审美的步履并没有因此而停歇。主体情志在内视觉空间的不断扩展中，显现、独立。正如苏轼《寄吴德仁兼简陈季常》诗云："平生寓物不留物，在家学得忘家禅。""寓物不留于物"，主体从视觉之物的牵绊中解放出来，自由地表达自己。以物寓志、以物体道，这种深层处对于物的态度决定了中国艺术创作与欣赏的方向，即主体以积极的态度不断地冲破"物"的限制，由外视觉之"物"趋向内视觉之"心"，这为内视觉的广泛性存在确定了方向。这不仅仅是艺术审美心理的使然，更是中国艺术审美的积极行为。第一，中国艺术对于单纯的形似之描摹始终持否定的态度。"形象生动"的绘画只能列入最低的"能品"，浮艳华美的齐梁宫体诗歌、错彩镂金的颜延之诗歌等不断遭到后代的批评。关注视觉，但并不是外在的视觉，而必须指向内视觉，才可能传递艺术之深意。第二，中国艺术往往"借物寓志"。"借物"之法在中国最古老的文学《诗经》中就已被广泛使用，即赋比兴之"比"，即譬如，以一物比一物，所描绘之"物"已经作为替身而存在。它与中国艺术最早"诗言志"（《尚书·尧典》）传统结合生成的"借物寓志"形成了中国艺术的一道绚丽景观。文学中的咏物诗文，绘画中的梅兰竹菊、岁寒三友，音乐中的幽兰傲梅、山水清音，等等，内在之思想精神借助外在客观的物象进行传递，并由此形成了一系列稳定的代表文人精神的文化意象，这些意象深深地渗透到了中国人的心中，共同传递着中国文人的精神志趣。第三，中国艺术往往以物体道。《庄子·田子方》言："目击而道存。"宗炳《画山水序》云："圣人含道映物，贤者澄怀味象。"朱熹《补〈大学〉格物致知传》倡："格物致知。"目之所击、贤者所味、朱熹所格，皆为视觉中之"物"，而此物却蕴藏深意，即宇宙生命之"道"。中国哲学的这一传统思维自《周易》时就已以八卦、六十四卦的"象"的形式所展示，并成为中华民族稳定的观物思维模式。这种对于宇宙真理感悟式的认知依赖于视觉之象而广泛深入地进入了艺术领域。艺术审美中，由象到象外，再由象外到"超以象外，得其环中"①的无形之"大象"，成就了中国艺术深厚悠远的韵味之美，也成就了中国艺术意境丰富的内涵及其美学价值。因此，对于单纯形似的否定，对于借物寓志的坚守，对于以物悟道的追求，都充分证明了中国文人"寓物不留物"的视觉传统，正是这种传统，为艺术内视觉广泛性、丰富性的生成确定了方向。中国艺术正是借外视觉之"物"，经由丰富的内视觉空间，最后达到"不留意于物"的至高境界。在这个境界中，明确的外在视觉消失了，丰富的内心视觉消失了，取而代之的是对于宇宙无形之"大象"的感受与把握。唯有感知了宇宙无形之"大象"，才有了"真力弥满，万象在旁"②的无边的充实。如果说外视觉是视像，内视觉是心像，那么，遗忘了一切"物"又创造了一切物的无形之象，就是宇宙之灵像，是最内层的视觉。中国艺术所指向的内视觉，不仅仅是审美想象中的心像，最终指向了这一"最高灵境"③的灵像。

　　无论视觉艺术还是非视觉艺术，中国艺术对视觉的关注是显然的，对视觉向内在深层的指向是不遗余力的。因此，中国艺术总是体现出了行进的状

---

① 郭绍虞集解《诗品集解》，人民文学出版社，1980 年，第 3 页。
② 郭绍虞集解《诗品集解》，人民文学出版社，1980 年，第 23 页。
③ 宗白华《美学散步·中国艺术意境之诞生》，上海人民出版社，1997 年，第 74 页。

态，一种鲜明的时间的意味。如此看来，对于视觉空间的关注和对于空间的不断层进的追逐，是中国艺术的特点。潜藏于空间中的时间感和展现于时间中的空间感，使中国艺术消弭了时空的界限，既有了空间的稳定感，又有了时间的流动感，文学有了绘画的美感，绘画、书法有了文学的美感，音乐有了文学、绘画的美感，时空的交融、艺术的交融，促成了中华民族艺术的鲜明特色。

第二章　情景交融——中国艺术的审美理想

中国山水审美意识是伴随着心物关系的自由而得以独立的，并在心物关系的进一步发展中得以成熟、强大。在文学创作中形成了山水田园诗，形成了丰富多彩的诗歌意象。在艺术审美中开拓着心物交融、思与境偕、取之象外的空间，确立了"象""物""景""境"的重要地位，确立了情景交融的艺术理想，在文学中抒写图像得以普及。

第一节　象与意

《庄子·天地》中有寓言：

"黄帝游乎赤水之北，登乎昆仑之丘而南望，还归，遗其玄珠，使知索之不得，使离朱索之而不得，使喫诟索之而不得也。乃使象罔，象罔得之。黄帝曰：'异哉！象罔乃可以得之乎！'"

庄子之意在于得"道"的途径。理智的思辨与感官的特长都不能得"道"。只有象罔才是把握大道的唯一方式。象罔者，有形之象与无形之无的结合体，实与虚的结合体，可视与不可视的结合体。既包含着客体有形之象，又包含着此象中寄寓的主体无形的审美情思，是主客体完美融合的产物。"罔"由"象"而生，"象"是中介，是进入"罔"的中介。如宗白华在《中国艺术意境之诞生》中言："象是境相，罔是虚幻，艺术家创造虚幻的境相以象征宇宙人生的真际。真理闪耀于艺术形相里，玄珠的皦于象罔里"①。庄子的这则寓言故事对中国意境理论、意象理论的形成产生了深远的影响。同时，在庄子的散文里，更为明确的说法是心与物的关系："乘物以游心"（《庄子·人间世》）、"吾游心于物之初"（《庄子·田子方》）。所乘之物、所游物之初，皆为映入主体视野的客观自然之物象。而以心游物，既是对物的心灵观照，又是物我合一以达于天道的方式。故在庄子的言论中，尽管追求的是无形之大道，但此道却又自然而然地镶嵌在客观事物的存在中，无处不在，物外无道。故有形之物本身即寄寓着无形之大道。因此，客观之物在庄子"道"之理论中具有重要意义，是得道的途径，又是道的具体体现。庄子哲学中的心物关系说为艺术创作中的主客关系理论和情景交融的理论奠定了深厚的哲学基础，也框定了中国艺术的思维模式：由象及道，由物及心、由景及情。

《周易·系辞下》云：

"古者包牺氏之王天下也，仰则观象于天，俯则观法于地，观鸟兽之文与地之宜，近取诸身，远取诸物，于是始作八卦，以通神明之德，以类万物之情。"

八卦的创造由这种"观物取象"的方法而来，即观察客观物象，感受万物之情，进而对物象进行提炼，提炼的方法是自己之"身"与外在之"物"的结合，即主观与客观的结合。卦象既是自然万物的形象又是万物的本质，是"人心营构之象"②。而以言卦象的卦辞，既有鲜明的象形状物特点，又可表现人的情感，即所谓"八卦以象告，爻象以情言"。

《周易·系辞上》云：

"子曰：'书不尽言，言不尽意。'然则圣人之意，其不可见乎？子曰：'圣人立象以尽意，设卦以尽情伪，系辞焉以尽其言。变而通之以尽利，鼓之舞之以尽神。'"

言不尽意，何能尽意？立象以尽意。圣人通过"象"来充分表达自己的胸臆。"象"何以能充分表达圣人的胸臆？朱熹言："言之所传者浅，象之所示者深。"③"触类而长之，天下之能事毕矣。"（《周易·系辞上》）

① 宗白华《美学与意境》，人民出版社，1987年，第219页。
② （清）章学诚《文史通义校注·卷一·内篇一》，中华书局，1985年，第18页。
③ （宋）俞琬《周易集说·卷三十一》，四库全书文渊阁本。

· 226 ·

"言"用讲述的方式，"象"用暗示的方式，明确固定的讲述语言必有不能完全达于胸臆之处，而明确固定的"象"在没有语言的约束下，却能触类旁通，暗示出一个由无穷无尽可以类比通融的事物构成的世界。圣人的胸臆昭然若揭。如《系辞下》所言："其称名也小，其取类也大。其旨远，其辞文，其言曲而中，其事肆而隐。"因此，"立象以尽意"是《周易》的基本思维模式，这一思维模式将主观体验与客观观察紧密结合起来，将主体之意与客体之形融合于一体。立象的目的是为了尽意，主体之意是根本，客观可感可视之象是达意的方式。因此，以小喻大，以少总多，以有限表现着无限，以具象表现着抽象，客观之象蕴含着无穷的深意。孔颖达《周易正义》言《易》有两种取象方法：实象与虚象。实象如"地上有水""地中生木"等现实中存在的物象。虚象如"风自火出""天在山中"等现实中不存在的虚构之象。但无论实象还是虚象，都以形象本身为言意的基础。立象尽意，象中含意，以象表意，心与物在立象与观象的行为中融合无间。作为经书的《周易》，以在中国传统文化中至高的地位，对中国的思维方式有着深刻的影响。其对于象的突出强调，将象树立于核心地位，在象的基础上求意，这提供了中国古典美学中意象构建的模式，为中国诗歌意象范畴的建立奠定了思维基础。而后世诗歌创作中少直接抒情，而多借景抒情，借物咏志，形象性地强化为诗歌描绘图景，并走进绘画提供了条件。

第二节　心与物

　　两汉时期关于心与物交融、意与象契合的论述主要集中于《淮南子》中。《淮南子·齐俗训》言："瞽师之放意相物，写神愈舞，而形乎弦者，兄不能以喻弟。""放意相物"，即言意与物的融合。二者的融合结果使管弦之乐的美妙神奇达到了唯有意会的程度，连兄弟之间都无法相互言说。产生这种神奇效果的原因不在意而在物，在于物如何与意相通，物如何喻意。其《要略》中言：

　　"乃始揽物引类，览取挢掇，浸想宵类，物之可以喻意象形者，乃以穿通窘滞，决渎壅塞，引人之意，系之无极，乃以明物类之感，同气之应。"

　　物与意关系的关键是"通"，自然之物在主体情感的招引浸想中通于人之意，人之意在自然的抒发中与自己熟悉的自然之物相接应。二者相通，达到自然流畅和谐相生的境界。表现于创作过程中，即"有充于内而成象于外"（刘安《淮南子·主术训》），"情系于中而欲发外者"（刘安《淮南子·缪称训》）。以"象"来表现内心的情感，揭示了艺术创作中形象的塑造与主体情感的关系。

魏晋时期的"言""意"之辨，继承了《周易》"立象以尽意"的思想，对象与意、心与物的关系探讨更加深入。王弼《周易略例·明象篇》中辨析意与象的关系道：

"夫象者，出意者也；言者，明象者也。尽意莫若象，尽象莫若言。言生于象，故可寻言以观象；象生于意，故可寻象以观意。意以象尽，象以言著。故言者所以明象，得象而忘言；象者所以存意，得意而忘象。"

象与意的关系在此不是单一的以象尽意，包含了象由意生与意由象尽两个方面，并以言明象。言、象、意，由表及里的三个层次中，象是中介。故以明象之言描绘 的必然是鲜明的形象，而出意之象必然暗喻着某种意义。言、象、意的最终旨归为意义本身，即所谓得意忘象、得象忘言。但意义的生成与明晰最终需要言与象的支持。言只是一种工具，一种勾勒形象的工具，而形象本身才是意义的载体。因此，象在承担中介任务的同时，也是主体与客体融合的场所，是情感与物象交融的集中体现。这与文学艺术品中以形象描写为手段的方法相同。故后世将王弼关于言、象、意关系的论述借用为文学作品文本层次的论述，可见其对文学艺术观念的深刻影响。

魏晋时期是中国文学艺术自觉的时期。曹丕"文以气为主"① 掀起了文学自觉的序幕。文学作为美的艺术进入了理论家的视野。文学美在哪里，如何创造文学的美成为魏晋南北朝文学理论家们关注的基本问题。陆机《文赋》、刘勰《文心雕龙》、钟嵘《诗品》等文论著作就这一问题进行了理论总结。"诗缘情"②，"感荡心灵，非陈诗何以展其义？非长歌何以聘其情"③，

① （魏）曹丕《典论·论文》，叶朗编《中国历代美学文库·魏晋南北朝卷》，高等教育出版社，2003年，第25页。

② （晋）陆机《文赋》，叶朗编《中国历代美学文库·魏晋南北朝卷》，高等教育出版社，2003年，第164页。

③ （南朝梁）钟嵘《诗品·序》，叶朗编《中国历代美学文库·魏晋南北朝卷》，高等教育出版社，2003年，第307页。

在对诗歌生于情的共识的基础上，对感物生情、心物交融的创作方法十分关注，对文学审美因素的生成也有着普遍的认同。

《文赋》创作的缘由是对作文"意不称物，文不逮意"的忧患，即心中所想不能完全而准确地反映现实客观事物，心物不和。语言文字不能完善表达心中所想，言意不和。"和"是文学美感生成的重要因素。为了"和"，要"知"物。知物的途径是"伫中区以玄览，颐情志于《典》《坟》。遵四时以叹逝，瞻万物而思纷。悲落叶于劲秋，喜柔条于芳春。心懔懔以怀霜，志眇眇而临云"。用心去认识自然万物的变化，将万物的变化规律与人世的情感经验统合为一体，主体之意与客体之物由此可以相互映衬、相互比拟。当然其前提是以物的存在形式及本质规律为基础，主体情感向客观之物的主动依附。这是感物的一种方式：由物而感人。在创作时，"精骛八极，心游万仞。其致也，情曈昽而弥鲜，物昭晰而互进。""笼天地于形内，挫万物于笔端。"主体之情思与万物之情状相契合，情与物皆在契合的过程中逐渐清晰而鲜明。创作中对天地万物之情状的描写自然地寄寓着主体的情思。陆机对情物关系的阐述为后来《文心雕龙》中神与物游的思想奠定了文学理论的基础。

《文心雕龙》中关于心物交融的理论建立在肯定自然景物美感的基础上的。《原道》中有文学"与天地并生"、文学乃"天地之心"的观点，即文人效法天地间"日月叠璧，以垂丽天之象；山川焕绮，以铺理地之形"的"道"之文及万物之文，创作文学。因此自然宇宙万物之美在刘勰《文心雕龙》的创作论中具有重要的地位。其卷10《物色》篇描述了物感人的感物模式："物色之动，心亦摇焉。""诗人感物，联类不穷。流连万象之际，沈吟视听之区。"这类感物模式与《文赋》之感物模式一脉相承，重在外在景物的感发、起兴，在此基础上，强调的是目与心的默契，即"山沓水匝，树杂云合。目既往还，心亦吐纳。春日迟迟，秋风飒飒。情往似赠，兴来如答"。反对时人"文贵形似"、"巧言切状"、专事物形而乏物情的创作风气。在《神思》篇中描写了另一种感物的模式，即人感物："登山则情满于山，观海则意溢于海。我才之多少，将与风云而并驱矣。"这类感物模式中，以主体之情为中心，并将情感移注于客观景物之上。"神居胸臆"，"物沿耳目"。无论何种感物方式，文学创作总是主客体之间相互交融后的产物。"神与物游"（《神思》）可谓人感于物或物感于人后心物交融的体现，也为文学创作构筑了内心的境象。文学创作的首要条件就是"窥意象而运斤"。《文心雕龙》对心物交融理论的贡献不仅仅在意象的构思中，还在于具体的创作方法中。"写气图貌，既随物以婉转，属采附声，亦与心而徘徊。"（《物色》）无论艺术形象的创造还是语言声律的使用，都要做到心物互映。具体的方法是比兴与隐秀。"索物以托情，情附于物，谓之比。触物起情，物动情者，谓之兴。"（李仲蒙言，见胡寅《致李叔易书》）"情在词外，谓之隐；状溢目前谓之秀。"（张戒《岁寒堂诗话》言）情感的表达方式可以多种多样，或以物比情，或以物兴情，或在象之卓绝中求文之深意，情感的抒发总与境象的描绘难以分割，客观景物作为载体寄寓主体情感的同时，也将其自身既有的美感因素移入作品中。情感与美感结合的结果带来的必然是意象的生成与意境的产生。因此，《文心雕龙》是中国意境理论与意象理论形成的重要基石。与陆机《文赋》笼统地观照心物关系不同的是，《文心雕龙》中的心物交融理论是一种具体而体系的描述。既关注心物交融的不同方式、文学表现，还分别关注文学创作中心与物的各自特点。如，写物要注重物之情态，而非"极貌以写物"，其方法是"以少总多，情貌无遗"。写情要"隐"，要"情繁而辞隐"。（《体性》）如此创作的诗文情与景融合无间，实景与虚境完美结合。《文心雕龙》已经注意到了意境理论的空间组合。

钟嵘《诗品》所谓五言诗的特长在于指事造型、穷情写物。实际分出了中国诗歌的两大类：指事类的叙事诗和造型类的抒情诗。也见证了中国诗歌造型写物的重要分量。当然物的描写不仅仅在于造型，情感是基础与核心，这是钟嵘《诗品》的基点，故有"气之动物，物之感人，故摇荡性情，形诸舞咏"的感物之说。对于物的关注还在于钟嵘对诗歌三义的重新解释："文已尽而意有余，兴也；因物喻志，比也；直书其事，寓言写物，赋也。"比、赋都是以"物"为中介的创作方法。触物起情的"兴"在《诗品》中不再是创作的方法，而是创作效果。故"滋味"说与其说是赋比兴在文中互用的结果，不如说是对客观之物的不同观照方式下产生的"文已尽而意有余"的美感经验。钟嵘虽没有直接探讨文学中的心物交融，但其言论的重心仍然是在情与物的存在形式上，而且更加强调了物在文学作品中的地位与分量。

第三节 意与境

唐代诗歌艺术的高度成熟，尤其是山水田园诗歌的兴盛为心物交融理论的进一步发展奠定了深厚的实践基础，意境理论得以形成。

唐代的心物关系说是从诗歌对形似之物描写的反对中开始的。在心物关系中突出强调"情"的中心地位。陈子昂针对齐梁间诗歌的"彩丽竞繁"，提出"兴寄""风骨"说，以回归汉魏之文道。元兢视谢朓诗句"行树澄远荫，云霞成异色"不及"落日飞鸟还，忧来不可极"，原因在于后者妙在"结意惟人，缘情寄鸟"，而前者只是形似之言。作诗应以"情绪为先"，"物色留后。"① 王昌龄的《诗格》"十七势"中列"理入景势""景入理势"为作诗的重要方法。② 强调的是物色兼意，情理相融："诗一向言意，则不清乃无味；一向言景，亦无味。事须景与意相兼始好。"③ 情与景的融合无间，方能创作出有味的诗篇。对二者不偏不倚的追求，生成了诗歌的艺术美感。应该说心物之论在唐代不再仅仅是创作方法层面的论说，已上升到了审美感受、审美趣味的高度。由此引领着诗歌情景交融下意境美理论的产生与光大。仍然是王昌龄的《诗格》中，第一次提出了"意境"的概念，并就意境的审美特征、意境的创造方法及意境的分类做了明确的阐述。《诗格》论诗有三境：

"一曰物境。欲为山水诗，则张泉石云峰之境极丽绝秀者，神之于心，处身于境，视境于心，莹然掌中，然后用思，了然境象，故得形似。二曰情境，娱乐愁怨，皆张于意而处于身，然后驰思，深得其情。三曰意境。亦张之于意而思之于心，则得其真矣。"④

---

① （唐）元兢《古今诗人秀句》，张宏生、于景祥《中国历代唐诗书目提要》，辽海出版社，2015年。

② 卢盛江校考［日］遍照金刚《文镜秘府论》地卷《论体势》，中华书局，2006年，第346页。

③ 卢盛江校考［日］遍照金刚《文镜秘府论》地卷《论体势》，中华书局，2006年，第346页。

④ 《诗学指南》录王昌龄《诗格》中载"诗有三境"，《文镜秘府论》未载此条。

三境实际是创作过程中，对分别以山水、抒情、明理为主的不同诗歌的构思，是尚未物化的胸中之境。三境可以简单地表述为：胸中山水之境，胸中真切之情，胸中明晰之意。这里所说的意境与后来所谓的艺术的审美意境有所不同。但三境以"心"为"境"之存在的前提与依托，并追求境象之形似、情之深、意之真，实际上涉及了审美意境的特征，尤其是物境的获得体现了审美意境情景交融的特点。关于情景交融的取境方法，在《诗格》中多有论说，如"目睹其物，即入于心""搜求于象，心入于境""景物与意惬者相兼道""景物兼意入兴"等。

皎然对艺术意境的贡献是其"取境"说，在对取境的论说中更加全面深入地对意境创作的规律进行了探讨，并将意境的创造提升到了一个关乎整首诗歌艺术水准的关键地位。"缘境不尽曰情"①，"诗情缘境发"②，"诗情属风景"，"新景当诗情"，在皎然的论说中，"境"是诗情产生的本源，也是诗情存在的依托。诗歌中情与景相互交融。"境"既是象内的实境，又是象外的虚境。如《诗议》中言：

"夫境象非一，虚实难明。有可睹而不可取，景也；可闻而不可见，风也；虽系乎我形，而妙用无体，心也；义贯众象，而无定质，色也。凡此等，可以偶虚，亦可以偶实。"

诗人构思创作诗歌时"取境"是十分重要的内容。"夫诗人之思初发，取境偏高，则一首举体便高；取境偏逸，则一首举体便逸。"诗歌艺术的高下取决于取境的高下。取境的方法是在本乎情思的基础上，取自然禽鱼草木人物之象与取象下之意相结合。取境的审美要求是"绎虑于险中，采奇于象外"。③ 所谓象外，就是借景物的描写抒写情意，象外藏意，景中含情。

司空图从意境的层次与意境的类型两方面进一步丰富发展了意境理论。文学艺术领域关于心物关系的论说，在司空图之前关注的多是主客体的统一、心与物的交融、象与意的融合。对融合后形成的境象层次鲜有论述。只

---

① （唐）皎然《诗式·辨体有一十九字》，四库全书文渊阁本。
② （唐）《皎然集》卷一《五言秋日和卢使君游何山寺宿敩上人入房论涅槃经义》。
③ 卢盛江校考 ［日］遍照金刚《文镜秘府论》南卷《论文意》考释，中华书局，2006年。

有刘禹锡提出了"义得而言丧，故微而难能；境生于象外，故精而寡和。"①
在以"心源为炉""逐意奔走"的艺术思维中，意与象统一于一体。由此形
成的意象不仅仅是象外有意，景中含情，而且是以意象为线索，又生成了新
的"境"。故昭示了意境的两个层次：象与象外之境。司空图更为明确地解
说了诗家之景的组合：

　　"戴容州云：诗家之景，如蓝田日暖，良玉生烟，可望而不可置于眉睫
之前也。象外之象，景外之景。岂容易可谈哉！"②

　　眼前之"象""景"是意境的第一个层次，心中联想而成的"象外之
象，景外之景"是意境的第二个层次。因此，他强调诗歌创造中主客体的
融合，即"思与境偕"，强调主体的想象力与概括力，即"万取一收"。《二
十四诗品》"雄浑"条的"超以象外，得其环中"又隐含了意境的第三个层
次：道之层。即无论雄浑的意境美、流动的意境美，还是自然、冲淡等各种
不同的意境美都是以"道"为本原，以"道"为旨归，都是"道"的体现。
《二十四诗品》中，司空图用诗的语言对二十四种不同美感的意境进行了生
动的阐释，这也是意境类型的一次全面盘点。对"道"本原的强化贯穿于
二十四种意境的描述中。二十四种意境就是"道"之体与"道"之用（物）
艺术结合的产物，景物描写在意境美的构建中不仅仅创造着如画的美感，也
承载着主体的道心，承担着传达宇宙自然之道的重要使命。

　　至此，意境理论的形成使心物交融、情景交融成为诗歌创作和诗歌欣赏
的核心，绘画因素随着这种核心地位的确立走进诗歌，成为诗歌构思创作的
重要内容。

---

①　（唐）刘禹锡《董氏武陵集纪》，《刘梦得文集·卷二十二》，四部丛刊本。
②　（唐）司空图《与极浦书》，《司空表圣集·卷三》，四部丛刊本。

第三章 诗体言说——中国艺术思想的言说方式

以诗体的形式言说艺术思想，是中国艺术领域的一道风景线。言说的方式大约有两种，一种如《二十四诗品》影响下产生的《二十四画品》《二十四书品》等，诗歌的主题本身就是艺术思想，整首诗都是对某种艺术思想的诗化呈现。另一种则是在诗歌中，零星地呈现出艺术思想，这类诗歌的主题并非某种艺术思想，只是涉及了艺术思想。中国艺术思想除了专门的论著、论文外，还有大量存在于这一类诗歌中。本文以元代为例进行论述。

元代诗歌，尤其元代题画诗是其中最具代表性的诗歌。在中国诗歌史上，元代诗歌的地位虽不能比肩于唐宋，但元诗以其独有的高雅清逸之气辅佐着元代绘画，共同为中国士人美学树立了标范，并以大量艺术思想的展现极大地丰富了元代艺术思想宝库，与艺术理论专著一起，共同对中国艺术的独特魅力进行理性的思考，这是唐宋诗歌不能与之相媲美的。与专门的理论著作不同，诗歌以诗体的形式言说艺术思想，表现出了其独特的意义与价值。

第一节 诗歌对艺术思想的言说

元代诗歌中的艺术思想集中于对绘画艺术的认识与思考，具体表现为艺术功能论、艺术创作论、艺术风格论、艺术接受论、艺术关系论等。

元代诗歌中的艺术功能论主要有两种：写意说与劝戒说。写意说是元代诗歌中最主要的艺术功能论。中国绘画美学中，"意"是一个十分重要的概念。唐代张彦远提出"意存笔先"①，宋代郭熙《林泉高致》中专论"画意"。以意论画评画在宋代已很普遍，但宋人对图画之意的认识带有更多的模糊性、不确定性，故常只用"意""思致""胸臆"等词。元代赵孟頫提倡"古意"，引领了以"意"论画的艺术风尚。但元代在阐释画中情意时，"情""意"不只是欣赏者论画的标准，也被画家用来明确地表达自己的创作目的，而且创作者和欣赏者对画中情感的把握更加具体、明朗，不再是统而化一的画家胸臆论。如吴镇《画竹》言："心中有个不平事，尽寄纵横竹几枝。"倪瓒《画竹》云："愿君多远思，写赠一枝看"等。劝戒说也是元代诗歌中重要的艺术功能论。张翥的《周昉按乐图》诗、贡师泰的《题王维辋川图》诗明确将艺术视为纲纪不修、政衰国亡的罪魁祸首。关于丹青之作用，晋代陆机曾言："丹青之兴，比雅颂之述作，美大业之馨香。"② 劝戒是中国绘画美学重要的功能。张翥、贡师泰否定丹青，是从王者之政的角度，强调艺术的功能在于对现实的关注。

元代诗歌中的艺术创作论涉及艺术创作的各个方面。首先，在创作与自然的关系方面，以王冕的诗歌为代表。其《柯博士画竹》中言："纷纷后学争夺真，画竹岂能知竹意。""为我爱竹足不闲，十年走遍江南山。"将创作客体属性的"真"与创作主体主观的"意"相结合，并旨归于主体之意。因此，十分重视画家胸中之积累，以得竹之形神气韵，为"意"之抒写创造条件。又如赵孟頫《苍林叠岫图》诗云："到处云山是我师。"元代绘画的完美正在于主客体的高度结合。其次，在绘画的笔墨方面，以虞集为代表，绘画的笔法方面，他提出了以书法入画的篆籀法。绘画的墨法方面，他最关注的是破墨。再次，在绘画的技巧方面，以赵孟頫为代表，其《题西溪图赠鲜于伯几》中云："数间茅屋破不修，中有神光发奇字"，突出了以环境写神。邓文原也认识到山川景物的创作要如"神运"，水墨云山要"清奇"，绘画的最高境界是"画到无心恰见工"③，绘画中的笔势"若人笔端

---

① （唐）张彦远《历代名画记》，叶朗编《中国历代美学文库·隋唐五代卷下》，高等教育出版社，2003 年，第 304 页。

② （唐）张彦远《历代名画记》，叶朗编《中国历代美学文库·隋唐五代卷下》，高等教育出版社，2003 年，第 315 页。

③ （元）邓文原《题高房山墨竹图》，（清）顾嗣立编《元诗选·二集》，中华书局，1987 年，第 285 页。

翰玄气，万顷烟涛归咫尺"①。最后，关于绘画的创作过程，以吴镇为代表，他在《竹石》中言："始由笔砚成，渐次忘笔墨。心手两相忘，融化同造物。"《题竹》诗云："吾以墨为戏，翻因墨作奴。"要熟悉、掌握墨的运用技巧，然后才可以做到心手相忘。

元代诗歌中的艺术风格论表现出了对平远之境的青睐。赵孟頫《题商德符学士桃园春晓图》《题杨司农宅刘伯熙画山水图》《题王子庆所藏大年墨雁》《题西谿图赠鲜于伯几》等诗，执着于对"万里沧州""平川茫茫"之景的描绘，因为平远之景寄寓着创作主体的万里之心，令人"潇洒兴难穷"。虞集《江贯道江山平远图》诗中也反映了对绘画中美的风格与标范的自觉认识。如"险危易好平远难，如此千里数尺间"，表现了对郭熙论画三远之中平远之美的认同。

元代诗歌中的艺术接受论以贯云石的《题赵子固〈四香图卷〉》为代表，诗云："四种生香混一云，近来无鼻为君闻。不如闭目知花态，清与吾心表里分。"宋代邓椿《画继·论远》言绘画之法："传神而已矣。世徒知人之有神，而不知物之有神。"传统绘画的"气韵生动"显然只是画工的最高标准，寄托着主体精神的"物之神"才是文人画恪守的圭臬。宋代文人画理论已较为普遍地注意到了这一现象，但没有继续对这种联系进行阐发。贯云石关注的"花态"不属于视觉，也不属于嗅觉，唯有心中想象方可获得。由此，图画中的景物完全成为欣赏者心灵的产物，"清与吾心相表里"，花之"神"便由此而生，强调了欣赏者对绘画的主动介入。这样的赏画方式摆脱了"根其意""求其理"以忠实于画家画意的欣赏模式，以观赏者的心态"感受"绘画，这在当时的绘画欣赏理论中实属大胆创见。

元代诗歌对于艺术思想的一大贡献是艺术关系论。首先，对书法与绘画的关系有深入的认识。书画关系论如唐代张彦远的书画同体、书画用笔同法说，宋代韩拙的"书本画"说等，但并未涉入书与画二者作为不同艺术种类各自内部特征的相同与融汇，元代解决了这一问题。元代画家们纷纷将书法用笔之法运用于绘画创作之中，并进行了理论总结，使书画真正意义上开始了融会贯通。赵孟頫自题《秀石疏林图卷》言："石如飞白木如籀，写竹

---

① （元）邓文原《王摩诘春溪捕鱼图》，（清）顾嗣立编《元诗选·二集》，中华书局，1987 年，第 287 页。

还与八法通。"杜本《题柯敬仲竹木图》言:"绝爱鉴书柯博士,能将八法写疏篁。"虞集《子昂墨竹》言:"古来篆籀法已绝,正有木叶雕蚕虫。"在元代书画家中,篆隶行草等书体之法皆可入画。事实上,元画尤其是竹画较为普遍地援书入画。书画同体的实践,部分地解放了绘画囿于客观形象的笔墨,推进了元画的写意进程。其次,诗歌与绘画的关系,在宋代虽有苏轼"诗中有画,画中有诗""诗画一律"等著名论说,但受到普遍关注却是在元代。

第二节　诗体言说对于绘画的意义

以诗体的形式言说艺术思想,与艺术的直接言说形式不同的是,诗体言说的主体是诗人,即使有许多画家参与其中,也是以一个兼具诗人与画家的双重身份出现在艺术言说的场域。诗体言说形式不仅仅是形式问题,更重要的是诗体形式中所蕴含的主体意识,该意识因为主体是诗人而体现了诗人的视角,具有了诗人的思想,这与一般艺术家直接言说艺术而形成的艺术思想有明显的不同。

以诗体言说艺术思想充分展现了诗人对艺术的认识。在元代,具体表现为对于绘画的认识。以诗人的眼光看待绘画,一方面强化了绘画艺术写意的功能。另一方面,与画家相比较,诗人似乎更强调绘画作为视觉艺术对于形似的高度关注,而不仅仅是抒写胸臆。这二者并不矛盾。"诗言志""诗缘情",中国古典诗歌以情感的抒发为创作宗旨,诗歌是诗人情感的载体,因此,诗人在欣赏绘画时会自然而然地将对于诗歌抒情性的感受移借于绘画的解读,从而强化绘画艺术的写意性。但同时,言说艺术思想的诗体,所言说内容的是另一种艺术,不同艺术之间的界限,尤其是所言说的另一种艺术的语言形式常常是诗人言说时首先直接清晰感知到的信息。因此,在中国文人画"逸笔草草"创作的前提下,诗人言画,比画家言画更加关注绘画语言本身,并在此基础上强调绘画的写意性。二者相辅相成,不可或缺。

刘因论画,反对抛却形似,空讲"意思"的画家之弊,如《田景延写真诗序》中云:"烟影天机灭没边,谁从毫末出清妍?画家也有清谈弊,到处南华一嗒然。"王恽论画以形似为先,以"极形似而出神奕为佳",重

"造微入妙"①。萨都剌《残画》诗云"蝴蝶飞疑去，波涛折转无"。这是为一幅残缺不全的图画而题的诗。画面上有一只完整的蝴蝶，栩栩如生，但残缺的波涛却没有给诗人留下这样的感受。因为它是画中的波涛，不能流动的波涛。萨都剌的观画感受引发了对画理的思考。清代的赵执信在《谈龙录》中有一段非常有名的诗画之论：

"钱塘洪昉思升，久于新城之门矣，与余友。一日，并在司寇宅论诗，昉思嫉时俗之无章也，曰：'诗如龙然，首尾爪角鳞鬣一不俱，非龙也。'司寇哂之曰'诗如神龙，见其首不见其尾，或云中露一爪一鳞而已，安得全体！是雕塑绘画者耳。'余曰：'神龙者，屈伸变化，固无定体；恍惚望见者，第指其一鳞一爪，而龙之首尾完好，故宛然也。若拘于所见，以为龙俱在是，雕绘者反有辞矣。'"

这段文字阐述的是清代两种不同的诗学观：神韵说和肌理论。其中王士禛的"神韵说"追求诗歌的含蓄蕴藉，强调冲淡清远的意境美，与中国文人画的追求相一致。但诸位诗家都将"得全体"看作绘画的职责。这种认识的前提是绘画是造型艺术，重在外在的形象，因此对绘画的标准要求自与诗歌不同。同样，萨都剌对绘画的认识首先也是要有完整的形象。但在绘画历史上，宋代宫廷取试画工，曾以"竹锁桥边卖酒家""踏花归去马蹄香"为题，名列榜首者只画桥头外挂一酒帘、蜜蜂追逐马蹄印。可见，在宋代连宫廷画家都以得物之神韵为尚，更何况以表现主体之胸臆为目的的文人画家。因此，萨都剌的慨叹不仅仅在于图画的残缺不全，而且还包含着画家对波涛的描绘并没有做到尽善尽美的深层遗憾。

第三节　诗体言说对于诗歌的意义

艺术思想的诗体言说往往生成于诗歌对于生动的艺术实践、艺术作品本身的言说之中。诗体言说的对象是艺术作品，艺术思想正是在对艺术品的欣赏中自然而然地流露出来的。这类诗歌以题画诗为主。题画诗以对绘画艺术

---

① （元）王恽《题王生临道子横吹等图后》，《秋涧先生大全文集·卷七十一》，四部丛刊初编本。

的欣赏将绘画的图景引入诗歌，成为中国诗歌艺术的一个重要内容。尤其在元代，题画诗开始兴盛，清代顾嗣立编撰的《元诗选》中题画诗几占元诗的三分之一，远胜于唐宋两朝。大量的题画诗以诗体的形式言说绘画艺术、绘画思想，塑造、强化、捍卫了元代诗歌的雅正风格。

元代文人在蒙古族的统治下，社会形象卑微，社会地位卑下，这使得隐逸之心在元代社会急剧膨胀。或隐于林泉，或隐于市井，而大多数人则以市井平民的身份心怀山林，真正坐归丘壑的并不很多。隐逸在逐渐地世俗化，元曲等俗文学则以一代文学灿烂的形象兴盛于这种世俗化的"隐士"群体中。传统的正统文学诗歌的地位明显地受到了强烈的冲击。同时，元代停试科考近80年，文人不再受制于科举之经赋的约束，思维必然更趋于性情化，利于诗歌性情的表达；但没有了科举经赋的要求，文人的文化视野又必然受到影响，落于狭窄。通俗文学的冲击及文人自身的原因，使得作为雅文学的诗歌身处困境。以诗歌的形式观照绘画，使大量的绘画题材走进诗人笔下。

首先，中国绘画以山水花鸟等自然景物为主，画家在其中寄寓的往往是高人逸情、自然精神，这是中国文人的精神追求。诗人作为欣赏者，无不对此深有把握，也深有同感。表现于诗，自是高人逸士的野逸之趣。

其次，元代是中国文人画发展的高峰，诗歌中的绘画思想充分地呈现着当时文人画的高标绝尘和主体意趣。倪瓒的荒寒疏林、远山阔水、冥冥山色、缓坡平渚构建而成的是超俗绝世的世外清逸之境，为历代文人们所向往，而盛于元代的梅兰竹菊等四君子画更是文人高逸情怀与劲节精神的比照。这些山水、花竹图进入诗人的笔下时，其清逸绝俗之气自然溢于诗表。何况，诗歌语言较之绘画语言更清晰明了，甚至夸张地展现了这种清逸之质。

元代诗歌中，四君子画的题诗约在千首左右，仅吴镇一人就有70多首。许多诗人几成题梅专家（贡性之、王冕）、题竹专家（柯九思等）。梅花非冰雪之姿，即幽花独立，竹子非六月生寒，即拔节劲挺，无疑为元代诗坛注入了一股股清逸之风。

在俗文学兴盛的元代，诗歌仍然坚守着它作为正统文学的雅正，这与艺术的诗体言说的大量产生是密不可分的。

第四节　诗体言说对于诗画关系的意义

　　艺术思想的诗体言说，至少关涉两种不同门类的艺术，如诗歌与绘画，或诗歌、绘画与书法。在元代诗歌中，对于艺术思想的诗体言说主要指以诗歌的形式言说绘画。诗体言说格外关注这相关却又完全不同的两种艺术之间的关系。而中国古典艺术中的艺术关系理论多产生于艺术思想的诗体言说形式中。

　　首先，以诗体形式言说艺术，以诗人的眼光看待绘画，格外关注诗歌与绘画两种艺术的异同与互补。刘因多次提到了作画与题诗的意旨，如：

　　"笔底天机几许深，云客直欲家无心。苦心只许诗人会，不为题诗亦未寻。"（《春云出谷横披》）

　　"龟约莲香上翠盘，四灵长向画里看。题诗记载千年恨，风月无声洛水寒。"（《龟莲图》）

　　"画里潇湘自要秋，诗家野鸭谩多愁。试看翠减红销处，好移江清月冷舟。"（《祖愚奄家藏画册二首·败荷野鸭》）

　　"南山千古一悠然，误落关仝笔意边。急著新诗欲收领，已从惨淡失天真。"（《秋山平远图》）

　　刘因道出了作画与题诗的几种关系：一、诗人题诗要领会、展现画家的心意。这类诗歌，诗人与画家感情多有相似，易生共鸣。二、诗人借诗表达自己的情感，诗歌的感情重心在诗人，而不在画家，诗人往往赋予图画一种"额外"的情绪。三、诗人以一己之感迎合画家之意，画家所画只在一个"秋"字，而诗人作诗，为说一个"愁"字，能否真正做到"吻合"，难以明断。四、诗人以诗歌再现画境，结果却有失图画之真，原因并不在于诗人没有再现的能力，而在于诗笔受制于心，而非受制于画中之色。

　　无论何种题诗方式，题诗的情感最终归于诗人，题诗的主体是诗人。但诗和画毕竟是截然不同的艺术，二者各具特色，难分高下，这在元代诗歌中有普遍清晰的论说，大体有两种倾向：第一，言诗歌优于绘画者，如鲜于枢《高尚书夜山图》云："古人无因驻清景，高侯有笔能夺移。容翁复作有声画，冥搜天巧为补遗。"贡奎《题赵虚一山水图》："清幽到处画不出，自遣数语人间传。"诗歌要概括出图画留给观者的整体印象与感受，表达画家的胸臆或诗人的胸臆，具有"补遗"的功能。同时，萨都剌《题龚翠岩中山出游图》言："看来下笔众鬼惊，诗成应闻鬼泣声"，绘画是过程中最精彩的瞬间，而诗歌则是由多个精彩瞬间按序连缀而成的过程。萨都剌的认识隐含着诗歌与绘画艺术在"表现"方面的高下之别。毕竟"泣"比"惊"对众鬼来说是更可怕的，对创作者来说是更希望达到的一种效果。第二，言绘画与诗歌互通者，如袁桷《辋川图》云："诗中传画意，画里见诗余。"《山水图》："蹇驴吟不得，指点墨千层。"明确表达了诗歌与绘画艺术的互通关系。《楚辞·七谏·谬谏》云："驾蹇驴而无策兮，又何路之能极？"蹇驴欲吟而吟不得的正是山路的艰难，是大山重重。"墨千层"在山水图中，显然创造出了重峦叠嶂的绘画效果，在如此深山重峦中的蹇驴自然会苦吟山路之艰。反观全诗，诗人着力表现的正是深山密林的景致与感受。可以看出，在袁桷的眼中，属于视觉的绘画艺术与属于听觉的语言艺术是可以相通的，相通之处在于"意"。前人有很多关于绘画不能画出声音的论说，以证实诗与画的不同。而袁桷用同样的例子，却说明了一个与众不同的道理，即画虽不能传声，但可以传声音之意。他的论说在一定程度上丰富、强调了绘画表"意"的功能。

　　其次，诗体言说实现了诗歌与绘画美感的互递。用诗歌的形式展示绘画，言说绘画思想，图画成为诗人笔下描绘不尽的素材，这为诗歌增添了其他诗题无法达到的艺术美感。中国绘画中讲"气韵生动"，诗人言说绘画时，首先把握的就是其画面形象的"气韵"，形诸诗句中时，生成的是生动的、有意度的形象。由此，艺术思想的诗体言说（主要指题画诗）普遍形象生动、意态丰满，即使是理学家的诗歌也多表现出了这一特点。有些诗人，在原画形象的基础上，还要为画面补充景物。但元人并没有意识到这一点，他们的诗歌以尊唐反对宋诗，岂不知以诗言画本身就是最有力的工具。在创作与思考中，绘画的美感借诗歌表达出来，诗歌的美感借对绘画的欣赏流溢出来，二者相互传递，共同将元代诗歌、绘画艺术推向高雅艺术的顶峰。

第四章　寓目辄书——中国文学的创作方法

对情景交融、内在视觉的追求，使得作为语言艺术的文学，不得不向视觉化的图景展开其怀抱。如何让图景进入文学中？如何以语言文字呈现图景之美？为此，中国文学找到了独有的创作方法，那就是走进自然，写目之所见。

第一节　寓目——感物——描写

诗歌是动态的艺术，关注的对象是主体人的情感思想，其最大的特点是艺术想象，非现实性构成了其核心。而绘画则是静态的艺术，关注的对象是客体的形貌神态，其最大的特点是艺术再现，现实性是其核心。要实现诗中有画，即要使富于想象的诗歌承担起再现具象的任务。在中国诗歌创作传统中，"寓目辄书"巧妙地解决了这一难题，这无疑是对绘画本源途径的借鉴。钟嵘《诗品》评论谢灵运诗"尚形似"之时，亦谓其"寓目辄书""外无遗物"。殊不知，"尚形似"与"寓目辄书"之间有着必然的关系。非寓目辄书，怎得自然山水物象之形似？《宋书·谢灵运传》谓谢灵运"寻山陟岭，必造幽峻，岩嶂千重，莫不备尽"，而"所至辄为诗咏"。不幸的是在谢灵运时代，山水诗的发展尚未完善，其在山水畅游之中，主要探寻的是自然之玄理，此理寓于自然则是"以形写形，以色貌色"的摹写，主体之情尚未与山水之形貌自然融汇。钟嵘看到了这一点，主张将抒情达意与即目入咏相结合，"至乎吟咏情性，亦何贵于用事？'思君如流水'，既是即目，'高台多悲风'，亦唯所见……但自然英旨，罕值其人"。司空图《二十四诗品》对"自然"品格的定义为"俯拾即是，不取诸邻。与道适往，著手成春。如逢花开，如瞻岁新"。自然之诗所描写的景物皆是随手即得，现时采英。

因寓目辄书，故登高必赋、游览题壁成为古代文人的创作方式、创作爱好。这不仅仅是文人为聊闲情雅趣而已。萧子显曾曰：

"若乃登高目极，临水送归，风动春朝，月明秋夜，早雁初莺，开花落叶，有来斯应，每不能已也。"（《自序略》）

《文心雕龙·物色》言因"感物吟志，莫非自然"，于是"物色相召，人谁获安？""一叶且或迎意，虫声有足引心，况清风与明月同夜，白日与春林共朝哉。"都在讲述着一种事实：因寓目而感物，因感物之情不能自已而发之于诗。情动于中而形于言，确为登高、题壁的内在动力。故古人有登临游览兴致所至不期然而创佳制者，亦有搜索不至苦吟难成却因寓目而得佳句者。李长吉"锦囊"集诗，梅圣俞"诗袋"集句，古人多有此善意的揶揄。

大凡美句佳意，皆由寓目而来，以景兴诗方为作诗之道。宋代文人，尤其江西派外诗人对此深信不疑。苏轼因"守杭州，时与客出游西湖之上，挥奇揽胜，寄兴舒情，极登临之乐，盖十年于兹矣"（《题西湖诗卷》），而作西湖诗多篇，被称为"道尽西湖好处"，"为西湖写生"。《题赠黎子云千文后》云："登临览观之乐，山川风物之美，轼将归老于故丘，布衣幅巾，从邦君于其上，酒酣乐作，援笔而赋。"葛立方《韵语阳秋》卷十三载"凡墨客骚人所到之处，皆有诗在。"钱塘风物湖山之美，自古诗人，标榜为多……盖行人客子于解鞍系缆顷刻所见尔。"周必大有言："天遣江山助牧之"①，"忽传杰句天边得。"② 周辉《清波杂志》卷八记载李清照每遇大雪，"即顶笠披蓑，循城远览以寻诗，得句必邀其夫赓和"。甚至朱熹也主张"觅句休教长闭户。"③ 认识到"自然触目成佳句，云锦无劳更剪裁"④，"不

---

① （宋）周必大《文忠集》卷四《池阳四咏其二》，四库全书文渊阁本。
② （宋）周必大《文忠集》卷六《次韵天官韩尚书七月十八日风雨中观潮，予内直不赴》，四库全书文渊阁本。
③ （宋）朱熹《晦庵集》卷三《又和秀野二首》其一，四库全书文渊阁本。
④ （宋）朱熹《晦庵集》卷五《新喻西境》，四库全书文渊阁本。

堪景物撩人甚，倒尽诗囊未许悭。"① 自己曾因 "南山之游"，四五日间得诗百四十余首。至杨万里、陆游等南宋诗人，更视之为作诗的法宝。即所谓 "闭门觅句非诗法，只是征行自有诗。"② "诗思出门何处无。"③ 宋人的认识中，寓目辄书、即目入咏的创作经验亦演化为了一种鉴赏经验。《后山诗话》中陈后山记述了自己登临作诗的感受：

"余登多景楼，南望丹徒，有大白鸟飞近青林，而得句云：'白鸟过林分外明'。谢朓亦云：'黄鸟度青枝'语巧而弱。老杜云：'白鸟去边明'语少而意广。"

即景于眼前，能更深切地观察景物之状。体验情景之意，故不但得诗句，而且得诗意，将创作经验延演为鉴赏作品的方法。周紫芝《竹坡诗话》载：

"余顷年游蒋山，夜上宝公塔，时天已昏黑，而月犹未出，前临大江，下视佛屋峥嵘，时闻风铃，铿然有声。忽记杜少陵诗：'夜深殿突兀，风动金银铛'，恍然如己语也。又尝独行山谷间，古木夹道交阴，唯闻子规相应木间，乃知'两边山木合，终日子规啼'之为佳句也，又暑中濒溪，与客纳凉，时夕阳在山，蝉声满树，观二人洗马于溪中。曰：此杜少陵所谓'晚凉看洗马，森木乱鸣蝉'者也。此诗平日诵之，不见其工，唯当所见处，乃始知为妙。作诗正欲写所见尔。"

鉴赏经验的获得亦来自 "所见处"。唯于所见处，方能体会老杜作诗之妙意、妙景。这即是杨万里所言："周遭故国是山围，对境方知此句奇。" 苏轼亦赞赏杜甫《客居》"非亲到其处，不知此诗之工。"（《书子美云安诗》）

登临而作，即目而吟，故所作景物皆于 "真" 中寓情。此 "真" 不仅是色、形、貌之似于真山真水真物，而且得真山真水真物之 "神"。老杜之诗即如此，故宋人皆叹 "唯当所见处，乃知其妙。" 这正是绘画中以形写神，求神似之创作原则。由目之所见而吟之为诗，故描写成为诗歌主要的语

① （宋）朱熹《晦庵集》卷三《次秀野极目亭韵》，四库全书文渊阁本。
② （宋）杨万里《诚斋集》卷二十六《下横山滩头望金华山四首》其二，四部丛刊本。
③ （宋）陆游《剑南诗稿》卷十三《病中绝句》，四库全书文渊阁本。

言形式，传达出的视觉效果增强，诗中之画隐然而出。

第二节　山水之兴与描写

钟嵘《诗品》有言："五言居文词之要，是众作之有滋味者也……岂不以指事造形，穷情写物，最为详切者耶?"① 指事以穷情，造形以写物，钟嵘视二者为五言诗的两种特征和功能。无疑前者类同于叙述抒情，后者类同于描写状物。这实际上也是中国诗歌的两大分类。以"指事"而"穷情"的诗作基于"事"，其特征是以"事"所发生的时间为序。以"造形"而"写物"的诗作则基于"形"，其待征是以"形"所占据的空间为序。二者恰好暗合了诗歌与绘画传统上分别作为时间艺术与空间艺术的特征，"穷情"与"写物"也暗合了诗画传统上分别作为表现艺术与再现艺术的特征，"叙"与"写"又是诗画分别作为叙述艺术与造型艺术的常用术语。

在古代绘画界，"写"往往有图画的意思。如顾恺之谓"传神写照"。人物画谓之"写真"。苏轼《次韵子由王晋卿画山水二首》其一有"欲向渔舟便写真"句。李白《求崔山人〈百丈崖瀑布图〉》有"闻君写真图"句等。"写"是极其常用的绘画语言。皎然《咏敫上人座右画松》"写得长松意"，柳公权《题朱审寺壁山水画》"洞边深墨写秋潭"，白居易《江楼远眺，景物鲜奇，吟玩成篇，寄水部张籍员外》"好著丹春图写取"，戴复古《毗陵天庆寺观画龙》"醉笔写出双龙形"。到今天"写生""写真"等更成为专用术语。

故在钟嵘时代，诗歌中已经存在着具有绘画特点的诗作。其势力之大已可与传统的叙事抒情之作相提并论。其以山水田园诗为主，亦包括咏物诗。山水诗经历了漫长的孕育过程，于六朝时蔚然兴起，招隐、游仙、体悟玄理等，使"造形""写物"之技巧得以锻炼成熟，于齐梁间，谢朓、何逊等已能圆熟地融情于物。至此，由叙述所抒之情很大一部分为景物、造形所承担，"写物"大量走进了诗歌殿堂。其最直接的影响即诗歌语言由"叙"转向了"写"，而"写"的含义恰恰是描、绘、画。至此，"物"和山水田园

① 杨焄译注《诗品译注》，上海三联书店，2014 年，第 17 页。

的静态特征，使得咏物诗和山水田园诗歌必须对所描绘对象正面、侧面、近视、远观等方方面面的形态进行描写。诗中所写之物被有机地布置、陈列于一起，以单个写物意象的含义与多个意象共同组合的境界表现作者的主观之情。此类诗以"有声画"的形式传达着有声诗的情调、意趣，实践着诗中有画。

第三节　对偶之兴与描述

在这种以描写为主要语言手段的山水文学兴起之时，四六文成熟完美的对偶句式渗入到诗歌创作中。其最典型的体现是永明体文学中的声律对偶之论。正是"对偶的运用，使得原先线性发展的叙述型诗歌，一变而为双线或多线并列于一个时空的描绘型诗歌，从而也为诗画相通找到了一个至为关键的契机（这里不包括流水对。近体律诗中一般忌用流水对，这也表明律诗反对叙述而提倡描绘），而且对偶本身的需求（同性的词或词组相对），又必然要使诗句本身作一些词序的变动，如虚词减少，实词增多，实词与实词之间尽量减少系词等，诗的语言因此便独立于散文语言之外，由语链（主谓宾）而变成了词或词组并列，这种奇特的语言形式竟成为诗画相通的极为关键的一个原因。"① 事实正是这样，对偶的出现应用，使诗歌被动地在其语言叙述的行进途中稍作停顿，使对一个"点"的描述，切换为对一个"面"的描述。这无疑扩大了视觉的宽度，但却也减缓了诗句流动的速度。而诗歌语言在一贯尚"简洁"的传统观照下，"点"自觉地制约着其扩展成"面"的幅度以平衡诗歌流动的速度及情节的完整性（唐诗排律的出现与之有一定的关系），或者任其视觉因素的扩展，以切断诗句情节的流动为代价，这即是完全的有声画。

以谢灵运诗为例。"猿鸣诚知曙，谷幽光未显。岩下云方合，花上露犹泫。逶迤傍隈隩，迢递陟陉岘。过涧既厉急。登栈亦陵缅。川渚屡径复，乘流玩回转。苹萍泛沉深，菰蒲冒清浅。"（《从斤竹涧越岭溪行》）写越岭过涧及溪行所见所感，全诗多用对偶。为写幽谷曙光中所见之景，须以"岩

---

① 　参看鲍鹏山《中国古典诗歌内在结构之变迁》，《文史哲》1997 年第 3 期。

下"之"云"与"花上"之"露"相对；为写山路曲折须着"逶迤"对"迢递"，"隈隩"对"径岘"；为写山重涧复，须以"过涧"与"登栈"相对；为写水中之景，须举"苹萍""菰蒲"两种与水共生的植物以完成"对偶"。陆机《赴洛道中作》"远游越山川，山川修且广。振策陟崇丘，安辔遵平莽。夕息抱影寐，朝徂衔思往。顿辔倚嵩岩，侧听悲风响。清露坠素辉，明月一何朗。抚枕不能寐，振衣独长想"。写"崇丘"，须以"平莽"相对；写"抚枕"，须以"振衣"相对。不难看出，对偶对诗歌叙述性（此诗中表现为越岭溪行的行踪）与描述性的影响在于，几次切断了其行踪的叙述，使其处于暂停状态，因此也加大了描写的成分，使笔触深入更为细微多样的景物描述中，突出了其声色之美。诗作毕竟是以行踪为线，旨在记"行"，故情节的移动不可或缺。但即使对"行"之情节的记述，也因对偶的运用，增强了其"特性"的描述，弱化了其记叙的动机，如"逶迤"四句。而《过始宁墅》：

"山行穷登顿，水涉尽洄沿。岩峭岭稠叠，洲萦渚连绵。白云抱幽石，绿筱媚清涟。"

两句写"过"之行为，两句写"地"之形势，两句写"景"之秀丽。对偶在此恰恰成为整化诗歌内容结构的主力军，使每一方面的内容均以最少的字数得到最大限度的描述。此诗中，情节的叙述几近退萎，只开始两句，亦因对偶突出了山行水涉之状，而非仅道出"行为动作的过程"。

第四节　景物的陈列与描写

古、近体诗的交替是在六朝时代，声律对偶是近体诗歌的特征。山水诗作之兴起也是在此时，景物呈现是其特征。此两种文学现象巧密结合、互相影响，又遵循着各自的规律发展着。至唐代，格律近体诗达到完善，山水田园诗也处于盛行成熟之时。诗歌因之两方面的原因，语言极大地发挥了其描写景物的作用。使"物"之"形"、境中"象"依次在诗歌中展开，或并列，或承接，呈现在读者眼前的犹如一个个富于造型的立体的物象，其共同组合而成的则是整首诗的意境之美。如李泽厚《美的历程》所言："诗常一句一意或一境，整首含义阔大，形象众多"。所谓的"一句一意或一境"，即诗歌可以句摘而不伤句意，全不类严羽所谓"汉魏古诗，气象混沌，难以句摘"。"建安之作，全在气象，不可寻枝摘叶"，原因在于汉魏建安之作其基本的诗歌结构为前后句意承接的连续推进，故尽管有景物描写，但仍是作者线性叙述中的一个不可或缺的片段，是叙述者"驻足"观望的结果，其兼有承接下文的作用。

唐代的诗歌，被严羽誉为"气象雄浑"。其所描绘的景物是并列式的布置。其篇句俱佳，故可以句摘。当一个句子便能表达一个独立意义的时候，诗歌的时间流动意义便不复存在，而代之以事物空间排列的视觉感。由此，诗向画的切换得以完成。以王维诗为例，"蓝溪白石出，玉川红叶稀"，"大漠孤烟直，黄河落日圆"，"白云回望合，青霭入看无"等句，皆为意象的空间呈列，故皆可入画。杜甫《登高》"风急天高猿啸哀，渚清沙白鸟飞回。无边落木萧萧下，不尽长江滚滚来"，《绝句》"两个黄鹂鸣翠柳，一行白鹭上青天。窗含西岭千秋雪，门泊东吴万里船"等，皆是景物在空间的排列，各个景物之间无必然的联系。其诗意则蕴含于意象共同构成的意境中，故皆可入画。而杜甫诗历来有"图经"之说。清画家方薰《山静居画论》有言：

"读老杜入峡诸诗，苍凉幽回，便是吴生王宰蜀中山水图。自来题画诗，亦惟此老使笔如画。"

"使笔如画"是杜诗的特点，也是诗歌语言描写化的表现。亦如梅尧臣《依韵和永叔再示》云："文章制作如善塑。"杜甫的"使笔如画"正源于其即目所感，不能自已，即"感物吟志，莫非自然"。故宋人皆叹杜诗"惟当所见处，乃知其妙"，"非亲到其处，不知此诗之工"。

第五节　化动为静与描写

诗歌语言描述性的发展是以其叙述性的削弱为代价的。换言之，空间物形的刻意摹写务必要切断或减缓诗歌中事件、情感的时间流动，使其在屡次的停顿中成全自己造型写物的使命。这一停顿并不是省却了事件固有的情节、情感固有的流变，而是将其情节的流变皆包藏于这一停顿中，故寓动于静，化动为静，亦成为诗歌语言描述性发展的一大特征，而这恰好促成了诗中有画的实现。

故每一次叙述情节被切断时，诗歌对所应用的描述语言及所描绘的具体对象便有了高度的要求。这一要求就是要在描绘对象中寄寓一种变化，使观者在情节的停顿中能体味到全诗情节的连贯性和情节的动作过程。有鉴于此，这一停顿中所描写的景物必须具有"包孕性"的特征，此所谓"包孕"，既蕴含着停顿前情节的结果，又孕育着停顿后情节的开始，故此景往往是一个带有动作的瞬间景象，但却富有深远的"进行"意义。如王维《渭川田家》"斜光照墟落，穷巷牛羊归。野老念牧童，倚杖候荆扉"。夕阳西下，牛羊归巷。归牧、牧羊的情节记叙在"野老"的插入中戛然而止，但恰是"倚杖候荆扉"，清楚地暗示了牧童已随牛羊而归与将要归来笑唤"野老"两个动作过程。使情节的全过程得以完成。

"一路经行处，莓苔见履痕。白云依静渚，春草闭闲门。过雨看松色，随山到水源。溪花与禅意，相对亦忘言。"（刘长卿《寻南溪常山道人隐居》）

诗以"寻"所经之时间及所历之空间为序，以寻得禅意禅境为旨，寻行之情节被"白云春草"等景物描写所打断，过雨随山到水源之处，又被溪花与禅意二句所打断。前一次停顿为途中所见，白云轻依静寂的沙渚，春草闲锁闲置的空门。景物描写以其自然寂默的特点，一方面承上之"行"，暗示了寻行的意图，即禅意；另一方面又预示了将要寻得的结果。故与雨后松色、山穷水源的自然行途一脉相承。而第二次停顿则包含了寻行的结果，即找到了南溪常山道人，和在隐居地诗人的行为情感。诗人以道人坐对溪花，这一静态的动作描写取代已寻到道人的记叙性语言，使景中之意更加丰富、深刻，具有点化主题之用。

"南行入横港，茅屋带林丘。落日犹斜照，寒潮忽倒流。牛羊平野散，鹅鸭小溪浮。喜见平生友，篱边一系舟。"（元代贝琼《横港》）

在"南行"与会友的行动过程中，插入了落日、寒潮、牛羊、鹅鸭的描写。在记叙的这一停顿中，景物描写从"落日"及"寒潮"等自然大景向"牛羊""鹅鸭"等人间小景过渡，从"水"向"平野"，从能渡船之横港向鹅鸭浮游之小溪过渡。这恰恰包孕了船入横港到友人篱下的全过程。省却了记叙，却为诗歌增添了一幅临水园田的暮色之景。

不难想见，情节的停顿将会导致两种结果，一、记叙中的间歇停顿，每一次停顿蕴含着一个开承启合的上下逻辑与情节关系。前文所论即此。
二、记叙中的全篇停顿（包括停顿一次者）。这一停顿则蕴含着全篇的构思情节。故在某种意义上说，它已脱离了"情节"的时间性，以纯粹的空间描绘为表象。空间物象在不经文字说明的情况下，既不能取代时间，亦不能详尽地说明事件，只存在着"存形"与"达情"的功能。存形为其外在形式，而表达情意乃为诗之旨归。在没有"时间"作背景的情况下，所表达的"情意"也失去了其时间流动感。此种停顿的缘由乃是寓目辄书，思与境偕。

即寓目辄书，故思与境偕。诗人往往因事物具体形象与所偕之境具体范围的限定，在诗中并不表现，也不大能表现其情感生成的动态过程，而更适于寄托情感的状态。主体之情变得专心致志。或"明月"寓目，以思念之情与"明月"之景相偕，举诗便皆称其情。或日暮归帆寓目，以思乡之情与归帆之景相偕，举诗便皆发思乡之情。这种寓目是将自己独有的情感、思致契会于所目之景，故景物笼罩着了诗人的心绪。与之相会的每一个景物都带上了诗人已经形成的特定情感。即如苏轼所言："类有所感，托物以发"（《辨杜子美杜鹃诗》），"录此诗遣闷"（《书杜子美诗》），"有为而作"（《题柳子厚诗二首》）。其所发、所遣、所为皆于诗歌景物描写前便已形成，属于完成进行时，状眼前景，只是为了寄寓、发泄这份情感，其生成的动感多已削弱。但这并不意味着诗中不去表现波澜壮阔的激情和一泻千里的豪放。此二者皆诗人固有的情感，依然属于情感生成的结果。既如此，处于某一固有的情感状态中的诗人，其目所寓之景皆与诗人之情感基调有着某一方面的"神似"。诗人寓目所作，也便是在此情感笼罩下对眼前客观景物作静态的观照，故诗歌方能做到气象雄浑、自然天成，诗人也方能淋漓尽致地表现自己的情感。严羽高度赞扬唐诗的原因正在于此。

诗人在全篇切断记叙而代之以描写的诗作中，以结局代替过程、原因，省却了叙述，却增强了诗歌中的画意。

"高楼聊引望，杳杳一川平。远水无人渡，孤舟尽日横。"（寇准《春日登楼怀归》）

以"孤舟尽日横"表现"远水无人渡"之行为，故易入画，为宋画院试工之题。

"晴明风日雨干时，草满花堤水满溪。童子柳阴眠正著，一牛吃过柳阴

西。"（杨万里《桑茶坑道中》七）

　　诗作叙写雨后初晴，童子牧牛之景。"草满花堤水满溪"为雨水滋润小草、饱灌小溪两个动作场景的结果。"童子柳阴眠正著"，包孕了童子困乏的原因和打盹的动作，直入结果。"一牛吃过柳阴西"则包孕了童子牧牛"失职"这一前提。在此种种包孕中，诗歌展现于眼前的正是一幅雨后牧牛之图景，悠闲逍适、春意盎然，富有情趣。当然，在选取这一包孕性的描写对象时，必须注意到所造景物是否具有生动引人的形象性，是否能典型准确地传达被包孕的情节、过程、原因。如用"白发"这一静态的意象表达岁月如流、生命渐衰的感叹；用"黄叶铺地"这一静态的意象表达季节更替的流动感；用"黍离"等状态意象表达国土变迁的历史流动感。如刘禹锡《乌衣巷》"朱雀桥边野草花，乌衣巷口夕阳斜"。杜牧《洛阳》"侯门草满宜寒兔，洛浦沙深下塞鸿"。韦庄《台城》"无情最是台城柳，依旧烟笼十里堤"。许浑《姑苏怀古》"荒台麋鹿争新草，空苑凫鹥占浅沙"等。在化过程、原因、情节为结果的过程中，时间流变转化为空间陈列，意象代替了事件。由此，一幅生动而富有内涵的图画在诗中形成了。

第五章　视听融通——中国视觉
艺术接受的独特方式

　　宗白华曾说："中国画是一种建筑的形线美、音乐的节奏美、舞蹈的姿态美。"[①] 与西方传统绘画以强烈的视觉色彩与满幅的空间构图传达对于审美对象真实的摹写不同，中国绘画以消解彩色的水墨与大片的留白构图传递着审美主体的心声。中国画旨在超越外在的视觉感受，引领审美主体进入内在的心理世界。引领中国画创作与欣赏的不是视觉，而是主体的心理。审美主体内心流动着的情感节奏与声响成为中国绘画创作的内在尺度。因此，在视觉艺术绘画的接受过程中，这种内在的情感节奏与声响自然而然地会呈现出来，形成视觉艺术接受中的听觉审美现象。而听觉审美将视觉艺术由静态的瞬间转化为流动的时间，故事、情感等伴随着听觉审美而生成。于此，绘画与文学携手，共同打造着绵延无尽的审美空间。在绘画艺术接受中，这种视听融通的审美现象，借助中国特有的题画诗文充分地呈现出来，并在中国艺术审美中得以持续地强化，使艺术审美突破门类形式的约束，相互走近并融于对方，形成了综合性的审美感受。

第一节　视觉艺术接受中的听觉审美现象

　　视觉审美与听觉审美是完全不同的两种审美感受。视觉审美以空间化的

---

　　① 　宗白华《美学散步·中西画法的渊源与基础》，上海人民出版社，1981 年，第 121 页。

存在呈现着清晰明了、生动逼真的形象，听觉审美则以时间化的流动感隐含着变化万千、模糊不定的形象。因此，视觉审美由清晰可见的形象引发审美感受，而听觉审美则由流动着的情感引发审美感受。二者分别作用于审美主体的视、听觉感官，形成了视觉中的色彩美、形象美与听觉中的节奏感、韵律美。但在审美想象中，无论视觉审美还是听觉审美，给予审美主体的感受渐趋一致，那就是对于视听觉形色、节奏等外在形式之美的超越，视听觉联通，进入有声有色无限延展的审美想象空间。在审美想象空间里，一连串渐次深入的审美意象逐渐生成。宗白华《美学散步》有言："在一个艺术表现里情和景交融互渗，因而发掘出最深的情，一层比一层更深的情，同时也渗入了最深的景，一层比一层更晶莹的景；景中全是情，情具象而为景，因而涌现了一个独特的宇宙，崭新的意象，为人类增加了丰富的想象，替世界开辟了新境，正如恽南田所说：'皆灵想之所独劈，总非人间所有！'这就是我所说的意境。"① 正是在这个充满了景象生命与人类情感的审美想象空间里，视觉艺术与听觉艺术消弭了之间的界限，共同创造了鸢飞鱼跃的新的境界。可以说，视听审美的交融是艺术审美空间展开的表现。

中国古代视觉艺术接受历史上，呈现出了视听审美交融的现象，元代是这种交融性审美生成的代表性时期。元代文人艺术与民间艺术高度发展与汇合，绘画、诗文的高逸与戏曲的通俗同时成为时代艺术的特征。以高克恭、赵孟頫、元四家等为代表的绘画，将中国文人画推向了高峰。绘画写意性的普及、画家诗书画兼备的才能及元代皇家对于绘画鉴赏的热衷促进了元代对于文人绘画艺术的广泛接受，并以大量诗文的形式保存了下来。通读这些关于元代视觉艺术接受的文字，可以看到，在视觉艺术的接受中，接受者很乐于在视觉的画面中，置入某种声音，使之与画面共同融合，营造生动的意境。

在这些视觉艺术的接受中，听觉审美主要在以下几个方面呈现出来：

首先，直接呈现听觉，直言"声""闻""鸣""啸""号""语"等听觉所感。这里既有审美主体的听觉动作"闻"，更有各种审美对象所发出的听觉性动作。涉及的听觉主要有自然之声风声、雷声、马声、鸟声，乐器声有琴、笛、箫等，人声有叹、啸等。如"眼中天意镜中语""归来老伯号秋

---

① 宗白华《美学散步·中国艺术意境之诞生》，上海人民出版社，1981年，第72页。

风"（刘因《幼安濯足图》）；"朔风卷地声如雷""猿声仿佛余山哀"（刘因《巫山图》）；"视听阴山敕勒歌，朔风悲壮动山河。"（刘因《宋理宗南楼风月横披二首》其一）"霜蹄蹙踏寒玉响"（赵孟頫《燕脂骏图歌》）"疑听孙登啸，将无顾恺同。"（赵孟頫《题杨司农宅刘伯熙画山水图》）

其次，拟声词的使用。如"喑呜千年楚重瞳"（刘因《挂书牛角图》）中的"喑呜"；"寄谢韩公莫相挽，山妻元不解啼饥"（刘因《戏题李渤联德高蹈图》）中的"啼"。另有"汩汩""萧萧"等，较为普遍地出现在题画诗文中。所用拟声词主要集中于描绘风声、水声、鸟鸣声等自然之声，且声音多以清幽低沉为主。拟声词的使用以最直接的方式呈现了鲜明生动的听觉美感。

再次，使用隐含着听觉的意象，如"风""雷""笛""琴""笙"等。这些意象本身都是融视觉与听觉于一体的，且发声是意象本身最主要的特点。在元代视觉艺术接受的诗文中，并不着意于这些意象发出的声音特点，甚至对其视觉特点也不太关注，大多都只是笼统的描写。但这些意象所具有的听觉美感却在视觉的审美中显现出来。如"宁王玉笛吹凤凰，桐花秋露宫昼长"（马祖常《题明皇端箭图》），笛声的悠扬萦绕于字里行间。"雷烧桐尾琴材古，玉刻龙形剑具新"（马祖常《画古木》），天雷的轰鸣和古琴的沉静在古木画中隐隐回荡。"琴尊会仙侣，几杖从儿童"（赵孟頫《题杨司农宅刘伯熙画山水图》），琴的尊贵来自它与天合一的形制和声音，与仙人相会必然是琴声弥漫。诸如此类在元代视觉艺术接受中非常普遍，不论这些意象的听觉特征有何不同，但它们共同隐约呈现出音乐的美感，一种流动的有节奏的美感。

还有，使用隐含着听觉的动词，如"笑""言""怨"等。如"老翁年已迈，含笑弄子孙"；"祷天祝圣人，万年常寿昌"；"语笑声满屋"（赵孟頫《题耕织图二十四首奉懿旨》）；"不须对此苦叹嗟"；"鞭箠空劳怨长路"（赵孟頫《戏题出洗马》）；"江头老父说当年，夜卷长风晓无迹"（刘因《采石矶》）。与前面自然意象、人工器乐意象产生声音不同的是，这些动作意象的发出者都是人，是视觉审美空间中的主体。其发出的声音不是音乐，而是语言。与音乐节奏感、韵律感不同的是，这些意象隐含着的是"笑""言""怨"时语言的听觉美感，如语言的抑扬顿挫、声情并茂。这类意象不是单独的存在，它一定与具体的言说的内容相衔接，因此，它不仅创造着听觉感受，自身还隐含着所言说的具体内容的美感，具有引起下一个视觉空间的意义。这类听觉动作直接将视听融合为一体，呈现出立体的生动的生命空间。

最后，还有一类使用无声之听觉意象。首先，直接描述"幽""静""寂""独"等寂静无声之境。虽是无声，但也是一种听觉上的感受。这类听觉意象尤其在元四家之一倪瓒创作的自题画诗中被大量使用。这些意象包括审美主体的寂静无声，还包括审美客体的寂静，如幽竹、幽花、静境、清音等。在视觉艺术接受诗文中创造的是整体的幽静无声的意境。其次，将本来隐含着声音的听觉意象转化为无声的视觉意象，弱化其听觉而强化其视觉。这类现象在赵孟頫的作品中比较多。"泽雉樊中神不王，白鸥波上梦相亲"（赵孟頫《题龚圣予山水图》二首）。雉鸡不鸣，鸿雁不号，以斗鸡代鸣鸡、以清晖代清泉，等等，可以看出，意在创造静谧之境。

第二节　视觉艺术接受中听觉审美的产生

在视觉艺术接受中存在的听觉现象，表现出了鲜明的类型化特点。有的接受者的听觉审美非常普遍，而有的则较少出现。有的接受者习惯于直接使用听觉意象，而有的则偏爱隐含听觉的意象，有的多使用形象鲜明的听觉意象，而有的则善于使用无声之听觉意象。有的视觉形象容易生成听觉审美，而有的则很难生成。分析这些类型的存在语境，可以清晰地看到影响听觉审美产生的因素。

一、由审美对象的特质引起

绘画艺术本身的视觉形象是影响听觉审美产生的重要因素。古代绘画中有一类作品描绘的对象本身就带有听觉特点，或是图画目的就是描画出听觉图景。这一类可以称之为再现式的听觉审美。如"空林无风万籁寂，长啸一声山月寒"（赵孟頫《题孙登长啸图》）。画以"长啸"为题，"长啸"本身就是听觉行为，接受者紧紧抓住"长啸"进行题写，并给予长啸以万籁俱静的背景，更显长啸之声。"老树叶似雨，浮岚翠欲流。西风驴背客，吟断野桥秋"（赵孟頫《题秋山行旅图》）。古人因科考、求仕、行旅等原因，常在路上，或感物而心有所动，或孤独而寻声陪伴，形成了行吟的习惯，如梁楷《李白行吟图》、陈洪绶《屈子行吟图》、沈周《杖策行吟图》等都描画了这一现象，所以吟咏常与行旅相伴。行旅是中国绘画中重要的题材，以"行旅"为题的画中，许多虽没有提到"吟咏"二字，甚至画面上难见行者的身影，但"吟咏"已经深深地嵌入了对行旅的感受中，被看成是行旅中的重要行为。所以，在对行旅画的接受中，"吟咏"是自然而然生成的意象。视觉的画面因此而有了听觉的元素和效果。当然挖掘和强调这一听觉行为，目的与结果都是在强化行旅的孤寂凄苦。另如萨都剌的题画诗《画马》等，接受者都是依据图画中的主题进行听觉化的呈现。马有多个特点，嘶鸣只是其中的一个特点，但萨都剌极尽想象之能事，重点描述了马"嘶鸣"的声音特点。又如萨都剌《终南进士行和李五峰题马麟画钟馗图》《题龚翠岩中山出游图》两首诗均将听觉意象融于视觉意象中，作为开篇。前一首："老日无光霹雳死，玉殿咻咻叫阴鬼。"后一首："酆都山黑阴雨秋，群鬼聚哭寒啾啾"。两首诗歌都是对民间传说钟馗捉鬼故事画的描写。图画的对象和诗歌所描写的对象都是传说中虚构的人物情景，"咻咻""啾啾"也是传说中鬼魅的语言，是钟馗捉鬼故事中必然出现的听觉现象，题诗只是再现了画面故事本来就有的声音。这类再现式听觉并不是严格意义上的再现，接受者无疑都加入了自己丰富的想象，因为，听觉本身并不能以固定的形式存在，画家呈现听觉也只能借助画题。但在这一类作品中，因为画面形象本身具有产生听觉的功能，为了与创造性听觉相区别，称之为再现式听觉审美，但毫无疑问，这类听觉中也包含着主观的情感。

另一种听觉审美是创造性听觉审美，即听觉意象并不是由画面本身的形象直接生成，而是在画面形象基础上的想象，有些想象甚至与画面形象没有任何关系。如"湘妃祠下竹，叶叶着秋声。鸾凤青宵下，吹箫坐月明"（吴镇《题竹》）。"道人发清啸，爱此惇惇独"（吴镇《题竹》）。"有客抱琴来，为我调清商。曲终抱琴去，潇洒当如何"（吴镇《竹石》）。"夜诵蕊珠经，群真悉下听。仙坛神自扫，拾得凤凰翎"（丁鹤年《画竹》）。"苍龙雷唤醒，风雨遍湘江"（丁鹤年《画竹》）。"青天腾一蛟，白石卧双虎。何人歌《竹枝》？遥隔潇湘浦"（丁鹤年《画枯木竹石》）。竹子本来是相对静止的植物，听觉不是它的特点，但在元代视觉艺术接受中，竹子在各类山水花鸟画中，变成了最易产生听觉美感的形象。竹叶的声音、竹节的声音等，作为视觉形象出现的竹子，往往演变为听觉形象，画面顿生趣味，审美想象也很容易生成。同时，在竹子画中，往往是没有人在其中的，画面只是单纯地对竹子形象的描画，但在对绘画的接受中，出现了清啸的道人、调琴弹曲的客人、《竹枝》的歌声、诵经的声音、天雷唤醒苍龙等各种声音。这些都是完全超越画面的想象，是创造性的听觉审美。以上所举的这些创造性的听觉审美的出现当然与竹子本身的特点有关，竹子拔节有声，竹叶风动有声，竹林中有高士，高士在竹林间弹琴吹箫，民间盛传《竹枝词》的歌曲、竹子在雨后会迅速生长等，在对画面视觉形象的接受中，将视觉进行听觉化的转化，这并非空穴来风，而是有赖于竹子作为审美对象本身的诸多关联性特点。

二、由审美主体的情感所决定

画面形象的听觉性元素虽然能够促进视觉接收中听觉审美的产生，但并不具有决定性。而真正决定听觉审美产生的因素是绘画的审美主体。

古代视觉艺术接受中的听觉审美具有明显的类型化特点，而类型化是以接受者主体为依据的，即不同的审美主体所感受到的听觉审美风格是不同的，而同一个审美主体所感受到的听觉审美风格相对是统一的稳定的。少数民族绘画接受中的听觉感受相对频繁强烈，汉族文人则相对舒缓。同是少数民族，萨都剌接受绘画时产生的听觉审美非常广泛，且听觉感受强悍有力，而丁鹤年接受绘画时产生的听觉审美相对较少，且与萨都剌不同，他的听觉感受以积极的长啸为多。汉族文人中，赵孟頫则力求以低声的吟唱或无声的歌咏创造他心中的视听世界。在元四家中，吴镇更强调视觉中的声音之美，而倪瓒则化解有声之境为无声之境，吴镇和倪瓒在听觉审美的创造中走上了两条完全相反的道路。可以看出在视觉艺术接受中，听觉审美的产生决定于审美主体，并不是画面中的审美对象。审美主体的性格、情感状态是听觉审美生成的关键。就整体而言，主体情感强烈者听觉审美比较鲜明，反之亦然。萨都剌是元代少数民族诗人的代表，他性格热情豪迈，听觉意象频频出现在其各种题材的诗作中，如"云中五老应招手，呼我来游太乙家"（《九华山石墨驿》）。他以近似李太白的气质倾听自然与人间的各种声音，他听到的是金钟、金铃、犬吠、冰弦、叮当、琵琶、羯腔、古歌、迷歌、鸟号、长鸣、霹雳、哑哑、琅琅等各种各样的声音。这些声音的共同特点是音色洪亮高亢，节奏明快有力，有金属的质感。吴镇题画诗歌中，普遍使用的声音意象有两类，一类如秋声、萧萧、飒飒、古琴、长啸等，音色低沉，节奏悠长；另一类如苍翠呼风、风梢呼梦、山鬼泣、涛声、雷雨等，音色高亢，节奏沉稳。这两类意象的风格俨然不同于萨都剌的掷地有声。黄公望题画诗中，则多渔歌、笛声、野鹤、涧水、泉石、鸟鸣等声音，音色明亮，节奏轻快，比吴镇又多了几分洒脱、天真与豪迈。倪瓒则多使用音色柔弱、节奏缓慢的声音意象，如高隐之曲、曲曲鸟鸣、残春风雨、寒雨、烟雨、细听等，甚至更多使用无声之意象，致力于创造如清虚、清空之景，还有幽人幽探、寂寂溪山、令人断肠的无声句、不成歌的凄断声等。

可以看出，画家们听觉审美的风格特点与他们的绘画创作风格极其吻合。历来黄公望、吴镇绘画被认为有"纵横习气"①，黄公望干笔皴擦，草木华润，山川简阔深秀。吴镇善用湿笔浓墨，画山创带湿点苔法，水墨淋漓，创造荒率苍茫之意、奇险突兀之境。而倪瓒画则被认为是"古淡天真，米痴后一人而已"②，其精工枯淡的笔墨图式与萧条淡泊的画境成为文人画的经典。

视觉媒介和听觉媒介是两种完全不同的媒介，但借助这两种完全不同的媒介，审美主体获得的却是相近甚至相同的感受。这种一致来自于视听觉的审美体。在对绘画艺术欣赏的过程中，审美主体超越了视觉空间性和瞬间性的物理性限制，感受到了视觉语言传递出的精神气质，正是在此精神气质弥漫生成的氛围中，视听觉达到了相通，视觉性的图画显现出听觉化的意象。而视觉语言所传递出的主体精神气质类型自然成为听觉化意象类型生成的唯一依据。如强有力的声音正是萨都剌慷慨激越的精神气质的写照，无声之静谧正是倪瓒平淡无争的精神气质的写照。而主体的精神个性正是其艺术风格独特性形成的决定性因素。它形成了创作主体视觉绘画的风格，形成了其绘画接受中听觉审美意象的风格，并进而促成了绘画接受的主要载体——题画诗的风格。

---

① （明）董其昌《画旨》卷上，王伯敏编《画学集成·明—清卷》，河北美术出版社，2002年，第220页。

② （明）董其昌《画旨》卷上，王伯敏编《画学集成·明—清卷》，河北美术出版社，2002年，第220页。

三、契机：审美主体强烈的情感状态

听觉审美并不是随时可以产生的，它是审美主体在特定的情绪状态下的产物。从元代绘画艺术的接受中可以看出，听觉审美的产生往往是在情感处于非常强烈的状态时。没有强烈的情感，是不能引发听觉审美的。《毛诗序》有言："情动于中而行于言。言之不足，故嗟叹之，嗟叹之不足故咏歌之，咏歌之不足，不知手之舞之，足之蹈之也。"① 声音是情感冲动的自然结果，当内在积蓄的情感强烈到不能抑制的时候，就会以某种媒介形式呈现出来。"言""嗟叹""歌咏"，都是听觉行为。在视觉媒介和听觉媒介这两种最主要的媒介形式中，情感自然地首先选择了听觉。

在对于艺术生成的各种认识中，艺术心理学是重要的一支，艺术心理学基本的观点是艺术是人内心的表达。内心世界的表达方式多种多样，形成了听觉艺术、语言艺术、视觉艺术等。在中国艺术史上，听觉艺术被认为是"人心之动，物使之然"（《礼记·乐记》）的产物；语言艺术被认为是"言志""缘情"的结果；而视觉艺术则在作为独立艺术的很长时间里，以"存形"的优势承担着劝诫教化的功能，直到写胸中逸气的文人画产生，才具有了表情达意的作用。

三种艺术中，情感表达的方式和强度迥然不同。音乐直接用节奏、旋律传情，可以不用任何辅助性的解释，因此无空间形式的音乐对情绪情感的传递最专注最集中，对于情感的表达也最为细腻丰富。

与音乐绘画相比较，语言艺术不属于视觉也不属于听觉艺术，但它又是包含着视听觉的艺术。它表达情感通过三种途径，一是语义解说感情含义，一是语音传递情感气息，还有如汉字，缘起于象形的字形隐藏着情感含义，但随着文字抽象化的演变，其视觉的直观性已消失。在语言艺术产生之初，它总是伴着乐舞而存在的，诗乐舞三位一体的形式使语言与音乐难以分隔。从乐舞中分化出来独立后，语言的听觉因素并没有完全丧失，而是由自身的语音成分独自承载，即通过音高、音长、音色等听觉因素传递情感。中国古典诗歌更是与音乐密切结合，以鲜明的格律化凸显着其听觉属性，传递着听

---

① 叶朗编《中国历代美学文库·秦汉卷》，高等教育出版社，2003 年，第 24 页。

觉的美感。

因此，艺术中的听觉审美产生于音乐艺术和包含着听觉的语言艺术。而视觉艺术以无声的形色为手段，以存形为其优势，虽为凝固的瞬间艺术，但"气韵生动""传神"的绘画理想昭示着中国绘画对于动态生命感的追求。具有时间意味的语言艺术以题跋诗文等方式承载并彰显了绘画的这种生命理想，成为中国绘画接受的主要表达形式。

元代题画诗中大量听觉意象的描写，印证了审美主体对于听觉审美生成的决定性作用。诸多题画诗中这种强烈的情绪在元代表现为悲凉的长叹、超脱的长啸、奔放的激情、自我的凝视。这是四种完全不同的情感，或悲观，或洒脱，或激烈，或沉静，但有一个共同点，都指向了自我的内心世界。正因为这种强烈的个人情感，绘画接受中，画面本身的视觉审美转向了听觉审美，而这种听觉往往不是依赖于画面景物本身所具有的声音，而是更多由画面氛围和自身感受生成的创造性声响。

由长叹而呈现低沉的听觉，表达悲凉无奈的情绪。"抚卷常三叹，世久无此贤"（赵孟頫《戏题出洗马》）。"只今相者多举肥，叹息此图谁复知"（赵孟頫《燕脂骏图歌》）。赵孟頫的作品中多此类听觉意象，多在诗歌卷尾表达自己无法掩抑的情怀。又如"卷中名声多亲旧，三复遗文一咏叹"（丁鹤年《题故宪史徐子仁兄弟〈南湖渔隐遗卷〉》）。"危途策赢骖，泪泪胡为者"（丁鹤年《题画二首》）。"云中楼观无人住，只有秋声送夕阳"（丁鹤年《题画》）；"襄阳耆旧今安在，抚几长歌对画屏"（丁鹤年《题风雨归舟图》），等等。此类听觉意象将悲凉无奈推向极处。

由长啸而呈现高亢的听觉，表达洒脱超逸的情怀。"长啸还江国，迟会刖海乡，春草如有意，相送过浔阳"（丁鹤年《将归武昌题长江万里图》）。"琼仙服尽紫金丹，不识人间有岁寒。一笑荒村春似海，满天风雪跨青鸾"（丁鹤年《红梅翠竹》）。"空江漠漠渔歌度，一片疏林带夕曛"（黄公望《题曹云西画卷》）。这类诗歌基于长江万里、红梅翠竹等自然风光的描写，引发自己去国还乡、归隐自然的自由情怀。长啸、一笑、渔歌等都是诗人自己这份情怀的自由书写。

由激情而引起的听觉意象，包括如萨都剌对于山水、鞍马热情澎湃的感受，更有文人们对于身处困境的悲壮恸哭。如"蛟龙起陆岩峦秀，风雨号空树木高。泷岗墓表情何极，手把杯圈泪满袍"（丁鹤年《题九曲山房图》)。无论是对山水鞍马的感受还是对困境的恸哭，都是自己情感趋于高潮的表现。萨都剌爱自然，以至将其生命化，丁鹤年身处困境，以至在山房图中注入风雨声。以声音表达情感，补充接续了中国文人绘画作为表情艺术的目的和功能。

由对视觉艺术的观照进而凝视自我，由此生成无声之听觉意象。这看似不是强烈的情感状态，但实际上，接受者已将自己的淡泊宁静之志置入画中，给予绘画鲜明的主体色彩。这在倪瓒、赵孟頫对绘画的接受中非常普遍。赵孟頫有些作品致力于化听觉为视觉："走马斗鸡夜忘归"；"坐对山水娱清晖"（赵孟頫《题西谷图赠鲜于伯几》）。其自我淡泊之志可见一斑。这类作品中，情感表现得淡泊平和。但在欣赏绘画时，是诗人自己的情感占据了上风，以自己的情怀赏山水之画景，自是对自我的凝望。

四、元代听觉审美形成的特殊因素

绘画的写意性是元代绘画接受中听觉审美形成的最重要的因素。元代绘画写意达到了高峰。在绘画中寄托自己的淡泊之志、山林之思、故国之念等成为元代绘画的主题。绘画本身所具有的情感性在绘画接受中被广泛地发现并得以展现。因此，除了视觉意象外，听觉意象以其自身情感性的优势更好地展现了绘画的情感性，而且也以此将画家与接受者进行了很好的沟通。这就是接受作品题画诗中常见的"长叹""长啸"等听觉意象，为接受主体与创作主体的情感沟通打开了一个渠道。

元代文人情感的困境是听觉审美生成的另一个原因。由于元代外族统治的特殊历史背景，元代文人普遍地游离于社会政治之外。兼济天下的志向不能实现，只有在独善其身中保全自己的生命。而诸如赵孟頫虽入仕元朝，但作为宋王室遗民，一生充满了哀怨彷徨与进退两难的困惑。于是观照自我成为元代文人普遍的情感取向。或如诸多文人寄情山林，以观照自我的淡泊之志，或如赵孟頫游离于黄尘与山林间，观照自我的哀怨无奈。总之，指向"自我"体现在元代绘画中，也体现在对绘画艺术的接受中。个体化的情感表达与写意性的绘画创作相契合，二者达到了前所未有的默契。绘画艺术的接受者找到了一个很好的途径，运用题画诗的语言文字，借助绘画艺术作品的形象，表达自己，感叹自己的境遇，并借助听觉意象强化这种情感，这使得听觉意象普遍运用于题画诗中。

少数民族性格的豪迈奔放也是元代绘画接受中听觉审美形成的重要因素。视觉艺术接受中听觉审美的出现主要依赖于审美主体的情感，审美主体具有决定性的权力。在元代，听觉审美现象很多都出现在少数民族接受者中。在诸多少数民族文人中，尤其以萨都剌最为鲜明。他题画的诗歌中，随时可听到画面的声音，且声音不只是低沉委婉的，而多豪迈的气势。这显然与其性格关系密切。"清歌妙舞一时静，燕语鸟号愁断肠。"（萨都剌《杨妃病齿图》）"手提玄兔追霹雳，涨天烟雾晴不收。"（萨都剌《题陈所翁》）另有马祖常《独石》"秋来喧石梁，临流不肯渡，与容坐忘归，山寒日将莫"。丁鹤年虽有不少叹悲凉之听觉意象，但也有不少长啸远游的听觉意象，多为有声之意象。另有马祖常、贯云石等作品中的听觉审美频频出现。这些都与其少数民族豪迈奔放的性格有关，这种性格使得情感易于外显，而听觉是表达情感最好的盟友，这种表达方式和表达的情感尽显于题画诗中。

第三节　听觉审美对于整体视觉艺术接受的意义

视觉艺术是静态的瞬间的空间艺术，传统视觉艺术的欣赏就是要在静态中创造动态，将瞬间延展为连绵不断，将凝固的空间转化为流动的时间。中国艺术创作中的"气韵生动""以形写神""写意"等正是对这一艺术理想的言说。而在视觉艺术的接受中，接受者也只有在捕捉到画面之神、画面之意时，才能将眼前的视觉空间转化为连绵不断的审美空间。在这一过程中，听觉审美的出现为审美空间的开拓与延展起到了重要的作用。可以说，它是连绵不断的视觉审美空间生成的有力助手。

一、对于视觉情感的强化、对于意境生命感的塑造

如何让作为静态的凝固的视觉艺术进入连绵不断的审美空间？关键在于"生命"力的注入。让画面上的人物山水花鸟甚至枯木土石等形象变成真正具有生命感的形象，让整个画面动起来。而"情感"是画面生命力产生的关键所在。接受者在欣赏绘画时，要以切身的感受，感受画面中的景物形象，从而使山有情水有意。因为自身情感的介入，画面中的人物开口说话了，鸟儿唱歌了；风儿有了脾气，雷电有了性格，一切景物变成了鲜活的真

景物，一切景物又感染着人的性情。正如："催开还赖斟鹦鹉，吹落还因唱鹧鸪。"（马祖常《画海棠图》）"鸿雁凄凄遵渚，黄栌索索鸣秋。羡杀承平公子，笔端万里沧州。"（赵孟頫《题王子庆所藏大年墨雁》）艺术接受中听觉意象的出现不同于视觉意象在接受中的出现，更多是对于画面景物的延伸性想象，因为画面无法直接描绘声音。而作为时间性存在的声音与生命体所具有的情感在存在形式上具有一致性，即时间性、无形化、空间的蔓延性、不确定性等。在各种艺术中，音乐是最能表达微妙情感的艺术，是最能深入情感深处的艺术，这与音乐与情感的一致性密不可分。也正是因为这一点，视觉艺术接受中，在众多视觉性景物的描绘中出现某种声音的时候，静态的画面很容易被引入动态的生命状态中，无声的画面因此具有了鲜活的生命力，画面所要表达的视觉情感得到了强化。而整个艺术接受中的意境生命也因此得以呈现。本是自然界中的黄栌，以"索索鸣秋"的形象出现在画境中时，整个画面的秋天之神跃然纸上。

二、对于接受主体的强化

在视觉艺术接受时出现的听觉审美中，有一类听觉现象不是呈现画面相关景物的听觉，而是呈现接受者在欣赏绘画时发出的声音。如："抚卷常三叹，世久无此贤。"（赵孟頫《戏题出洗马》）"只今相者多举肥，叹息此图谁复知。"（赵孟頫《燕脂骏图歌》）"伦理天生有自然，莫言家累损清闲。何人会我图中意，说似阴城与鲁山。"（刘因《戏题李渤联德高蹈图》四首）"当年我益画云山，云白山清咫尺间，今日看山还自笑，白头输于楚龚闲。"（赵孟頫《题楚圣予山水图》二首）此类听觉审美现象非常普遍地存在于元代视觉艺术的接受中。与前一类听觉审美不同的是，接受者本身不在画面中，其通过自身听觉所表达的情感一方面要与画面情感相一致，以强化画面的视觉情感；另一方面还有一个独特的意义，就是凸显了接受主体自身的情感。这类听觉审美中，接受者在表达着自己，也在总结、评价着图画，接受者既是听觉审美的主体，又是听觉审美的客体，他自由地出入于视觉画面，往来于自己与图画作者、画面景物的情感交流之中，且时时又在提醒着自己特殊的身份。因此，这类听觉审美的意义变得非常重要。

三、无声之听觉与平远之视境

元代视觉艺术接受中的无声之听觉审美也是听觉审美中一道绚丽的风景。"空林无风万籁寂，长啸一声山月寒。"（赵孟頫《题孙登长啸图》）空林寂静恰恰给长啸之声创造了无限弥漫的空间。"泽雉樊中神不王，白鸥波上梦相亲。"（赵孟頫《题龚圣予山水图》二首）雉鸡不鸣，白鸥不翔，静谧的画面传递着宽广与包容的场景，等等。无声之听觉，在视觉性画面中的作用犹如平远之境在视觉画面中的意义，虽是空旷的平远，却将视线引向无限遥远的地方，同样，无声之听觉一方面反衬了接受中明确的听觉；另一方面，将画面的静谧之境不断扩展延伸，突破了眼前物象的束缚，强化了画面意境的幽静，就像倪瓒的山水画，平远之构图凸显了萧瑟的小树石头，而小树枯石又推动着平远之境不断延伸。"大象无形"，"大音希声"，静谧的听觉审美因为没有了具体物象声音的约束，进而激活了大宇宙世界的万千之景，包含了生动活泼的无限生命之音。

四、艺术融合与自由的必经之路

黑格尔在其《美学》中依据"美是理念的感性显现"这一原则，将艺术分为三类：象征艺术、古典艺术和浪漫艺术。其中，浪漫艺术包括绘画、音乐、诗歌。从绘画到诗歌，是一个主观精神逐渐克服物质，并逐渐强大的过程。绘画以其平面性开始摆脱但没有完全摆脱物质的束缚。音乐则因为只占时间而成为非物质性的艺术。诗歌则更高一层，它所特有的语言文字本身不占时间也不占空间，只是唤起感觉的符号，物质性最弱。康德则以审美的纯粹性和目的性的结合为标准，也把艺术分为三类：语言艺术（包括雄辩术和诗的艺术）、造型艺术（雕塑、园林、绘画等）、感觉艺术（听觉的音乐、视觉的色彩艺术），并认为在一切艺术里，诗的艺术占据最高等级，它以非概念化的方式使人的心灵得到了自由的活动。诗歌之后是音的艺术，它以音调作为情感语言，表达不可名状的丰富的思想，撞击着我们的心灵。其后是造型艺术，即可以直观的艺术。造型艺术中，绘画艺术在前，雕塑、建筑等形体艺术在后。康德还将色彩与绘画分别开来，也划归到感觉艺术一类中。尽管康德的这一划分遭到了诟病，但这种划分确实注意到了色彩（区别于构图、形象等具象）与音乐的共同之处，即激荡起人心的感受，而不是对于客体对象的认知。可以看出，无论中西，无论使用怎样的标准，但有一点却达成了共识，即在音乐与绘画之间，无形的音乐比起有形的绘画更能呈现人的内心感受，更趋近于人的精神。在诗歌与音乐、绘画之间，诗歌以语言文字本身的创造性和其意象所包含的思想性最为充分地展现了人的精神世界。

关于艺术门类这一特点，苏轼也有过类似的观点，其《题文与可墨竹屏风赞》中称赞画家文与可：“与可之文，其德之糟粕。与可之诗，其文之毫末。诗不能尽，溢而为书，变而为画，皆诗之余。”① 苏轼虽评述的是文同，但却说出了一个普遍存在的道理，即诗文书画等各种艺术，都是人的精神的呈现，但在具体呈现中，不同艺术的承载能力有所不同，自强至弱，依次为文学、书法、绘画。苏轼没有提到音乐，但从其“文”与“诗”的区别中，依然可以看出，音乐性强的诗歌在“文”之下。

虽有多种类型，但在中国艺术的发展演进中，各种艺术之间彼此联系，也唯有彼此紧密地联系，才能更完美地传递主体的精神情怀。作为视觉艺术的绘画，要以诗歌（题画诗）介入其中，并以抽象的书法为形式，占据画面空间，绘画的精神趣味蓬然而出。而在绘画与诗歌之间，音乐般的听觉恰恰起着十分重要的桥梁作用，它沟通了绘画描绘的客体与诗歌表达的主体，在对绘画客体的物质空间的观照中，听觉以其时间性摆脱了绘画空间的束缚，以其流动的生命感，为通向诗歌的自由精神开路。

在中国视觉艺术中，视觉审美、听觉审美共同合于题画诗中，使得题画诗中描绘的形象兼备了视觉与听觉的美感，同时，题画诗又以其自身作为诗体语言艺术所特有的音律与节奏，与诗中所描绘的听觉性意象相呼应，共同创造了一个有声的世界，使静态的画面活跃了起来，摆脱了凝固的瞬间的物质空间的约束，从而进入到无限绵延的宇宙生命之境中。至此，在中国的画幅上，绘画不止是绘画，诗歌也不止是诗歌，书法也不止是书法，它们互通互融，共同承载着艺术主体的自由精神，使这种精神最大限度地得以彰显。这正是中国艺术的特点。

---

① 吴文治编《宋诗话全编·卷一》，江苏古籍出版社，1998年，第736页。

后 记

　　文学与绘画的交叉是艺术学研究的一方沃土。尤其在中国历史上，共同基于中国古典美学精神的文学与绘画具有无法割裂的亲密关系，两者间的跨门类研究本身就值得深入。况且，在当今融合了视觉、听觉、语言等艺术的综合艺术方兴未艾，各种媒介的交叉融合又不断催生着新的艺术。同时，正在成长的艺术学理论学科的构建又须是在各种艺术的基础上，超越门类的限制，寻找艺术的共性或关联性。因此，文学图像学、跨媒介研究、比较艺术学等纷纷在这片沃土上开垦、耕耘，并不断培育着新的学术力量，形成了艺术研究领域亮丽的风景。

　　在中国文化中，文学与绘画的交叉融合其实只是中国文学视觉化链条上的一个部分，也是中国文学视觉化传统发展的必然结果。在这一链条上，大体依次出现了文学的视觉化描写、文学的图像化呈现、文学的影视化改编等几个阶段，其演变隐约描绘着中国文化、中国社会心理等的演进之路。这是一个丰富的学术资源宝库，也开启了一个开阔而有深度的研究话题。对于文学与绘画的交叉研究须置于文学视觉化的链条上，也须以文学的视觉化为起点展开进行，才能深入其里，取其精髓。正是基于这样的认识，才有了我近年来对中国文学与绘画融合的两种方式："以文为图"和"以图为文"的梳理与思考。

　　《以文为图——中国古典文学中的文图对话》，正是在这方艺术学研究的沃土上一次次发现与培育的成果。她集合了我多年的深切感受，感受中国文学之于自然、艺术等视觉图景殷勤的召唤与呈现；感受视觉图景之于文学语言万般的依赖与托付。她与其姊妹篇《以图为文——中国古典绘画艺术中的文图对话》，共同培育着我对于文学视觉化、文学与绘画的交叉融合、跨媒介艺术等问题思考的力度与深度。

"以文为图"，"文"，不止于抒情叙事文学，还包含了对书法、绘画等艺术品评的论说文。"图"也不止于绘画的可视图像，还指文学所描绘的可视之像和想象之像。在这开阔的视野中，本书关注文学对于视觉的表达，关注视觉的语言化呈现，意在突破文学、艺术的界限，力图展现不同媒介之间自然而然的互动融通，还原图与文本身的特质。

本书上中下三编分别是对"以文为图"的整体研究、个案分析、美学探源，力图对中国文学中的图景描写进行全面深入的考察。但有些问题尚未触及，诸多思考尚不到位，这些未竟之事将是我未来研究工作的重点。

书稿的部分章节是与我的研究生合作而成的。"先秦咏物传统溯源""古代咏物赋的物象解放之旅""汉代动物赋的悲感表达"等三章由陆晨琛执笔；"古代画论对山水样态的观照"由李永峰执笔；"蔬果题画诗的审美演变"由李家丽执笔；"宋元明清题画诗的功能演变"及"清代郑板桥题画诗中的图画"由蔺晚茹执笔。这诸多的合作，深入而愉快，又可谓是文学、艺术对于其自身与接受者培育的结果。

感谢带我走上研究之旅的我的老师：王拾遗先生、张迎胜先生、邓乔彬先生、肖瑞峰先生！王老、邓公已别了喧嚣的尘世，去了安宁的净土，但留下诗的、画的和诗画的遗言，芬芳着这沃土。

感谢中国文史出版社高效又严谨的专业精神！感谢中国文史出版社方云虎先生不厌其烦、精益求精的专业态度！

感谢中国传媒大学艺术研究院的支持！

感谢我的研究生们在成书的每一个环节付出的心血！

感谢我的家人始终如一的默默支持！

感谢中国文学、艺术之于生命的给养与培育！

王韶华

2019 年 12 月